說不完的故事

Michael Ende

麥克安迪

說不完的故事

譯 廖世德

格 林 文 化
www.grimmpress.com.tw

媒體推薦

「《說不完的故事》身為奇幻文學的經典之作，融合了該文類的所有要素：不可思議的生物、奇特的叢林與高山、難以發音的專有名詞、大追尋中的流浪與冒險、擁有神奇力量的寶劍和護身符、騎士禮儀等等……這本厚厚的小說洋溢文學色彩，處處充滿小驚奇。」

——《紐約時報》

「《說不完的故事》位居暢銷書相當實至名歸：這本書具有原創性、字字珠璣，也相當有趣，是一本向人類想像力致敬之作……《說不完的故事》挑戰讀者的想像力，也讚頌想像對人類生活的貢獻。我們之中有些些人就像巴斯提安，恨不得永遠生活在幻想與夢想之中，但是我們也可以像他一樣，在幻想國和其他生物的刺激下，帶著新的眼光和新的力量，回到現實世界。」

——《德海因記事報》

「豐富的情節緊密交織、不可勝數，形成充滿不同生物、城市與國度的奇幻宇宙。」

——《南德日報》

「麥克安迪的幻想國就像一面鏡子，不僅映照出人類社會的樣貌，也是對人類行為最犀利的剖析。強勁的誘惑引誘人放棄希望、要人空無，更能顯現麥克安迪筆下想像力與勇氣醞釀的無窮力量。」

——《聖地牙哥聯合報》

「集結所有奇幻元素，最有力的組合。」

——德國《時代週刊》

「一本《說不完的故事》就能抵過半座圖書館。」

——《德意志週日匯報》

「這是一本適合成人閱讀的兒童書，也是一本適合兒童閱讀的成人書。」

——《柏林早報》

「這本書帶我們回到小時候，就算我們早就知道好人會贏得勝利，還是專心聽著故事。同時，他也讓我們想起夢想、惡夢和謊言。藝術和謊言，說穿了其實都是來自同一種原料……只是，謊言讓我們盲目，藝術讓我們看見世界。」

——《LIT》

目錄

序　一看再看的故事

《說不完的故事》對我們來說，真是說不完的故事！為什麼？因為好厚的一本書，我們夫妻各為兩個寶貝孩子唸了一遍。

為什麼要唸這個故事給小孩聽？因為，不只小孩想聽，大人也想要再看一遍。

故事中的主角，是個在現實生活中了無生趣、毫不起眼的小學生。功課不好，長相平平，同學欺侮，老師不愛。他的媽媽死了，爸爸成天工作，完全漠視他的存在。

有一天上學的途中，因為避雨，小男孩躲進一家書店，結果他偷了一本書，於是他為了看書而蹺課，躲到學校的閣樓上沉浸書中！

書中描繪一個叫幻想國的國度，正在被虛無所吞蝕，也就是幻想國國土正慢慢的消失，變成大片大片的空白。

原因呢？是人們講求實際，不再幻想，所以幻想國逐漸的失掉了它的生命力。

這個小男孩，一邊看書，一邊和書中幻想國裡的人物發生互動，最後一頭栽進了幻想國裡；而他憑著他的想像，又為幻想國重新注入了生命力。他也在其中成為強壯、英俊、無畏的英雄人物。

然而麻煩的事來了，他幻想得越多，就離真實的世界越遠。因為他不斷的許願並且成真，使他根本忘記自己是誰和自己的來處……在故事結束時他終於又回到了學校的閣樓上，雖然感覺經歷了一生一世，其實卻只是過去了一天一夜！他的爸爸，不但報了警，而且正在焦急的等他回來。

此刻的他又恢復了矮小、肥胖、怯懦的樣子，但，這只是他的外表，經過了幻想國的歷練，他的內在已經脫胎換骨，成為敢做敢當、勇於面對挑戰、面對自己挫敗的男子漢！

更重要的，他重拾了他父親對他疏忽了的關愛。

《說不完的故事》這本小說，曾經拍成電影，叫做「大魔域」。我很慶幸沒有在看書之前看過這部電影，在看過這本書之後，我更不想去看這部電影。我的小牛、小馬看法也是一樣！

因為作者麥克安迪的想像力，已經藉著文字啟發了讀者自己的想像，而讓畫面在各人的腦海中重現，那是一種互動式的參與過程！如果硬要在中間再卡進一個電影導演或是美術道具來詮釋，欣賞起來就有點撿現成的，有點乏味，甚至是一種想像力的限制！

這也是為什麼我不喜歡坊間有的版本的原因。因為那些版本想強調《說不完的故事》拍過電影，在書名頁和封面，印了許多電影的彩色劇照！於是，所有的主角、人物長相，全部被制式規格化！這正好恰恰違反了這本書中的精髓主張，其實人人都可以依其不同的想像力，讓王國一再的重生。

至於麥克安迪另外的幾本著作，像是《默默》、《火車頭大旅行》、《十三個海盜》，也都是值得一讀再讀的好書！尤其是對剛要開始邁步探索這個世界的孩童，或是仍保有赤子純真之情的成年人，這幾本書無非一再提醒我們，在我們現實的人生，沒有人能肯定贏得世界，但卻人人都在追逐名利中明確的失掉夢想。

麥克安迪是位了不起的作者，他的這幾本書我都很喜歡。

名廣告人

前言　卡蘭德舊書店

映在這家小書店玻璃門上的，是這家書店倒反過來的店名。當然，這是從這家光線暗淡的書店裡向街道外張望時，看到的景象。

這是個十一月的早晨，天氣灰冷，而且還下著雨。雨從玻璃門流下，敲打在那些美麗的字體上面。從玻璃門望出去，除了濕淋淋的一道雨牆之外，什麼也看不到。

突然間，門猛然開了，把門簷上的一串小銅鈴碰得叮噹亂響，好一會兒才安靜下來。引起這一陣騷亂的，是一個胖胖的，十一、二歲的小男孩。他深棕色的頭髮濕濕的垂在臉上；外套都濕了，而且還滴著水；肩膀上掛著一個書包。他臉色蒼白，氣喘吁吁。但是，儘管他剛剛還是急急忙忙，現在卻好像生了根一般，定定的站在門口。

他的面前是一間長而窄的房間，房間的後半部消失在昏暗的光線中。四周的書架緊靠著牆壁，書架上面擺滿大大小小的書籍。大本大本的對開書高高的堆在地板上，另外幾張桌子上面放著成堆小本的皮面精裝書，書背閃閃發亮。一座齊肩的書牆擋住了房間的另一端，牆後透出一絲燈光。燈光裡時時冒出一個個煙圈，擴散後消失在黑暗中，令人想起印地安人在山頂上傳送消息的煙火。顯然有人坐在那裡。

果然，男孩聽到書牆後面傳來一個不高興的聲音：「在裡面看、在外面看都可以，但是請把門關上，不然風會吹進來。」

男孩聽話的關了門，然後向書牆走過去，小心翼翼的探頭看那個角落。就在那裡，一個短小肥胖的男人坐在一張高高的、破破爛爛的、皮製的安樂椅上。他穿著一件黑色衣服，又皺又破，而且有點髒。他的肚子包在一件有花朵圖案的背心裡面。他的頭，除了耳朵上面的一圈白髮之外，全都禿了。紅紅的臉使人想起兇惡的鬥牛犬，蒜頭鼻上架著一副金絲邊眼鏡。他抽著一根彎彎的煙斗，叼在他的嘴角，把他的整張臉拉得不成樣子。

他的懷裡放著一本書。顯然他剛剛是在讀這本書，因為這本書雖然闔著，可是他卻把左手那根肥肥的食指夾在書裡面，當書籤用。

他用右手摘下眼鏡，端詳著胖男孩。男孩只是站著，身上滴著水。他端詳了好一會兒，睜大眼睛——這一來使他看起來更兇惡了——接著喃喃說了一句：「天啊！」然後打開書本，繼續看他的書。男孩不知道怎麼辦才好，只好站著，目瞪口呆。終於這個人闔上了書本——跟剛才一樣，手指夾在書中——吼著說：「孩子，聽著，我討厭小孩子。我知道現在流行什麼『關懷兒童』之類的鬼話，可是，那不干我的事；我就是不喜歡小孩子。我只知道，你們只會壞事，只會叫，只會折磨人，打破東西，把果醬塗在書上或撕扯書本。你們永遠不懂大人也有他們的煩惱和心事。我就是這麼想的，你得搞清楚你在誰的店裡。反正啊！我沒有小孩子的書，別的書我也不會賣給你。這樣講，夠清楚了吧！」

他嘴裡含著煙斗咕噥了這些話，然後打開書本，繼續看書。

男孩沉默的點點頭，轉身就走。可是他不甘心這個人剛剛說的話，於是回過身來，輕輕的說：「並不是所有小孩子都是那個樣子。」

這個人慢慢的抬起頭來，然後又摘下眼鏡：「你還在這裡啊？要怎麼樣才能趕你走呢？你有什麼不得了的事要告訴我嗎？」

「沒什麼不得了的事。」男孩說，聲音還是輕輕的，「我只是想……只是想說並不是所有小孩子都是你所說的那個樣子。」

「真的嗎？」那個人驚訝的揚起眉毛，問道，「那麼我想你就是那個了不起的例外囉？」

胖男孩不知道說什麼好。他只好聳聳肩，轉身要走。

「可是到底，」他聽到背後沙啞的聲音說，「你的禮貌哪裡去了？如果你還有禮貌的話，你早該自我介紹了。」

「我叫巴斯提安，」男孩子說，「巴斯提安．巴爾沙札．巴克斯。」

「都是『巴』！」那個人咕噥著說，「這個名字很怪！可是，你也沒有辦法，又不是你取的。我叫卡爾．卡恩拉．卡蘭德。」

「都是『卡』。」

「嗯！」那個人又咕噥著說，「沒錯。」

他噴了幾口煙，「可是，名字沒有關係，反正我們也不會再見面。不過趁你現在還沒走，我想知道什麼事情讓你那樣子衝進我的店裡。我看你好像在逃避什麼事情，對不對？」

巴斯提安點點頭，圓圓的臉上臉色更白，眼睛睜得更大。

「我想你大概偷了誰的錢包，」卡蘭德先生說，「或者撞倒了一個老太婆，或者像小流氓幹了什麼好事。是不是警察在追你，孩子？」

巴斯提安搖頭。

「說啊！」卡蘭德先生說，「你在躲誰？」

「躲人。」

「什麼人？」

「我們班上的同學。」

「為什麼？」

「他們老是纏著我。」

「他們纏著你幹嘛？」

「他們老是在教室外面等我。」

「然後呢？」

「然後他們對著我叫，什麼話都說。他們把我推來推去，嘲笑我。」

「而你就一直忍著？」

卡蘭德先生不以為然的看著男孩。過了一會兒，又問：「你為什麼不對著他們的鼻子打一拳？」

巴斯提安傻了，「不！我不想這麼做。再說，我也不會拳擊。」

「摔角呢？」卡蘭德先生問，「或者賽跑、游泳、足球、體操？這些你都不行嗎？」

男孩搖頭。

「換句話說，」卡蘭德先生說，「你是個『孬種』囉！」

巴斯提安聳聳肩。

「可是你還會講話啊！」卡蘭德先生說，「他們戲弄你時，你為什麼不罵回去呢？」

「我試過……」

「然後呢？」

「他們把我推進垃圾桶，把蓋子蓋起來。我叫了兩個鐘頭才有人聽到，把我放出來。」

「哦！」卡蘭德先生喃喃的說，「那你現在不敢了？」

巴斯提安點點頭。

「連在嘴上，」卡蘭德先生下結論說，「你也是個膽小鬼。」

巴斯提安低著頭。

「你是不是個書呆子？班上頂尖的，老師的寵物？是不是？」

「不是！」巴斯提安說，眼睛還是朝下看著，「我去年還留過級。」

「上帝啊！」卡蘭德先生叫道，「真是禍不單行啊！」

巴斯提安不能說什麼，他只是穿著那滴水的外套，站在那裡，兩隻手臂無力的垂著。

「他們捉弄你的時候，嘴裡胡扯些什麼？」卡蘭德先生問。

「喔！什麼話都講。」

「譬如說？」

「胖子胖，坐在茶壺上；茶壺破了，胖子說：大概因為我太胖！」

「不夠妙！」卡蘭德先生說，「還有呢？」

巴斯提安猶豫著說：「怪胎、呆子、吹牛、騙子……」

「怪胎？為什麼說你怪胎？」

「因為我有時會自言自語，我對自己說故事，我發明這個世界沒有的文字和名字等等。」

「你只對自己講這些事？為什麼？」

「因為別人沒有興趣。」

卡蘭德先生跌入了沉思，不作聲。

片刻後，他又接著問：

「你爸媽怎麼說？」

巴斯提安沒有立刻回答。過了一會兒，他支支吾吾的說：「我爸沒講，他從來就不講什麼。對他來說，什麼都一樣。」

「那你媽媽呢？」

「她——她不在了。」

「他們離婚了嗎？」

「不是！」巴斯提安說，「她死了。」

這個時候電話鈴響了。卡蘭德先生有點困難的從椅子上撐起身子，笨重的走進書店後面的一個小房間。他拿起聽筒，巴斯提安清楚的聽到他報出自己的名字。之後除了一些模模糊糊的聲音之外，什麼話也聽不到。巴斯提安站在那裡，心裡不怎麼清楚自己剛剛為什麼說了那些話，說了那麼多事情。他討厭人家這樣問來問去。這時候他突然想到他上學已經遲到，不禁嚇出一身汗。他得趕快去。對，他得用跑的。可是他只能站在那裡，動彈不得。有一種東西緊緊抓住了他，但他不知道是什麼。

他還是可以聽到後面房間裡隱隱約約的聲音。這通電話講得真久。

這時候，巴斯提安目不轉睛的看著卡蘭德先生先前拿在手裡的那本書。那本書現在擺在椅子上面。他沒有辦法把視線移開，那本書似乎有一種魔力吸引著他，他抗拒不了。

他向椅子走去，慢慢伸出手，摸到了那本書。這時候他心裡「嗒」的響了一下，好像有扇門打開來。巴斯提安模模糊糊的感覺到這本書發動了一件事情，這件事情此時此刻開始了它的旅程，再也回不了頭。

他拿起這本書，翻來覆去的看著。這是一本古銅色絲綢布面的書。這本書捧在他手裡，絲綢布閃閃生輝。

打開內頁，文字是兩色印刷。好像沒什麼圖片，可是每一章的開頭都印著很大、很漂亮的大寫字母。再仔細看一下封面，他發現上面有兩條蛇，一白一黑。這兩條蛇互相咬住對方的尾巴，圈成了一個橢圓形。橢圓形裡有一個圖案，當中用纖巧繁複的花體字寫了一個書名——

說不完的故事

人類的激情是很神秘的，小孩、大人都一樣。那些受到激情感染的人，自己固然無法了解個中奧秘；那些缺乏激情的人，就更不可能了解激情了。有的人甘冒生命的危險去征服一座山，但是卻沒有人說得出他這麼做的真正原因，往往連他自己也說不出個所以然。不少癡情種子為了想贏得某人的芳心而毀了自己，而十有九個壓根不想跟對方有什麼瓜葛。有的人縱情飲食，成了廢人。有的人好賭成癖，失去了一切家當。有的人犧牲一切，為的只是一個永遠無法實現的夢想。有的人認為幸福的唯一希望，是在遙遠的他方，所以終其一生一直在流浪尋找。有的人除非找到權勢，不肯罷休。簡單一句話，人的激情種類之多，恰如這世上的人一般。

巴斯提安．巴爾沙札．巴克斯的激情是看書。

如果你不曾為了一本書花去一整個下午，耳朵鬧哄哄，頭髮亂糟糟，遺忘了四周的世界，遺忘了寒冷和飢餓……

如果你不曾偷偷的躲在桌子底下用手電筒看書，因為你的父親或母親，或別的善心人士，振振有辭的說你明天要早早起床，現在該睡覺了，於是就把你的燈熄掉……

如果你不曾痛哭流涕，因為一個很棒的故事已經結束，你必須跟所有的人物分離；而你跟他們一起經歷了這麼多的危險，你愛他們，敬佩他們，你想念他們又氣他們，沒有他們為伴，生命似乎空洞而無意義……

如果你沒有這種經驗，那麼你就不會了解巴斯提安下一步要做的事情。

巴斯提安凝視著書名，渾身忽冷忽熱。這正是他一直夢想的；自從愛書的激情盤據了他的心以後，這一直就是他所渴望的——一個說不完的故事！一本書中之書！

他一定要擁有這本書——不惜任何代價！

不惜任何代價嗎？說得容易。除了他口袋裡現有的一點錢之外，就算他還能多拿一些出來，那個脾氣暴躁的卡蘭德先生還是不會賣給他的；這一點他剛剛已經說得很清楚了。而且，他肯定也不會把這本書送人。沒有希望了。

但是巴斯提安知道他不能沒有這本書。他現在才明白，原來他到這間書店來，就是為了這本書。這本書用一種神秘的方式召喚了他；因為它想要變成他的，因為它不論如何總是要屬於他。

巴斯提安豎起耳朵，仔細的聽著後面小房間裡喃喃自語的聲音。就在那一瞬間，他已經把書藏在外套裡面，雙手緊緊抱著。他一聲不響，倒退著向門口走去，焦慮的眼睛一直看著通往後房的那一扇門。他小心翼翼的去轉門上的把手。為了不把銅鈴敲響，他只打開一條縫，然後溜了出來，再悄悄的把門關上。

一關上門，他就開始跑。

他書包裡的書、筆記本，還有筆，都隨著他的腳步上上下下，喀啦喀啦作響。他跑到肚子很痛，可是他還是一直跑。

雨水從他的臉上流下，流進衣領。潮濕的寒意浸透了他的外套。可是他沒有感覺，他感到全身發熱，卻不是因為跑步的關係。

他的良心，在書店時不曾出現，此時此刻卻突然覺醒了。他所有的理由在當時看來滿有說服力的，這時候卻像雪人遭受火龍猛烈的呼吸吹襲一般，迅速融化了。

他偷了東西！他是小偷！

他所做的事甚至還不是普通的偷竊。這本書顯然是同版書中最後的一本，而且必然是卡蘭德先生最珍貴的寶藏。偷一個小提琴家珍貴的小提琴，或者國王的皇冠，跟偷出納員的錢是不一樣的。

他一邊跑，一邊緊緊抱著外套裡面的那本書。不管這本書要他付出什麼樣的代價，失去這本書，他會受不了。這是他在這世上僅有的東西了；因為他當然是不能再回家了！

他努力想像他父親在那間當實驗室用的大房間工作的情形。他的身邊擺著幾十副石膏齒模，因為他是牙科技師。

他生平第一次想起這個問題，可是已經沒辦法問他的父親了。

如果他現在回家，他的父親會穿著白色工作服從實驗室走出來，可能手裡拿著一副齒模，然後問他：「怎麼這麼早就回來了？」「嗯。」巴斯提安會這樣回答。「今天不上課嗎？」——他會看著父親沉靜、哀傷的臉，然後明白他騙不了父親。但是他又不可能告訴父親真話。不可能。所以，唯一的選擇就是去一個地方；遠遠的，遠遠的地方。他必定不能讓父親發現自己的兒子是小偷。何況他父親也可能不會注意到他沒有回家。這個想法讓巴斯提安感到安心一些。

他不跑了。他開始慢慢的走著，看著街道盡頭的校舍。想都沒想，他就走向上學的路；

偶爾跟人擦身而過。然而街道卻很安靜。對於一個遲到很久很久的學生來說，學校周圍的世界總是那麼死寂。他每走一步，心裡的恐懼就增加一分。就算在最好的情況下，他也害怕學校；因為那是他每天遭遇挫折的地方。他害怕老師；老師不是溫和的勸戒他，就是把他當作出氣筒。他也怕同學；他們作弄他，一有機會就想盡辦法讓他出醜。他認為學校生活根本就是無期徒刑，是一件長大以後才會結束的災難，是他必須低聲下氣、忍耐著過下去的生活。

可是就在他穿著那濕濕的外套，走在那充滿地板蠟味的、有迴聲的走廊時；就當那死寂突然間像棉花一般塞住了他的耳朵時；就在他走到那漆著菠菜綠的教室門口時，他突然明白這裡也不是他該來的地方。他只有逃走才對，而且最好立刻就走。

可是他能到哪裡去呢？

巴斯提安讀過那種男孩子逃到船上去航海，然後賺大錢的故事。他們有的變成海盜或者英雄，有的變成富翁。幾年後他們重回故鄉時，再也沒有人認識他們了。

可是巴斯提安幹不了這種事。他想不出有誰能帶他到船上當小弟。再說，他也不知道海港在哪兒？哪兒有適合的船隻，有這一類的工作？

那麼他能去哪裡呢？

突然間，他想到了一個好地方。只有那個地方，至少在目前不會有人去找他，或者找得到他。

那是學校的閣樓，很大很黑，裡面都是灰塵和除蟲丸的味道；除了下雨時雨點打在錫皮屋頂上，弄出叮叮噹噹的聲音，平常都是靜悄悄的；除了黑沉沉、縱橫交錯的大梁柱之外，閣樓裡到處都是蜘蛛網，大如吊床，在空中微微擺盪，只有屋頂上的天窗下透進一道微弱的光線。

在這個地方，時間似乎是靜止的。唯一看得到的生物是一隻小老鼠。牠在地板上窸窸窣窣的爬著，在滿布灰塵的地上留下一排小腳印和一條細線——那是牠的尾巴印子。

突然間，這隻老鼠停了下來，豎起耳朵，像在傾聽什麼聲響！然後「噗」一聲，消失在地板上的一個洞穴裡面。

這隻老鼠聽到的是一支鑰匙插進一個大鎖的聲音。閣樓的門「吱呀」一聲巨響，慢慢的開了。一道光線一下子照進了室內，巴斯提安溜了進來。然後，「吱呀」一聲，門又關了起來。巴斯提安從裡面把鑰匙插進鎖中，轉了一下，把它鎖起來。

他把門閂帶上，然後解脫似的嘆了一口氣。現在沒有人找得到他了；甚至不會有人到這個地方來找他。因為很少人會用這個地方——他很肯定這一點——就算今天或明天恰好有人要到閣樓來，但是門是鎖著的，而且鑰匙也不見了。而且就算有人把門弄開了，巴斯提安仍然有充裕的時間，躲進那一堆破銅爛鐵後面。

他的眼睛漸漸適應了閣樓裡昏暗的光線。這個地方他很熟。幾個月前，他曾經幫工友把滿滿一洗衣籃的舊筆記本搬到上面來。那時候他知道閣樓的鑰匙擺在什麼地方——就在樓梯旁邊最上層的壁櫥裡。後來他就忘了，可是今天他又想了起來。

巴斯提安在發抖。他的外衣濕透了，而且閣樓上又很冷。第一件事是找一個起碼讓他感覺舒服一點的地方，因為他一定會在這裡待很久。至於到底有多久，他倒是沒想過。他也沒有想到自己很快就會又餓又渴。

他四處看了一下。這個地方擠滿了一大堆各式各樣的廢物。幾個書架，上面裝滿了舊檔案資料。到處堆著長條凳和墨跡斑斑的書桌。十幾張地圖用鐵框框著，掛在牆上。還有幾塊黑板，上面的黑漆大部分已經剝落。還有鐵爐，壞掉的體育器材——包括一匹填充物從破縫裡擠出來的木馬——以及幾個滿是灰塵的墊子。另外還有一些動物標本——幸好還沒有被蛀蟲吃光——一隻大貓頭鷹、一隻金鷹、一隻狐狸。另外還有一些破裂的蒸餾器以及化學儀器，一個電流計。一個骷髏掛在衣架上。還有好多紙箱，裝滿了舊書和文件。

巴斯提安最後決定在那一張體操墊上安排他的窩。他躺上去的時候感覺就像躺在沙發上一樣。他把墊子拉到最亮的地方，又在不遠的地方發現了一堆灰色軍毯。這些軍毯又髒又破，不過現在也管不了那麼多了。他把軍毯搬到墊子上面，然後把上衣脫掉，掛在骷髏旁的衣架上。骷髏上下左右搖擺著，但是巴斯提安一點也不怕，大概因為他平常在家裡看慣了。接著他又把濕鞋脫掉，穿著襪子坐在墊子上面，用毯子把自己裹起來。他那樣子好像印地安人。他把書包以及那本古銅色的書，放在身邊。

他想起底下教室的同學這時應該是在上歷史課，或者正在寫題目乏味的作文。

巴斯提安看著那本書。

「我在想，」他跟自己說，「書闔起來的時候，裡面不知道有什麼東西。唔！我當然知道裡面印滿了文字！可是一定還有什麼特別的東西。因為每次一打開書，就會有一個故事，裡面都是我不認識的人，各式各樣的驚險故事、冒險、戰爭。有時候是海上的風景，有時候又把你帶到奇異的城市或國度。這些東西全部都在書裡面，而你當然只有去讀才能找到它們。但是，這些東西又是早就在書裡了。這真奇妙！我多麼想知道這一切的奧秘啊。」

想到這裡，他心裡突然充滿了歡樂。

他坐下來，拿起書，翻開第一頁，然後開始唸：「說不完的故事……」

第 1 章

幻想國的危機

咆哮森林裡，所有的動物都安然的憩息在洞穴和巢穴裡。這是半夜時分。暴風呼嘯著從原始森林上方掠過參天古木，高大的樹幹吱吱作響。

突然間，一道暗淡的亮光東繞西彎的進入了森林，一會兒在這裡停一下，一會兒在那裡停一下；忽明忽滅的顫抖著；飛在空中，停在樹枝上，不一會兒又繼續匆匆忙忙趕路。仔細看，原來是一個半球形的發光體，大約有小孩子玩的球那般大。這東西大步跑著，偶爾落到地上，然後再跳上來。但它卻不是球。

這個東西是沼澤磷火；他迷路了。雖然是在幻想國，這也是很不尋常的。因為說起來，沼澤磷火只會使人家迷路，自己是不會迷路的。

在這個光球裡，有一個小小的、活蹦亂跳的人，使盡力氣又跑又跳。他不男不女，因為磷火沒有性別。他的右手拿著一支小小的白旗，這支旗子在空中飄著。這表示他如果不是信使，就是和談使者。

你大概以為磷火在黑暗中這樣跳躍，是會撞到樹的。可是磷火靈活得不可思議。他們跑跳的時候，可以在半空中改變方向。這就是他剛剛行動彎彎曲曲的原因。儘管如此，他們還是按著一定的方向前進。

這時候，磷火來到一座高高的懸崖之前，可是卻立刻被嚇了回去。他坐到一個樹叉上面，像隻小狗一樣嗚咽著。他考慮了一會兒，才放膽走出來，小心的看了一下懸崖四周。

抬頭望向前方，他看見森林中有一片開墾出來的平地，上面燃著一堆營火。火光照著三個身材不一的人。

其中有一個巨人，趴在地上，看起來好像全身都是灰色石頭，身高將近十呎高。他用手腕撐著頭，注視著營火。他的牙齒，在他那飽經風霜的石頭臉上，像是鋼鋸一般兀然羅列。

磷火認出他是食石族的人。這種人住在離咆哮森林遠得不可想像的一座山上。但是，他們不只「住」在山上，他們還靠山「吃」山。他們一口一口慢慢吃自己的山。他們只吃石頭，不吃別的東西。幸好他們只要吃一點點石頭就可以很久不餓。「石頭」對他們而言，是極為營養的食物，他們只要咬一口，就可以幾個星期、甚至幾個月不用再吃。

食石族人數不多，而且他們的山也滿大的。但是不論如何，由於這些巨人已經在那裡住了很久——而且他們的生命比幻想國其他人長很多——經過這許多年來，這座山看起來就像是一塊大瑞士乳酪，到處坑坑洞洞，樣子好奇怪。也就是因為這樣，所以這座山就叫「乳酪山」。

但是這些食石族不只是拿石頭當食物。除了食物以外，凡是他們需要的東西，譬如家具、帽子、鞋子、工具，甚至咕咕鐘，都用石頭來做。所以，如果現在這個巨人的交通工具是用石頭做成的腳踏車，那也沒有什麼好驚奇的了。這部腳踏車現在靠在他身後的樹上，兩個大輪子像是大石磨盤一樣。一點也不誇張，這部腳踏車簡直就像是有踏板的壓路機。

第二個人坐在他的右邊。他是一個小夜叉，身材不到磷火的兩倍大，樣子像是一條坐著的、漆黑的毛蟲。他的手小小的，粉紅色。講話的時候，用力的比著手勢。一團亂髮之下，一雙大而圓的眼睛，亮得像月亮一般。

由於幻想國裡，到處都是各式各樣的夜叉，所以光是看外表，很難說這隻夜叉是附近的人還是外地人。但是可以猜得到這一個多半正在旅行途中；因為有一隻大蝙蝠倒吊在旁邊的樹上，兩隻翅膀合著像是收起來的雨傘——蝙蝠是夜叉的坐騎。

第三個人，沼澤磷火花了好些時間才看清楚。他坐在營火的左邊。由於他個子很小，所以遠遠看幾乎看不見。他是一個小人；是那種纖弱的、衣著鮮豔、愛戴高帽子的小人族。

磷火對於小人幾乎毫無所知。但是他聽說這些小人的城市建在樹上，房子與房子之間用樓梯、繩子或活動梯連接。這些小人住在廣大無垠的幻想國裡一個遙遠的地方；比食石族住得還要遠。

最令人驚訝的是，這一路上把這個小人載來的，不是別的，正是一隻蝸牛。那隻粉紅色蝸牛的殼上還馱著一副閃亮的銀鞍，銀鞍上面的勒繩，以及綁在觸角上的韁繩都好像銀線一般，銀光耀眼。

磷火很難相信這三個完全不同的人可以這麼和平的同起同坐。因為照幻想國以往的情況，不同的種族絕不可能和諧相處的。他們常常打仗，有的種族甚至失和幾百年。而且，幻想國的人也不是每一個都善良而有榮譽心的；偷竊、心地邪惡、殘酷的人還是有。譬如磷火就來自一個不可靠、愛說謊的家庭。

磷火略略觀察了營火旁的情形，發現每一個人身上都有一件白色的東西；不是一支旗子，就是綁在胸口上的白色圍巾。這表示他們不是信使，就是和談使者。當然，這也就說明了為何他們之間的氣氛這麼融洽。

他們會不會跟磷火一樣，為了同樣的事情在奔波？

由於風在樹頂上咆哮，所以遠遠的，聽不到他們在談些什麼。但是，既然他們彼此尊重同為信使的身分，那麼他們應該也會尊重磷火，自我克制不傷害他才對吧？問路是必然要問的；而且除了樹林中的這一刻之外，恐怕再也沒有其他機會了。這樣一想，他便鼓起勇氣，放膽的飛出來，在半空中盤旋，揮著他的白旗子。

那個食石族這時正好看著這邊，所以首先發現了磷火。

「今天晚上交通可真擁擠！」他劈劈啪啪的說，「又來了一個。」

「赫！是沼澤磷火。」夜叉兩隻月亮眼睛亮閃閃的，輕聲說道，「很高興遇見你！」

小人站了起來，對著新來的磷火靠近幾步，吱吱喳喳的說：「如果我沒有看錯的話，你一定是信使。」

「是的，沒錯！」磷火說。

小人脫下紅色高帽，微微一鞠躬，吱吱喳喳的說：「唔！那就跟我們一起走吧！我們也是信使。你不坐下來嗎？」

他用帽子指一指營火旁的空地。

「多謝！」磷火說著，膽怯的走進來，「先自我介紹一下，我叫布魯布。」

「太好了！」小人說，「我叫古魯古古。」

夜叉坐在地上鞠躬，「我叫烏希八日。」

「而我，」食石族劈劈啪啪的說，「叫皮勇固。」

他們三個人全都看著磷火，沼澤磷火有點尷尬的走來走去。他覺得大家都看著他的臉，讓他覺得不舒服。

「你不坐嗎，親愛的布魯布？」小人說。

「老實說，」磷火說，「我忙著趕路。我只想問問你們，有誰知道要去象牙塔該怎麼走？」

「赫！」夜叉說道，「你是要去見孩童女王嗎？」

「正是！」沼澤磷火說，「我有很重要的消息要向她報告。」

「什麼消息？」食石族劈劈啪啪的問。

「可是你知道，」磷火把身體的重心在兩腳之間移來移去，說，「這是秘密。」

「我們三個人的任務——赫——都跟你一樣。」夜叉烏希八日回答，「所以，我們都是一夥的。」

「我們甚至連消息都一樣。」小人古魯古古說。

「坐下來跟我們談談。」皮勇固劈劈啪啪的說。

磷火在空位上坐下來。

「我的家，」他猶豫了一下才說，「離這裡很遠。我不知道在座的各位是不是聽說過。那個地方叫莫兒地。」

「赫！」夜叉高興的叫起來，「那是一個可愛的地方！」

磷火微微一笑。

「是的！」

「你要講的就是這些嗎？」皮勇固劈劈啪啪的說，「你這樣奔波又是為了什麼呢？」

「突然發生了一件事。」磷火躊躇的說，「一件難以理解的事。事實上這件事還沒有結束。真的很難講——一開始的時候是這樣的——就這麼說吧！我們那地方的東邊有一個湖——我的意思是說，以前有一個湖——叫做泡沫湯湖。開始的時候是這樣的：有一天，泡沫湯湖不見了，不在原來的地方了。懂嗎？」

「你的意思是說乾涸了？」古魯古古問。

「不是！」磷火說，「如果是這樣，那兒會有一個乾湖啊！可是都沒有。在那個湖平常所在的地方，現在什麼東西都沒有——連個鬼影子也沒有。這樣說你懂嗎？」

「有沒有坑？」食石族咕嚕著問。

「沒有，連坑都沒有！」磷火絕望的說，「一個坑究竟還是一樣東西，可是那裡什麼鬼東西都沒有。」

那三個信使互相對看了一下。

「什麼東西都沒有——赫，赫——那是個什麼樣子呢？」夜叉問道。

「這就是很難解釋的地方。」沼澤磷火很不快樂的說，「什麼東西都不像。要嘛就像……啊！我找不到話來形容。」

「也許，」小人提示他說，「當你看到那個地方的時候，好像是自己的眼睛瞎了。」

磷火呆呆的看著小人。

「對了！」他叫了起來，「可是，你是在哪裡——我的意思是說為什麼——我的意思是說，你為什麼會有相同的……」

「等一下！」食石族劈劈啪啪的說，「這種事情只發生在一個地方嗎？」

「一開始的時候是，」磷火解釋說，「但是，那地方越變越大，後來連住在泡沫湯湖那一群青蛙的父親發喀爾也不見了。有些居民也跑掉了。後來漸漸的，莫名的其他地方也開始發生同樣的事情。通常一開始的時候只是一小塊地方，還不到一個鷓鴣蛋那樣大。然後這一小塊地方就越變越大，越變越大。如果有人不小心把腳踩進去，他的腳，或者他的手，或者不管他放進去的是什麼，都會不見，也不會痛。不管是誰，不管他放進去的是哪一部分，就消失不見。如果有人太靠近這片『空無』，他就會被吸進去。因為這片『空無』有一股難以拒抗的吸引力——空無的地方越大，吸引力就越大。沒有人知道這種可怕的事情到底是怎麼一回事，是什麼原因，也不知道怎麼辦。眼看著這片『空無』不但沒有消失，反而日漸擴大，我們終於決定派信使去向孩童女王求救。而我就是那個信使。」

三個人聽罷，靜靜的凝視著空中。

過了一會兒，夜叉才嘆口氣說：「赫！我們那裡也一樣。我也是為了同樣的事情在奔波。」

小人把頭轉向磷火，「我們每一個人，」他吱喳的說，「都來自幻想國的不同地方，我們會碰在一起完全是偶然。可是我們每一個人都帶著同樣的消息要到孩童女王那裡去。」

「這消息就是，」食石族刺耳的說，「整個幻想國面臨了一個危機。」

磷火用害怕的眼神向他們每一個看了一眼。

「如果是這樣，」他跳起來叫道，「我們就不能再浪費一分一秒了。」

「我們正要走！」小人說，「我們只是在這裡休息一下，因為咆哮森林裡實在太黑了。可是現在有了你，布魯布，你就可以為我們帶路了。」

「這是不可能的。」磷火說，「你要我去等一個騎蝸牛的人嗎？抱歉！」

「可是這是賽蝸牛啊！」小人說，他有點生氣。

「如果你不幹的話——赫，赫——」夜叉嘆口氣說，「我們就不告訴你往哪裡走。」

「你們在跟誰講話？」食石族劈劈啪啪的說。

顯然，他們後面說的話，磷火連聽都沒聽到，因為他老早就大步大步跳走了。

「好吧！」小人把高帽推到腦後，「也許跟著磷火走也不是辦法。」

「講老實話，」夜叉說，「我倒寧願一個人走。因為我是用飛的。」

他急急的「赫，赫」兩聲，命令他的蝙蝠準備，接著呼嘯一聲，飛走了。

食石族用他的手掌把營火撲滅。

「我也寧願一個人走，」他在黑暗中劈劈啪啪的說，「這樣我就不用擔心壓扁小動物。」

他騎上他的石頭腳踏車，嘎吱嘎吱的向森林中騎去，偶爾也重重的撞到樹上。然後一陣吵雜聲逐漸聽不見了。

小人古魯古古是最後出發的。他抓住銀韁繩，然後說：「沒關係！讓我們看誰先到。快走，老時鐘，快走！」一邊走，一邊把舌頭弄得喀啦喀啦作響。

這以後，森林中再也沒有一絲聲響，只有暴風在樹頂上咆哮。

鐘樓裡的鐘敲了九下。巴斯提安很不甘心的回到了現實。他很高興這一個說不完的故事

跟現實沒有什麼關係。有一種書他很不喜歡，就是那種魯鈍膚淺的作者所寫的貧乏無味的事情。現實生活已經給了他太多這種東西，他為什麼還要讀這種書呢？再說，他也受不了一個作者老是想說服別人什麼事情；而那些貧乏無味的書對他來說，正是老套。

巴斯提安喜歡那種緊張好玩，或者讓他幻想的書。那種書中人物有著奇異冒險，可以使他產生各式各樣想像的書。

因為他總是沉浸在故事裡，一步一步歷歷如繪的跟著故事情節往下想像，緊張、心跳、手心流汗。尤其是自己編故事的時候，有時會忘掉身邊的一切，一直到故事終了，才好像做夢一樣忡忡的醒過來。而眼前這本書正是他喜歡的那一種。讀這本書的時候，他不只聽到大樹吱吱呀呀作響，風在樹梢上咆哮；他還聽到那四個滑稽的信使每個人不同的腔調；他簡直連鮮苔和森林裡土壤潮溼的氣味都聞到了。

閣樓下的教室裡，正上著自然課。整堂課幾乎只是在計算雄蕊和雌蕊的數目。巴斯提安很高與自己躲在上面。在這裡他可以看書。而這本書，他想，正是他喜歡的書！

一個禮拜之後，小夜叉烏希八日抵達了目的地。他是第一個到達的人；或者這麼說吧，他認為他是第一個到達的人，因為他是用飛的。

就在夕陽把雲彩染得金澄澄的時候，他注意到他的蝙蝠正盤旋在迷宮花園的上空。迷宮花園整個面積由地平線的這一邊延伸到地平線的那一邊，裡面充滿了各式各樣夢幻一般的色彩，以及最令人陶醉的芳香。大路和幽徑在各色奇花異卉之間迂迴環繞，形成了一個非常精妙而複雜的圖畫。

整座花園就像是一座巨大的迷宮。當然，這座迷宮完全是為了愉悅和娛樂而設計的，裡面沒有一絲一毫陷害人的意思，所以更不要說防禦敵人了。

如果以禦敵這種目的而言，這座花園是毫無用處的。孩童女王事實上也不需要這種防禦工事；因為在幻想國廣袤無垠的疆域中，沒有人會攻擊她。除非有一個原因——這一點我們在後面就會明白。

夜叉在這一座花園迷宮上空無聲的滑翔。他看到了各式各樣的動物。在紫丁香和金鏈花之間的花野上，一群小麒麟正在夕陽中玩耍。一朵巨大的藍鈴花底下，他甚至自以為看見了稀世的鳳凰正窩在巢裡面。太不可思議了。可是由於他很匆忙，所以也無暇回頭看個清楚。因為就在迷宮花園的中央，他已經看見了閃耀著白色光芒，好像仙境一般的象牙塔。

那是幻想國的核心——孩童女王的宮殿。

說到象牙塔這個「塔」字，沒有看過的人也許不知道。其實它既不像教堂，也不像城堡。象牙塔有一個城市那麼大；從遠處看，就像一座尖尖的山峰，龜殼般聳立著，最高處則深入雲霄。再走近一些，你才會發現這一塊巨大的圓錐形方糖狀建築物上面還有無數的塔、角樓、圓頂、平頂、凸窗、臺階、樓梯以及欄杆；全部都很奇妙的結合在一起。

這些建築全部都用幻想國最白最白的象牙建造，上面有非常精細的雕琢；因此恐怕有的人還會以為是用蕾絲做成的。

孩童女王的宮殿就在這些建築裡。裡面住著她的大臣、女傭、才女和星相家、魔術師與弄臣、信差、廚子，還有特技家、空中走繩者以及說故事的人、傳令官、花匠、守門人、裁縫、鞋匠、煉丹士。

孩童女王就住在這些巨塔頂端的閣樓中。這座閣樓像是一朵盛開的木蘭花。每當滿月在星空中光芒四射的夜晚，這朵木蘭的象牙花瓣就會完全打開，女王就端坐在木蘭花盛開的中央。

小夜叉騎著蝙蝠降落在廄房的低層臺階上。必定是有人宣告了他的來到；因為他降落時，已經有五名皇家馬伕在等他。他們扶持他從鞍上下來，向他鞠躬，接著又為他獻上禮杯。按照禮節，烏希八日只啜了一口，然後再把禮杯還給他們。馬伕接過來，每一名都各啜一口，又向他一鞠躬，然後便把蝙蝠引到廄房去。

這些儀式進行的時候是禁語的。

到達了目的地之後，蝙蝠既不吃也不喝，只是捲起身體，倒掛金鉤，立刻睡著了。夜叉一路上對他的坐騎要求得稍微過分了點。馬伕就讓牠盡情的睡，躡手躡腳的離開了廄房。

廄房裡還有許多坐騎：兩頭象，一藍、一粉紅；一頭大禿鷹獅——前半身是鷹，後半身是獅子；一匹有翅膀的馬，這匹馬曾經盛名遠播，幻想國以外的人都知道，可是現在已經為人遺忘；另外還有好幾隻飛狗；幾隻蝙蝠；還有給特別細小的騎士騎的蜻蜓與蝴蝶。別的廄房裡還有許多坐騎，不是飛的，就是跑的、爬的、跳的或者游水的。牠們各有馬伕來餵食和照顧。

本來有了這些動物，應該會聽到各式各樣的咆哮、吼叫、長嘶、啁啾、哇哇叫和喋喋聲；這一片叫聲將是極不協調、吵吵鬧鬧的。可是那一天大家都十分沉默。

小夜叉站在蝙蝠降落的地方，突然間，不曉得為什麼，竟然覺得很委靡、很沮喪。遙遠的旅程使他精疲力竭，連他第一個到達這件事都使他興奮不起來。

突然間，他聽到一聲啁啾，「哈囉，哈囉！那可不是我的朋友烏希八日嗎？真高興你終於到了！」

夜叉四下瞧瞧。他的月亮眼閃爍著驚訝的光芒，因為他看見小人古魯古古站在一根欄杆上，粗枝大葉的靠著花盆，手裡揮著他的紅色高帽子。

「赫，赫！」夜叉困惑得連連發出「赫，赫！」聲，因為他不曉得說什麼好。

「他們兩個還沒有到。我是昨天早晨到的。」

「你——赫，赫——是怎麼來的？」

「那簡單！」小人謙卑的笑了笑，「我不是說過，我有一隻賽蝸牛嗎？」

夜叉用他那粉紅色的小手抓了抓那一頭烏黑的亂髮。

「我必須現在去見孩童女王。」他憂愁的說。

小人丟給他一個憂愁的眼光。

「嗯！」他說，「我昨天已提出申請。」

「申請？」夜叉說，「我們難道不能直接進去見她嗎？」

「恐怕是不行！」小人嗬嗬啾啾的說，「我們還有得等呢！你真的很難想像居然來了那麼多信使。」

「赫，赫！」夜叉嘆息著說，「怎麼會呢？」

「你最好自己看看！」小人嗚嗚呀呀的說，「跟我來，我親愛的烏希八日，跟我來！」

他們兩個走到外面。

沿著象牙塔盤旋而上的是一條窄窄的路，叫做高街。現在這條街已經擠滿了各種最奇怪的人物。戴頭巾的大精靈、小精靈、三個侏儒、留鬍子的矮人、一身燦爛的仙子、羊人、金色捲髮的怪物、閃亮的雪精等等。另外還有數不清的人在一邊亂轉；或者成群結隊站著，或者安靜的坐在地上。他們討論著情勢，或者怏怏不樂的看著遠方。

烏希八日看到這種情景，不禁呆了。

「赫，赫！」他說，「怎麼回事？他們來這裡幹什麼？」

「他們都是信使。」古魯古古說，「從幻想國各地來的。他們的消息跟我們一樣。我跟他們幾個談過了，每個地方都發生了同樣的災禍。」

夜叉長長的嘆了一口氣。

「他們知道這災禍是怎麼回事嗎？他們知道這災禍是怎麼發生的嗎？」

「恐怕不知道！沒有人知道。」

「孩童女王呢？」

「孩童女王病了！」小人低聲的說，「病得很厲害，也許這就是這場神秘災禍的原因。但是到目前為止，請了那麼多醫生到木蘭閣來，都沒有人能夠找到病因。」

「這真是——赫，赫——可怕！」夜叉屏著氣說。

「就是說嘛！」小人說。

看到這種情形，烏希八日決定不申請求見女王了。

兩天過後，沼澤磷火布魯布也到了——他走錯了地方，多繞了一大段路才到。

又三天之後，食石族皮勇固終於也到了。他是走來的，因為他在半路上突然感到很餓，就把他的石頭腳踏車給吃了。

在那一段長久等待的時日裡，這四個本來沒有一點相關的人變成了好朋友。從此他們便朝夕相處在一起。

但這是另外一個故事了，下次再說……

第2章

奧特里歐的任務

由於關係著全幻想國的禍福，會議就在宮殿的御座大廳舉行。御座大廳位於木蘭閣下方幾層樓的地方。

這間圓殿現在到處都是低語聲。四百九十九名全幻想國最優秀的醫生全部集合在此，都在相互耳語，或者咕咕噥噥的交談。他們每一個人——前前後後——都檢查過孩童女王。每個人都絞盡腦汁來醫治女王；可是誰也醫不好，誰都不知道病因，誰都想不出好方法。這個時候，第五百名醫生正在檢查女王的病。他是全幻想國最有名的醫生；據說他懂得現有的每一種藥草，每一種神奇的特效藥和偏方。他已經看了好幾個鐘頭。現場所有的同行都焦急的等待著他檢查的結果。

當然，集合在這裡的雖然都是醫生，可是他們一點都不像人類在開醫學會議的樣子。沒有錯，幻想國的人在外表上多多少少都有人的樣子，但是也有很多人像動物，甚至跟人差得很遠的。大廳裡的醫生跟擠在外頭晃蕩的那一群信使一樣，什麼樣的人都有。有的是矮腳醫生，留著白鬍子，身上長著肉瘤；有的是仙女醫生，穿著閃亮的銀色袍子，頭髮上還有閃爍的星星；有的是水怪，大腹便便，手跟腳上面都長著蹼（所以宮裡就在他們的浴室準備了浴缸）；有的是白蛇，此時正蜷縮在大廳中間的長桌上；有的是巫婆、吸血鬼、幽靈。他們沒有一個人會讓人覺得特別仁慈，或者能幫人治病。但是這些人最後卻都來了。如果你想知道為什麼，那麼你必須先知道一件事。

孩童女王——一如她的名號所表示的——在幻想國無數的省分都被尊為統治者。但事實上她不只是統治者，她還是另外一種完全不同的人。

她事實上沒有統治誰。她從來不曾運用她的神力或使用她的權力。她從沒有判決過誰，從沒有對誰下過命令。她從不干涉任何人，從來也不必防備自己會遭受任何人的攻擊；因為從來就不會有人背叛她，傷害她。在她的眼裡，每一個臣民都是平等的。

她的重要性無與倫比；她是所有生命的核心。

每一個人，不論善良或邪惡、美麗或醜陋、快樂或嚴肅、愚笨或聰明，全都依賴她生存。沒有她，誰都活不下去。就像一個人的身體要是沒了心臟，就活不下去。

雖然誰都不能完全了解她的神秘，可是每一個人都明白她的重要件；所以全幻想國的人便都尊她為女王。就像她的健康對他們也就同樣重要，因為如果她死了，他們全部都要完結，幻想國廣大無垠的領域也將全部完結。

巴斯提安的心思徘徊著。

突然間，他想起以前他的母親動手術時醫院的長廊。那時候他和父親在手術室外面等了好幾個鐘頭。醫生和護士匆匆忙忙的來來去去。每次他父親去問他母親的情形，回答的人總是推推拖拖，好像都不知道他母親的情形似的。後來終於有一個禿頭的人穿著白袍走出來，走到他們面前，又疲倦又哀傷的說：他很遺憾，他的努力終歸徒然。他兩手緊握，低語著說他「衷心感到同情」。

這件事之後，巴斯提安與他的父親之間一切都變了。變的並不是四周的事物。巴斯提安想要的東西，應有盡有。他有一部三段變速腳踏車、一部電動火車、很多維他命丸、五十三本書、一隻金黃色的大老鼠、一個裡面養著熱帶魚的水族箱、一部小相機、六把小刀。可是，這些東西現在對他都沒有意義了。

巴斯提安還記得過去他父親常跟他一起玩；甚至還會說故事給他聽。但是現在再也不會了。他再也沒有辦法跟父親交談。父親的身旁圍著一道看不見的牆，沒有人能接近他。父親既不罵人，也不誇獎人。甚至連他在學校被人欺負，父親也不講什麼，只是悲傷茫然的看看他。巴斯提安不禁感覺父親心中根本沒有他。晚上，他們坐在電視機前面，巴斯提安常發現父親根本就沒有在看電視；他的心早就不曉得飛到哪裡去了。他們坐著看書時，父親根本就沒有在看書；他連著好幾個鐘頭一直看著同一頁，翻都沒翻一下。巴斯提安知道父親很哀傷。他自己都哭了好幾個晚上。有時候哭得太厲害了，就想吐。但是這一切漸漸都過去了，他現在已經完好無恙。所以他不懂父親為什麼不跟他談話。用不著談母親，用不著談什麼重要的事情，只要有那種促膝相談的感覺就行了。

「但願我們知道，」一個高高瘦瘦，留著紅色火焰鬍子的火怪說，「但願我們知道她生的是什麼病。沒有發燒，沒有紅腫，沒有出疹，沒有發炎。她只是一直虛弱下去——沒有人知道為什麼？」

他說話的時候，嘴裡不斷冒煙，形成各種圖案。這一次的圖案是問號。

有一隻老烏鴉又髒又濕，看起來像是一只身上沾滿了羽毛的馬鈴薯。他是感冒和喉嚨痛的專家。他用嘎嘎嘰嘰的聲音回答說：「她不咳嗽，也沒有感冒。就醫學觀點而言，她根本就沒病。」他推一下喙子上面的眼鏡，用挑戰的眼光看看四周的人。

「有一件事很明顯，」一隻螳螂（綽號叫作藥片磨盤）嚶嚶嗡嗡的說，「她的病跟各地信使報告的事有一種神秘的關係。」

「啊，對！」一隻黑水鬼嘲笑著說，「你不管在哪裡，都能看到神秘的關係。」

「我親愛的同行！」一個穿著白色長袍，雙頰凹陷的瘦鬼起來呼籲了，「讓我們不要做人身攻擊；這種話是不切實際的。還有，請你們說話小聲一點！」

御座大廳裡到處都聽得到這一類對話。這麼多不同種類的人可以這樣互相交談，看起來似乎不可思議。可是，幻想國的人民，甚至是動物，至少都懂得兩種語言：一種是他們自己種族的語言，只跟自己人講，外人聽不懂；另外一種是全幻想國通行的語言，叫作幻塔地語，這種話雖然有些地方講的腔調不太一樣，可是全國通用。

突然，大家都靜了下來；因為大廳的兩扇大門開了。遠近馳名的大醫師凱龍走了進來。他是一個上了年紀的人頭馬——腰部以上是人，以下是馬——而且是一匹黑色的人頭馬，來自遙遠的南方。他那屬於人的上半身有著黑檀的膚色，只有鬍鬚和鬈髮是白的。屬於馬的下半身有斑馬一般的條紋。他戴著一頂用蘆葦編的怪帽子，脖子上掛著一條鍊子，上面有一個很大的金黃色徽章，徽章上面可以清楚的看到兩條蛇，一白一黑。這兩條蛇互相咬住對方的尾巴，繞成一個橢圓形的圖案。

幻想國每一個人都知道這個徽章。誰戴著這個徽章，就表示他是奉女王之命行動的人。他以她的名行動，如同她本人一樣。

據說戴了這個徽章的人會有神秘的力量。沒有人知道是什麼力量，但是每個人都知道這個徽章叫「奧鈴」。

但是，很多人都怕說出這個名字，所以只好叫它「寶石」，或者「榮耀」。

換句話說，巴斯提安這本書就有這個女王的標幟。

御座大廳裡一陣交頭接耳，有的醫生甚至驚奇的叫出聲來；因為這顆寶石已經有很久、很久不曾託付給任何人了。

凱龍跺了兩下蹄子。大家都靜了下來。他用深沉的聲音說：「朋友！你們不必不安，這個奧鈴我只是暫時戴著。我只是中間人，我很快就會傳給有資格戴的人。」

大廳裡鴉雀無聲。

「我不會講誇大的話來掩飾我們的失敗，女王的病把我們都難倒了。我們只知道幻想國的災難跟她的病是同時發生的。我們甚至不知道醫學方法是不是救得了她。但是，可能——我希望我底下的話不至於冒犯各位——可能我們大家，聚在這裡的各位，在知識上還有所不知，在智慧上還有所不足。老實說，我最後希望的就是，在這個廣大無垠的王國裡，還有一個比我們聰明的人，能夠給我們協助和建議。當然，這只是一個可能；但是有一點可以肯定，要尋找這樣的一個救主，必須先要有一個探路的人。這個探路人要能在茫無路途的荒野中找到道路，要能夠不畏危險困苦。換句話說，我們需要的是一個英雄。女王已經給了我這個英雄的名字，她已經把她的救贖以及我們的救贖託付給他了。他的名字叫奧特里歐。他住在銀山後面的碧草海洋。我將會把奧鈴交給他，然後派他去展開這次偉大的追尋。講到這裡，你們該知道的都已經讓你們知道了。」

說完了這些話，老人頭馬大步走出了大廳。

大廳裡的人彼此交換著困惑的眼神。

「這個英雄的名字叫什麼？」一個問。

「奧特里歐，還是什麼的？」另一個回答。

「沒聽說過。」第三個人說。四百九十九名醫生都在茫然的搖頭。

鐘樓裡的鐘敲了十下。巴斯提安有點驚訝為什麼時間過得這麼快。在教室裡上課的時候，時間總是長得要命。在下面的教室裡，他們現在大概是在上德朗先生的歷史課。德朗先生瘦瘦高高的，脾氣很壞，他喜歡把巴斯提安叫起來嘲弄，因為巴斯提安老記不住某一場戰爭在哪一年發生，哪一個朝代由哪一個人當皇帝。

銀山後面的碧草海洋距離象牙塔有好幾天的路程。碧草海洋事實上是一片跟海洋一樣廣大的草原。整片草原長滿了高而肥碩的青草。每當風吹過來的時候，那高高的青草便興起巨浪，像波濤洶湧的大海一般嘩啦作響。

住在這片草原上的人叫做草人，也叫做綠皮族。他們的頭髮是藍黑色的，不論男女都留著一頭長髮，通常還紮成馬尾，皮膚是橄欖綠色的。他們過的是辛苦節儉的生活。他們的孩子，不論男孩或女孩，全都被大人教得很勇敢、驕傲而且慷慨。他們都學過如何挨冷受熱，忍受巨大的痛苦。他們在兒童時期就已經接受過勇氣考驗。這一切對於他們都是必要的；因為綠皮族是狩獵的民族，他們一切生活所需，不是取自那堅硬、多纖維的碧草，就是取自棲息在碧草海洋中的大群紅牛。

這種紅牛大約有一般公牛或乳牛的兩倍半大，身上長著很長的、紫紅色的毛，閃爍著絲綢般的光亮；頭上的大角又尖又硬，利得跟匕首一樣。這種紅牛平常是很和平的動物，可是一旦聞到危險的氣味，或者認為自己即將遭受攻擊，就會像大自然的災變一樣可怕。這種動物只有綠皮族人才敢攻擊，而且只用弓箭來射，不用別的武器。綠皮族是崇拜勇氣的戰士。但是，最後命喪黃泉的往往不是獵物，而是獵人。綠皮族敬愛紅牛，認為只有願意死在紅牛蹄下的人才有權利殺紅牛。

碧草海洋現在還不知道女王生病，也不知道幻想國發生了危機。綠皮族的營地已經很久很久沒有旅人來訪了。海洋上的草比以前更飽滿多汁，白日天氣晴朗，夜晚天空星光點點，一切如此安詳。

可是，這一天終於到了，一匹黑色老人頭馬突然出現在碧草海洋。他全身冒汗，好像已經用盡了力氣，鬍子滿臉，十分憔悴。他頭上戴著一頂用蘆葦編的怪帽子，脖子上掛著一條鍊子，鍊子上面有一個很大的金黃色徽章。他就是凱龍。

他站在帳篷中間的空地上。平時，綠皮族長老用這片空地來開會，饗宴的日子則用來唱歌跳舞。他等著綠皮族人聚集過來。可是擠到他身邊的只有老人和小孩，他們睜大了眼睛好奇的看著他。於是他便很不耐煩的跺著蹄子。

「其他獵人呢？」他喘著氣，脫下帽子，抹抹額頭的汗說。

一個手裡抱著嬰孩的白髮女人回答說：「他們打獵去了，要三、四天才會回來。」

「奧特里歐也去了嗎？」人頭馬問。

「是的！陌生人。你怎麼認識他呢？」

「我不認識他。去找他來。」

「陌生人！」一個扶著拐杖的老人說，「他不會肯回來的；因為這次狩獵是特別為他舉行的。從日落時分開始。你知道這是什麼意思嗎？」

「我不知道。可是我不管那麼多。他現在有更重要的事情要辦。你認得我身上戴的這個徽章嗎？去把他找來。」

「我們已經看到這顆寶石。」一個小女孩說，「我們知道你受女王之託而來。可是你是誰啊！」

「我叫凱龍。」人頭馬憤憤的說，「凱龍醫師。你們知道嗎？」

一個駝背的老太婆向前走上一步，叫道：「是真的，我認識他。我年輕的時候曾經看過他。他是全幻想國最偉大、最有名的醫生！」

人頭馬點點頭。「謝謝你，我的好女士。」他說，「現在也許你們哪一位仁慈的先生、女士願意去幫我把奧特里歐找來！事情很急！女王如今已經命在旦夕。」

「我去！」一個五、六歲的小女孩喊著。說著便跑開了。幾秒鐘之後，她騎著一匹無鞍的馬從帳篷之間奔馳而去。

「真是萬幸！」凱龍喃喃的說。說完就昏過去了。醒過來以後，他發現四周一片黑暗，不知道是在什麼地方。慢慢的他才搞清楚自己是在一個大帳篷裡面，躺在一張柔軟的皮毛床上。這個時候好像是夜晚，因為他從門簾的縫裡看見閃爍的火光。

「天啊！」他自言自語，想要坐起來，「我在這裡躺多久了？」

一個人打開門探頭進來看了一下又縮回去。帳篷外有一個人說：「他好像醒了。」門簾拉開了，走進一個大約十歲左右的男孩子。他穿著牛皮做的長褲和鞋子，上身沒穿衣服，只披著一件披風。這件披風顯然是用牛毛織成的。藍綠色的長髮用皮繩綁在後面，橄欖綠的臉頰和額頭有幾道白色刺青。他的黑眼睛憤怒的看著凱龍，可是其他五官卻毫無表情。

「你找我幹什麼，陌生人？」他問，「你到我的帳篷裡來幹什麼？你憑什麼不讓我打獵，剝奪我的權利？如果我今天能夠殺掉一頭牛——我的箭都已經上弓了——我明天就是獵人了。可是現在，我要等明年了。為什麼？」

人頭馬害怕的看著他。

「我想，」他問，「你是不是奧特里歐？」

「我就是，陌生人。」

「是不是還有人叫奧特里歐？大人，或是有經驗的人？」

「沒有！我就是奧特里歐，沒有別人。」

凱龍跌坐床上，嘆氣道：「一個小孩子！一個小男生！真是的，我真搞不懂女王。」

奧特里歐冷冷的，不為所動，站在那裡不講話。

「請原諒我，奧特里歐。」凱龍克制著自己的焦慮——因為這次的災難實在是太大了——說，「我不是故意要傷害你，我只是太驚訝了！坦白說，我嚇壞了！我不知道說什麼好。我忍不住懷疑，女王選了你這樣的一個小孩，到底知不知道自己在幹什麼？簡直瘋狂！如果真要這麼做，那麼……那麼……」

他猛然搖搖頭，衝口而出說：「要是我知道她派我出來卻是找你這種人，我會拒絕替她把這個任務交給你！我會拒絕！」

「什麼任務？」奧特里歐問。

「很可怕的任務！」凱龍憤憤不平的說，「就是最偉大、最有經驗的英雄都不見得能夠完成這個任務……而你……她派你到渺無可知之處去尋找未知之物……沒有人幫助你，沒有人給你建議，沒有人知道你會遭遇什麼事。你必須現在就決定要不要接受這個任務，一分一秒都不能浪費。我日以繼夜，奔馳了十天，馬不停蹄來找你。可是現在——我巴不得我沒有來這裡。我年紀大了，已經快要沒力氣了。請你給我一口水喝好嗎？」

奧特里歐去提了一壺清涼的泉水。人頭馬大口大口喝下去，然後擦擦鬍子，這才比較平靜。「謝謝你。太好了！我覺得好多了。聽我說，奧特里歐，你不一定要接受這個任務。女王說過完全要由你決定。她從來都不用命令的。我把你的情形告訴她，她就會另外再找人。她一定不知道你是個小孩子！她一定弄錯了！這是唯一可能的原因。」

「是什麼樣的任務？」奧特里歐問。

「尋找治療女王的藥方，」人頭馬回答，「以及拯救幻想國的方法。」

「女王病了？」奧特里歐驚訝的問。

凱龍把女王的情形以及幻想國各地信使報告的消息一一跟他說了。奧特里歐問了許多問題，人頭馬也盡其所知的回答。他們一直談到深夜。關於幻想國所面臨的災禍，奧特里歐知道得越多，他那先前無動於衷的臉就越顯得恐懼，想掩飾都沒辦法。

「想想看，」他那蒼白的嘴唇喃喃而言，「我對這件事竟然毫無所知！」

凱龍濃濃的眉毛糾結著，憂愁、焦急的看了男孩一眼。

「現在你已經知道是怎麼一回事了。」他說，「所以或許你也已經了解為什麼我剛看到你時，會這麼著急。然而女王卻指名要你。她說：『去找奧特里歐！我完全信任你。你去問他是不是願意為我，為幻想國完成這次偉大的追尋。』我不知道她為什麼選你？或許那些事情只有你這樣的小男孩才辦得到吧？我不知道，我沒辦法給你什麼意見。」

奧特里歐垂著頭坐在那裡，不講話。他明白這個任務可不是打獵；就算是最偉大的獵人和嚮導都不見得會成功，他又怎麼有希望？

「怎麼樣？」人頭馬問，「你肯去嗎？」

奧特里歐抬起頭來，看著他。

「我要去。」他堅定的說。

凱龍憂愁的點點頭，然後把黃金徽章從身上解下來，掛到奧特里歐的脖子上。

「奧鈴會賜給你大神力。」他莊嚴的說，「但是你卻不可以使用這些神力；因為女王從來就不用她的神力。奧鈴會保護你，引導你；可是不論你在路上碰到什麼事情，絕對不要干涉。因為從此刻開始，你自己的想法已不重要。同樣的，你也不可以帶武器。不管什麼事情你都要隨它去。任何事情，不論好事或壞事、美麗或醜陋、愚笨或聰明，你都必須像女王一樣平等看待。你可以找，可以問，可就是不要判斷。要一直記住這一點，奧特里歐！」

「奧鈴！」奧特里歐敬畏的唸著，「我不會辜負『榮譽』的。我什麼時候動身？」

「馬上就走！」凱龍說，「沒有人知道這次的大追尋要多久才能完成。每一個鐘頭，甚至連現在，都很重要。快去跟你的父母親和兄弟姊妹告別吧！」

「我沒有父母，也沒有兄弟姊妹！」奧特里歐說，「我出生後不久，我的父母就死在牛蹄之下了。」

「那是誰把你養大的？」

「這裡的男人和女人把我養大的。所以他們叫我奧特里歐；在我們的話裡，意思是『大家的孩子』！」

巴斯提安可是最明白這個意思了。雖說奧特里歐無父又無母，而他的父親還健在，但奧特里歐有全族的男人和女人來養他，因此才叫「大家的孩子」。這就補償過來了。巴斯提安並沒有這些人來養他，所以他是「沒人要的孩子」。但巴斯提安很高興自己跟奧特里歐有這麼一丁點相似的地方，否則他就完全不像奧特里歐了。力氣不像，勇氣和決心也不像。

然而巴斯提安自己同樣也在展開一個大追尋，不曉得自己會走到哪裡，如何收拾。

「如果是這樣的話，」人頭馬說，「你最好不用跟族人道別，現在就走吧！我會向他們解釋的。」

奧特里歐的臉從來不曾這麼消瘦，這麼僵硬。

「我該從什麼地方開始？」他問。

「哪裡都可以，哪裡都不可以！」凱龍說，「從現在開始，一切都要靠你自己了，沒有人會給你意見。這種情形會一直延續到大追尋結束為止——不管如何結束。」

奧特里歐點頭說：「再會，凱龍。」

「再會，奧特里歐。祝你好運！」他們面對面站著，人頭馬伸出雙手放在奧特里歐的肩頭上，以尊敬的微笑注視著他的眼睛，慢慢的說，「我想我現在開始明白女王為什麼選你了，奧特里歐。」

男孩子微微頷首，然後快步走了出去。

他的馬阿泰斯一直就在帳篷的外面。阿泰斯是一頭小馬，身上有斑點，好像一匹野馬。牠的腿又短又壯，但卻是最快的馬，能夠跑很遠很遠的路，又很不容易疲勞。牠的身上已經放著馬鞍。事實上，奧特里歐狩獵回來以後，就沒有把馬鞍卸下。

「阿泰斯！」奧特里歐拍拍牠的脖子，輕輕的說，「我們就要去很遠很遠的地方，不知道會不會再回來！」

阿泰斯點點頭，噴了一下鼻息。

「是的，主人。」牠說，「可是你還打不打獵？」

「我們有更大的獵要打。」奧特里歐說著，爬上了馬鞍。

「等一下，主人！」阿泰斯說，「你忘了帶武器。你不帶弓箭去嗎？」

「沒錯，我不帶！」奧特里歐說，「我不能夠帶武器，因為我已經帶了『寶石』。」

「唔！」阿泰斯噴了一下鼻息，「那我們要去哪裡？」

「哪裡都可以，阿泰斯！」奧特里歐說，「我們從現在開始展開偉大的追尋。」

說完這些話，他們奔馳而去，消失在黑暗中。

這個時候，幻想國的另一個地方也發生了一件事，可是完全沒有人知道；奧特里歐和阿泰斯也不知道。

在遙遠之處的黑夜荒地中，那裡的黑暗已經濃縮成一個很大的黑色物體。這個黑色物體非常黑，連沒有月亮和星星的夜晚，都可以看出牠身體非常巨大。牠的外形還不是很具體，可是卻可以看得出有四條腿，頭很大，頭髮又粗又濃，眼睛冒著綠色的光。牠揚起大鼻子聞了一下空氣，突然間找到了牠一直在尋找的氣味，於是喉嚨裡發出沉厚、勝利的咆哮聲。就在這沒有星光的夜晚，牠也出發了。牠大步、無聲的向前奔馳而去。

鐘樓裡的鐘敲了十一下。孩子們從教室向運動場跑去，樓下的走廊響起小孩的叫鬧聲。巴斯提安仍然盤腿坐在墊子上。他的腿都麻了，他畢竟不是印地安人。他站起來從書包裡拿出三明治和蘋果，在地板上走動。他麻木的腿好像有針在刺一般，過了好一會兒才恢復過來。然後他爬上標本馬，騎在上面。他想像自己就是奧特里歐，騎在阿泰斯的背上，在黑夜中奔馳。他把頭靠在馬脖子上。

「啊！」他叫著，「跑啊！阿泰斯！」才一下子他又嚇住了。他好笨，叫得這麼大聲。

如果讓人家聽到了怎麼辦？他靜靜聽了一下，幸好只聽到運動場上的喧鬧聲。

他覺得自己很愚蠢，就從馬背爬下來。真是的！他的行為真像個小孩子。

他把三明治的袋子打開，又把蘋果在腿上擦一擦，正要咬下去的時候，他停住了。

「不可以！」他對自己說，「我必須節省糧食。誰知道我要靠這些食物活多久呢？」

他心情沉重的把三明治重新包起來，跟蘋果一起放回書包。

他嘆了一口氣，重新拿起那本書。

第3章

老者莫拉

老人頭馬凱龍聽著阿泰斯的踢踏聲逐漸遠去，便回去躺在皮毛床上。在這樣盡心盡力之後，他已經耗盡了所有力氣。

第二天，一個女人到奧特里歐的帳篷來看他時，聽了凱龍的敘述，不禁為他的命運擔憂起來。幾天之後，獵人們回來了。雖然凱龍的情況並沒有改善，可是他還是振作起精神告訴他們為什麼奧特里歐騎馬離去。大家都很疼愛這個孩子，不禁為他擔憂起來。然而他們也很驕傲——女王選他來擔任這個大追尋的任務——雖然沒有人了解女王為什麼選他。

老凱龍從此再也沒有回到象牙塔，然而他也沒有留在綠皮族的碧草海洋，更不是死了。他經歷了非常困苦，且難以預料的命運。但這又是另外一個故事了，下回再說。

奧特里歐出發的當天晚上，就到了銀山的山腳下。但是到了將近黎明時，他們才停下來休息。阿泰斯吃了一些青草，又在一條小溪裡喝了一些水；奧特里歐圍著紅色披風睡了幾個鐘頭。太陽一出來，他們又上路了。

第一天他們要通過銀山。銀山的每一條路、每一條小徑，他們都很熟悉，所以他們走得很快。男孩子有時餓了，就吃一大塊牛肉乾，以及兩塊青草種子小餅。這些食物原來是放在鞍袋裡，準備打獵的時候吃的。

「就是說嘛！」巴斯提安說，「每個人都要吃飯的。」他從書包裡拿出三明治，打開袋子，小心掰成兩半，先把其中的一半包起來擺到一邊，然後把另外一半吃個精光。

上課了。巴斯提安想著這一節是什麼。唔！對了！是福林特夫人的地理課。上她的課，你必須很快的說出河流的名稱，河流的流域，還有城市、人口、自然資源、工業區等。巴斯提安聳聳肩膀，繼續看書。

太陽下山的時候，銀山已經在他們後面了，於是他們又停下來休息。當天晚上，奧特里歐夢見了紅牛。他看見這些紅牛在遠遠的地方，在碧草海洋上四處徘徊。他騎著馬想接近牠們，可是沒有用。他鞭馬，他奔馳，可是牠們還是距離那麼遠。

第二天他們經過了唱歌樹國。那裡每一棵樹的形狀、葉子、樹皮都不一樣；可是每一棵長大的時候，都會發出柔和的音樂。這種樹遠遠近近，到處都是，形成一片大合聲。除了這裡，在幻想國再也找不到這麼美的音樂了。但是路過這個地方，並非一點危險都沒有；因為這種美妙的音樂會迷惑路人，使人停下腳步，從此靜止不動。這種音樂的力量，奧特里歐也感覺到了，但他不肯讓自己受誘惑，一步也不曾停下來。

隔天晚上，他又夢見了紅牛。這次他沒有騎馬，牠們一大群從他前面經過，可是卻在他的弓箭射程之外。他想要走近一點，但是他的腳卻黏在地上不能動。他瘋狂的想把腳拔起來，就醒了。他立刻啟程，這時太陽都還沒出來。

第三天，他看見愛麗坡地方的玻璃塔。這裡的人捕捉星星的光儲藏起來，再製造成奇妙的裝飾品。然而這些裝飾品的作用，除了他們自己之外，全幻想國沒有人知道。

他遇見幾個這裡的人。他們的個子小小的，就好像是用玻璃吹成的。這些人非常友善，給他和馬食物吃，又給他們湯喝；可是當他問他們有誰知道女王生病時，他們就變得沮喪、困惑，不講話了。

晚上，奧特里歐又夢見了紅牛。其中有一頭很大，很威嚴的走出來，既不害怕也不憤怒，慢慢的向奧特里歐走來。奧特里歐跟所有真正的獵人一樣，知道每一種動物身上的致命點，一箭射下去，便足以置之死地。這頭紅牛這樣子走過來，成了一個明顯的目標。奧特里歐搭上弓箭，使盡力氣把弓拉滿；可是，他射不出去。他的手指長到弓弦裡去了，箭射不出去。

每一個晚上他都夢見相同的夢。他跟那頭紅牛距離越來越近——他認得牠，因為牠的額頭上有一塊白斑——可是，總是有什麼原因，使他沒辦法把那致命的箭射出去。

這些日子以來，他不斷的向前走，越走越遠；可是他不知道自己會走到哪裡，也不知道要找誰來給他意見。他遇見的每一個人都很尊敬他的黃金徽章，可就是沒有人能夠回答他的問題。

有一天，他看見了火精城的火焰街道。這個城市的人身體都是火，所以他寧願避而遠之。他又經過返老還童人的大高原。這裡的人一出生就很老，長到嬰兒時期就死了。他又到了穆瓦瑪特森林廟，這座廟有一根大月石柱懸在半空中。他跟那裡的僧侶談話，可是同樣沒有人能夠給他什麼意見。

凱龍跟他談到幻想國的一些狀況，雖然已經使他印象深刻，可是到目前為止，那還只是聽說。然而第七天他終於看到了。

那是快近中午的時候。他經過一片森林，森林裡一片黑暗，都是枝椏彎彎曲曲的大樹。這裡就是上次四個信使碰面的咆哮森林。這個地方，據奧特里歐所知，是樹皮巨人的家鄉。曾經有人告訴他，這些巨人就像彎彎曲曲的樹幹。只要他們站著不動，你就很容易認為他們是樹木，毫不起疑的走過去。而他們常常就是站著不動，只有他們走動的時候，你才看得清楚他們樹枝一般的手臂、扭曲得像樹根一般的腿。他們力氣很大，可是並不害人——頂多只是作弄一下那些迷路的人。

這天，奧特里歐在樹林裡發現一片草地，中間有道溪水。他就下馬，讓阿泰斯吃草、喝水。突然，他後面的森林裡響起一片劈劈啪啪，重物落地的聲音。

森林裡出現了三個樹皮巨人，朝他走來。奧特里歐一看到他們，背都涼了。第一個樹皮巨人沒有腿、腰，只好用手走路；第二個胸口有個洞，大得可以從前面看到後面；第三個用右腳跳著走路，因為他的左半身不見了，好像有人把他從中一切為二。

他們一看到奧特里歐頸上掛的徽章，就互相點點頭，然後慢慢走過來。

「不要怕！」用手走路的那個人說。他的聲音聽起來好似樹枝磨擦，「我們看起來並不漂亮，但是在咆哮森林這裡，沒有人會來警告你的，所以我們就來了。」

「警告我！」奧特里歐問，「為什麼？」

「我們聽說過你；」胸口上有洞的那個人說，「我們也聽說過你的大追尋。你現在不要再往前走了，否則你會迷路的。」

「你會跟我們一樣，遭遇到同樣的不幸。」半邊人嘆著氣說，「這樣你喜歡嗎？」

「你們遭遇了什麼不幸？」奧特里歐問。

「空無一直在擴大，」第一個人哀傷的說，「空無一直在成長，一天比一天大——對不起，既然是空無，又說它一天比一天大，希望你懂我們的意思。別人都逃走了，可是我們不想離開家鄉，所以我們都在睡覺的時候被空無逮住了，它就把我們弄成這個樣子。」

「很痛苦嗎？」奧特里歐問。

「不！」胸口上有洞的人說，「什麼感覺都沒有，就是東西不見了。它一抓到你，你就每天失去一件東西；沒多久什麼東西都沒有了。」

「是從哪個地方開始的？」奧特里歐問。

「你想看嗎？」那半邊人說著，轉身用詢問的眼光看了一下他的兩個難兄難弟。他們點頭，於是他說，「我們帶你到一個地方，到了那裡，你就可以看得很清楚。但是你必須答應我們不要走得太近，要不然它會把你拉進去的。」

「好！」奧特里歐說，「我答應你。」

這三個人轉身向森林外走去。奧特里歐牽著阿泰斯，跟在他們後面。他們在大樹之間忽而走這條路，忽而走那條路，最後停在一棵巨樹下面。這棵樹很大很大，三個大人合抱還不見得圍得起來。

「爬得越高越好。」無腿巨人說，「然後朝著日出的方向看，你就會看到——最好不要看算了。」

奧特里歐順著樹上凹凹凸凸的節瘤爬上去。先爬到較低的樹枝上，攀過另外一根，再爬，一直爬；漸漸的就看不到地面了。他越爬越高，樹幹也越來越細；越往上，間隔規律的側枝就讓他越容易爬。最後他終於到達樹梢。向著日出的方向，他看見了。

離他最近的樹梢還是綠的，可是遠一點的就不然了。那些樹梢失去了顏色，一片灰白。再遠一點，樹葉都變得好奇怪，好像輕霧一般，有些透明；或者說真實一點，好像不是真實的。再遠一點，就根本沒有任何東西了，完完全全沒有任何東西。沒有那空無一物的空間，沒有黑暗，沒有色彩。不！這種情景眼睛受不了；這種情景讓你覺得瞎了一般。沒有人看見完全的空無，眼睛還受得了的。奧特里歐伸手遮住臉，差一點就跌下去。他用力抱緊樹枝，接著就開始往下爬；能爬多快，就爬多快。這一下就夠了，他現在終於明白那遍布幻想國的災難是什麼樣子。

當天晚上，又有另外一件事情在等他。這件事情為他的大追尋帶來了新的方向。

他又夢見那頭紅牛了。這一次比以往都更清楚。他一直想要殺掉那頭紅牛，可是這一次他既沒有弓，又沒有箭。他自己變得很小、很小，而紅牛的臉卻占滿了天空。這張臉對著他講話。他不是每個字都聽得清楚，可是，大意是這樣——

「如果你以前把我殺掉，你現在早就是獵人了。可是因為你放過了我，所以我現在才可以幫助你。奧特里歐，聽我說，幻想國有一個很老、很老的人，誰都沒有他老。離這裡很遠很遠的北方，有一個悲傷沼澤。沼澤中央有一座山，叫龜殼山，老者莫拉就住在那裡。你去找他。」夢到這裡，奧特里歐就醒了。

鐘樓裡的鐘敲了十二下。巴斯提安的同學很快就要下樓去上最後一節體育課了。今天他們可能會玩那種又大又重的籃球。每次玩這種球，巴斯提安都很笨拙，所以兩邊都不要他。有時候他們玩一種小小、硬硬的橡皮球，被這種球打到是很痛的。

巴斯提安倒是個好目標，每次都得了個滿頭彩。要不他們就玩爬繩——巴斯提安最討厭了。別人都可以一路爬到上面，唯有他，雖然有腳，卻爬不上去；爬得一張臉像甜菜一般紅，身體卻還像一袋麵粉一樣掛在繩底下。同學都笑彎了腰，而體育老師猛齊先生早就把槍口對準好來取笑他了。

巴斯提安要像奧特里歐一樣好好的表現一下，他要讓他們瞧瞧。

他深深的嘆了一口氣。

奧特里歐不斷朝著北方奔馳，只有在必要時，才停下來吃飯休息。他冒著炙熱的太陽或傾盆大雨，白天也趕路，晚上也趕路。他不東張西望，遇到人也不再問問題。

他越接近北方，天空就越暗。白天，天空是一道鉛灰色單調的微光。晚上，只有最北方還亮著一道天光。

一天早晨，他站在山頂上向四周瞭望；時間幾乎已經靜止在那幽暗的微光裡。但是看著看著，他終於瞥見了悲傷沼澤。悲傷沼澤上面籠罩著一片雲霧，到處都可以看到小樹叢。樹叢的枝幹從地面就分成四、五枝，乃至更彎彎曲曲的小枝，好像有許多條腿的大螃蟹趴在黑色的水上。棕色的葉子垂著氣根，像極了動也不動的觸鬚。在那一片沼澤上，在那水塘和水草覆蓋之處，簡直無法認出哪個地方是硬的，可以踏上去。

阿泰斯害怕得發出了嘶聲，「我們要走進去嗎，主人？」

「是的！」奧特里歐說，「我們必須找到龜殼山才行。它就在這片沼澤的中央。」

他催阿泰斯走。阿泰斯一步一步試著地面的硬度；這樣他們就走得很慢。最後奧特里歐只好下來，牽著阿泰斯走。阿泰斯好幾次陷進去，都努力的爬出來。可是他們越深入悲傷沼澤，行動就越遲緩。阿泰斯現在垂下頭，不想走了。

「阿泰斯，」奧特里歐問，「你是怎麼搞的？」

「我不知道，主人。我想我們應該回頭。我們做這些事情毫無意義。我們追尋的只是你夢見的東西。我們什麼東西都沒找到。或許一切都太遲了，或許現在女王已經死了，我們做什麼都沒有用了。讓我們回頭吧！主人。」

奧特里歐覺得很驚訝，「阿泰斯，你從來不會講這種話的。你是怎麼搞的？病了嗎？」

「或許吧！」阿泰斯說，「我每走一步，心裡的悲傷就增加一分。我已經放棄希望了，主人。我覺得自己很沉重，我沒有辦法再走下去。」

「可是我們一定要走啊！」奧特里歐叫著，「走啊，阿泰斯！」

他用力拉韁繩，可是阿泰斯站著一動也不動。水已經淹到牠的肚子了，可是牠仍然不想爬出來。

「阿泰斯！」奧特里歐叫著，「你不能沉下去！來啊！爬出來，不然你會沉下去的！」

「不要管我，主人！」阿泰斯說，「我辦不到。你自己去吧！不要為我麻煩了。我再也受不了心裡的悲傷，我想死！」

奧特里歐絕望的猛拉韁繩，可是阿泰斯越沉越深，只剩下一個頭了。奧特里歐不禁把阿泰斯抱在懷裡。

「我會抱住你，阿泰斯！」他輕聲說，「我不會讓你沉下去的！」

阿泰斯發出最後一聲軟弱的嘶叫：「你沒有辦法幫助我的，主人。我什麼都完了。我們先前都不知道要走進什麼樣的地方。現在我知道為什麼這個地方叫悲傷沼澤了。讓我感覺這麼沉重的，就是這裡面的悲傷。所以我才一直沉下去，沒有用的！」

「可是我也在這裡啊！」奧特里歐說，「為什麼我一點感覺都沒有？」

「你戴著『榮耀』啊，主人！」阿泰斯說，「它在保護你。」

「那麼我把它掛到你的脖子上！」奧特里歐叫著，「也許它會保護你！」

說著，他就要把項鍊從脖子上拿下來。

「不要！」阿泰斯嘶叫著說，「你不可以這樣，主人！『榮耀』是託付給你的，你不可以把它傳給別人。你必須自己去完成大追尋！」

奧特里歐把臉埋到阿泰斯的臉上。

「阿泰斯！」他輕輕呼叫著，「哦！我的阿泰斯！」

「你願意答應我最後的請求嗎？」

奧特里歐無言的點點頭。

「那麼我請你走。我不想讓你看到我的樣子。你願意幫我這個忙嗎？」

奧特里歐慢慢站起來，阿泰斯的頭有一半都浸在黑水裡了。

「再會了，奧特里歐，我的主人！」

奧特里歐緊緊咬著牙。他說不出話來，於是向阿泰斯點了一下頭，轉身就走。

巴斯提安哭了。他禁不住。他的眼裡都是淚水，他必須掏出手帕來擤鼻涕，才能夠再繼續看下去。

奧特里歐一路跋涉，不知道經過了多久。霧越來越濃，他覺得自己又盲又聾。好像在一個圈子裡打轉，遊蕩了好幾個鐘頭。他再也不在乎自己往哪裡走。然而不論他怎麼走，他從來就沒有下沉到膝蓋以上。冥冥中，女王的徽章引導他走在正確的路上。

突然間，他看見前面有一座高高、陡直的山。他爬上去，爬過一個峭壁，終於爬到圓圓的山頂。起先他沒有注意到這座山是什麼東西造成的。可是他由山頂上瞭望整座山之後，發現上面是一大片一大片龜殼，其間的縫隙還長著蘚苔。

他找到了龜殼山。

但他還是不快樂。他忠實的小馬死了，他變得幾近冷漠。

然而，他還是必須找到那個老者莫拉。

他在山上思索著，突然感到這座山起了一陣輕微的震動。他聽到一陣可怕的氣喘聲和咂唇聲，然後有個像從地下最深處發出的聲音說話了：「活生生的道理，老太婆，有人在我們身上爬來爬去。」

奧特里歐衝到山邊，想看看這個聲音究竟是從哪裡來的，卻從一片蘚苔上滑了下去。他找不到什麼東西可以抓住，以致越滑越快，最後終於飛出去了。幸好他跌在一棵樹上，樹枝把他擋住了。

回頭再看這座山，他看到了一個很大的洞。裡面有水潑來潑去，有個東西在動。這個東西慢慢的伸出洞來，好像一顆鵝卵石，卻大得像一幢房子。這個東西全部都出來之後，奧特里歐才看清楚那是一個頭，連在一個環紋狀的脖子上面——一隻烏龜的頭。眼睛烏黑，大得像池塘。嘴巴裡滿是水草。整個龜殼山——這時奧特里歐突然間明白過來，原來就是一隻龐然大物——沼澤烏龜老者莫拉。那咯咯作響的聲音又喘著氣說話了：「孩子，你在這裡幹什麼？」

奧特里歐拿起徽章，舉得老高，讓那一對大眼睛不能視而不見。

「你認識這個牌子嗎，莫拉？」

她過了一會兒才回答：「活生生的道理，那是奧鈴。我們已經很久沒有看過這個牌子了，是吧！老太婆？那是女王的徽章——很久沒看見了。」

「女王病了！」奧特里歐說：「你知道嗎？」

「沒有我們的事，是不是，老太婆？」莫拉回答說。她是在自言自語。因為，天曉得已經多久沒有人跟她說過話了。

「如果我們不救她，她會死掉！」奧特里歐叫出來，「空無到處擴散，我親眼看到的。」

莫拉睜著空洞的大眼睛望著他。

「我們可不在乎，是不是，老太婆？」

「這樣我們都會死掉！」奧特里歐叫道，「死得連一個都不剩！」

「活生生的道理！」莫拉說，「可是我們什麼都不在乎。對我們來說，什麼事都一樣。」

「可是連你也會毀滅的，莫拉！」奧特里歐生氣的叫道，「是不是因為你已經活了這麼久，所以你以為你可以比幻想國活得還久？」

「活生生的道理！」莫拉咯咯的說，「孩子，我們年紀大了，太大了。活得夠久，也看得夠多了。等到你懂得跟我們一樣多的時候，你就不會再有什麼要緊的事了。事情都是在重複。白天黑夜，夏去冬來。這個世界空虛而茫無目標，一切都在重複。任何事情有開始便有結束，任何事情有生便有死。一切事情都會相互抵消；好與壞，美與醜都一樣。一切都是空的。只有空才是真的，其他都不要緊。」

這一番話，奧特里歐不知道怎麼回答。也許是那漆黑、空洞，池塘般大的眼睛使他的意識麻木吧！過了一會兒，他聽到她說：「孩子，你很年輕。等到你跟我們一樣老的時候，你就會知道，這世界除了悲傷，就沒有別的了。我們為什麼不去死呢？你和我、女王，還有我們大家？反正都是無聊、沒有意義的遊戲，沒有什麼要緊的事。孩子，讓我們安靜的生活。走開吧！」

莫拉說完，眼睛立刻就流放出令人麻痺的力量。奧特里歐馬上振作精神抵抗。

「如果你真的懂得很多，」他說，「那你一定知道女王生的是什麼病，怎樣治療這種病。」

「我們知道，我們知道！不是嗎，老太婆？」莫拉喘著氣說，「可是她有救沒救對我們都一樣，我們幹嘛告訴你？」

「既然對你們都一樣，」奧特里歐回辯說，「那你們幹嘛不告訴我？」

「我們可以！不是嗎，老太婆？」莫拉咕咕噥噥的說，「可是我們不喜歡。」

接著是一陣久久的沉默，然後他聽到一陣咯咯打嗝的聲音。如果莫拉老者還能夠笑的話，這必定是她的笑聲了。不論如何，她說：「孩子，你真狡猾。我們已經很久不曾感覺這麼有趣了。是不是，老太婆？活生生的道理，真的！我們可以告訴你；反正都一樣。要告訴他嗎，老太婆？」

接著又是久久的沉默。奧特里歐等得十分焦急。莫拉的心思十分遲緩，古井無波，他不敢打擾她。最後她終於說話了：「孩子，你的生命很短，我們的生命很長，太長了。但我們都活在時間裡面。你的時間短，我們的時間長。女王從一開始就存在，但她並不老，她一直很年輕，現在還是很年輕。因為她的生命是用名字來計算，而不是用時間來計算。她需要的是一個新名字，她一直都需要新的名字。孩子，你知道她的名字嗎？」

「不知道，我從來沒聽說過。」

「你不可能聽過，」莫拉說，「連我們都不記得了。她有許多名字，可是大家都忘了。一切都完了，她沒有名字就不能活。女王需要的只是一個新名字，這樣她就會好了。可是她病好或不好也沒什麼兩樣。」

她閉上水塘般大的眼睛，慢慢把頭縮進去。

「等一下！」奧特里歐叫道，「她怎麼樣才能得到新的名字？誰能夠給她新名字？我到哪裡去找這個新名字？」

「沒有辦法！」莫拉咯咯的說，「幻想國的人沒有一個人能夠給她新名字。所以，事情是絕望的。活生生的道理！沒有關係，什麼都沒關係。」

「那麼還有誰呢？」奧特里歐絕望的大叫，「還有誰能夠給她新名字，好救她，又救我們呢？」

「不要吵鬧！」莫拉說，「讓我們平靜的生活。走開吧！我們也不知道到底誰能夠給她新名字。」

「如果你不知道，」奧特里歐叫得更大聲了，「還有誰知道呢？」

莫拉睜開眼睛。

「如果你不是戴著『寶石』的話，」她喘著氣說，「我們就把你吃掉，好求得安靜。」

「誰知道？」奧特里歐堅持的說，「告訴我誰知道，我就讓你永遠安靜。」

「都沒有關係！」她回答說，「南方神諭的烏尤拉拉也許知道。」

「我怎麼去那裡？」

「你根本到不了，孩子。到那裡要一萬天以上。你的生命太短了，還沒有到，就死了。那個地方太遠了，在南方，實在太遠了，所以事情是絕望的。我剛剛就跟你講了，不是嗎，老太婆？活生生的道理！孩子，放棄吧！最重要的是，讓我們平靜的生活，不要再來吵我們了。」

說完了這些話，她閉上那茫然的眼睛，把頭縮回洞裡，再也不出來了。奧特里歐知道他再也不能從她那裡得到任何消息。

這個時候，在那荒地上由「黑暗」濃縮成的黑暗怪物也找到奧特里歐的蹤跡。牠朝著悲傷沼澤過來了。全幻想國再也沒有任何人或任何事能引牠離開那一道蹤跡。

巴斯提安用手撐著頭，眼睛凝視著空中，想著事情。

「奇怪！」他大聲的自言自語，「為什麼全幻想國都沒有人能夠給女王新名字？」如果只是要給她新名字，巴斯提安輕易就可以幫忙的。然而不幸的是，他卻不在幻想國。如果他在，由於他的才智，大家會需要他的；他甚至會有許多朋友和仰慕者。可是另一方面，他又慶幸自己不在那裡。因為在這個世界，不需要為了什麼事進入悲傷沼澤這種危險的地方。至於那鬼魂般追尋奧特里歐的黑暗動物，巴斯提安倒希望自己能去警告他；可是這也是不可能的。他只能心裡存著一份希望，並且繼續看下去。

第4章
數大者一戈拉木

奧特里歐非常餓，非常渴。他離開悲傷沼澤已經兩天了。可是這兩天他所經之處一直是空曠的荒野，到處所見只有岩石。他帶的那一點食物早就隨著阿泰斯沉到悲傷沼澤裡了。

奧特里歐用手指去挖石縫，想找小草根，可是都沒有用。因為那個地方根本是不毛之地，連蘚苔或地衣都長不出來。

剛開始的時候，他還很高興自己是走在紮實的地面上，可是漸漸的，他才知道其實情況比以前還要壞。他迷路了。他甚至不知道自己是朝哪一個方向走，因為四周一片灰茫茫。寒冷的風吹著到處聳立的尖銳岩石；不停的吹著，吹著。

他不斷的爬上又爬下。可是極目所見，只是遙遠的山脈連接著更遙遠的山脈，一直橫亙到天邊。沒有任何生物，沒有甲蟲，沒有螞蟻；甚至連那常常尾隨疲憊的旅人，等待他倒地的禿鷹也沒有。

不容置疑，這裡就是死山。來過死山的人不多，能夠逃脫的人更少。但是奧特里歐的族人在傳說中曾提過死山。他還記得一首古老的歌謠，歌詞是這樣的——

獵人要死
就死在悲傷沼澤
因為在死山
有一條深深，深深的山溝

住著恐怖中的恐怖

數大者一戈拉木

就算奧特里歐想退出，而且知道從什麼地方退出，也已經來不及了。他已經太深入，只有繼續前進一途。如果說這一切只是他自己的事，那他寧願按照綠皮族獵人的傳統，找一個山洞，坐下來靜靜等死。可是他現在肩負著大追尋的任務，女王以及全幻想國的人都命在旦夕。他沒有放棄的權利。因此他只好繼續前進，一座山又一座山的爬上爬下。他一次又一次的領悟到，那麼久以來，自己竟然好像一直都在睡夢中走路。

鐘樓裡的鐘敲了一下，巴斯提安嚇了一跳。今天的課要結束了。他聽到同學們從教室跑到走廊。很多人走在樓梯上，很吵鬧。偶爾從路上傳來一兩聲叫聲，然後整個學校就安靜下來了。

無邊的寂靜像一張重重的、厚厚的毯子，蓋到他的身上，簡直快使他窒息了。從現在開始，廣大的校園就只剩下他一個人——他要自己一個人待一整天，一整個晚上，而且不曉得以後還要待多久。他的歷程越來越難了。

別的孩子都回家吃午餐了，巴斯提安肚子也餓了；雖然身上蓋著毛毯，也覺得冷了。突然間他失去了勇氣。他的整個計劃是瘋狂的，無意義的。他真想回家；他還來得及，他父親還不會發現任何異狀，也甚至不必向父親承認逃學。當然，父親早晚會知道，可是不會那麼早知道，所以他不用操心。可是他偷的書呢？是的，他乾脆直接了當的承認算了。反正到頭來，他父親也會認了，因為他以前就常常令父親失望，也都認了。反正就是沒什麼好怕的。但最大的可能是他父親什麼都不說，直接去找卡蘭德先生，把事情擺平。

巴斯提安正要把那本書放到書包裡。可是他好像突然想到什麼，就停了下來。

「不！」在這一個安靜的閣樓上，他的聲音顯得特別響，「奧特里歐也不會因為事情難就放棄。我既然做了，就要做完。我已經走得太遠，不能後退了。不管怎麼樣，我必須堅持下去。」

他感到很孤單。可是在孤單裡，他又感到很驕傲。他驕傲自己面對誘惑時，仍然堅定不移。他究竟還有點像奧特里歐的。

奧特里歐真的沒有辦法再前進了，因為他走到了「深溝」。這條山溝真是恐怖得難以形容。寬約半哩，橫亙在死山之間，沒有人知道有多深。

奧特里歐衝到深溝的邊緣去看，下面一片黑暗。那黑暗無邊無際，似乎一直延伸到地心最深處。他撿起一個石頭，用力丟下去；石頭一直往下落，最後消失在黑暗中。奧特里歐聽了很久，還是聽不到石頭落地的聲音。

奧特里歐只能沿著深溝的邊緣走。他想，他隨時都可能遇見歌謠裡所說的「恐怖中的恐怖」。他不知道牠長得什麼模樣，只知道牠叫一戈拉木。

深溝繞過山腰蜿蜒而去，邊緣當然沒有什麼路徑可走。這裡同樣也有陡峭的山起起落落。有時奧特里歐腳下的地面還會動一下，使他一直戒慎恐懼。有時候巨大的石塊擋住了去路，他只好繞過去，一步一步痛苦的探路前進。有時候又碰到斜坡上面全是很滑的石頭，一踩上去，石子就向深溝滾去。好幾次他都差點跌下去。

要是他知道後面有人緊追著他，而且已經越來越近，他可能會為了逃難鋌而走險。從他的旅程開始就一直在追趕他的黑暗動物，現在外形已經清楚可辨。牠是一匹漆黑的狼，差不多有一頭牛那麼大。鼻子長可觸地，一路在死山的石礫地上沿著奧特里歐的蹤跡快步而來。牠的舌頭長長的，垂在嘴巴外面，可怕的尖牙森然羅列。現在，牠聞到了新鮮的氣味，因此牠知道牠的獵物如今離他僅僅只有幾哩路了。

可是奧特里歐一點都不知道有人在追趕他。他還是慢慢的、謹慎的走他的路。

他在一條黑暗的隧道中摸索前進。就在這個時候，他突然聽到一種他從來沒有聽過的聲音，一種隆隆吼叫。隨著這一聲吼叫，他頭上的整座山都震動起來。他聽到外面的山壁上岩石在迸裂滾落。起先，他還等著這場地震——或者說是什麼都可以——過去，可是它卻一直不停。於是他便爬到隧道的盡頭，小心翼翼的探頭往外面看。

外面是一個巨大的蜘蛛網。那蜘蛛網的絲粗得像繩索一般，上面有一隻很大的白色祥龍在掙扎。祥龍越是掙扎，爪和尾巴就越糾纏在網上面。

祥龍是幻想國最奇特的動物，牠們跟一般的龍不一樣。一般的龍形狀像令人厭惡的蛇，散發著惡毒的氣息，住在深洞裡，守護著某些寶藏。這些寶藏有的是真的，有的卻是假的。這一類渾沌的動物通常都很邪惡，脾氣很壞。牠們有翅膀可以飛上天去；可是卻很笨拙，很吵鬧，又吐煙，又吐火。祥龍可不是這樣的，牠們是屬於天空，純粹歡樂而溫暖的動物。牠們的身材雖然粗大，可是卻輕盈一如夏天的雲，所以不需要翅膀就可以飛。牠們悠游在大氣中，就像魚游在水裡面一樣。從地面上看，牠們就像飄浮的閃電。牠們唱歌的時候最令人驚奇。那歌聲像是一口大鐘的黃金音符。牠們柔柔的講話時，那口鐘又好似在遠方響著。任何人只要聽過牠們的聲音，就永生難忘，而且還想要告訴他們的子子孫孫。

可是奧特里歐現在看到的這隻祥龍可沒有一點唱歌的心情。牠那長而優雅的身體，連同身上珍珠般的粉紅色鱗片，現在全糾纏在大蜘蛛網裡面；牠的尖牙、濃密的鬃毛、尾巴和四肢上的邊毛全都黏在蜘蛛絲上面。牠已經快不能動了。牠的眼睛在獅子一般的頭上閃著紅寶石的光芒。

這隻壯麗的動物有好幾處傷口在流血；因為另外還有一樣東西，一樣很大的東西，像烏雲般壓在祥龍身上。這朵烏雲翻上來又翻下去，翻下去又翻上來，形狀一直在改變；有時候像是巨大的長腿蜘蛛，有許多兇惡的眼睛，胖胖的身體覆蓋著一層濃濃的黑毛；有時候又變成一隻大手，伸出長長的手指要把祥龍捏碎；有時候又變成一隻巨蠍，用毒刺朝著那不幸的落難者猛螫。

這兩個龐然巨物的戰鬥真是嚇人。祥龍還在努力保衛自己。牠嘴裡噴出藍色的火焰，把那雲狀怪物身上的硬毛都燒焦了。石縫裡冒出一陣一陣的煙，味道很難聞，害得奧特里歐幾乎沒辦法呼吸。祥龍想咬掉怪物的一隻長腿，可是這隻長腿斷掉以後不但沒有落到深溝裡，反而在半空中飄浮了一下，又回到怪物身上。另外有好幾次祥龍似乎咬住了這隻怪物的腿，但事實上卻又咬空了。

這個時候，奧特里歐才發現原來怪物並不是只有一個身體，而是由無數鐵藍色的小昆蟲組成的。這些憤怒的小昆蟲像大黃蜂一樣嗡嗡嗡叫著。原來牠的形狀之所以變來變去，就是這些小昆蟲的關係。

這就是一戈拉木了。奧特里歐現在明白為什麼牠叫做「數大者」了。

他從躲藏的地方跑出來，手裡舉著「寶石」，用盡力氣大聲喊著：「不要打了！在女王的名下，不要打了！」

可是兩個廝殺者的吼叫聲淹沒了他的聲音，連他都聽不到自己的聲音。他連想都沒想，一下就跳上蜘蛛網，蜘蛛網便在他腳下搖來晃去。他失去平衡，跌倒了，連忙用手抓緊蜘蛛網，才沒有掉到山溝裡去。他爬起來，又繼續跑。一戈拉木終於感覺到有個東西朝著牠跑來。牠閃電般的轉過身來，鐵藍色的大臉正好跟奧特里歐正面相對。牠的眼睛有著垂直的瞳孔，瞪著奧特里歐，眼神裡有難以理解的惡毒。

巴斯提安嚇得大叫一聲。

深谷裡傳來恐怖的叫聲，回聲不斷。一戈拉木眼睛轉來轉去，想看看是不是另外有人；因為站在牠面前的男孩早就嚇呆了，不可能發出叫聲。

牠聽到我的叫聲嗎？巴斯提安突然疑惑起來；可是那明明是不可能的。

這時候奧特里歐聽到了一戈拉木的聲音。音調很高，有點沙啞，完全不像牠那張大臉會有的聲音。牠講話的時候嘴唇都不動，那聲音只是大群大群的黃蜂一起發出來的。

「一個兩條腿的。」奧特里歐聽到牠說，「經年累月餓肚子，現在一下子來了兩道好菜！今天真是一戈拉木的好日子！」

奧特里歐使盡全身力氣保持鎮靜，把「寶石」舉到一戈拉木眼前，問牠：「你認識這個徽章嗎？」

「走近來一點，兩腿的！」無數個聲音一起嗡嗡叫道，「一戈拉木的眼睛不好。」

奧特里歐向前走近一步。一戈拉木的嘴開著，舌頭上面有無數光滑的觸鬚、鉤和爪子。

「再近一點。」那群黃蜂嗡嗡的說。

他再向前走一步。這時他才看清楚，在那看似一片混亂的地方，有無數鐵藍色的昆蟲在四處打轉，然而整張臉看起來卻是不動的。

「我是奧特里歐。」他說，「我為了女王的任務而來。」

「來得真不是時候！」嗡嗡聲過了一下子才憤怒的說，「你想一戈拉木能為你做什麼？你沒有看見嗎？我很忙。」

「我想要這條祥龍。」奧特里歐說，「請你給我。」

「你要祥龍幹什麼，兩腿的奧特里歐？」

「我的馬在悲傷沼澤喪生了。但我必須到南方神諭那裡去，因為只有烏尤拉拉才知道誰可以給女王新名字。如果女王得不到新名字，她就會死；全幻想國，包括你一戈拉木，都會死。」

「啊！」那張臉慢吞吞的說，「這就是所有地方都在消失的原因嗎？」

「是的！」奧特里歐說，「你也知道了。但是南方神諭太遠了，一輩子都到不了。所以，我才向你要這條祥龍。如果牠載著我從空中去，那麼就來得及。」

那張由四處打轉的黃蜂所形成的臉咯咯咯的笑了出來。

「你弄錯了，兩腿的奧特里歐。我們不知道什麼南方神諭和烏尤拉拉，只知道這條祥龍沒辦法載你去。而且，就算牠身體狀況良好，這段路程耗時之久，恐怕女王等不及就病死了。奧特里歐，你不能按照你的生命來計劃大追尋，應該用女王的生命來計劃才對。」牠那瞳孔垂直的眼睛凝視著奧特里歐，使他很難受。

「你說得不錯。」他喃喃的說。

「再說，」不動的臉又說，「這條祥龍中了一戈拉木的毒。牠活不到一個小時了。」

「那麼就沒什麼希望了。」奧特里歐喃喃的說，「牠沒有希望，我沒有希望，你也沒有希望，一戈拉木。」

「唔！沒有關係。」嗡嗡嗡的聲音說，「一戈拉木至少有一頓好飯吃。可是誰說這是一戈拉木最後的一餐呢？牠可知道一個方法能夠讓你一瞬間就到南方神諭呢。」

「什麼方法？」

「那是一戈拉木的秘密。兩腿的奧特里歐，我們這種黑暗動物也是有秘密的。可是，一戈拉木從來不會洩露自己的秘密。你必須發誓你不會告訴別人。因為要是被人家知道了，對一戈拉木是很不利的。沒錯，很不利！」

「我發誓我不會告訴別人。說！」

那張鐵藍色的大臉稍微往奧特里歐靠近，然後用幾乎聽不見的聲音說：「你必須讓一戈拉木咬一下。」

奧特里歐一聽，嚇得往後退。

「一戈拉木的毒，」那聲音繼續說，「一小時之內就能致人於死地。但是一個人身上如果有了這種毒，他就會有一種力量，隨便想去幻想國什麼地方都能去。想想看，如果人家知道了這個秘密，一戈拉木的所有獵物都要逃掉了。」

「可是只有一個鐘頭！」奧特里歐叫著說，「一個鐘頭我能夠幹什麼？」

「反正，至少比你留在這裡久。」

奧特里歐心裡掙扎得很厲害。

「如果我以女王的名要求你，你會不會放了祥龍？」他問道。

「不會！」那張臉說，「雖然你戴著奧鈴，你也沒有權力要求一戈拉木這樣做。女王尊重我們各人的生活方式，所以一戈拉木才尊敬她的徽章。」

奧特里歐垂頭喪氣的站著。他並不是在乎自己的生死，而是覺得一戈拉木說得沒錯，他沒有辦法救祥龍。

最後他抬起頭來說：「好吧！咬吧！」

那朵鐵藍色的雲立刻落在他身上，四面八方包圍著他。他感覺到左肩一陣麻木的疼痛。他最後的一個念頭是：「到南方神諭那裡去！」

然後他眼前一黑，什麼都看不到了。

黑色的狼緊跟著也到了這個地方。牠看到了那個巨大的蜘蛛網，可是看不到一個人。牠追尋的蹤跡到這裡消失了。牠找來找去，就是找不到。

巴斯提安放下書本。他覺得很悲慘，好像一戈拉木的毒就在他身上一樣。

「感謝上帝，我不在幻想國！」他喃喃自語，「幸好這種怪物並不是真的。畢竟這只是個故事。」

但是，這真的只是故事嗎？那麼為什麼一戈拉木，甚至是奧特里歐都聽到了巴斯提安的叫聲呢？

這麼一想，這本書漸漸的使他毛骨悚然起來。

第5章
小矮人夫婦

奧特里歐慢慢的、慢慢的甦醒過來。他發現自己還在山上，不禁嚇了一跳，一時之間不得不懷疑一戈拉木是不是騙了他。

可是，他很快就發現這座山跟原來那座山不一樣。這座山都是大塊的鏽紅色岩石，堆積成奇形怪狀的石塔。地面上布滿了樹叢和灌木，空氣炙熱，到處都浸浴在耀眼的陽光之下。

奧特里歐用手遮住額頭，朝四周看了看，發現大約一哩之外有一座形狀不規則的拱門，高大約一百呎，好像也是用岩石堆積起來的。

那是南方神諭的入口嗎？然而向門後望去，只是一望無際的大地，什麼東西都沒有。沒有房子，沒有寺廟，沒有樹木，沒有任何像神諭的東西。

突然間，當他還在想該怎麼辦的時候，他聽到一個深沉的，銅鈴般厚重的聲音在叫他：

「奧特里歐！奧特里歐！」

他回過身，不久前見過的那條白色祥龍從一座鏽紅色的石塔中出現了。牠的傷口流著血，非常虛弱，幾乎不能動。

「我在這裡，奧特里歐。」牠快樂的眨一眨寶石紅的眼睛，「你不必驚訝。我雖然陷在蜘蛛網裡面，全身麻痺，可是一戈拉木跟你講的話我都聽到了。所以我就想，牠也咬了我呀！為什麼我不利用牠的秘密呢？所以我就逃出來了。」

奧特里歐欣喜若狂。

「我真不想把你丟在那裡。」他說，「但是，我又不能怎麼樣。」

「對！」祥龍說，「可是無論如何，你還是救了我——這件事跟我還是有關係的。」

牠又眨一眨眼睛，這一次是另外一隻眼睛。

「救了你的命，」奧特里歐跟著說，「救一個鐘頭，我們只有一個鐘頭的時間。我現在可以感覺到一戈拉木的毒在燒我的心。」

「每一種毒都有解藥。」祥龍說，「一切都會沒事，你等著瞧。」

「怎麼可能呢？我不懂。」奧特里歐說。

「我也不懂！」祥龍說，「可就是這樣才奇妙。從現在開始，你不論做什麼事都會成功，因為我是祥龍。我連陷在網裡的時候都沒有放棄希望。你看我現在不是好好的？」

奧特里歐笑起來。

「告訴我，你為什麼不到別的地方去治療傷口，卻要來這裡呢？」

「我的生命是屬於你的，」祥龍說，「如果你願意接受我的話。我想你在大追尋的時候應該需要一匹坐騎才對。你很快就會明白用兩隻腳走路，甚至連騎快馬，都比不上騎祥龍在天空中飛馳快。我們要結為盟友嗎？」

「要！」奧特里歐說。

「還有，」祥龍說，「我叫福哥兒。」

「很高興認識你。」奧特里歐說，「可是我們現在這樣講話，我們僅有的一點時間都浪費了。我們必須採取行動了。可是，怎麼做呢？」

「我們只有靠運氣！」福哥兒說，「要不，還能怎麼樣？」

但是奧特里歐什麼都聽不見了。他早已倒下去，躺在祥龍柔軟的身體上面了。

一戈拉木的毒發作了。

不知道經過了多久，奧特里歐睜開眼睛，只看到一張奇怪的臉在看他。那是他所見過的一張最皺的臉；可是只有一般人的拳頭那麼大，顏色跟曬乾的蘋果一樣，是褐色的；上面的眼睛閃耀著星星一般的光芒，頭上戴著一頂用乾葉子編的軟帽。

奧特里歐覺得有人捧了只小杯子湊到他嘴上。

「好藥！良藥！」皺皺的臉上那皺皺的嘴巴說，「你喝就對了，孩子。不會害你的。」

奧特里歐喝了一口，覺得味道好怪，又酸又甜。

奧特里歐講話很痛苦，他問：「祥龍怎麼樣了？」

「很好！」那聲音輕輕的說，「不要擔心，我的孩子。你會好的，你們兩個都會好的。最糟的時候已經過了。喝就對了，喝就對了。」

奧特里歐又喝了一口，不覺又昏昏睡去。可是這一次是更深沉的睡眠。

鐘樓裡的鐘敲了兩下。

巴斯提安忍不下去了。他一定要走，他覺得他必須停一停。可是他就是停不下來。而且，他也怕下樓去。他安慰自己沒什麼好怕的，教室現在都沒有人，沒有人會看到他。可是他就是害怕，好像教室本身就是一個人在看著他似的。

可是他到底沒有辦法了，他一定要走。

他把書放在墊子上，向門口走去，用心聽著，心裡怦怦跳。什麼聲音都沒有。他慢慢轉開門把，門開了，聲音很大。

他慢慢的走出去，腳上還穿著襪子。他讓門開著，免得弄出聲音。他躡手躡腳的走到二樓。學生廁所在長廊的那一端，門上漆著跟教室一樣的菠菜綠色。巴斯提安用最快的速度向廁所跑去。

坐在馬桶上的時候，他想，他不懂為什麼故事裡的英雄——譬如他現在正在讀的這一個——從來就不必擔心這種事情。很小的時候，有一次他問宗教課老師，耶穌基督是不是跟平常人一樣要上廁所，全班哄堂大笑。老師沒有回答他的問題，但是說他「褻瀆」，警告了他好幾次。可是他實在沒有無禮的意思。

「或許，」巴斯提安對自己說，「這種事情不重要，所以，在故事裡不用提。」

然而對他而言，這種事情可是最迫切、最困窘的。他「大」完之後，才拉了馬桶鍊子，他突然聽到外面的走廊響起了腳步聲。教室的門一間一間開了又關起來，腳步聲越來越近。

巴斯提安的心都快要跳出來了。他要躲在哪裡？他整個人都呆了，只好站在原地不動。盥洗室的門開了，幸好打開的方向正好遮住了巴斯提安。工友走進來，把每一間廁所都看了一次。走到剛剛巴斯提安用過的那一間，看見馬桶裡的水還在流，鍊子還在搖擺，不禁猶豫了一下，嘴巴裡嘀嘀咕咕唸著。可是水一停，他聳聳肩膀，就走出去了。腳步聲消失在樓梯下。

巴斯提安大氣都不敢喘一下，這時才用力的吸了一口氣，就連膝蓋都還在發抖。

他用最快的速度跑過走廊，跑上樓梯，回到了閣樓。他鎖上門，推上門閂，這才放鬆心情。

他深深的嘆了一口氣，回到墊子上，圍上軍毯，拿起那本書。

奧特里歐醒過來以來，覺得自己經過了徹底的休息，精神大振，就起來坐著。

現在是晚上了，月光皎潔。奧特里歐發現自己還在先前倒下的地方。福哥兒躺在那裡睡得很熟，呼吸又深又穩。牠的傷口已經包紮好了。

奧特里歐發現自己肩膀上的傷口也已經包紮好了，可是用的卻是藥草和植物纖維，而不是繃帶。

離他幾步的地方有一個小洞穴，小洞穴裡面發出昏暗的亮光。

奧特里歐小心的站起來，注意著不去動到左臂。他小心的走近洞穴，彎下身去——因為這個洞穴實在太低——裡面是一個房間，好像是一間煉丹房。房間裡到處放著坩堝、蒸餾器、各種奇形怪狀的燒瓶。房間的後端燒著一盆旺旺的火。架子上面堆著一捆捆乾草。房內有些家具，中央有張小桌子，好像都是用樹根做的，釘得很牢的樣子。

奧特里歐聽到一聲咳嗽，才看到有一個小矮人坐在那盆火旁邊的椅子上。小矮人的帽子似乎是用樹根雕成的，好像煙斗放煙絲的地方倒過來一樣。他的臉跟奧特里歐第一次醒來時，靠過來看他的那張臉同樣的褐，也同樣的皺。可是這個小矮人另外還戴了一副大眼鏡，五官比較鮮明，神情比較焦慮。這個小矮人正在讀懷裡的一本大書。

這時從另外一個房間又走出一個小矮人。奧特里歐認出這個小矮人就是那個靠過來看他的人。這次奧特里歐才看出她是一個女人。

除了草葉軟帽之外，她跟椅子上的那個人一樣穿著袍子，而那也是用乾葉子做的。她快樂的哼著歌，兩隻手擦來擦去，忙著處理吊在火盆上的一壺東西。

他們兩個人都不到奧特里歐的膝蓋高。他們顯然屬於血統已經分散得很廣的小矮人，而且是比較不為人所知的一支。

「老太婆！」男小矮人嫌惡的說，「不要遮到我的光！你打擾了我的研究工作！」

「你的研究工作！」女人說，「誰理你？我的康寧藥才重要。外面那兩個人需要。」

「外面那兩個人，」男人氣急的說，「需要的是我的協助和意見。」

「大概吧！」女小矮人說，「等他們病好了再說。走開，老頭子！」

男小矮人邊抱怨，邊把椅子搬到離火稍遠的地方。

奧特里歐清了一下喉嚨，想要引起他們的注意。兩個小矮人朝房間兩邊巡視了一下。

「他已經好了，」男小矮人說，「輪到我了。」

「當然還沒有！」女小矮人叫著說，「我說他好了，他才好了；我說輪到你才輪到你。」

她面向奧特里歐。

「我們應該請你進來的，但是，這個洞太小了，是不？你等一下，我們出來。」

她拿了一個臼，丟了一樣東西進去，磨成粉以後倒進壺裡面。然後她去洗手，在袍子上擦乾，對著男小矮人說：「好好看著，等我叫你，懂嗎，安基五克？」

「是的，二果兒，我懂！」男小矮人嘀嘀咕咕的說，「我太懂了！」

女小矮人走出洞來，從雜亂的眉毛下抬起眼看著奧特里歐。「唔！咱們看起來好多了，是不？」

奧特里歐點點頭。

女小矮人爬到一塊跟奧特里歐一般高的岩石上坐著。「還痛不痛啊？」她問。

「沒什麼大不了。」奧特里歐回答。

「胡說！」老女人說話又尖又快，「痛，還是不痛？」

「還是痛！」奧特里歐說，「可是不要緊。」

「對你也許不要緊，對我可不然！病人幾時告訴過醫生要緊的？你懂什麼？傷口要好，一定會痛。如果不痛，你的手臂就完蛋了，是不？」

「對不起！」奧特里歐說。他覺得自己就像個孩子在挨罵。「我只是想說……只是想說……只是想謝謝你。」

「幹嘛？」二果兒不耐煩的說，「我到底還是個醫生哪！我只是盡我的職責而已。再說，安基五克，就是我那老男人，也看到你脖子上的『榮耀』了，是不？你在找什麼？」

「福哥兒的情形怎麼樣？」奧特里歐問，「牠好不好？」

「福哥兒是誰？」

「就是外面那條祥龍啊！」

「唔！我還不認識牠。牠受的苦比你多。可是牠比你粗，比你壯，所以牠應該沒問題，是不？牠只要多休息就沒事了。你在哪裡中這種毒的？你這樣突然出現，是打哪裡來的？你要去哪裡？你是哪裡的人？」

安基五克此時已經站在洞口，聽著奧特里歐回答二果兒。二果兒又要開口時，他叫了：

「閉嘴，老太婆！輪到我了。」

他脫掉煙斗形的帽子，搔著禿頭說：「別讓她的長舌打擾了你，奧特里歐。二果兒是個小野人，但是她沒有惡意。我叫安基五克，大家都知道的小矮人，你聽說過嗎？」

「沒聽說過。」奧特里歐坦白的說。

安基五克有點不高興。

「沒關係。」他說，「你顯然不在科學圈子活動，要不一定有人告訴你，要找南方神諭烏尤拉拉，一定要來找我。除了我之外，再也沒有其他人選。你算走對了地方，我的孩子。」

「別吹了！」二果兒打斷他的話。說完，就從岩石上爬下來，嘴巴裡嘀嘀咕咕的走進洞裡。

安基五克才不管她的批評。

「我能解說一切事物。」他繼續說，「我的一生都在研究問題，在家裡、在外面，都在研究；所以我蓋了一個觀察室。我有一部研究南方神諭的偉大科學著作，已經接近完成。《烏尤拉拉的謎題——安基五克教授的解答》，書名要這樣取。聽起來滿不錯的，不是嗎？最近就要出版了。問題是還有一個細節沒有解決。我的孩子，你可以幫助我。」

「你說你有一間觀察室？」奧特里歐問。他以前沒聽說過這個名詞。

安基五克點點頭，得意得笑逐顏開。他示意奧特里歐跟他走。

巨大的岩石之間有一條小路向上延伸而去，某些地方的石階特別陡，這些石階全是在大石頭上鑿出來的。

當然，這些石階給奧特里歐走太小了，所以他就直接跨過去。可是即使如此，跟著這小矮人走也讓他有些吃不消。

「今天晚上月光真亮，」安基五克說，「你可以看他看得很清楚。」

「看誰？」奧特里歐問，「烏尤拉拉嗎？」

安基五克皺著眉，搖搖頭。

他們到了山頂上。

山頂上很平，邊邊有一道用天然岩石砌成的矮牆。矮牆的中央有一個洞，顯然是出自小矮人的手筆。洞的後方有一個樹根做成的支架，支架上面放著一副望遠鏡。

安基五克向著望遠鏡裡望，又轉了幾個旋鈕，滿意的點點頭以後，才要奧特里歐看。由於望遠鏡的位置很低，奧特里歐只好趴下來，用手腕撐著頭看。

望遠鏡對準了大石拱門，說準確點，是對準了左邊柱子的底下。就在這根柱子旁邊，奧特里歐看到一個巨大的獅身人面獸靜靜的伏在月光下。他的前掌是獅子的腳掌，後半身卻是一頭牛；背上有老鷹的翅膀，臉卻是女人的臉——但這只是外貌而已；因為他的表情根本不是人類的表情。這種表情很難形容；不知道該說是微笑，還是淡淡的哀愁，或是絕對的冷漠。剛開始的時候，奧特里歐覺得自己看到的是深不可測的邪惡與殘酷，但是他立刻就糾正了自己的印象；因為他後來只感覺到完全的寧靜，沒有別的。

「別麻煩了！」小矮人用深沉的聲音在他的耳朵旁說，「你看不懂的，誰都看不懂的。我觀察了一輩子都還沒有找到答案。換另外一邊吧！」

他轉了一個旋鈕，裡面的景象變成拱門的入口，從拱門後面遠遠望去，只見一望無際的平原。

接著右邊的柱子出現了。奧特里歐看到另一個獅身人面獸，姿態完全一樣。他那巨大的身軀浸浴在月光下，閃耀著水銀般的光輝。他堅定的看著對面的獅身人面獸，對面的獅身人面獸，也堅定的看著他。

「這兩個獅身人面獸是雕像嗎？」奧特里歐問。他一直沒辦法把眼光從他們身上移開。

「才不是！」安基五克傻笑著說，「他們是真的、活生生的獅身人面獸！好了，夠了！來吧，我們下去吧！我會跟你說明的。」

說著，安基五克便把手遮在望遠鏡前面，讓奧特里歐什麼也看不見。

下去的時候，兩個人都沒講話。

第 6 章

三道魔門

安基五克和奧特里歐回到洞穴的時候，福哥兒還在酣睡。二果兒早就把小桌子搬到洞口，擺上各式各樣的糖果、水果和果凍。桌子上另外還有幾個小杯子和一壺香草茶，並且點著兩盞小油燈。

「坐下！」二果兒大聲命令著，「奧特里歐，你必須吃一點東西，喝一點東西，這樣才有力氣。光吃藥不夠，是不？」

「謝謝你，我已經好多了。」

「不要回嘴！」二果兒搶著說，「你只要在我這裡，叫你做什麼就做什麼。你的毒已經解了，是不？不必急著走，孩子，有的是時間，慢慢來。」

「我倒是沒有關係！」奧特里歐說，「可是女王就快死了，現在一分一秒都很重要。」

「胡說！」老女人咕噥著說，「欲速則不達，是不？坐下來！吃！喝！」

「你還是聽她的吧！」安基五克低聲的說，「她的個性我最清楚。如果她想要一件東西，她就會得到。何況你跟我還有很多話要說呢！」

奧特里歐在桌前盤腿坐下，開始吃喝。他每咬一口、吞一口，都覺得好像有一股溫暖、黃金般的生命流進他的血液。這時他才明白自己有多虛弱。

巴斯提安流口水了。他幾乎已經聞到水果和甜點的香味。他用力的聞一聞空氣，當然什麼都聞不到，因為這只是他的想像。

他的胃開始咕嚕咕嚕響。最後他受不了，便從書包裡拿出蘋果和另外半個三明治，兩三口全吃了。雖然還是不飽，可是已經好一點了。

「你是怎麼找到這些好東西的？」奧特里歐問二果兒。

「啊，孩子！」她說，「找這些東西要跑很多路，是不？可是他——我這個死腦筋的安基五克硬要住在這裡，說什麼他的研究工作太重要了。他從來就不關心這些東西從哪裡來。」

「老太婆！」安基五克極有尊嚴的說，「你怎麼知道什麼事情重要，什麼事情不重要？你走開吧！讓我們談話。」

二果兒咕咕噥噥的走開了。過了一會兒，奧特里歐就聽到鍋盤乒乒乓乓的聲音。

「不要管她！」安基五克輕聲說，「她是老好人，只是偶爾喜歡發發牢騷。奧特里歐，聽我說。關於南方神諭，有幾件事我要你明白。想要找烏尤拉拉沒那麼容易，說實話，其實是很困難。我現在不想做科學演講，由你來問問題可能好一點，因為我常常會講得太瑣細。你儘管問好了。」

「好吧！」奧特里歐說，「烏尤拉拉是什麼樣的人？」

安基五克氣惱的看著他。「傷腦筋！」他氣急的說，「你很坦白，很直接，跟我那老太婆一樣。你不能問點別的嗎？」

奧特里歐想了一下，然後說：「那個有獅身人面獸的拱門是入口嗎？」

「這才像話！」安基五克說，「我們現在有點進入情況了。不錯，那個門是入口。可是另外還有兩個門。烏尤拉拉就住在第三個門後面——如果說『它』有住處的話。」

「你看過『它』嗎？」

「別荒唐了！」安基五克說，他又生氣了。「我是科學家。我收集所有去過那裡的人的報告——我是說那些回來的人。這個工作很重要。我自己絕不可能去冒險，因為那會影響我的工作。」

「我懂！」奧特里歐說，「可是那三個門是怎樣的呢？」

安基五克站起來，兩手交疊在背後，走來走去。

「第一個門，」他高談闊論起來，「叫『大謎門』，第二個門叫『魔鏡門』，第三個門叫『無鑰門』……」

「可是奇怪！」奧特里歐插嘴說，「我剛剛看過拱門後面，什麼都沒有啊！那兩個門在哪裡？」

「別吵！」安基五克罵他，「如果你老是插嘴，我怎麼講得清楚？問題很複雜！你必須通過第一道門，才看得到第二道門；通過第二道門之後，才能看得到第三道門；通過第三道門之後才能見到烏尤拉拉。沒通過，就見不到。你懂了嗎？」

奧特里歐點點頭，想要講話，可是又怕他會生氣，所以就默不作聲。

「你在我的望遠鏡裡看到的是第一個大謎門和兩個獅身人面獸。這個門一直開著，顯然是因為沒有什麼好關的。可是，就算是這樣，也沒有人過得去。」

講到這裡，安基五克比著他的小食指，「除非獅身人面獸把眼睛閉起來。你知道為什麼嗎？獅身人面獸的眼睛跟其他動物的眼睛不一樣。你、我和任何人的眼睛都一樣——都是把景物收進去。我們都在看這個世界。可是獅身人面獸什麼也看不到。換句話說，他們是瞎子。可是他們的眼睛卻會放出一種東西。放出什麼東西？就是宇宙所有的謎題。所以他們才一直互相冷冷的瞪視著；因為只有獅身人面獸才受得了自己族類的眼光。所以他們眼光交會的地方要是有人膽敢走進去，你可以想像他會有什麼遭遇——他會凍結在原地，動都不能動，要等到他解答了世界上所有的謎題之後才能恢復行動。如果你去了，你就會看到那些可憐的凍人。」

「可是，」奧特里歐說，「你不是說他們的眼睛有時候會閉起來嗎？他們不睡覺嗎？」

「睡覺？」安基五克笑得渾身搖晃，「我的天啊！獅身人面獸睡覺？你真無知。他們是不睡的，可是你的問題有點意思。事實上，我所有的研究幾乎都以這個問題為中心。獅身人面獸有時候會閉起眼睛讓人通過。可是到目前為止，還沒有人能夠回答一個問題，那就是：為什麼讓這個人通過，卻不讓那個人通過？你不能認為他們只讓聰明、勇敢、善良的人通過，把愚蠢、懦弱、邪惡的人擋下來。完全不是這麼回事！以我親眼所見，我曾看過他們讓傻瓜和騙子通過，卻把一些正直聰明的人擋在外面，讓他們最後不得不放棄。另外，你是為了嚴肅的問題要來問神諭，還是為了好玩，也沒有什麼差別。」

「在你的研究中，沒有發現其中的原因嗎？」奧特里歐問。

安基五克的眼睛又顯出氣憤的眼神。

「你到底有沒有在聽？我剛剛不是說了嗎？到目前為止，還沒有人能夠回答這個問題。當然，這幾年以來，我運用過一些理論。起先我想獅身人面獸可能是依照某種生理特徵來決定，譬如身高、美醜、力氣大小等等。可是這個想法我很快就放棄了。後來我又用數學觀念來解釋，也就是說，譬如五個人裡面趕出三個人，或者只有質數號的人可以進去等等。這個觀念用在過去的紀錄都很準確，可是用在預測未來卻完全無效。所以，從此以後，我只好下結論說，獅身人面獸的決定只是純粹的偶然，沒有什麼原理可循。可是我的老婆說我的結論太爛了，沒有想像力，而且絕對不科學。」

「你又在胡說八道了！」洞穴裡傳來一果兒的聲音，「不要臉！這種懷疑論不過表示你原有的一點小聰明，現在都沒有了。」

「你聽到沒有？」安基五克嘆了一口氣說，「最要命的是她說得沒錯。」

「女王的徽章怎麼樣？」奧特里歐問，「他們會尊敬女王的徽章嗎？他們也是幻想國的人啊！」

「是的！我想他們是幻想國的人沒錯。」安基五克說，然後他搖著那蘋果大的小頭說，「可是要尊敬女王的徽章，必須看得見才行。但是他們根本看不見任何東西，更怪的是眼光還會傷人。況且，我也不確定他們尊不尊敬女王。也許他們比女王還要偉大。我不知道。反正，這些問題最讓我頭痛。」

「那麼你有什麼建議嗎？」奧特里歐問。

「你要做的事跟別人沒什麼兩樣。你只有讓獅身人面獸決定，不要想知道為什麼。」

奧特里歐若有所思的點點頭。

二果兒走出洞來，一隻手提著水桶，裡面不知道是什麼水，噗噗冒著熱氣。另一隻手臂夾著一捆乾草。她喃喃自語，向祥龍走去。祥龍這時候睡得正甜，躺在地上動也不動。她爬到祥龍身上，開始為牠換藥。她那粗壯的病人嘆了一口舒服的氣，同時把四肢舒放開來。除了這件事之外，牠睡得不省人事，完全不知道她在做什麼事。

「你能不能有點用處？」她匆匆忙忙的走回廚房，對著安基五克說，「不要老是坐著，是不？講一些垃圾事情。」

「我現在就在讓自己非常有用！」她的丈夫在她背後叫著，「搞不好比你還有用。你這種頭腦簡單的女人不會了解的！」

他轉向奧特里歐，說：「她只會想實際的事情。她對偉大的觀念沒有感覺。」

鐘樓裡的鐘敲了三下。這個時候，巴斯提安的父親一定已經注意到——前提是如果他會注意的話——巴斯提安還沒有回家。他會擔心嗎？也許他會去找他？也許他已經報警？也許收音機已經開始廣播？想到這裡，巴斯提安的胃不禁一陣抽痛。

可是如果父親已經報案的話，警察會到哪裡找他呢？他們會不會找到這裡來？從廁所回來的時候他鎖門了沒有？他想不起來。於是他走到門口去檢查。沒錯！門不但鎖了，門閂也推上了。

外面，十一月的下午正漸漸接近尾聲。日光竟然消褪得這麼慢。為了安定自己的精神，巴斯提安在地板上走動了一下。

他發現，屋裡有些東西不像是學校會有的。譬如說，那個有大喇叭的破留聲機——天曉得是誰什麼時候丟在這裡的。另外一個角落擺著幾幅用雕花鍍金框框起來的畫，顏料都褪了，也看不出畫些什麼——只是黑色的背景上露出一張張嚴肅、蒼白的臉。還有一個七柱燭臺已經生鏽，上面還留著粗短的蠟燭，蠟淚還在。

突然，巴斯提安嚇了一跳；因為他在那黑暗的角落裡突然看到有人在動。等他驚魂甫定，看個清楚，才明白原來是他自己。因為角落裡擺了一面大鏡子，水銀已經脫落大半。他走到鏡子前面看自己。他的相貌看起來實在不怎麼樣，身材粗短、蘿蔔腿、臉色蒼白。他不禁搖搖頭，大聲的說：「不！」

他回到墊子上。這時候天色已經很暗，他不得不把書靠近眼前來看。

「我們講到哪裡？」安基五克問。

「講到大謎門。」奧特里歐回答。

「好！現在假定你已經通過大謎門，第二道門在你面前出現了。這是魔鏡門。我剛剛說過，我沒有辦法自己去觀察這道門，所以我知道的全是從去過的人那兒聽來的。這個門既是開著，也是關著。聽起來很荒謬，是不是？也可以說既不是開著，也不是關著。不過這樣講好像也好不到哪裡。重要的是，這個門是一面很大的鏡子，或者類似鏡子的東西，雖然說這個鏡子不是玻璃做的，也不是金屬做的。至於說是用什麼做的，從來就沒有人講得出來。反正，只要你站在這面鏡子前，你就會看到自己。可是你看到的，又不是你在一般的鏡子上看到的自己。你看到的不是你的外表，而是你內心真正的本性。所以如果你想通過這面鏡子，換個講法，這麼說好了，你就必須走進你自己。」

「這樣說來，」奧特里歐說，「這道魔鏡門好像比第一道容易通過。」

「錯了！」安基五克叫著說。他一激動起來，又開始來來回回的走著，「完全錯了，我的朋友！我就知道曾經有人認為自己沒什麼好挑剔的，可是一看到鏡子裡的怪物對著自己咧齒而笑，沒有不嚇得落荒而逃，大聲哀號的。他們其中有些人，我們還看護了好幾個禮拜，才有辦法回家。」

「我們？」這時又提著一個水桶經過的二果兒怒氣沖沖的說，「你一直在說『我們、我們』，你什麼時候看護過誰了，是不？」

安基五克揮手叫她走開。

「有的人，」他繼續說，「看到的東西更可怕，可是他們有勇氣通過。有的人沒有看到這麼嚇人的東西，可是內心仍然掙扎得很厲害。種種情形，不能一概而論。每個人的經驗都不一樣。」

「好！」奧特里歐說，「這麼說，要通過魔鏡門，還是可能的？」

「唔，是的！當然可能；要不然就不是門了，是不是？我的孩子，你的邏輯哪裡去了？」

「可是也可以繞過去啊！」奧特里歐說，「是不是？」

「不錯！」安基五克說，「當然可以。但是，如果你繞過去，後面就什麼東西都沒有。不通過第二道門，第三道門就不會出現。我到底要跟你講幾次？」

「我知道了。那第三道門呢？」

「第三道門就難了。因為你看，無鑰門是關著的，只是關著，就是這樣！沒有鑰匙孔，沒有把手，什麼東西都沒有。我的理論是，這扇單獨一片、密閉的門，是用幻想國的硒做成的。你大概知道幻想國的硒是不會折斷，不會彎曲，不會融化，絕對摧毀不了的。」

「那麼，沒有任何方法可以通過嗎？」

「不要急，不要急！孩子。有些人通過了，而且還跟烏尤拉拉講過話。這道門還是打得開的。」

「可是怎麼過呢？」

「你聽我說，幻想國只對我們的意志有反應。如果它不退讓，那就是我們自己的意志造成的。如果你忘掉你的目的，什麼東西都不要想，那麼它就會自己打開。」

奧特里歐眼光低垂，聲音低低的說：「如果是這樣的話，我怎麼通得過呢？我怎麼能夠不想通過而通過呢？」

安基五克嘆嘆氣，點點頭；點點頭，嘆嘆氣。

「所以我就說嘛，無鑰門是最難的。」

「可是如果我成功了，」奧特里歐問，「我就到了南方神諭對不對？」

「是的！」安基五克說。

「烏尤拉拉又是什麼樣的人呢？」

「不知道！」安基五克說，眼睛閃著憤怒的光芒，「見過它的人都不肯告訴我。如果每個人都這樣神秘兮兮，我要怎麼完成我的研究工作呢？我都快把頭髮扯光了——如果我還有頭髮的話。奧特里歐，如果你找到它的話，你會告訴我嗎？你會告訴我嗎？這些日子以來我對知識的飢渴已經使我快死掉了，可就是沒有人肯幫忙。我求求你，答應我你會告訴我。」

奧特里歐站起來，向著月光下的大謎門望去。

「雖然我很想向你表示我的感激，」他溫馴的說，「可是我不能答應你，安基五克。如果說他們不肯告訴你烏尤拉拉是怎麼樣的人，他們必定有他們的道理。我現在還不知道這個道理，所以我不知道一個沒有親眼看過它的人是不是有權利知道。」

「如果這樣，你走開！」安基五克叫道。他的眼睛在冒火，「我得到的只是忘恩負義！我把這一輩子豁出去，為的就是想揭開一個事關宇宙利害的秘密，可是竟然沒有人肯幫助我，我真不該來麻煩你。」

說完，他便跑進小洞穴裡，砰的一聲，用力把門關上。

二果兒走到奧特里歐身邊，忍不住偷笑說：「這個老呆子！他沒有惡意，是不？他這個荒謬的研究工作常常遭遇挫折。他想在歷史上留名，讓人家說他是解開大謎的人——享譽全世界的小矮人安基五克。你不要介意。」

「我當然不會。」奧特里歐說，「請你告訴他，我衷心感謝他為我所做的一切。我也感激你。如果可以的話，我會把秘密告訴他的——我是說如果我回得來的話。」

「你要走了嗎？」二果兒問。

「我該走了，」奧特里歐說，「不能再浪費時間了。我應該去尋找神諭。再見！請你好好照顧福哥兒。」

說完轉身，奧特里歐大步走向大謎門。

二果兒望著那身姿英挺的孩子披著一件披風，消失在岩石之間，不禁追過去喊著：「祝你好運，奧特里歐！」

她不知道他聽見了沒有。她搖搖擺擺的走回洞穴，嘴裡喃喃自語說：「他一定要平安無事——他需要運氣。」

奧特里歐現在已經走進大石門之前五十呎以內。這個門從這裡看比從遠方看大多了。門後是一片荒原；看上去，奧特里歐的視線好像投入一個空洞的深淵之中。門前和兩根大柱子之間，躺著無數的骷髏和頭顱——其中有幻想國各式各樣的人，都是在想通過這道門的時候，被獅身人面獸的視線凍結下來的。

可是讓奧特里歐卻步的並不是這些令人毛骨悚然的骷髏和頭顱，而是獅身人面獸。

自從開始這次的大追尋以來，他已經經歷了很多事情——他看過美麗的事物，也看過醜陋的事物——可是，他從來沒有想到有人可以同時擁有這兩種質素——既美麗又恐怖。

這兩個怪物浸浴在月光下。奧特里歐慢慢接近他們的時候，他們就越變越大，越不可測度。他們的頭好像已經碰到了月亮；他們互相冷冰冰瞪視的表情，似乎隨著他的腳步在變。高聳的身軀，尤其是那人一般的臉流露出一股不可知的恐怖。這兩隻獸使人感覺到，他們不只是存在而已——譬如說像大理石一般的存在——也正瀕臨毀滅卻又同時在重造自己。正因為如此，他們比起任何石造的東西都更令人感到真實。

奧特里歐渾身發抖。他害怕的並不是將要面臨的危險，而是一種超乎自身之外的一種異樣感覺。他並不擔心獅身人面獸的視線可能擊中他，使他永遠凍結。不！讓他的腳步越來越沉重，到最後簡直快要變成一塊鉛似的，是對那不可理解，龐大到無可忍受的某種東西的恐懼。

然而，他的腳步並沒有停下來。他不再往上看。他低垂著頭，慢慢的走，一步一步的走向正門。他心裡的恐懼越來越龐大。他擔心這種恐懼最後會把他壓碎，但他還是繼續走。他不知道獅身人面獸閉了眼睛沒有。他們會讓他通過嗎？或者他的大追尋將在這裡結束？這些，他都沒有時間去煩惱，他只能聽天由命了。

在某一個時候，他覺得他的意志力已經不足以使他再向前走。

就在這個時候，他聽到大拱門裡轟轟迴響著他腳步聲的迴音，他的恐懼突然全消失了。他感覺到不論發生什麼事，他都不會害怕了。

於是他抬頭向上看，大謎門已經在他的後面。獅身人面獸讓他通過了。就在他前面不到二十步的地方，原先除了空空蕩蕩的平原之外別無他物，現在卻矗立著魔鏡門。

這道門又大又圓，好像月亮一樣（真正的月亮此時正在天空中閃耀）發出水銀般晶亮的光芒。很難想像一個人可以通過這種金屬，但是奧特里歐毫不猶豫。聽過安基五克說的話以後，他曾經想像鏡子上會出現他的恐怖影像。可是他現在既然已經擺脫了恐懼，他就什麼事都不想了。

鏡子裡面的影像真出乎他的意料之外，一點都不恐怖，可是卻令人困惑！他看到一個臉色蒼白，胖胖的小男生——跟他一樣大——這個小男生坐在一堆墊子上看著一本書。小男生有一對哀傷的眼睛，身上圍著破舊的灰色毛毯。身後那半暗的光線下，可以看到一些靜止不動的動物——老鷹、貓頭鷹、狐狸。更遠的地方還有一樣看起來像是骷髏的東西，他看不出來那是什麼。

巴斯提安嚇了一跳。怎麼搞的？這一段不就是在描寫他嗎？每個細節都符合！他的手開始發抖。這太奇怪了！這本書裡面竟然有一件事情跟這一刻的他重疊了；這種巧合簡直瘋狂，而且太不尋常了。

「巴斯提安，」他大聲說，「你真是個怪胎！正常一點吧！」

他這樣說時，口氣可是很認真的，但是他的聲音卻在發抖，因為他也不確定這件事是不是純屬巧合。想想看！他想：如果他們在幻想國真的能聽到我的聲音！這不是很奇妙嗎？

可是這句話，他不敢說出來。

奧特里歐走進鏡中的影像時，驚異得笑了起來——他很驚訝別人認為那麼困難的事，在他卻這麼容易。可是他通過的時候，卻感到一股奇異又冷銳的戰慄。

在他身上發生的事，他毫不起疑。因為走過魔鏡門以後，他已經忘掉自己的一切；他的過去、他的目標和目的等等一切，都不復記憶。他忘了他來這裡是為了一次大追尋；他連自己的名字都忘了。他就像是一個新生的嬰孩。

向上望，幾步路之外他看到了無鑰門。可是他已經忘了它的名字，也忘了他要通過它是為了要去尋找南方神諭。他不知道他為什麼在這裡、要做什麼。他只覺得輕快、歡悅；他毫無理由的笑著，只是為了笑的歡悅。

他所看到的無鑰門不過跟一般的門一樣大，一樣低，而且就是那樣一扇門——沒有圍牆——單薄的立在空洞的平原上，緊閉著。

奧特里歐盯著這道門看了一會兒。這道門的材料有種銅一般的亮光，看起來感覺很好。

可是奧特里歐一下子就沒興趣了。

他走到門後面。後面跟前面沒什麼兩樣；同樣沒有把手，沒有鑰匙孔。顯然這是一扇打不開的門。可是，又有誰會想把它打開呢？畢竟它只是單獨的一扇門，並不通向任何地方。他的後面除了寬闊、平坦、空曠的平原之外，別無他物。

奧特里歐想離開。他轉身走回來，看了一下魔鏡門，不知道那是什麼東西。他決定離開。

「不要！不要！不要離開！」巴斯提安大聲喊著，「回頭！你必須通過無鑰門！」

奧特里歐又轉身走回無鑰門；因為他想再看看那銅一般的亮光。這一次他站在門的前面，左看看，右看看，玩著，輕輕撫摸那奇異的材料。那種感覺很溫暖，而且幾乎觸摸到生命。這時，門慢慢開了一條縫。

奧特里歐把頭探進去，看見了一個景象，那是他先前繞過去時沒有看到的。他把頭伸回來，走到門後，什麼東西都沒有。

他回來再探頭到門縫裡，又看到一條長長的走廊，旁邊有兩排巨大的柱子。遠遠的一端有樓梯、柱子、階梯，然後又是樓梯，以及密得像森林的柱子。奧特里歐在這些柱子上面看到夜晚的天空，因為柱子上面沒有屋頂。

他跨進這道門，心裡充滿了驚奇。他朝四周看了一下。這時，門關了起來。

鐘樓的鐘敲了四下。昏暗的夜幕漸漸落下來。這種光線已經不能看書了，巴斯提安就把書放下來。

他現在該怎麼辦？

閣樓裡應該有電燈才對。他摸索著走到門口，用手在牆壁上摸著，卻找不到開關。他看看對面的牆壁，也看不到開關。

他從褲袋裡拿出一盒火柴（他身上總是帶著火柴，他的缺點就是喜歡玩火），可是火柴已經弄濕了，劃了三根都沒有燃起來。第四根劃著了。他憑著那微弱的光線去找電燈開關，可是仍然找不到。

想到今天晚上要在完全黑暗之中度過，他就不寒而慄。他並不是小孩子，在家裡或者其他熟悉的地方，他也不怕黑。可是要在這個巨大的閣樓，跟這些奇奇怪怪的東西在一起，那是另外一回事。

火柴燒到了他的手指，他連忙丟開。

他站在那裡聽了一下子。雨停了，錫皮屋頂上已經聽不到雨滴聲。

這時候他想起那個生鏽的七柱燭臺。他摸過房間，找到了燭臺，拖到墊子上。

他點亮蠟燭——七支都點——閣樓裡籠罩著一片金黃色的光亮。火焰劈劈啪啪的微微作響，偶爾因為氣流而搖來搖去。

巴斯提安透了一口氣，又拿起書本。

第 7 章

沉默之聲

奧特里歐走進那一片茂密的石柱森林，他心裡充滿了喜悅。那些石柱在明亮的月光下投射出黑影。四周這樣寂靜，連自己的腳步聲幾乎都聽不見。他不再知道自己是誰，叫什麼名字，也不知道自己是怎麼到這裡來的，或者他在尋找什麼。他心裡充滿驚奇，卻一點也不害怕。

地面上鋪著馬賽克，上面有些奇異的圖案、風景與人像。奧特里歐走過這些圖畫，爬上寬闊的階梯，來到一片寬大的臺階，再走上另一道階梯，順著一條石柱長街走去。他邊走邊研究這些柱子，一根根的研究，覺得很好玩；因為每根石柱的標記都不一樣。他一直走下去，離無鑰門越來越遠。

他走了不曉得有多久，突然聽到遠處有一個聲音，飄飄忽忽的，於是就停下來聽。那聲音比較近了，是一種歌聲，可是卻很悲傷，很悲傷，有時候簡直就像是在哭。這陣悲音像風一樣在柱子間吹來吹去，停下來，昇上去，又落下來；來來去去，好像繞著奧特里歐在轉圈子。他靜靜的站著，等著。漸漸的，圈子越來越小了。

每件事都只會發生一次，

但總有一天，所有的事都會發生，

我將隨風而逝，悄然消失，

飛越峽谷與高山，飄過田野和草原。

奧特里歐轉身面向歌聲來的方向。那歌聲在柱子間嫋嫋繚繞，可就是看不到人。

「你是誰？」他叫道。

他的聲音變成回聲跑回來：「你是誰？」

「我是誰？」他喃喃自語，「我不知道。但是我覺得我以前知道。這有關係嗎？」

歌聲回答說——

想要悄悄問問題，
就得同我用詩句，
因為如果不押韻，
我就收不到訊息。

講到押韻詩，奧特里歐沒有多少寫作的經驗。他想，如果這個聲音只理解詩的話，那他們的對話就難了。他絞盡腦汁想了一下，於是說——

要是不會太冒昧，
我想知道你是誰？

這一次歌聲立刻就回答——

我已聽到你說話，
這樣我就能懂啦！

然後，歌聲又從另外一個方向傳來：

朋友，謝謝你，

因為你堅強的毅力。

歡迎來作我的客人，

我是深深神秘宮裡的烏尤拉拉，

我是寂靜之聲。

奧特里歐注意到這聲音雖然一直在升高、落下，可是從來就沒有消失。就算不唱歌或不講話的時候，這聲音還是在空中嫋嫋不停。

有一陣子它似乎停在一個地方，然後慢慢移動，離開了他。他追過去問：

烏尤拉拉，你還聽得到嗎？

我看不到你，卻想見你一下。

聲音從他身邊繞過去，飄進他的耳朵。

這種事從來沒發生過，

從來沒有人看過我。

你看不到我的身體，

但是我的確在這裡。

「那我們看不到你囉？」他問。可是沒有回答。過一會兒他才想起必須用韻文來問：

是我們根本看不到你？
還是因為你沒有身體？

這次聲音變得像鈴聲一樣柔和，但卻聽不出是笑還是哭。這個聲音唱著：

也對，也不對；也錯，也不錯，
要是你這樣問的話。
我不像你一樣，
顯露在光線底下。
因為我的身體只是聲響，只能聽，不能看。
這聲音，已是我全部的存在。

奧特里歐隨著聲音在石柱森林間穿梭，心裡充滿驚奇！過了好一會兒，他才作好一個新的問題：

我有沒有聽錯？你是說，
你的形體，就只是這聲音？
要是有一天你不再歌唱，
那豈不是就會面臨死亡？

聲音在他耳邊回答：
所有生命，遲早都會逝去，
當歌聲結束，我也將面臨死亡。
世界上的事就是如此：
只要聲音不消失，
我的生命就存在，
只可惜一切將成絕唱。
現在幾乎可以肯定聲音是在哭了。奧特里歐不懂為什麼，連忙問——
快點告訴我，
為何你如此悲傷？
聽你的聲音，
就像個小孩一樣。
你還很年輕，
不該煩惱著死亡。
聲音像回音一般回答：
風兒快把我吹散了，

我只是首悲哀的歌。
聽著，時間不多了，
所以快問吧！問吧！
你要我告訴你什麼？

說完，聲音就消失在石柱之間。奧特里歐四處轉來轉去，想再找到聲音。可是卻找不到。

過了好一會兒，聲音又從遠方響起，很快靠近他，然後好像很不耐煩的說：

烏尤拉拉就是答案，
你必須對他問問題！
假如你什麼都不問，
那他要怎麼回答你？

奧特里歐叫出來：

烏尤拉拉，請告訴我，
為什麼你說，你即將消失？

那聲音又唱：

孩童女王病入膏肓，
幻想國會跟著滅亡。

「空無」即將吞噬這個地方，
之後我也會落得同樣下場。
我們將消失在「空無」中，
就像我們從沒存在過一樣。
女王需要一個新名字，
好讓她能重新活一次。

奧特里歐回答：

誰能拯救她的生命？
誰可以為她取新名？

聲音飄向前：

好好聽著，即使你不能領悟，
也必須深深的記住。
好讓你在時機來時，
能從記憶的深海中找出，
讓它重見天日，
完整無缺，一如再次重現。

一切的結果都將取決於，
你是否能把它牢牢記住。
接下來，他只聽到嘆息聲。突然間，那聲音又響起，在他耳邊低語著：
誰能為孩童女王命新名？
你不行，我不行；精靈不行，妖怪也不行。
我們之中，沒人能拯救她的生命。
沒人能把魔咒解除，沒有人可以讓她康復。
我們只是書中的人物，
只是故事中的夢與圖。
人家怎麼寫，我們就只能乖乖聽吩咐。而創造——
我們做不到；智者做不到，國王做不到，小孩也做不到。
但在幻想國之外，有一片富饒之地，
叫做「外面的世界」。
那裡的人們，十分富裕，
跟我們完全不一樣！
亞當之子，塵世的居民，

夏娃之女，文字的至親。
他們從小就有命名的能力。
每一次，都帶給女王新生命。
送給她全新的、美好的名字，
可惜，這已是好久以前的事。
人類雖然曾來過這裡，
但他們早已忘記路程。
因為他們忘了我們有多真實，
所以從此不再相信我們。
啊！只要有個人能來，
那所有的問題就不復存在；
啊！只要有個人願相信，
那他就會聽到這呼喚。
對人類而言很近，對我們而言很遠。
太遠了以致於我們沒辦法去找他們。
因為幻想國的外面，是他們的世界，

而我們不能去那邊——
我的小英雄，你會記住嗎？
你記得住烏尤拉拉說的話嗎？

「是！」奧特里歐困惑的大叫。他決心把每字每句都記住，可是他已忘記為什麼，只是感覺到很重要、很重要。那歌聲以及吟詩，都使他疲倦得想睡。他喃喃的說：

我會記住。我會記住每字每句，
但請你告訴我，我該從何開始？

聲音回答說：

你得自己作出決定，
用現在得到的訊息。
從此我倆再無瓜葛，
因為你我即將分別。

此時奧特里歐已經快要睡著了。他問：

你已經走了嗎？
你將會去哪裡？

這次聲音又哭了。他一邊唱，聲音卻越來越遠，越來越模糊：

「空無」已經來臨，
「神諭」即將沉寂。
這上下迴盪的聲音，
將再也聽不清。
來石柱林找我的，
你是最後一個。
也許別人做不到的事，
能由你來完成。
但想要成功，
就得牢牢記得我唱過的歌！
聲音在遠方越來越遠，只聽到這些話——
每件事都只會發生一次，
但總有一天，所有的事都會發生，
我將隨風而逝，悄然消失，
飛越峽谷與高山，飄過田野和草原。
奧特里歐最後聽到的，就是這些。

他靠著柱子坐下來，望著夜空，努力去理解剛剛聽到的話。四周的安靜像風一般溫暖、柔和的風籠罩著他，他睡著了。

在寒冷的黎明中醒過來以後，他躺在地上，望著天空。最後的星星已經隱去，烏尤拉拉的聲音仍然在他的腦海裡迴響。突然間他想起以前的一切，想起他的大追尋。他終於明白該怎麼做了。只有一個人類，一個人類之子，一個來自幻想國之外的人才能給女王新的名字。他必須去找一個人類，帶到女王那裡去。他猛然坐了起來。

啊！巴斯提安想，我多麼想幫助孩童女王和奧特里歐。我會找一個很美的名字。但願我知道如何找到奧特里歐。只要我知道，我現在立刻就去。如果我突然站在他的面前，他會不會驚訝？但這是不可能的，不是嗎？

於是他輕聲的說：「奧特里歐，如果有什麼方法能夠去幻想國找你，請告訴我，我一定會來。你看著好了。」

奧特里歐看看四周。那一片有階梯、有臺階的石柱森林不見了。不論他向哪一邊看，都只看到空曠的平原，跟他通過那三座門之前所見的沒什麼兩樣。不同的是，現在連那三座門也不見了。

他站起來，向四方又看了一下，才發現平原中央有一片跟他以前在咆哮森林見過的一樣的「空無」。但這一次比上一次近多了。他回轉身，向著相反的方向狂奔。他跑了一陣子，看到遠遠的地面上有一個高高隆起的地形。他想那應該是大謎門所在的鏽紅色石山了。

他向那座山跑去。跑了很長一段路，他才看清了那座山，頓時滿腹疑團。因為地形雖沒兩樣，卻看不到門；而且岩石都是死灰色的，不是紅色。

他又跑了一段路，才看見兩根大石柱子。那是門柱下面的部分，上面的拱形不見了。怎麼搞的？又跑了幾個鐘頭，才跑到門下。這時他才知道是為什麼了。大門的拱形部分早就塌了，獅身人面獸不見了。

奧特里歐在廢墟之中前進，爬到了一個金字塔形岩石的頂端瞭望，想要找出他與小矮人以及祥龍分手的地點。他們會不會因為「空無」的關係，也逃走了？

最後他終於看見一面小旗子朝這邊揮舞，那是在安基五克觀測臺的欄杆後面。奧特里歐揮著雙臂，兩隻手圈著嘴巴喊道：「喂！你們還在嗎？」

他的聲音剛剛消失，只見小矮人洞穴所在的空地，一頭珍珠白祥龍騰空而起。這頭祥龍用慵懶的、波浪狀的動作飛過天空。牠一定覺得很好玩；因為牠有時倒著身體翻筋斗。牠翻得這麼快，看起來就像一團白色火焰。牠在奧特里歐所站的金字塔形岩石不遠的地方降落，兩隻前掌著地；因為太高了，為了要接近奧特里歐，只好盡量伸著長長、柔軟的脖子。

牠高興的轉著寶石紅的眼睛，嘴巴張得很大，舌頭垂在外面。牠用銅鈴般的聲音說：「奧特里歐，我的朋友和主人，你終於回來了！我好高興！我們都放棄希望了——我是說小矮人，不是我。」

「我也好高興！」奧特里歐說，「可是這一夜之間發生了什麼事？」

「一夜之間？」福哥兒叫著說，「你說這一切是一夜之間？你會覺得很意外。爬上來，我馱著你。」

奧特里歐爬到這龐然大物的背上。這是他第一次騎祥龍。以前他雖然騎過野馬，而且兇猛得不得了，可是第一次騎著祥龍在天空中這樣飛翔，還是使他喘不過氣來。他緊緊抓住福哥兒的鬃毛。福哥兒不斷笑著回頭說：「你乖乖坐好嘍。」

「至少，」奧特里歐用力吸著氣，大聲說，「你看起來已經好多了。」

「差不多了，但還不是很好。」

他們在小矮人的洞穴外面降落。安基五克和二果兒已經站在洞口等著他們。安基五克的舌頭立刻就動起來：「你看到了什麼？做了什麼？趕快告訴我們！」

二果兒打斷他的話：「會講的，會講的！讓這孩子先吃飯，是不？你那無聊的好奇心有的是時間滿足。」

奧特里歐從祥龍的背上爬下來，跟兩位小矮人互相寒暄。洞口立刻擺上小桌子，上面有各式各樣的食物，還有一壺冒著煙的藥草茶。

鐘樓的鐘敲了五下。巴斯提安想到家裡床頭櫃裡面那兩塊巧克力，不禁感到哀傷。那是他預備晚上肚子餓的時候吃的。早知道他不回去，他就會帶在身旁當口糧。可是現在已經來不及了。

福哥兒躺在附近的一條溪谷中，這樣牠的大頭比較接近奧特里歐，可以聽到他們談話。

「你們說說看。」牠說，「我的朋友兼主人說他只去了一個晚上。」

「不只嗎？」奧特里歐問。

「七天七夜。」福哥兒說，「你看，我的傷都快好了。」

這時候，奧特里歐才發現連他的傷口也快好了，草藥都脫落了。他很驚訝！「這怎麼可能？我通過了三道魔門。我跟烏尤拉拉談過話，然後就睡著了。但是我不可能睡那麼久。」

「在那裡，」安基五克說，「時間跟空間一定不一樣。反正，沒有人像你一樣在神諭那裡待那麼久的。那邊是什麼樣子，你現在肯講了嗎？」

「可是，」奧特里歐說，「我想先知道你們的情形。」

「你自己看，」安基五克說，「所有的顏色都褪了。不管什麼東西都越來越不真實。大謎門也不在了。『空無』好像已經占領了這個地方。」

「獅身人面獸呢？哪裡去了？飛走了嗎？」

「什麼都沒看到！」安基五克悲傷的說，「我們希望你能夠告訴我們一些事情。石門一下子變成廢墟，可是我們誰也沒有看見或聽見什麼事。我還過去察看了那些廢墟。你知道我看到什麼嗎？那些碎石就跟這裡的山一樣古老，上面長滿灰色蘚苔，好像躺在那裡已經幾百年了，那大謎門好像從來不曾存在過似的。」

「雖然如此，」奧特里歐說，「可是以前是在那裡沒錯。因為我自己曾經通過，也通過了魔鏡門和無鑰門。」

奧特里歐向大家報告了他的一切遭遇。現在他記起每個細節了。奧特里歐講故事的時候，那起先一直不耐煩，一直催著他講的安基五克不禁越聽越入神。等到奧特里歐逐字逐句的複述烏尤拉拉的話時，小矮人什麼話也不說了，他那皺縮的小臉蒙上憂愁萬分的神情。

「好了，」奧特里歐最後說，「現在你已經知道了，烏尤拉拉只是一個聲音。你只能聽到它，但是看不到它。」

安基五克沉默了好一會兒，開口講話時，聲音都嘶啞了：「你的意思是它現在不在了？」

「是的！」奧特里歐說，「它說再也沒有人會聽到它了，我是最後一個。」

安基五克滿是皺紋的臉頰上流下了兩行眼淚。

「都完了！」他聲音嘶啞的說，「我辛苦了一輩子，我所有的研究，我經年累月的觀察都完了。終於有人為我的科學大樓補上一塊磚，我終於完成了我的工作，寫完了最後一章。可是都沒有用了，這一切都是多餘的。任誰對它都不會再有興趣，因為主角不在了。我的希望飛了，破碎了。」

他講話好像在咳嗽，事實上他是難過得哭了。

二果兒不禁感到很同情，摸摸他的禿頭，說：「可憐的安基五克！可憐的老安基五克！不要氣餒，是不？你會再找到一件事情來寄託精神的。」

「老太婆！」安基五克氣沖沖道，「我不是可憐的老安基五克，我是偉大的悲劇人物。」

二果兒搖搖頭，嘆口氣說：「他沒有惡意，他是個老好人，但願他不要瘋掉！」

他跑回洞裡，砰然一聲，把門關上。

「你們要離開這裡嗎？」奧特里歐問。

二果兒點點頭。「我們沒有別的辦法。」她說，「空無占據了哪兒，那兒就不長東西。現在，連我那個可憐的老頭子，也沒有理由留在這裡了。我們必須考慮該怎麼辦，是不？我們會找到去處的。可是你呢？有沒有什麼計劃？」

「我必須去做烏尤拉拉要我做的事。」奧特里歐說，「找一個人類，帶到女王那裡去，為她取一個新名字。」

「你要到哪裡找這個人？」二果兒問。

「我不知道。」奧特里歐說，「大概要到幻想國以外的地方。」

「會找到的，」福哥兒銅鈴般的聲音說，「我會帶你去。我們運氣會很好的。」

「如果是這樣，是不？」二果兒咕咕噥噥的說，「你們最好趕快走。」

「我們可以送你們一程。」奧特里歐說。

「你們的好意我們心領啦！」二果兒說，「可是我們可不會在空中閒逛，是不？一個自尊自重的小矮人是腳踏實地的。再說，我們也不想耽擱你們。為了我們大家，你還有更重要的事情得趕緊去辦。」

「我只是要表示我的感激！」奧特里歐說。

「那最好的方式就是趕快出發，是不？不要再婆婆媽媽的浪費時間。」

奧特里歐爬到祥龍背上，回頭大聲的說：「再會！」

可是二果兒早就回洞裡收拾行李了。

幾個鐘頭後，她跟安基五克走出洞口。兩個人身上都背著沉重的籃子，又開始吵架。他們邁開短而彎的蘿蔔腿，蹣跚離去，不曾回頭望一下。

安基五克後來成了全世界最有名的小矮人；可是，並不是因為他的科學研究工作，而是因為別的事情。這又是另一個故事了，下回再說吧。

兩個小矮人出發的時候，奧特里歐已經走得很遠。他騎在白色祥龍福哥兒背上，在幻想國的天上呼嘯而過。

巴斯提安禁不住抬頭看向窗外，想像著福哥兒像一朵白色火焰一樣，從黑暗的夜空破空而入，和奧特里歐一起來找他。

「哇！」他嘆道，「那不是太棒了嗎？」

他可以幫助他們，他們也可以幫助他。這樣不但救了他，也救了幻想國。

第8章
巨風魔

奧特里歐騎著祥龍在空中飛馳，紅色披風在背後飄蕩，藍黑色的頭髮在空中飛揚。祥龍福哥兒以穩定、波浪般的動作，在雲霧和白雲間滑翔。

上升又下降，下降又上升，上升又下降……

他們已經飛了多久？好幾天，好幾個晚上。奧特里歐已經忘記他們飛過什麼地方。祥龍有一種在睡眠中飛行的本事。他們可以一直飛，一直飛。奧特里歐有時候會抓緊祥龍的鬃毛打瞌睡，可是那不能算是睡覺。漸漸的，連醒著也變成了一個夢境，一個模糊而朦朧的夢境。

覆滿陰影的山在下面流過，陸地、海洋、島嶼、河流在下面流過……這些對奧特里歐都不再有趣。他不再像剛離開南方神諭時那樣，催著福哥兒趕路。

剛開始的時候他很不耐煩。他以為既然有祥龍好騎，應該可以輕易抵達並且越過幻想國的邊界，抵達外面的世界才對。

其實他不知道幻想國有多大。

沉重的疲倦已經快壓倒他了。以前他的眼睛像小鷹一樣銳利，現在卻看不清楚遠方。有時候他會挺起身子看看四周，可是很快的就軟弱下去。他只能呆望祥龍那長而柔軟，上面有珍珠般粉紅白鱗片的身體。

福哥兒也累了，牠的力氣，以前似乎永不耗竭，如今也衰弱下來了。

途中，他們有好幾次看到「空無」入侵的地方。那種地方使他們有種快要瞎掉的感覺。從他們的高度看，那種地方有一些看起來很小，有的卻很大，大得像一個國家。祥龍和牠的騎士不禁都感到害怕。起先他們還掉頭不看這些可怕的情景，可是，奇怪的是，恐怖如果一再發生，就會失去嚇人的力量。看過太多「空無」入侵的地方以後，這兩個旅人也就習慣了。

他們又默默的飛行了一陣子。突然，福哥兒那銅鈴般的聲音說：「奧特里歐，我的小主人，你在睡覺嗎？」

「沒有啊！」奧特里歐說，儘管他剛剛做了一個可怕的夢。「什麼事，福哥兒？」

「我在想，如果我們回去，是不是好一些？」

「回去？回哪兒去？」

「回象牙塔，回女王那裡去。」

「你要我們兩手空空的回去？」

「我不認為我們兩手空空，奧特里歐你最要緊的任務是什麼？」

「尋找她的病因，還有治療的方法。」

「但是，」福哥兒說，「從來就沒有人要你把治療的方法帶回去。」

「什麼意思？」

「也許我們錯了──想到幻想國外面找一個人類。」

「我不懂你在說什麼，福哥兒，請你解釋一下。」

「女王快病死了！」祥龍說，「那是因為她需要一個新名字。這一點老者莫拉已經說得很清楚。可是只有人類，只有『世界』的人子，才能夠給她新名字。這一點烏尤拉拉也已經說得很清楚了。所以事實上，你已經完成了你的任務。照我看，你應該盡快讓女王知道這一點。」

「可是這一點對她絲毫用處都沒有，」奧特里歐說，「除非我找到一個人類來救她。」

「不要這麼肯定！」福哥兒說，「她的力量比你我都大。也許她要把人類帶到幻想國本來就沒有什麼困難。也許她有一些你、我及全幻想國都沒有人知道的方法。但是她必須先知道一些事情才辦得到。如果是這樣，由我們去找人類就不得要領了。也許我們還沒有找到，她就死了。可是如果我們趕回去，我們大概來得及救她。」

奧特里歐默不作聲。他想，祥龍可能說得對。可是，也可能不對啊！如果他們現在帶著他找到的方法回去，女王可能會說：「這對我有什麼用？現在要你們再去已經來不及了。」

他不知道該怎麼辦。他太累了，累得不能夠決定事情。

「你知道，福哥兒，」他說，聲音像是耳語，「你可能對，也可能不對。讓我們再飛一下，如果我們還沒有到達邊界，我們就回頭。」

「再飛一下是多久？」祥龍問。

「幾個鐘頭。」奧特里歐喃喃的說，「唔！好吧！就一個鐘頭。」

「好！」福哥兒說，「就一個鐘頭。」

可是這一個鐘頭又變成了好幾個鐘頭。

他們一直沒有注意到，北邊的天空不知不覺已經布滿了烏雲；但西邊卻一片熾亮，醜陋的雲像海草般垂在地平線上。東邊吹起了一陣暴風，像一張銀灰色的毯子，上面布滿了片片碎雲，猶如濺到了藍墨水一般。南邊起了一片硫磺般的黃色雲霧，間雜陣陣閃電。

「我們好像碰到壞天氣了。」福哥兒說。

「是的！」奧特里歐說，「看起來很糟！可是我們除了繼續飛，還能怎麼樣？」

「找個地方躲一躲吧，」福哥兒說，「這麼做大概比較聰明。因為若我想得沒錯，就不好玩了。」

「你在想什麼？」奧特里歐問。

「我想那四個巨風魔又要開始打仗了。他們幾乎一直在打仗，想比比看到底誰最強，可以統治其他人。對他們而言，這是一種遊戲，因為他們什麼事都不怕。可是要有誰捲入他們的小爭執的話，但願上帝保祐他。」

「你能不能飛高一點？」奧特里歐問。

「你的意思是飛到他們的範圍以外？沒辦法，我飛不了那麼高。我現在看到的，就只有下面的一片水，一個很大的海洋，我看不到有什麼地方可以躲的。」

「那麼，」奧特里歐說，「我們只好等他們來了再說，反正我也有事情要問他們。」

「你說什麼？」祥龍叫起來，嚇得騰空而起——這是牠講話的一種表情。

「如果他們就是那四個巨風魔，」奧特里歐說，「他們一定知道幻想國的四極。要是說有誰能告訴我邊界在哪裡，那就是他們了。」

「老天爺！」祥龍叫著，「你以為你可以停在那裡跟他們聊天？」

「他們叫什麼名字？」奧特里歐問。

「北邊的那一個，」福哥兒說，「叫李耳，東邊的那一個叫包瑞歐，南邊的那一個叫席瑞克，西邊的那一個叫馬耶史垂。可是你是什麼？你是鐵棍嗎？難道你不怕？」

「我的害怕，」奧特里歐回答說，「上次經過獅身人面獸的拱門時就不見了。再說，我又戴著女王的徽章。幻想國裡每個人不是都尊敬這枚徽章嗎？難道他們就不尊敬？」

「唔！他們會尊敬的！」福哥兒叫著說，「他們會的。可是他們很笨，任何人都沒有辦法叫他們別打架。你看著好了。」

這時四邊的暴風雲都到了。奧特里歐好像置身在一個大漏斗中。這漏斗越轉越快，把那硫磺黃、鉛灰、血紅和深黑等各種顏色都攪拌在一起。他和祥龍就像漩渦裡的一根火柴棒一樣，在中間打轉。終於他看見了那四個巨風魔。

事實上他看見的只是他們的臉，因為他們的四肢一直都在變化。忽長忽短，忽而清楚的一塊，忽而混成一團。他們糾纏在一場混戰裡，簡直無法辨認他們的形狀，或者是有幾個人在打。他們的臉也不斷變化；忽而又圓又脹，忽而從上到下，或者從左到右一直拉長。可是儘管如此，這些臉又都可以分辨開來。

他們張開大口相互吠叫、怒吼、咆哮、嘲笑。他們一點都沒有注意到身邊的祥龍和牠的騎士。跟他們一比，祥龍和牠的騎士簡直就是蚊蠅草芥。

奧特里歐努力挺起身體，右手抓著胸口的黃金徽章，用盡肺腑之力大叫說：「在女王的名下，安靜下來！」

不可置信的事情發生了。

四個巨風魔好像突然嚇到了一般，全都安靜了下來。他們好像變成了啞巴，張著嘴巴，八隻骨碌碌的大眼睛全都瞧著「奧鈴」。暴風一停，空氣都死靜了。

「說啊！」奧特里歐叫著，「幻想國的邊界在哪裡？李耳，你知道嗎？」

「不在北邊。」那張黑雲的臉說。

「你呢，包瑞歐？」

「不在東邊。」鉛灰的雲臉說。

「你告訴我，席瑞克！」

「南邊沒有邊界。」硫磺黃的雲臉說。

「馬耶史垂，你知道嗎？」

「西邊沒有邊界。」血紅的雲臉說。

然後他們異口同聲的說：「你是誰？戴著女王的徽章卻不知道幻想國沒有邊界？」

奧特里歐沒回答，他呆了。他壓根也想不到幻想國沒有邊界。這一來，他的大追尋不就徒勞無功了嗎？

他根本沒有注意到巨風魔又開始打仗了。他已經不再關心自己會遭遇什麼事。當一陣龍捲風把他們往上捲的時候，他只是緊抓著祥龍的鬃毛。他們四周閃著雷電。他們一直在打轉，幾乎溺死在一陣大雨之中；一陣熾熱的風把他們吸進去，幾乎把他們燒成灰；一下子卻又下了一陣冰雪，裡面不是石頭，卻是長如矛槍的冰柱，把他們打下去。他們就這樣上去了又下來，下來了又上去；從這邊到那邊，從那邊到這邊。巨風魔正在為了權力而交戰。

一陣強風把福哥兒吹翻了身，牠叫著：「抓緊！」

但是已經來不及了。奧特里歐一下子沒抓住，就跌下去了。他一直跌，一直跌，最後失去了知覺。

醒過來的時候，奧特里歐躺在一片白色沙灘上。他聽到海浪聲，就向四周張望，發現自已躺在海灘上，海水在他身上沖刷著。天空灰暗而有霧，可是沒有風。海很平靜，剛剛那四個巨風魔的大戰此刻已了無痕跡。海灘很平坦，看不到山丘和岩石，只有幾棵、彎彎曲曲的樹。從霧裡看過去，這些樹就像巨大的蟹爪。

奧特里歐坐起來，看到他的披風就離他幾步遠。他爬過去撿起來，披上肩膀。令他驚訝的是，披風幾乎是乾的。那麼他躺在這裡一定有些時候了。

他是怎麼到這裡來的？他為什麼沒有淹死？

他模模糊糊記得有人的手臂抱過他，他模模糊糊記得一串奇怪的歌聲：可憐的孩子！漂亮的孩子！抱住他！不要讓他沉下去。

或許這只是海浪的聲音。

或許這是海洋女神或水精的聲音？也許他們看到「榮耀」，所以救了他。

他不自覺的伸手去摸他的徽章——不見了。脖子上沒有鍊子，他失去了「寶石」。

「福哥兒！」他叫起來，能叫多大聲，就叫多大聲。他跳起來，在沙灘上跑來跑去，四處亂喊，「福哥兒！福哥兒！你在哪裡？」

沒有人回答。只有海浪緩慢、穩定的沖刷著海岸。

只有天知道巨風魔把祥龍吹到哪裡去了。或許福哥兒在另一個地方也在找他，與他相距很遠很遠；或許牠根本已經死了。

他不再是祥龍騎士了，他不再是女王的信使；他只是一個小男生，完完全全面臨孤獨的小男生。

鐘樓裡的鐘敲了六下。外面都黑了。雨已經停了，四周聽不到一點聲音。巴斯提安凝視燭火。

這時他嚇了一跳，因為地板響了一聲。他好像聽到有人在呼吸，他屏息細聽。閣樓裡除了蠟燭的小小光暈之外，一片黑暗。

他不是聽到樓梯上有輕輕的腳步聲嗎？閣樓門的把手不是輕輕轉動了一下嗎？

地板又響了一聲。要是閣樓裡有鬼呢？

「胡說！」巴斯提安說，但他一點都沒有提高音量，「沒有這種事情！每個人都知道。」

那為什麼又有那麼多鬼故事呢？

那些說沒有鬼的人，大概只是害怕承認有鬼吧！

奧特里歐拉緊披風，因為他很冷。然後他向內陸走去。以他在霧中所見，這個地方平坦而單調。他所看到的唯一變化就是短樹叢之間的地面。那地面彷彿生鏽的金屬板，也像是金屬板那麼硬，只要不小心擦到，很容易就會受傷了。

大約一個鐘頭以後，奧特里歐來到一條石頭路。路面鋪著崎嶇不平、各種形狀的石頭。他想也許這條路可以通到什麼地方，於是決定順著這條路走下去。但他走在路旁柔軟的地面上，不是走在崎嶇不平的石頭上。

這條路一直在迂迴、轉彎；但是卻看不出為什麼轉彎，因為沒有山，沒有湖，也沒有河流，大概這個地方什麼東西都是彎彎曲曲的。

奧特里歐走不久，就聽到一種奇怪的砰砰聲。這個聲音起先很遠，後來越來越近，聽起來像低沉的大鼓聲。鼓聲之間又有叮叮噹噹的鈴聲；尖銳的管樂聲，大概是短笛吹奏出來的。他躲到路旁的樹叢後面，想看看這些聲音到底是什麼東西。

音樂聲慢慢接近了。霧裡出現了一些人。他們好像是在跳舞，可是那舞蹈既不吸引人，又不歡樂。舞者在地上滾著、爬著，又向空中跳，姿勢十分醜怪。他們好像一群瘋子，一直跳著這種舞。奧特里歐耳中塞滿了緩慢而沉悶的鼓聲、尖銳的笛子，以及許多喉嚨裡冒出來的嗚咽喘息。

人越來越多，遊行的行列好像永遠不會中斷一樣。奧特里歐看看舞者的臉。他們的臉呈灰白色，流滿了汗水，眼睛裡面有一種狂熱的亮光。有些舞者還用鞭子鞭打自己。

他們瘋了！奧特里歐這樣一想，不禁脊椎骨都涼了。

遊行行列裡有夜叉、妖精、幽靈，還有吸血鬼女巫。年紀大的留著鬍子，身上有大肉瘤；年輕的，看起來很漂亮，卻很邪惡。

如果「奧鈴」還在，他一定會走過去問他們是怎麼回事。然而此時此刻他寧願躲著，等待這瘋狂的行列過去。

最後一個沒有跟上的人跳著、跛行著在霧中消失以後，他才放下了心。

這個時候，他才放膽走到路上，從後面看那個鬼怪行列。他不知道自己要不要跟過去。這個時候，說實在的，他根本不知道什麼事該做，什麼事不該做。

自從開始大追尋以來，他第一次清楚感覺到他多麼需要女王的徽章。沒有這個徽章，他根本就是無助的。原因並不只是在於徽章能保護他，這一點並不重要，因為畢竟是他自己的力量使他忍受了路途的一切艱辛、恐怖和孤獨。重要的是，只要他戴著這個徽章，他就不會忘記他的目標。這個徽章是神秘的指南針，一直在引導他的思想朝著正確的方向。但現在情形不一樣了，他已經沒有神秘的力量來帶領他了。

他不知道做什麼才好。但光是站在那裡，麻木般什麼事都不做，也使他受不了。於是他決定追蹤那沉悶的鼓聲。這時，鼓聲在遠處依稀可聞。

他一邊走在霧中——他一直小心的跟遊行行列最後面的人保持距離——一邊努力整理自己的思緒。為什麼？為什麼福哥兒勸他直接回女王那裡時，他不聽？否則，他不是已經把烏尤拉拉的消息帶給她，也把「寶石」還給她了？如今沒有了「奧鈴」，沒有福哥兒，他再也沒辦法回到她那裡去了。想必她會等他到最後一刻，原先希望他回去救她，救幻想國——可是這一切都將徒然了。

事到如今已經夠糟了，還有更糟的是，他從巨風魔口中知道幻想國是沒有邊界的。不能離開幻想國，就不可能找到人類。幻想國既是無邊無際，那麼注定完蛋了。

可是他在霧裡，在那崎嶇不平的石頭路上蹣跚而行的時候，烏尤拉拉柔和的聲音又在他的腦海中響起。他的心裡出現了一絲希望。

過去已經有不少人類來過幻想國，給女王取過美麗璀璨的名字，烏尤拉拉就是這樣說的。所以要從這個世界到那一個世界，還是有路可走的。

看似路遙實捷徑，

只待發願大追尋！

對！烏尤拉拉是這樣說的。人類——人類之子——已經忘記路途。可是真的完全沒有人記得嗎？只要有一個記得就好了！

他自己絕望的處境沒有關係。要緊的是，只要有一個人類，跟以前那許多人一樣，聽到幻想國痛苦的呼喊，來拯救他們。也許已經有人出發，此時已經在路上了。

「就是！就是！」巴斯提安叫起來，嚇到了自己。他壓低聲音，柔和的說：「要是我知道怎麼走，我一定會去幫助你。可是我不知道路，我真的不知道。」

鼓聲和笛聲已經停了。可是奧特里歐並沒有注意到，因此走得太近了，幾乎撞上了最後面的人。由於他赤腳，所以走起路來沒有聲音——可是並不是因為他赤腳，這些人才沒有注意到他。就算他穿著釘靴頓足大叫，他們也不會注意他的。

遊行行列已經散了。群鬼分散在一塊平地上。這塊平地滿是泥濘，還長著灰白色的草。這些鬼怪有的從這邊搖搖晃晃走到那邊，有的動也不動的坐著或站著。可是他們都望著同一個方向，眼睛裡充滿了狂熱的光亮。

這時候，奧特里歐也看到他們在看的東西，不禁嚇得像中邪一般。「空無」現在出現在泥濘地的那一邊。

永遠都是這個「空無」。他在樹頂上看過；進入南方神諭之前，在那些魔門的平原上看過；在福哥兒的背上看過——可是這些都是從遠處看的。這一次不一樣；這一次就在身邊；越過地平線，慢慢靠過來，完全無法抵擋。泥濘地上的群鬼發抖了，他們手腳痙攣，張大了嘴巴，好像在叫喊還是大笑，可是發不出聲音。突然間，好像秋風掃落葉，他們全朝「空無」衝去。他們跳著、滾著，把自己丟進「空無」裡面。

最後一個鬼剛消失，奧特里歐就感覺自己也開始走向「空無」。他感到恐怖、手腳痙攣、腳步急促。一種無可理解的欲望吸引著他，要他走向「空無」。他振奮意志來抵抗，命令自己站著不動。慢慢的，他回轉身來，好像在強大的河水中逆流而上，一步一步向前掙扎。牽扯他的力量漸漸消失了；他開始奔跑，用盡力氣在崎嶇不平的石路上跑。他滑倒，爬起來，再跑。他根本沒時間想，這條道路會通向什麼地方。

這條路所有的迂迴和轉彎都沒有意義，可是他照樣順著跑下去。最後他前面出現了一面很高的，漆黑色的土牆。牆後有好幾座彎彎曲曲的高塔，矗立在灰白色的天空中。厚重的木門已經腐爛，鬆垮垮的吊在生鏽的鉸鏈上。奧特里歐走了進去。

閣樓裡越來越冷，巴斯提安的牙齒開始打顫。他要是病了怎麼辦？他會不會跟他們班上的威利一樣，感染肺炎？那麼他就會孤獨的死在閣樓上，沒有人會救他。可是回家？不要，不可以！要他回家，他寧願去死。他把所有的軍毯全都圍在身上。過了一會兒，他感覺暖和多了。

第 9 章

鬼城

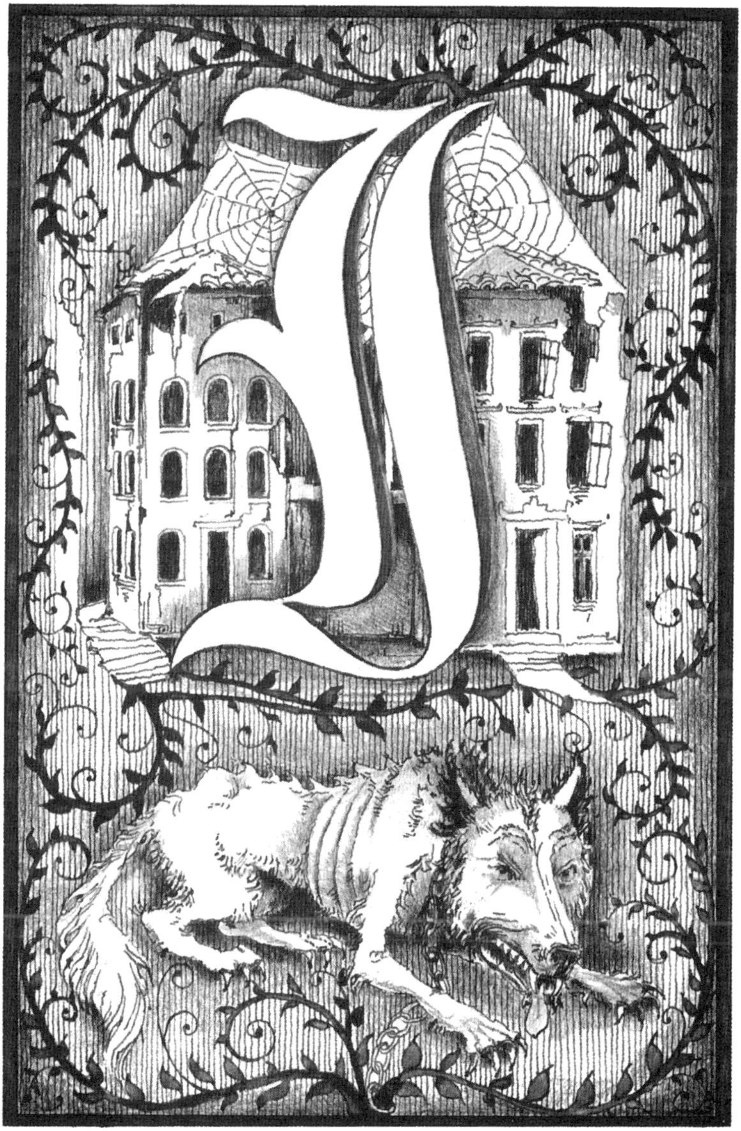

在無邊無際的天空裡，在咆哮海洋的某一處上方，福哥兒的聲音像大銅鐘一般的響著：

「奧特里歐，奧特里歐，你在哪裡？」

巨風魔老早就結束了戰爭遊戲，呼嘯而去。他們等一下還要在這裡或某個地方會合，繼續作戰。這場戰爭他們不知道從什麼時候開始就一直打到現在。他們早已把祥龍和小騎士忘得一乾二淨；因為他們除了自己，什麼事情都不記得了。

奧特里歐跌下去時，福哥兒本來想把他接住，可是突然間一陣龍捲風把牠吹上天去，吹得很遠。等到牠飛回來，巨風魔已經換地方開戰了。福哥兒絕望的在奧特里歐跌下去的地方搜尋他。但是，即使是祥龍，想在那波濤洶湧的怒海中尋找一個小男孩也是不可能的。但是福哥兒並不就此作罷。牠飛上高空，憑空鳥瞰，然後再低飛掠過波浪；接著又繞著圈子，一圈一圈擴大，一邊飛，一邊急切的喊著奧特里歐的名字。

身為一頭祥龍，牠從來就深信一切事情到最後總會有好結果。牠有力的聲音在海浪的咆哮之間響著：「奧特里歐，奧特里歐，你在哪裡？」

奧特里歐在一個死寂的廢城中四處徘徊。這個地方好像遭到了詛咒一般，到處是鬧鬼的城堡和房屋，裡面住的只有幽靈。城裡的街道跟其他東西一樣，也是彎曲迂迴的。巨大的蜘蛛網橫掛在街道上方，地窖和水井還冒著惡臭。

起先奧特里歐還順著牆壁躲來躲去，怕有人會看到他；但是沒有多久，他就明白他不必這麼麻煩了。因為街道和廣場全都荒無人煙，那些屋子也沒有任何動靜。偶爾走進其中一間看看，只看到翻倒的家具、破舊的窗簾、破碎的瓷器和玻璃瓶。一片劫後景象，連一個鬼影都看不見。有一張桌子上面擺著吃剩的飯，菜湯已經變成黑色，還有大塊大塊黏呼呼的東西，想必是麵包。他兩樣都吃了一點，味道令人作嘔，可是他實在太餓了。他覺得自己最好不要在這個城市逗留。他想，這個地方是給放棄希望的人來的。

巴斯提安覺得很虛弱，因為他也餓了。

不知道為什麼，他想起了安娜的蘋果捲——那是全世界最好吃的蘋果捲。

安娜每個禮拜來他家三次。每次來就替父親打打字，整理一下房子。通常她還煮一點東西或烘一點糕點。她身材高大，精力充沛，永遠發出爽朗愉快的笑聲。

巴斯提安的父親對她很有禮貌，可是好像並不注意她的存在，她很少能讓他憂愁的臉現出笑容。可是只要她在，家裡總是愉快多了。

安娜雖然未婚，卻有一個小女兒，叫作克麗斯塔，比巴斯提安小三歲；頭髮是美麗的金黃色。剛開始的時候，安娜幾乎每次都帶克麗斯塔來。克麗斯塔很害羞，巴斯提安每次都講故事給她聽，一講就是好幾個鐘頭；而她就坐在那裡，安靜得像一隻老鼠，張大了眼睛望著他。她覺得巴斯提安很了不起，而他也很喜歡她。可是自從一年前安娜把她送到鄉下的寄宿學校就讀以後，她和巴斯提安就很少見面了。巴斯提安那時很氣安娜。她一直向他解釋，說這樣對克麗斯塔比較好，但巴斯提安聽不進去。

可是，即使有這一切事情，他還是永遠抗拒不了安娜的蘋果捲。

他很痛苦的想，一個人不吃飯，不知道能忍耐多久？一天？兩天？也許二十四小時之後，他就產生幻覺了。他掐指算了算他在閣樓的時間。至少十個小時，或許更多。他但願自己曾經把三明治留下來，或者至少留下了蘋果。

閃爍的燭光底下，狐狸、貓頭鷹和大老鷹標本的玻璃珠眼睛看起來都像是真的，它們在閣樓牆上投下了陰森的黑影。

奧特里歐走到街道外毫無目標的逡巡。他經過一個地方，房子都很小、很低，他幾乎都可以碰到門簷。另外有一個地方有成排的大樓，前面立著裝飾用的雕像。可是這些雕像全是骷髏或妖怪，朝著他這個孤寂的流浪者獰笑。

突然間他停了下來，靜靜的站著。

他聽到遠遠的地方有一陣沙啞的哭聲，聽起來很哀傷、很無望；他的心都痛了。一切邪惡動物的一切絕望、悲慘，幾乎全集中在這哀傷的哭聲裡。這陣哭聲在遠處各個建築的牆上迴響著，最後這些迴音聽起來就像有一群散在各處的狼一起咆哮一樣。

奧特里歐循著聲音尋去。聲音越來越弱，最後只剩下一種粗嘎的低泣。他經過一道門，走進一個狹窄黑暗的天井，最後走到一個潮濕骯髒的院子。就在院子裡，他看到一頭巨大的狼人躺在那裡，用鍊子綁起來，餓得半死的樣子；長滿疥瘡的皮肉下，一根根肋骨歷歷分明，脊椎骨好像一排鋸子，嘴巴張得很大，舌頭垂在外面。

奧特里歐慢慢向牠靠近。狼人發現他的時候，猛然抬起頭來，眼睛閃著綠色的光芒。

他們兩個互相看了一會兒，都不講話。最後狼人很險惡的，輕輕的說：「走開，讓我安靜的躺著！」

奧特里歐沒有動。他也一樣輕輕的說：「我聽到你的叫聲才來的。」

狼人的頭垂得很低。「我沒有叫人，」牠喃喃的說，「我只是在唱我自己的輓歌。」

「你是誰？」奧特里歐向前走一步問。

「我是狼人哥魔克。」

「你為什麼躺在這裡，身上還綁著鍊子？」

「他們走的時候把我忘了。」

「他們是誰？」

「把我綁起來的人。」

「他們為什麼離開？」

哥魔克沒有回答，牠眼睛半開半閉瞅著奧特里歐。過了一會，牠說：「你不是這裡的人，小陌生人。你不是這個城市的人，也不是附近鄉村的人。你到這裡來幹什麼？」

「我不知道我為什麼會來這裡。這個城市叫什麼？」

「這裡是全幻想國最有名的都城，」哥魔克說，「這個地方的故事比任何其他地方的故事都多，我想你一定聽說過『鬼城』和『幽靈地』！」

奧特里歐微微點頭。

哥魔克眼光一直沒有離開他。牠很驚訝這個綠皮膚的男孩子這樣平靜的面對牠，那雙黑色的眼珠裡竟然沒有一點畏懼的眼神。

「那你是誰？」

奧特里歐想了一下。

「我誰都不是。」

「什麼意思？」

「我的意思是我以前還有個名字，但現在即使我想再取個新名字也不可能了，所以我誰都不是。」

狼人張嘴露出陰森可怖的尖牙。毫無疑問，牠是想微笑。牠理解每一種心理的痛苦，因此對這個男孩子感到親切。

「這樣說來，」牠說，「『誰都不是』正在我最後的時刻跟我講話。」

奧特里歐點點頭，然後問：「『誰都不是』可以解開你的鍊條嗎？」

狼人的眼睛跳躍著綠色的光芒。牠開始低聲咆哮，期待著。

「你真的肯解開我的鍊條嗎？」牠毫不思索的脫口而出，「你真的要把一頭飢餓的狼人放掉嗎？你知道會有什麼結果嗎？『誰都不是』不能夠免於我的吞噬的。」

「我知道，」奧特里歐說，「可是我誰都不是，所以我幹嘛怕你？」

他想走近哥魔克。可是哥魔克又發出低沉、恐怖的咆哮，男孩嚇得往後退。

「你不想讓我放你自由嗎？」他問。

這一刻，狼人像是突然變得很疲倦了。

「你不能做這種事。如果你走得太近，讓我抓到你，我就會把你撕成碎片，我的孩子。這樣我的死期就會延後一兩個小時。所以你還是走開，讓我安靜的死吧！」

奧特里歐想了一下。

「那麼，」他說，「讓我為你找點吃的。」

哥魔克又慢慢睜開眼睛，裡面已經沒有綠色的光芒。

「去你的，你這個小呆子！你是要讓我活下去等待空無來嗎？」

「我只是想，」奧特里歐吶吶的說，「如果我找一點東西給你吃，等你吃飽了，也許我可以幫你解開鍊條……」

哥魔克咬牙切齒：「如果這只是條普通的鍊子，你以為我不會自己咬斷嗎？」說著，好像要證明牠的話一般，牠用腳掌夾住鍊條，用力的拉。鍊條尖銳刺耳的亂響，可是卻絲毫無損。

「這是魔鍊。只有繫這條鍊子的人才解得開。可是她永遠不會回來了。」

「她是誰？」

哥魔克低號著，像是一條挨打的狗，過了好一會才安靜下來說：「她是黑公主卡雅。」

「她到哪裡去了？」

「她跟大家一樣跳進空無裡去了。」

奧特里歐這時才想起城外起霧的鄉間那些瘋狂的舞者。

「他們為什麼逃跑呢？」他喃喃的說。

「因為他們放棄了希望。他們一放棄希望，就會變得很脆弱。空無就會拉住你，誰也無法抵抗。」

哥魔克深沉且惡毒的笑著。

「那你自己呢？」奧特里歐問，「你說話的口氣好像你不屬於我們？」

哥魔克從眼角睨著他。

「我不屬於你們。」

「那你是哪裡的人？」

「你不知道狼人是何許人物嗎？」

奧特里歐搖搖頭。

「你只知道幻想國。」哥魔克說，「但是除了幻想國，還有別的世界。譬如說，人類的世界。也有人沒有自己的世界，可是卻可以在許多世界中進進出出。我就是這種人。在人類的世界，我就以人類的相貌出現；在幻想國，我就以幻想國人的相貌出現。可是我不是你們的人。」

奧特里歐坐在地上，用他黑色的大眼睛看著垂死的狼人。

「你去過人類的世界嗎？」

「我常常在他們的世界和你們的世界之間來來去去。」

「哥魔克，」奧特里歐的嘴唇禁不住發抖，吶吶的說，「你可以告訴我去人類世界的路徑嗎？」

哥魔克的眼睛閃起一陣綠色的火花，好像在心裡嘲笑著。

「你們這種人要去是很容易的。唯一的問題是：你一去就再也回不來。你只能永遠留在那裡。這樣你還想去嗎？」

「我該怎麼做呢?」奧特里歐問。他已經下定決心。

「以前這裡的人怎麼做你就怎麼做,你可以跳進空無裡面。可是不要急,反正遲早都要跳的,幻想國最後一塊地完蛋的時候你就可以去了。」

奧特里歐站起來。

哥魔克看到男孩子全身都在發抖,不知為什麼,便安慰他說:「別怕,不會痛的。」

「我並不是怕,」奧特里歐說,「我從來沒想到我會在這種地方得到希望。謝謝你!」

哥魔克的眼睛亮得像兩輪綠色的月亮。

「不論你計劃做什麼,孩子,你都沒有希望。你一出現在人類的世界,你就不是你現在這個人了。這個秘密在幻想國從來沒有人知道。」

奧特里歐垂手呆立在那裡。

「我會變成什麼?請你告訴我這個秘密。」

過了很久很久,哥魔克不動也不講話。奧特里歐開始擔心牠可能是不想回答他。可是狼人終於深深的吸了一口氣,說:「你把我看作什麼人,孩子?你的朋友嗎?你要小心,我只是在跟你消磨時間。你現在根本沒有辦法離開這裡,因為我用你的希望把你綁牢了。可是我剛剛說過,空無現在正從鬼城四面八方慢慢接近,很快就沒有路可以出去,所以你也很快就要消失了。如果你留下來聽我講這個秘密,你就根本無路可走。如果你現在走,還來得及逃脫。」

哥魔克的嘴巴露出殘酷的線條。奧特里歐猶豫了一會，然後低聲說道：「告訴我這個秘密。在人類的世界，我會變成什麼樣子？」

哥魔克再度陷入沉默之中。牠的呼吸開始急促；然後牠突然用前腳站起來，奧特里歐必須抬頭才看得到牠。這時他才知道狼人有多大、多可怕。哥魔克一講話，聲音就像那鍊條一樣刺耳。

「孩子，你看過空無沒有？」

「有，看過很多次。」

「空無是什麼樣子？」

「就好像我們的眼睛瞎了一樣。」

「對了。你到人類的世界，空無就會纏著你不放。你會像是一種傳染病，使人類盲目，所以他們便沒有辦法辨別真實與虛假。你知道在那裡這叫什麼嗎？」

「不知道。」奧特里歐輕輕的說。

「謊言！」

奧特里歐不禁搖頭。他的血脈賁張，都快衝破嘴唇了。

「怎麼會呢？」

哥魔克看到奧特里歐這樣害怕，覺得很高興。這樣小談一番，牠的精神好多了。過了一會兒，牠繼續說：「你問我你在那裡會變成什麼。可是你在這裡又是什麼呢？你們這些幻想國的人是什麼呢？夢想、詩、《說不完的故事》中的角色。你以為你們是真的？不錯，在這裡你們是真的，可是一旦跌進空無，到了另一邊，你們就不再是真的，沒有人認識你們。那個世界不一樣。你們幻想國的人在那個世界就不再像自己。你們會把虛偽和瘋狂帶到人類世界。告訴我，孩子，你認為所有跳進空無裡面的鬼城人會變成什麼？」

「我不知道。」奧特里歐吶吶的說。

「他們會變成人類心靈中的虛偽，他們會變成本來不必恐懼的恐懼，變成虛榮的慾望，變成互相傷害的行為，變成沒有理由絕望的絕望。」

「我們全都一樣嗎？」奧特里歐害怕的問。

「不！」哥魔克說，「虛偽有各種形態。根據你們在這裡的醜或美、愚笨或聰明，你們在那裡就變成醜或美的謊言、愚笨或聰明的謊言。」

「那我呢？」奧特里歐問，「我會怎麼樣？」

哥魔克露齒而笑。

「我不告訴你，你以後就會知道。但是說得正確一點，你根本不會知道，因為在那裡你就不再是你自己了。」

奧特里歐睜大了眼睛望著哥魔克。

哥魔克繼續說：「所以人類恨幻想國，也恨跟幻想國有關的一切。他們想摧毀幻想國，可是他們不知道，他們這樣做反而製造出更多的謊言，氾濫了全世界。因為事實上這些謊言都是幻想國的人忘記了本來的面貌而已。他們像殭屍一樣苟活著，他們惡臭的氣味毒害著人類的靈魂。可是人類不了解這些。這不是很諷刺嗎？」

「人類世界裡每一個人，」他低聲問道，「都恨我們，怕我們嗎？」

「據我所知，是的。」哥魔克說，「這沒有什麼好驚訝的。因為就算是你，一旦到了那裡，也會盡量讓人類相信幻想國不存在。」

「幻想國不存在？」奧特里歐不懂。

「不錯，孩子！」哥魔克說，「事實上這才是問題所在。你不明白嗎？如果人類認為沒有幻想國，他們就不會想來幻想國。只要他們不知道有像你這種真實的幻想國人，野心家想幹什麼就幹什麼。」

「野心家想幹什麼？」

「隨他們高興。想控制人類，最好的工具就是謊言。因為，你看，人類靠信仰而活，但是信仰是可以操縱的。擁有操縱信仰的力量才是最要緊的。所以我偏袒有權力的人，為他們做事，因為我要分享他們的權力。」

「我不能為虎作倀！」奧特里歐叫著。

「不要急，小呆子！」狼人低聲咆哮說，「等到你自己跳進空無裡去的時候，你照樣也會變成權力的僕人，你不會有自己的意志。你又怎麼知道他們要怎麼利用你呢？他們會利用你來說服人買不需要的東西，使他們憎恨他們根本一無所知的事情，或者使他們接受某種信仰，讓他們易於操縱，或者懷疑本來可以拯救他們的真理。是的，你這個小幻想國人，人類世界的大事都將因你的協助而完成，發動戰爭，建立帝國……」

哥魔克眼睛半闔半開的瞅著男孩子。過了好一會兒才又說：「人類世界充滿了心靈空虛的人。他們覺得自己就是那麼聰明，所以他們要小孩子相信幻想國是不存在的。他們認為這件事非常、非常重要。所以他們一定會好好利用你的。」

奧特里歐站在那裡低頭不語。

現在他明白為什麼人類不再來幻想國了；現在他明白為什麼沒有人來給女王取新名字了。幻想國毀滅的地方越多，人類世界的謊言就越氾濫，人類的孩子來的可能性也就越小。這是一個無可逃脫的惡性循環。奧特里歐現在明白了。

另外一個人也明白了，這個人就是巴斯提安．巴爾沙札．巴克斯。

他現在知道，生病的不只是幻想國，人類的世界也病了。這兩個世界彼此是互相連繫的。

他自己常常感覺到這一點，可是卻又說不出個所以然。他始終不肯相信生活就像一般人所說的那樣空白單調。他常常聽到他們說：「生活就是這樣。」但是他無法同意這種說法。他一直都相信神秘和奇蹟。

現在他知道一定要有人到幻想國去把這兩個世界治好。

如果沒有人知道前往幻想國的路，那一定是因為自從幻想國毀滅以後，這個世界就充滿了謊言和虛偽，使大家盲目得看不見事物的真相。

巴斯提安又害怕又害羞的想起了自己的謊言。他創作的那些故事當然不算，那完全是另外一回事。他想到的是那些很小心編造出來的謊言——有時候是為了害怕，有時候為了想得到什麼東西，有時候只是吹牛。

他想，幻想國的人為了他的謊言將要受到什麼樣的殘害啊！

有件事很清楚，幻想國的悲慘狀況他也有一份責任。他決心去做一件事來拯救幻想國。

他對奧特里歐有這樣一份責任。

奧特里歐現在既然願意犧牲一切，把人類的孩子帶到幻想國，他就必須找到這條路。

鐘樓裡的鐘敲了八下。

狼人緊緊的注視著奧特里歐。

「你現在已經知道怎麼去人類的世界了。」牠說，「你還想去嗎，孩子？」

奧特里歐搖搖頭。

「我不想變成謊言。」他說。

「可是不管你喜不喜歡，你都必須去。」哥魔克命令的說。

「可是你呢？你為什麼會在這裡？」

「我有一個任務。」哥魔克不太高興的說。

「你也有任務？」

奧特里歐很感興趣的看著狼人。

「你成功了嗎？」

「沒有！如果我成功的話，我就不會躺在這裡，身上還綁著鍊條。本來我還沒到這個城市之前，一切都很順利。到了這裡之後，統治這裡的黑暗公主以一切的榮耀來接待我。她邀請我到她的宮殿，慷慨的宴請我。該做的她都做了，為的是讓我相信她站在我這邊。自然，這個「幽靈地」的人民也讓我很開心，他們讓我覺得像在家裡一樣。黑暗公主有美麗的容貌——至少就我的品味來說是這樣。黑暗公主拍我的頭，摸我的皮毛。以前從來就沒有人這樣摸過我。簡而言之，我一下子昏了頭，什麼話都留不住了。她裝著很喜歡我的樣子，我也興高采烈的接受了。到最後我就把我的任務告訴了她。她必定在我身上施了什麼咒語，因為我本來是睡得很淺的人，可是那一天我一覺醒來，身上卻多了這條鍊子。她就站在那裡。『哥魔克，』她對我說，『你忘了我也是幻想國的人。跟幻想國對抗也就是跟我對抗；所以你是我的敵人。現在你被我騙了。這條鍊子除了我誰也解不開。我就要帶著我的僕人走進空無裡面，再也不回來。』說完，她就轉身離去。可是城裡的鬼怪沒有一個人是跟她走的。這些鬼怪是因為空無越來越近，已經無法抵抗它吸引的力量才一批一批走的。如果我沒有弄錯的話，他們最後一批人剛剛才走。是的，孩子，我中計了，我太相信那個女人。可是你也中計了；你太相信我。我們講話的時候，空無已經包圍了這個城市，你逃不掉了。」

「那我們會一起死掉。」奧特里歐說。

「不錯！」哥魔克說，「可是方式不同，小呆子。因為我不用等空無來就死了，而你卻會被它吞滅。這是不一樣的。因為我先死，我的故事就結束了。而你的故事卻會以謊言的方式，永遠繼續下去。」

「你為什麼這麼邪惡？」奧特里歐說。

「因為你們這些人有一個世界，」哥魔克黯然的說，「而我沒有。」

「你的任務是什麼？」

奧特里歐問這句話之前，哥魔克一直都是坐著的；可是現在牠卻猛然癱瘓下去，趴在地上。牠顯然氣力已竭，喘著氣粗嘎的說道：「我為某些人做事，那些人決定要毀滅幻想國。

可是後來他們發現他們的計劃遭遇了阻礙；因為女王派出了一個信使，一個偉大的英雄，想去帶一個人類回幻想國。因為這個信使很可能會成功，所以他們計劃殺掉這個信使，以絕後患。他們派我擔任這項任務；因為我常去幻想國，路很熟。我立刻追尋這個信使的蹤跡，日夜不停越來越接近他。我經過返老還童國、穆瓦瑪特森林廟、咆哮森林、悲傷沼澤、死山，可是到了深溝旁一戈拉木的巢穴時，卻失去了他的蹤跡。他好像消失在稀薄的大氣之中一般。他必定在什麼地方，所以我仍然繼續追尋，可是再也找不到他了。最後我到了這裡，結束了我的追蹤。我失敗了，他也失敗了，因為幻想國就要滅亡了！對了，他的名字叫奧特里歐。」

哥魔克抬起頭來看著他。男孩子後退一步。

「我就是奧特里歐。」他說。

狼人萎縮的身體開始發抖，而且越來越厲害。接著開始喘氣咳嗽，越來越大聲、越來越刺耳，最後變成了哀號，在城裡四處的牆上引起了陣陣迴聲。這隻狼接著開始苦笑。這幾乎是奧特里歐所聽過的聲音中最恐怖的聲音了，以後他再也沒有聽過比這個更恐怖的聲音。

突然間笑聲停了。哥魔克死了。

奧特里歐站著好久好久沒有動。最後他向那死去的狼人走近。他自己也不曉得為什麼，彎下身去摸牠那濃粗的黑毛。

就在這時候，說時遲那時快，哥魔克的尖牙咬住了奧特里歐的腿。牠雖然已經死了，內心的邪惡卻尚未消失。

奧特里歐絕望的想掙脫牠的牙齒，可是沒有用。那尖銳的大牙好像鋼齒一般，深深的咬進他的腿。奧特里歐跌坐在狼人屍體旁邊骯髒的地上。

一步一步的，無聲無息的，無可抗拒的，空無越過鬼城四周的黑色高牆，從四面八方掩了過來。

第 10 章
飛向象牙塔

就在奧特里歐走進鬼城那陰森的城裡搜尋，卻在那骯髒的院子遭遇不幸的時候，祥龍福哥兒卻有了意外的發現。

為了要尋找牠的小主人兼朋友，牠常常無倦無悔的飛出九霄雲外，從高高的天空向下眺望。極目所見，四面都是碧海。經過了大風暴肆虐，海面看來平靜無波。突然間，遠遠的地方有東西吸引了福哥兒的視線。那東西使牠又困惑又充滿興趣。那一道金光，忽明忽暗，而且好像是衝著牠閃著。

牠朝這亮光全速飛去。飛到它上方時，福哥兒才發現這亮光是從大海深處反射出來的，或許是來自海底。

祥龍是空氣和火的動物，水不僅與牠相當疏遠，甚至還是敵人。水會像撲滅火焰一樣消滅牠們這種動物，水也會使牠們窒息，因為牠們一直都是靠著那珍珠般的鱗片呼吸的。牠們依賴空氣和熱來維持生命，不需要別的營養素；一旦沒有了空氣和熱，牠們就活不下去。所以，福哥兒不知道怎麼辦才好。牠不知道海水下那奇異的金光是什麼，跟奧特里歐有沒有關係？

但是牠並沒有猶豫很久。牠先往上飛，飛得很高很高，然後轉身，四條腿緊貼著身體，身體繃得又直又硬，像箭一樣，朝著海面俯衝下去。牠以最高的速度衝破海面，海水像噴泉一樣四處飛濺。那衝力太大了，使牠簡直就要昏過去。可是牠強迫自己睜開眼睛，這時那閃閃金光已經離牠很近，只差幾個身體之遠。牠全身冒著氣泡，好像鍋裡沸騰的水一樣。牠覺得自己很冷，很衰弱。牠使出最後的力氣再往下潛，那發光的東西現在唾手可得了。那是「奧鈴」。真幸運！那鍊子勾在一株珊瑚上面。如果沒有那株珊瑚，「奧鈴」早就落到海底深淵去了。福哥兒用嘴咬起「奧鈴」，往脖子上一掛。牠怕自己又把它弄丟了，因為牠覺得自己已經快昏過去了。

牠清醒過來以後，不知道自己到了什麼地方；因為牠發現自己凌空而飛，向下看，又是一片碧海。牠好驚訝。牠一直明確的朝著一個方向飛著，越飛越快。以牠現在衰弱的狀況，這速度根本是不可能的。牠想慢下來，可是身體卻不聽使喚。一個外來的意志完全控制了牠。這個意志強烈的牽引牠。這個意志來自掛在牠脖子上的「奧鈴」。

白日將盡的時候，福哥兒終於看到遠方有一個海灘。從天上看不清楚這個地方。這個地方似乎掩藏在一片雲霧之中。等到牠飛得比較近的時候，才看到空無已經吞噬了這地方的大半。這使牠的眼睛痛得像是要瞎了一樣。

這個時候，如果福哥兒還由得了自己的話，早就轉身飛走了。可是「奧鈴」的神秘力量卻迫使牠繼續向前飛。牠一下子就明白為什麼了。因為在那一片廣大無垠的空無之間，出現了一個孤伶伶的小島，上面都是城牆高聳的古堡和彎彎曲曲的塔。這時福哥兒強烈的感覺到了，強烈的感覺到牠會在這裡找到一個人。這種感覺不只是「奧鈴」強大的意志力在引導牠，連牠自己的意志力都在催促牠向前了。那陰森的院子幾乎一片黑暗，奧特里歐就在這院子裡，躺在死去的狼人旁邊。祥龍簡直沒有辦法區分男孩子綠色的身體和狼人黑色的外表；天色越暗，他們就越像是同一個身體。

奧特里歐早就不想掙脫狼人的鋼牙了。由於恐懼和衰弱，他恍恍惚惚的，覺得自己回到了碧草海洋。他面前站著那頭殺不死的紅牛。他呼喚著其他的小朋友和他的獵人同伴，這時候他們想必都已經成了真正的獵人了。但是沒有人回答他。只有那頭紅牛站在那裡瞪著他，動也不動。奧特里歐呼喚阿泰斯，可是阿泰斯沒有出現，也沒聽到牠快樂的嘶叫聲。他呼叫女王，可是沒有用，他又不能告訴她什麼事。他不算是個獵人；失去了奧鈴，也不再是信使。他什麼都不是。

奧特里歐不喊了。

此刻的他只感覺到一樣東西：空無。空無。空無必定已經很近了，他想。他感覺到它可怖的吸引力。這種感覺使他暈眩。他坐起來，呻吟，用力扯腿；可是那些鋼牙咬得緊緊的。

然而，真是禍福難測。因為如果不是哥魔克咬住他不放，福哥兒就趕不上他了。

就在這時，奧特里歐突然聽到頭上有個銅鈴般的聲音在叫他：「奧特里歐，你在嗎？」

那是祥龍。「福哥兒！」奧特里歐大叫。他用手在嘴邊圍成圈圈大喊，「福哥兒！福哥兒！我在這裡。快來救我！我在這裡！」

這時他看到福哥兒了。福哥兒白色的身體好像閃電一樣，從漆黑的天空中飛過來；起先很遠，後來越來越近。奧特里歐一直喊，福哥兒也一直用牠銅鈴般的聲音回答。祥龍終於在空中看到下面的男孩；他看起來還沒有山洞出口的亮點大。

福哥兒要降落了。可是院子太小，光線也太暗，祥龍撞到了一幢房子，房子的屋頂轟然一聲崩塌。福哥兒感到一陣劇痛，因為屋頂銳利的邊緣割傷了牠。這次降落完全不像平常那樣姿態優美。牠根本就是跌下來的，跌在奧特里歐以及死去的哥魔克旁邊。

牠搖擺了一陣，還打了噴嚏，就像狗剛出水的樣子，然後說：「終於找到你了，你就在這裡。好！我好像沒有誤了大事。」

奧特里歐什麼都沒說。他抱住福哥兒的脖子，把頭埋進祥龍銀色的鬃毛裡面。

「來！」福哥兒說，「爬到我的背上來，我們不能浪費時間。」

奧特里歐搖搖頭。這時福哥兒才看見奧特里歐的腿給狼人咬住了。

「不要擔心！」牠那寶石紅的眼睛骨碌碌轉了轉，說，「我們立刻解決這個問題。」

牠伸出雙臂，想把哥魔克的牙齒掰開。可是那些牙齒依然咬得鐵緊。

福哥兒又嘆息又喘氣。沒有用。幸運之神再不眷顧的話，牠就救不了牠的少年朋友了。可是，祥龍一向是很吉祥的，所以牠們喜歡的人也不會有壞運氣。

福哥兒停下來休息。天黑了，牠彎下身想瞧瞧哥魔克的樣子，掛在脖子上的徽章碰到了狼人的額頭。奇怪得很，狼人的牙齒立刻就鬆開了。

「嘿！」福哥兒叫著說，「你看這是怎麼一回事？」

沒有聽到奧特里歐的回答。

「怎麼搞的？」福哥兒叫著，「奧特里歐，你在哪裡？」

牠在黑暗中找牠的朋友，可是奧特里歐不見了。祥龍用明亮的紅眼睛在黑暗中搜索。現在牠也感覺到那個把奧特里歐拉開的力量了。空無已經來得太近，可是因為「奧鈴」在祥龍身上，所以保護了牠，使牠沒有被空無拉走。

奧特里歐掙脫了狼人的利牙，卻沒有掙脫空無的拉扯。他想反抗，他踢，他推，可是他的手腳都不聽使喚。只要再過幾呎，他就要永遠消失了。

就在這時候，福哥兒快如閃電地抓住了他的頭髮，一下子飛到黑夜的天空裡。

鐘樓裡的鐘敲了九下。

奧特里歐和福哥兒不知道他們在那一片難以穿透的黑暗中飛了多久。可能不只一個晚上。對他們而言，連時間都停止了。他們在那無邊無際的黑暗中翱翔，好像根本哪裡都沒去。這是奧特里歐所經歷過最長的夜晚；福哥兒雖然年紀大很多，也有相同的感覺。可是，再怎麼長、怎麼黑暗，夜晚總是會過去的。蒼茫的黎明到來的時候，他們看到了地平線那一端的象牙塔。

講到這裡，我們似乎有必要暫停一下，來解釋幻想國的地理特性。

在幻想國，大陸或海洋、山脈或河流都沒有一定的地方。所以想要畫幻想國的地圖是不可能的。在幻想國，你永遠無法預先知道事物的秩序，連方位——東、西、南、北——都會變來變去。夏和冬、日和夜也一樣。你可能從一片炙熱的沙漠一腳踏進冰天雪地之中。在幻想國，距離也是無法測量的。所謂「近」或「遠」，都沒有意義。「近」或「遠」隨著旅人的希望與心情而變化。幻想國既然沒有邊界，它的中心就可能是任何地方，或者——換另一種講法來說——任何一個地方都跟這個中心同樣近，也同樣遠。這就要看是誰要去中心而定。幻想國最內部的中心，就是象牙塔。

奧特里歐很驚奇的發現自己坐在祥龍的背上。他想不起來自己是怎麼上去的。他只記得福哥兒咬住了他的頭髮，其他的他都不知道。他冷得縮在披風裡，披風在他的身後飄揚著，奧特里歐發現披風變成了灰色，原來的顏色不見了；他的皮膚和頭髮的顏色也不見了。而福哥兒在漸明的天色中看來也好不了多少。祥龍看起來虛幻不實，倒像是一片灰色的霧。他們都太接近空無了。

「我的小主人，奧特里歐，」祥龍柔和的說，「你的傷口很痛嗎？」

「不會！」奧特里歐說，「我什麼感覺都沒有。」

「你有沒有發燒？」

「沒有啊！福哥兒，我沒有。你為什麼會這樣問呢？」

「我感覺到你在發抖！」祥龍說，「這個世界現在還有什麼事情會使你發抖？」

奧特里歐沉默了一會兒才說：「我們很快就要到象牙塔了，而我卻必須告訴女王沒有人能夠救她。我從來沒有碰過這麼難堪的事情。」

「是的！」福哥兒更柔和了，「這是真的。」

他們沉默的飛著，慢慢接近了象牙塔。

過了一會兒，祥龍又開始講話。

「你看過她沒有，奧特里歐？」

「誰？」

「女王啊！說得正確一點，是金眼願望司令。你見到她時，必須這樣稱呼她。」

「沒有，我沒有見過她。」

「我看過，那是很久以前了。那時候你的曾祖父一定還是個小孩子。我那時候還很年輕，成天作白日夢，滿腦子懵懵懂懂。有一天晚上，月亮又圓又大，我就飛上天去想把它摘下來。可是我費盡力氣也挨不著月亮，我累得跌了下來，降落在象牙塔的旁邊。那天晚上，木蘭閣的花瓣全都開了，女王就坐在木蘭閣的正中央。她看了我一眼，就只那麼一眼，我就——我簡直不知道怎麼講——我就變成了一頭全新的龍。」

「她長得像什麼樣子？」

「就像個小女孩子，可是她卻比全幻想國最老的人還要老；說得正確一點，她是長生不死的。」

「不錯！」奧特里歐說，「可是她現在卻快死了！我要怎麼告訴她說事情絕望了呢？」

「不要想騙她，騙不了她的。你只要告訴她真話就好。」

「可是萬一真話使她死掉呢？」

「我想不會。」福哥兒說。

「你想不會！」奧特里歐說，「那是因為你是祥龍。」

他們沉默了好一會兒。

奧特里歐先打破了沉默。

「福哥兒，」他說，「我想再問你一次。」

「儘管問。」

「她到底是誰？」

「什麼意思？」

「奧鈴對全幻想國的人民、對白天及夜晚的動物都有影響力；你我也逃不了。然而女王自己卻從不運用她的權力，好像沒有她這個人一樣。然而她卻無所不在。她到底跟我們一不一樣？」

「不一樣！」福哥兒說，「她跟我們不一樣。她不是幻想國的人。因為她存在，我們才存在；可是她跟我們不一樣。」

「那麼她是不是……」奧特里歐猶豫的說，「她是不是人類？」

「不是！」福哥兒說，「她不是人類。」

「可是，這樣……」奧特里歐不禁又問，「她是什麼人呢？」

福哥兒沉默了很久才說：「全幻想國都沒有人知道。也沒有人能夠解開這個謎。這是我們這個世界最深奧的秘密。我曾經聽一位智者說，如果有人知道了答案，這個人就不會存在。我不了解他的話，我能夠告訴你的就是這些。」

「所以現在，」奧特里歐說，「她要死了，我們全都要跟著她死，可是我們卻永遠不知道她的秘密。」

這次福哥兒沒有回答，可是那獅子般勇猛的嘴角卻泛起了一絲微笑，好像是在說：不會有這種事的。

他們的談話就此打住。

過了一會兒，他們飛到了迷宮花園邊境的上空。迷宮花園是一座由花壇、樹籬和迂迴的小路構成的迷宮，從四面八方圍住了象牙塔。

他們嚇了一跳；因為他們看見空無也開始在這裡肆虐了。那些鮮豔的花壇和灌木叢，現在都變成了灰色，枯萎了。以前美麗蔥綠的小樹，現在卻歪歪斜斜，枝葉乾枯。草地不再綠意盎然，新來乍到的人總是聞到一股腐臭的霉味。現在只剩下那些腫大的香菇和看起來有毒的俗麗花朵，而這些香菇和花朵只會使人聯想到瘋子。幻想國最內層的核心似乎正戰慄著，也越來越孱弱；可是仍然在反抗那些越來越近，沛然莫禦的空無。

然而，正中間那白色的象牙塔依然閃耀著純潔無瑕的光輝。

本來飛行到象牙塔的信使都要降落在比較低的臺階上。可是福哥兒知道自己和奧特里歐再也沒有力氣爬那麼長的迴旋街到塔頂去。再說，最重要的是要趕時間；因此先不理會禮儀是可以理解的。牠決定緊急降落。牠在那些拱壁、橋梁和欄杆的上面猝然降下，不偏不倚的落在高街的盡頭。那地方正在宮殿地基的外面。

福哥兒落到路上時，打滑轉好幾個圈，才頭後尾前的停下來。

奧特里歐原先趴著，用雙手緊抱著福哥兒的脖子；現在他坐起來，看看四周。他以為總會有人來接待他們，或者至少會有宮殿的衛士來查問，可是什麼都沒有，一個人都看不到。這光輝的白色建築物四周，似乎一切生命都消失了。

「他們都逃走了！」他想，「他們丟下女王一個人。或者連她也……」

「奧特里歐，」福哥兒輕聲的對他說，「你必須把奧鈴還給她。」

福哥兒把金鍊子從脖子上拿下來。一不小心，金鍊子掉到地上。

奧特里歐從福哥兒的背上跳下來，可是跌倒了。他撿起奧鈴，掛在脖子上，然後靠著祥龍痛苦的站起來。

「福哥兒，」他說，「我該向哪裡走？」

祥龍沒有回答。牠躺在那裡，好像死了一樣。

街道盡頭是一座雕花的大門，旁邊是很高的牆。大門敞開著。

奧特里歐一跛一跛的走過這座大門，來到一座寬闊、閃耀著亮光的白色樓梯。這座樓梯長得好像上了天一樣。

他開始爬。不時停下來喘口氣。剛剛跌倒時的傷口就這樣一路上滴著血。

終於爬完了樓梯，現在在他的前面是一道走廊。他扶著欄杆吃力的向前走，來到一個天井，裡面都是瀑布和噴泉。可是這時候他已經無法把握自己看見的究竟是幻是真了，他像在夢中一樣掙扎向前。他走到了第二道門；這是一道比較小的門。門後面是一條長長窄窄的樓梯，通到一座花園。那花園中的一切——花草鳥獸——都是用象牙雕成的。他手腳並用爬過幾座沒有欄杆的拱橋，來到第三道門。這個門最小。他趴在地上，蹣跚的爬進門去。

這時他慢慢抬起頭來，才看到一座閃耀著白色象牙光輝的圓頂大廳，大廳的最上方就是木蘭閣，可是卻沒有路可以上去。

奧特里歐不禁把頭埋在兩臂之間。

到了木蘭閣，或者到過木蘭閣的人，都說不出他們是怎麼上去的；因為那最後的一段路是一個賞賜。

奧特里歐突然間在一道天梯之上。他走進去，終於見到了金眼願望司令。她端坐在木蘭閣正中央一個軟榻上，身子底下墊了許多軟墊。她直視著他，看起來無比的細緻柔弱。從她蒼白的臉上，看得出她病得很重，那臉色幾乎都要透明了。她微笑著，黑金色杏眼安詳而沉靜。她那細小輕柔的身體穿著一件細密的絲袍，絲袍閃閃生輝，連木蘭閣四周的花瓣都黯然失色。她是一個美得無法形容的女孩子，看起來不滿十歲；一頭梳理得很光滑的長髮垂在肩上，白得像雪一樣。

巴斯提安嚇了一跳。難以置信的事情發生了。

到目前為止，他可以用想像來看這本《說不完的故事》裡發生的每一件事。這些事情有些無可否認是很奇怪的，可是多多少少總還能夠解釋。即使是騎在祥龍背上的奧特里歐、迷宮花園和象牙塔，他都能夠構思出一幅清晰的景象。

然而，無論如何，這些景象不管如何清晰，都只是在想像之中。可是當他讀到木蘭閣這一段時，他卻真正看見了女王——即使只是一瞬間，只是電光石火般的剎那，他確實看見了她。這不是想像，他的確親眼看到了她；這不是他的想像，他非常肯定。因為他連書裡面沒有提到的細節都看到了。譬如說她的眉毛，在金色眼睛上的兩條弧線，線條這麼優美，只有用東方的墨才描得出來。還有她奇異的、長長的耳垂，她偏著的頭和那纖細的脖子。這些他都看見了。

巴斯提安知道，他這一輩子從來就沒有看過這麼美麗的臉龐。就在這一刻，他也知道了她的新名字：月童。沒錯！毫無疑問，她的新名字就叫做月童。

月童也看著他——看著他——巴斯提安．巴沙札．巴克斯。

她看著他，那表情他沒有辦法理解。她是不是也很驚奇？那眼光裡是不是隱含了請求？或者渴望？或者……？

他努力去回想月童的眼睛，可是卻想不起來了。

他只能肯定一件事情：她的眼光穿透了他的眼睛，進入他的心裡。他到現在還能感覺到那燒灼的餘溫。他感覺到那眼光在他的心裡生了根，然後像一顆神秘的寶石一樣閃耀著光芒，讓他又奇異又美妙的痛苦著。

巴斯提安根本抗拒不了這件事。更何況他打心底不想抗拒。哦！不要，拿這世上的任何東西來跟他換，他都不願跟任何人分享他心中的那顆寶石。他只想繼續下去，再看到月童，再跟她在一起。

他不知道他已經捲入一場不平凡，甚至是最可怕的歷程。可是，就算他知道，他就是作夢也不會把書闔上。他以發抖的手指翻回剛剛停下的那一頁，繼續讀下去。

鐘樓裡的鐘敲了十下。

第11章
孩童女王

奧特里歐站在那裡看著孩童女王，眉頭深鎖，一句話也講不出來。他不知道該講什麼或做什麼。他以前常常憧憬著這一刻，也想好了一些話，可是這些話現在全溜出了腦袋。最後是她向他微笑，然後開始講話。她的聲音溫柔得像小鳥在夢中歌唱。

「你從大追尋的任務中歸來了，奧特里歐。」

奧特里歐垂著頭，「是的！」他勉強的說。

靜默了一會兒，她又說：「你可愛的披風變成灰色，你的頭髮也是，你的皮膚好像石頭一樣。可是這些都會恢復的，甚至會更漂亮，你看著好了。」

奧特里歐覺得好像脖子緊緊綁著一條帶子一樣，只能夠點頭。然後他聽到女王甜蜜的聲音說：「你完成了任務……」

這是在問他嗎？奧特里歐不知道。他不敢抬頭看她，深怕從她臉上得到答案。他慢慢的把黃金徽章拿下來，遞給女王，眼睛抬也不敢抬一下。他想到在家裡聽到的故事和歌謠裡的那些信使，就像他們一樣跪下來。但他的腿傷不聽使喚，他跌在女王腳邊，臉就埋在地上了。

女王彎下身來撿起奧鈴，鍊條在她的指間滑落。「你做得很好，」她說，「我為你高興。」

「不要！」奧特里歐幾近野蠻的喊著，「都沒有用，沒有希望了。」

接著是一陣長長的靜默。奧特里歐的臉埋在臂彎，全身發抖。她會有什麼反應？絕望的叫喊、呻吟，嚴厲的責備他，甚至生氣？這些奧特里歐都無法預料，他當然也沒料到會聽到笑聲，柔和、滿足的笑聲。

奧特里歐的腦筋像漩渦一樣在打轉，一時之間他以為女王瘋了，可是那笑聲卻不像瘋狂的笑聲。然後他聽到她說：「可是你已經把他帶來了啊！」

奧特里歐抬起頭，「帶誰來？」

「我們的救主啊！」他看著她的眼睛，只看到安詳、寧靜，她又微笑了。

「金眼願望司令！」他吶吶的說，第一次用福哥兒告訴他的正式稱呼，「我……不知道，真的……我不明白。」

「我知道，從你的表情我看得出來。」她說，「可是，不管你明不明白，你都做到了。這才是最要緊的，對不對？」

奧特里歐什麼話都說不出來，他不知道要問什麼問題，只是張著嘴巴站在那裡，呆呆的望著女王。

「我看到他，」她又說，「他也看到我了。」

「什麼時候？」奧特里歐問。

「你進來的時候。把他帶進來的。」

奧特里歐禁不住回頭看看四周。

「他在哪裡?除了你和我之外，這裡根本沒有人啊。」

「唔！這個世界有很多事你不明白。你要相信我。他還不在我們的世界裡，可是我們彼此的世界已經非常接近，所以我們現在可以互相看到對方了。我們之間的薄牆有那麼一下子變成透明的。他很快就要來跟我們會合了，然後他會給我一個嶄新的名字，用那個新的名字叫我。那時候我就好了，幻想國就好了。」

女王講這些話的時候，奧特里歐痛苦的撐著自己的身子。他抬頭看躺在臥榻上的她，聲音沙啞的問：「那麼事實上你一直都知道我會帶什麼消息給你，對不對?老者莫拉在悲傷沼澤說的話，烏尤拉拉神秘的聲音在南方神諭說的話，事實上你都知道?」

「是的！」她說，「派你去大追尋之前我就知道了。」

奧特里歐噓了一口氣。「那麼，為什麼你還派我出去?既然這樣，我還能做什麼?」

「就是你做的這些啊！」她回答。

「我做的這些?」奧特里歐一字一字，慢慢的重複了一次。「如果是這樣的話，」他憤怒的說，「這一切根本就沒有必要。根本就沒有必要派我去大追尋。我聽說你做事往往神秘難解，也許吧！可是我畢竟做到了，但我真恨你拿我開玩笑。」

女王的眼神變得很悲傷。

「我不是拿你開玩笑，奧特里歐！」她說，「我很明白我虧欠你。你受的苦都是必要的。

我派你去大追尋，不是為了要你帶消息給我，而是因為那是呼喚我們的救主唯一的方法。你在深溝旁跟一戈拉木談話的時候，就曾經聽到他的叫喊。你站在魔鏡門前，你也看過他。你走進了他的影像之後，你就帶著他了。他也一直跟著你，因為他是藉著你的眼睛來看見他自己。就是現在，他也聽得到我們講的話。他知道我們在談他，他知道我們把希望寄託在他身上，期待著他。甚至他也理解，你奧特里歐所承受的痛苦都是為了他，全幻想國都在呼喚他。」

奧特里歐臉上的陰霾漸漸消失了。

過了一會兒，他問：「你怎麼都知道？深溝旁的叫喊和魔鏡裡面的影像，你怎麼都知道？那是你事先安排的嗎？」

女王把奧鈴掛在脖子上說：「你有沒有一直戴著寶石？你不知道我一直藉著它跟在你身邊嗎？」

「沒有！」奧特里歐說，「我掉過一次。」

「沒錯！那時候你是完全孤獨的。告訴我那時候你碰到了什麼事？」

奧特里歐把他的故事告訴了她。

「現在我知道你為什麼變成灰色了，」女王說，「你太靠近空無了。」

「哥魔克說，空無吞滅幻想國後，幻想國就會變成謊言。真的嗎？」

「不錯，是真的。」女王說著，金眼的光芒黯然失色，「所有的謊言以前都是幻想國的人。所有謊言原來的材料都一樣，只是因為喪失了本質，所以無法辨認。但是像哥魔克那種半人半狼的動物說的話，你也只能半信半疑。他只告訴你一半真話。要越過幻想國與人類世界的邊界有兩種方法：一種正確，一種不正確。當幻想國的人被空無殘酷的拖過去，那是錯誤的方法；但是人類按照他們的自由意志走過來時，那是正確的方法。每個到過這裡的人類，都學會了一件只有在這裡才學得到的東西。等到他們回去時，他們整個人都變了。因為他們看到了你們真實的形貌，他們就能用新的眼光來看他們的世界和他們的同胞。如果說他們以前只看過單調呆鈍的生活，他們現在就看到奇妙和神秘。這就是人類喜歡到幻想國來的原因。他們來得越多，我們的世界就越豐富，他們的世界謊言就越少，他們的世界也就越美好。這兩個世界可以互相傷害，也可以互相美化。」

兩個人都靜了下來。過了一會兒，她又說：「人類是我們的希望，我需要有一個人來給我取新名字。這個人一定會來。」

奧特里歐默不回聲。

「現在你明白，」她問，「為什麼我問你那麼多問題了嗎？我們只有用一個充滿冒險、神奇和危機的故事，才能找到我們的救主。你的大追尋就是這個故事。」

奧特里歐坐在那裡陷入深深的沉思之中。最後他點點頭。

「是的，金眼願望司令，我懂了。謝謝你選擇了我！請原諒我的憤怒。」

「你本來也無從知道這些事情。」她回答說，「這也是必要的。」

奧特里歐又點點頭。沉默了一會，他說：「可是我很累。」

「你已經做了太多事情，奧特里歐，你想休息嗎？」

「還不想。首先我想看到故事的快樂結局。如果照你所說我已經完成了任務，為什麼救主還不來？他還在等什麼？」

「是的！」女王輕輕地說，「他還在等什麼？」

巴斯提安激動得手都濕了。

「我沒有辦法，」他說：「我連該怎麼做都不知道，或許我想到的名字是錯的。」

「我可以再問你一個問題嗎？」奧特里歐說。

「當然！」她微笑的回答。

「為什麼你要有新的名字，病才會好？」

「因為只有正確的名字，才能使幻想國的萬事萬物變得真實而有生命。」她說：「錯誤的名稱會使一切事情虛幻變假，這就是謊言做的好事。」

「這個救主也許還不知道要給你什麼名字。」

「哦！他知道。」說完，他們又坐在那裡沉默下來。

「我完完全全知道，」巴斯提安說，「一看到她，我就知道了。但我不知道怎麼做。」

奧特里歐抬起頭來說：「也許他想來，可是卻不知道怎麼做。」

「他只要叫我的新名字就可以了，」女王說，「其他什麼事情都不用做。」

巴斯提安的心怦怦的跳。他要試試看嗎？如果他失敗了呢？如果他錯了呢？如果他們說的不是他，是另一個人呢？他怎麼肯定他們是在說他？

「有沒有可能，」奧特里歐過了一會兒說，「他不知道我們說的就是他？」

「不會！」女王說，「他已經看到那麼多跡象，他不會那麼笨的。」

「我要試試看。」巴斯提安說。但是他一個字都不敢說出聲來。

萬一真的靈驗了怎麼辦？那他就會到幻想國去了。可是怎麼去呢？也許他會經歷某一種變化。但那又是什麼樣的變化呢？會痛嗎？會昏過去嗎？他是不是真心想去幻想國呢？他想去奧特里歐和女王那裡，可是他對那些四處出沒的怪物實在沒有興趣。

「也許他的勇氣不夠？」奧特里歐懷疑的說。

「勇氣？」女王說，「講出我的名字需要勇氣嗎？」

「那麼，」奧特里歐說，「我想只有一件事會使他卻步。」

「什麼事？」

奧特里歐猶豫了一會兒才脫口而出：「就是他根本不想到這裡來，他根本不關心你和幻想國，我們對他而言無足輕重。」

女王睜大了眼睛望著奧特里歐。

「不會！不會！」巴斯提安叫著，「你們不可以這麼想！完全不是這樣。哦！拜託，拜託！不要這樣想！你們聽得到我的聲音嗎？不是這樣，奧特里歐！」

「他答應了！」女王說，「我在你的眼睛裡看到他這麼說。」

「是的，是真的！我很快就來！我只是需要時間想一下。這又不是簡單的事情。」

兩個人靜默的等了很久。可是救主沒有出現，連出現的跡象都沒有。

巴斯提安只是在想，如果他突然出現在他們面前，那會是什麼樣子？他的肥胖，他的蘿蔔腿，他蒼白的臉，他們會有什麼感受？想想看，如果女王向他說：「怎麼是你來了？」他幾乎都要看到她失望的表情了。而奧特里歐甚至會失聲而笑。想到這裡，他不禁臉紅了。他們顯然在等待一個王子，或者至少是一個英雄。他根本不能在他們面前出現。不可能的；他願意為他們做任何事情，任何事情——除了這一件。

女王最後抬起頭時，臉上的表情都變了。那一臉的莊嚴和肅穆幾乎嚇住了奧特里歐。他知道他在哪裡看過這種表情；在那兩座獅身人面獸的臉上。

「我只有一個辦法！」她說，「可是我不喜歡。我希望他不要逼我。」

「什麼辦法？」奧特里歐輕聲的問。

「不論他知道不知道，他已經是說不完的故事的一部分了。他已經無法退出。他答應過我，他就要遵守諾言。可是我沒辦法要他遵守諾言。」

「你做不到的事，」奧特里歐問，「在幻想國還有誰做得到呢？」

「只有一個人，」她回答，「飄泊山老人。只要他願意幫忙，就可以。」

奧特里歐驚奇的看著女王。

「飄泊山老人？」他一個字一個字的唸著，「真的有這個人？」

「你懷疑嗎？」

「每次小孩子不聽話的時候，我們帳篷裡的老人就提起他。他們說不論你做什麼事，他都會在簿子上記下來。這些事情在簿子裡面就成了一件美麗或醜陋的事情。我小的時候還很相信，可是後來我想那只是老媽媽用來嚇小孩子的故事。」

「你永遠也講不出老媽媽的故事。」女王笑著說。

「你認識他嗎？」奧特里歐問，「你見過他嗎？」

她搖頭。

「如果我找到他，」她說，「那將是我們第一次見面。」

「我們族裡的老人說，」奧特里歐說，「不管什麼時候，你都不知道這個老人的山會在哪裡。他們說他出現的時候總是很出人意外；他的行蹤永遠飄忽不定。想見他，是可遇不可求的，除非是因為你們命中注定要見面。」

「沒錯！」女王說，「飄泊山老人，可遇不可求。」

「對你也一樣嗎？」

「是的，對我也一樣。」

「可是，如果你碰不到他呢？」

「只要他在，我就會碰到他。」她露出神秘的微笑說。

她的回答讓奧特里歐感到困惑。他猶豫的問：「他像不像你？」

「他像我，」她回答說，「因為他每一點都跟我相反。」

奧特里歐知道這樣的問題不能從她口中得到什麼答案。這時他心裡有了另外的想法。「你病得很重，金眼願望司令！」他幾乎是很嚴肅的說，「你走不遠的。你的僕人和侍臣好像都拋棄了你，所以福哥兒和我很願意送你去。可是，坦白說，我不知道福哥兒是不是還有力氣。而我的腳，你也看到，不能走路了。」

「謝謝你，奧特里歐，」她說，「謝謝你的忠言。可是我不打算帶你去。因為我要單獨一個人，才見得到飄泊山老人。再說福哥兒也不在剛剛來的地方，牠已經被送去療養了。你也一樣，你馬上就要去那個地方。」

她的手把玩著奧鈴。

「什麼地方？」

「你現在不需要知道。你睡覺的時候就會有人把你送過去。有一天你就會知道那是什麼地方。」

「可是我怎麼睡得著？」奧特里歐叫著。他慌得六神無主，「我知道你隨時都可能死去，我怎麼睡得著呢？」

女王輕柔的笑著。

「他們並沒有像你說的遺棄我。我告訴過你有些事你別想了解。我有七個神祇，他們屬於我，就好像你的記憶力，或者勇氣，或者你的思想屬於你一樣。你看不到他們，可是他們現在就在我們身邊。我留三個照顧你和福哥兒，四個當我的護衛。你不用擔心，奧特里歐，你可以放心的睡。」

女王說完，那大追尋所累積的疲勞突然像一條黑色面紗一樣，全都落在奧特里歐身上。可是那疲勞不是精疲力竭的疲勞，而是一種溫柔的、渴望睡覺的疲勞。他還是有一些問題想問金眼願望司令，可是他覺得她最後的那些話擊潰了他的欲望，只除了一樣——睡覺的欲望。他閉上眼睛，還沒有躺下去，就跌入了夢鄉。

鐘樓裡的鐘敲了十一下。

奧特里歐好像在很遠的地方，聽到女王溫柔的發出一道命令，然後就有強大的手臂把他柔和的舉起來，抬走了。有很長一段時間，他只覺四周一片黑暗而溫暖。又過了很久，他半睡半醒的感覺到一股溫潤的水流到他乾裂的嘴唇上，流進他的喉嚨。他模模糊糊的感覺到他在一個很大的洞穴裡；洞穴四周全是黃金的牆壁。他看到白色祥龍躺在他旁邊。然後他看到，或者自認為看到洞穴中央有一座噴泉；噴泉周圍環著兩條蛇，顏色一深一淺，互相咬著對方的尾巴。一隻看不見的手捂住了他的眼睛，給了他無限安慰的感覺。他又跌入酣睡之中，深沉無夢。

這時，女王也乘著一頂玻璃轎子離開象牙塔。那頂轎子看起來好像自己在動，但是其實是由女王的四個看不見的僕人抬著走。他們經過迷宮花園；正確的說是殘存的麗比琳施花園。他們繞了很多路；因為很多路已經消失在空無。他們終於通過了迷宮花園。這個時候，看不見的僕人停下來，好像在等候命令。女王在她的墊子上坐起來，回頭看了象牙塔一眼。然後她又躺下來，說：「一直向前走，到哪裡去都行。」

他們在風中前進。她雪白的頭髮在玻璃轎後面飛揚，好像雪白的旗子。

第 12 章

飄泊山老人

山巔上的雪像閃電一樣崩落，暴風雪在冰峰之間狂吹，吹進峽谷和山澗之間，又咆哮著向茫茫的冰河大雪原橫掃而去。這種天氣在這個地方司空見慣，因為命運山是幻想國最高的山，它的峰頂已經上接到天國。

即使是最勇猛的登山者都不敢爬上這個地方，因為這裡冰雪終年不融。如果曾經有人登過這座山，那也是很久很久以前的事了，他的事蹟老早就被大家忘得一乾二淨。

幻想國有許多奇怪的法律，其中有一條規定說：如果有人登上這座山，那就必須等到他完全被人遺忘之後，才能再有人來爬這座山。所以在幻想國，只要有誰想爬這座山，誰永遠都是第一個。

除了為數甚少的冰雪陰沉人之外，動物在這片冰雪荒原中是活不下去的。這些冰雪陰沉人簡直不算是動物，因為他們走路實在太慢了，走一步要好幾年，走一小段路要幾世紀。這一來，他們就只能跟自己的族類聯繫，所以他們對幻想國的其他地方全然無知。他們以為他們是全宇宙唯一的動物。

所以，他們在那險崖和尖峰上看到一個小白點繞來走去，在裂谷深罅中消失了又出現，出現了又消失的時候，不禁感到非常驚愕。

那白點就是孩童女王的玻璃轎，現在還是由她的四個隱身的神祇抬著。轎子本身幾乎看不出來，因為它的玻璃簡直就像冰一樣。女王的白袍和白髮也跟四周的白雪沒什麼分別。

他們已經走了好幾天好幾夜。四個神祇一逕守著她「到哪裡去都行」的命令，抬著她經過不見前路的大雨、炙熱的太陽，披星戴月，一直往前走。她知道飄泊山老人隨時可能出現，也可能永遠不出現，所以她早就打算要走很遠的路，歷經千辛萬苦。

然而，四個神祇也不是完全隨意。跟往常一樣，空無雖然吞沒了整個地區，可是卻又留下一條路。這條路有時候窄窄的，通過一座橋、一個隧道，或者一座門。有時候他們又被迫抬著轎子走在海浪上面。對於他們，液體和固體都難不倒他們。

憑著堅毅和強壯，他們終於到達了命運山冰天雪地的山巔。如果女王再給他們新的命令，他們還會繼續上去，可是女王躺在墊子上，閉著眼睛，什麼都沒說；他們離開象牙塔時，那句「到哪裡去都行」，就是她最後的話了。

轎子現在正要從一個深罅下面通過，那個深罅窄得幾乎過不去。地面上積雪數呎，可是四個隱身神祇並沒有陷下去，甚至連腳印都沒有留下來。深罅底下很黑，上方只能見到一道窄窄的光線。

小路延伸成緩緩的坡道。轎子越往上爬，那光線就越近。突然山壁豁然開朗，露出一片白茫茫的雪原。命運山跟別的山不一樣，最高峰不是一座山峰，而是一個高原，大得可以建立一個國家。

可是，令人驚訝的是，高原的中央卻又挺立了一座樣子古怪的小山。這座小山又高又細長，有點像象牙塔，可是卻藍光瑩瑩。這座山包含了無數奇形怪狀的石齒，好像倒插的冰柱般聳立在天空中。山壁的一半之上，三根粗壯的石齒撐著一顆大如房子的巨卵。

巨卵的後面有一些藍色的大柱子排成一個圓形，像是大管風琴的風管。巨卵表面有一個圓形開口，大概是門或者窗戶。此時開口出現了一張臉，一直注視著轎子。

女王睜開眼睛。「停！」她溫柔的說。

四個隱身神祇停下來。

女王坐起來。「那是飄泊山老人！」她說，「最後這一段路我必須自己走。不論發生什麼事，你們都要在這裡等我。」

開口上那張臉不見了。女王走出轎子，向大雪原走去。這真不容易；因為她是赤足的，而雪的上面有一層冰冷的硬殼。她每走一步，那層冰就割破她柔軟的腳掌。狂風拉扯著她的頭髮和長袍。

最後她終於來到藍色的山，站在那些尖滑的石齒前面。

黑暗的圓形開口吐出了一條長長的梯子，長得超過這只巨卵可能容納的範圍。這條梯子很快就伸到山腳下。女王抓住梯子時，發現梯子都是由字組成的；一個字一個字綁上去，而一行就是一級。女王開始往上爬，一邊爬一邊讀——

回去！回去！快回去！
無論何時或何地，
你我永不能相見，
不對別人只對你，
這條通路不能過！
回去！回去！快回去！
碰到我這老頑固，
不該發生的發生了。
開始就會進入結束。
回去！回去！別再爬！
否則你會造成，
空前絕後的大混亂。

她休息一下，抬頭望，連一半都還沒到呢！「飄泊山老人！」她大喊，「如果你不想見我，就不需要寫這些梯子給我。你的拒絕，卻將帶我上來了。」她繼續往上爬。

我是一個史學家，
記載你的成就與事蹟。
生命所有的言、行、思，
一旦成文就無法更改，
你來見我，
等於自惹災禍。
從你開始的事情，
將會因此結束，
因為你不會變老，
而我不會變年輕，
你所驚醒的不安，
我將讓它沉睡，
不要弄錯，
生命禁止在死亡中，
看到自己。

她又停下來，喘一口氣。這時，女王已經爬到很高的地方，像暴風雨中的樹枝一樣搖來晃去。她抓緊了那些組成階梯的冰冷文字，繼續爬上去。

若你仍然不肯接受，
這文字梯子的警告，
若你仍然一意孤行，
這時空中禁忌的事，
我將不再阻攔你，
歡迎來到我的家。

女王終於爬完最後一級。她嘆了一口氣，向下看，她的袍子都破了，因為她每過一道階梯和繩結，她的袍子就割破一次。啊！是的，她原該知道這一路上所有階梯上的文字都對她充滿敵意，而她對它們也一樣。

她從階梯爬進圓形的開口，走進巨卵裡。她一走進去，開口就立刻關了起來。她靜靜的站在黑暗中，等待著，良久良久沒有任何動靜。

最後她輕輕的說：「我來了。」

她的聲音好像在一間大空房子裡迴盪著——或許那是另一個比較深沉的聲音用同樣的話在回答她？

漸漸的，她在黑暗中看到一道微弱的紅光。這道紅光來自一本打開的書，這本書在這間屋子中央的半空中搖擺。由於它側傾的角度，她可以看到那本書的書背是古銅色的。書背上，就跟她佩戴在脖子上的寶石一樣，有一個橢圓形的圖案，上面有兩條蛇，互相咬著對方的尾巴。橢圓形裡面印著書名——**說不完的故事**

巴斯提安的大腦在暈眩。這跟他現在讀的這一本書完全一樣！他再看一次。沒錯！一點疑問都沒有，正是他手上的這本書。這本書怎麼可能在它自己裡面呢？

女王現在比較靠近了。這本書的後面，她看到了一張臉。這張臉浸浴在一片藍光之中。藍光來自書上的文字，因為那些文字是藍綠色的。

這張臉有很深的皺紋，像是老樹的樹皮。鬍子又長又白，雙眼凹陷，幾乎看不見眼睛。這個人穿著一件深色袍子，頭上戴著頭巾，手裡握著一根尖筆，那是他在書上寫字用的。他沒有抬頭看她。

女王站在那兒靜靜的看著他。他不是真的在寫字。他的筆慢慢在空白地方滑過，文字就自動出現了。

女王看看他寫的字，發現他寫的正是現在發生的事：「女王看看他寫的字……」

「有什麼事，你就記什麼事。」

「我記什麼事，就有什麼事。」這是她聽到的回答。那聲音又深又暗，好像她的回聲。

說來奇怪，飄泊山老人並沒有開口講話；他把她的話和自己的話寫下來。

「你、我，和幻想國，」她問，「全都記在這本書裡嗎？」

他寫著，同時她就聽到回答：「不，你弄錯了！這本書就是幻想國——以及你和我。」

「可是這本書在哪裡？」

他寫下他的回答：「就在這本書裡。」

「那它是影像中的影像嗎？」

他寫著，同時她就聽到他說：「在鏡子中的鏡子裡面，你會看到什麼？你知道嗎？金眼願望司令？」

女王沉默了一會兒，什麼都沒說。老人就寫她什麼都沒說。

然後她輕輕的說：「我需要你的幫助。」

「我早就知道了。」他寫著。

「是的，我想你早就知道！」她說，「你是幻想國的記憶，你知道到目前為止發生過的一切事情。但是，能不能請你向後翻幾頁看看將來會發生什麼事？」

「全是空白的！」老人回答說，「我只能回顧已經發生過的事。我只有在記的時候才能夠讀。因為我讀過，我才知道。因為有事情發生，我才能夠讀。那是說不完的故事藉我的手在記它自己。」

「那麼你不知道我為什麼來找你嗎？」

「不知道！」他寫著。她聽到那悲哀的聲音說，「我希望你沒有來找我。因為事情一經我的手就固定下來，成為定局。你也一樣，金眼願望司令。這只巨卵是你的墳墓，你的棺材。你已經走進了幻想國的記憶，怎麼還離得開呢？」

「每一只卵，都是新生命的開始。」

「不錯！」老人寫著，「但必須破殼而出才行。」

「你可以把它打開！」女王叫著說，「是你放我進來的！」

「是你自己的力量讓你進來的。可是你一旦進來，你的力量就消失了。我們會一直關在這裡。真的，你不該來的。說不完的故事就要在此結束。」

女王微笑。她好像一點都不擔心。

「你和我，」她說，「沒辦法延長這個故事。但是有一個人能。」

「一個人類，」老人寫，「只有一個人類才能重新開始講這個故事。」

「是的！」她回答，「一個人類。」

飄泊山老人慢慢的抬起眼睛，看著女王。這是他第一次看她。他的眼光好像來自最黑暗的遠處，來自宇宙的末端。她站起來迎向這道目光，用她的金眼來回應它。他們之間展開一場無聲無息的戰爭。最後老人彎下身在書上寫：「你也是有限制的，請你尊重。」

「我會的！」她說，「可是我講的那個人，我等待的那個人，老早就越過界線了。你寫這本書的時候，他就在讀這本書。我們的每一句話他都聽得到。他跟我們是在一起的。」

「是真的！」她聽到老人的聲音說，「他也是說不完的故事的一部分，因為那就是他自己的故事。」

「跟我講這個故事！」女王命令他說，「你，幻想國的記憶，跟我從頭講這個故事，照你所寫的講，一字不漏。」

老人的手開始發抖。

「如果我這樣做，我就必須每一件事情都重寫一遍。我一寫，這些事情就會重新發生。」

「那就重新發生吧！」女王說。

巴斯提安開始覺得很不舒服。

她到底想幹什麼？是跟他有關沒錯。但是，如果連飄泊山老人都會發抖的話……

老人寫著：「如果說不完的故事結束，全世界都會跟著結束。」

女王回答說：「可是如果這個英雄到我們這裡來，新的生命就會誕生。現在完全由他決定了。」

「你真無情！」老人又寫，「這樣做，我們會墜入永恆的輪迴，永遠沒辦法逃脫。」

「我們無法逃脫，」她回答，她的聲音好像金剛鑽一樣堅硬清晰，不再溫柔了，「他也無法逃脫——除非他來救我們。」

「你真的把一切都寄託在一個人類身上？」

「是的。」然後她又柔和的問了一句，「或者你有比較好的辦法？」

過了很久，老人悲傷的說：「沒有。」

他向書彎下身去。頭巾把他的臉遮蓋了起來。

「那麼就照我的話做吧！」

飄泊山老人屈服在她的意志之下，開始從頭講起說不完的故事。這個時候，書本上映出來的光變了顏色，跟老人筆尖下寫出來的字一樣變成紅色；他的袍子和頭巾也變成古銅色。他寫字的時候，他深沉、悲傷的聲音就跟著說話。

巴斯提安也聽得很清楚。可是老人一開始說的幾個字他都聽不懂。老人說：「店書舊德

蘭卡。」

「奇怪？」巴斯提安想。老人為什麼突然說起外國話來了？或許這是咒語？

老人繼續說，巴斯提安也不得不聽。

「映在這家小書店玻璃門上的，是這家書店倒反過來的店名。當然，這是從這家光線暗淡的書店向街道外張望時，看到的景象。

這是個十一月的早晨，天氣灰冷，而且還下著雨。雨從玻璃門流下，敲打在那些美麗的字體上面。從玻璃門望出去，除了濕淋淋的一道雨牆之外，什麼也看不到。」

巴斯提安很失望。我不知道這個故事，他想。這個故事不在我現在看的書裡面。啊！這表示我從一開始就弄錯了，我還以為老人真的要從頭講說不完的故事呢！

「突然間，門猛然開了，把門簷上的一串小銅鈴碰得叮噹亂響，好一會兒才安靜下來。引起這一陣騷亂的，是一個胖胖的，十一、十二歲的小男孩。他深棕色的頭髮濕濕的垂在臉上；外套都濕了，而且還滴著水；肩膀上掛著一個書包。他臉色蒼白，氣喘吁吁。但是，儘管他剛剛還是急急忙忙，現在卻好像生了根一般，定定的站在門口。」

巴斯提安讀到這裡，聽飄泊山老人深沉又悲傷的聲音說到這裡，耳朵裡一聲轟然巨響，突然間明白了一切。這就是他呀！這就是說不完的故事。而他，巴斯提安，就是這本書的主角。到現在為止，他一直以為自己只是在讀這本書，以為自己只是讀者。

巴斯提安開始害怕了。他好像囚禁在一間看不到的牢房中，沒有辦法呼吸。他不再想讀了，他要叫停。

可是，飄泊山老人深沉又悲傷的聲音並不肯停下來。

巴斯提安一點辦法都沒有。他用手掩住耳朵，可是沒有用；因為那聲音來自他心裡面。他絕望的告訴自己——雖然他知道不是真的——這一切雖然跟他的故事相似，但全是瘋狂的巧合。

可是那深沉又悲傷的聲音還在說。那聲音甚至更清楚了。

「你的禮貌哪裡去了？如果你還有禮貌的話，你早該自我介紹了。」

「我叫巴斯提安，」男孩子說，「巴斯提安．巴爾沙札．巴克斯。」

這時，巴斯提安突然有了一個很深刻的體會，那就是，只要你得不到一件東西，你就越想要那件東西，想個好幾年，並且肯定自己的確喜歡那件東西。可是一旦你就要得到那件東西，你卻又突然不想要了。

巴斯提安就是這樣。

如果他現在實現願望，他就會有危險；因此他反而希望趕快逃走。可是如果你要「逃走」，你必須先知道自己在哪裡，才能夠「逃走」；所以這時候巴斯提安做了一件很荒謬的事。他翻身倒在地上，像甲蟲一樣裝死。他把身體縮得很小，假裝自己不在。

飄泊山老人繼續在寫，繼續在說。巴斯提安偷了那本書，逃到學校的閣樓去看。然後是奧特里歐開始大追尋。他跟老者莫拉講話，在深溝旁邊一戈拉木的巢裡發現了福哥兒，聽到巴斯提安恐怖的叫喊。二果兒來治奧特里歐的傷，安基五克演講。他通過了三道魔門，走進了巴斯提安的影像，又跟烏尤拉拉講話。然後遇到巨風魔；到了鬼城，遇見哥魔克。接下去就是奧特里歐獲救；他們飛回了象牙塔。這其中還包括巴斯提安在這個事件中間所做的一切，包括點蠟燭、看見女王，她等他而他沒有來。於是，她開始去尋找飄泊山老人，去爬那個文字梯子，走進巨卵裡面。然後，她和老人逐字逐句開始對話。講到這裡，飄泊山老人又從頭開始說和寫說不完的故事。

故事就這樣又從頭開始——沒有改變，也無可改變——然後，又在女王和飄泊山老人見面時結束。從這裡，飄泊山老人又再一次開始去說和寫說不完的故事……

……故事將要這樣繼續下去；因為很難想像這一連串事件會有什麼變化。只有他，巴斯提安，才能做別的事，而且他也必須做別的事，否則他自己也會墜入輪迴之中。對他而言，這個故事好像已經重複了一千次；既沒有從前，也沒有以後，一切都同時發生。他現在知道剛開始的時候，老人的手為什麼發抖了：永恆的輪迴是一個沒有結局的結局。

巴斯提安的臉頰垂著眼淚，但他毫無所覺；他快昏倒了！突然間他放聲大喊：「月童，我來了！」這一喊，發生了許多事情。

某種無法抵禦的力量突然間將那只巨大的卵擊成碎片。只聽到一聲轟雷巨響，遠方吹起了暴風。

暴風源自巴斯提安抱在膝蓋上的書。紙張激狂的拍打。巴斯提安感覺到他頭髮和臉上的風。他幾乎無法呼吸。七柱燭臺上的燭火搖來晃去的跳著舞。接著又一陣狂暴的風吹進書裡。蠟燭熄滅。

鐘樓的鐘敲了十二下。

第13章

黑夜森林——翡麗琳

「月童，我來了！」巴斯提安在黑暗中一直喊著。他感覺到一種甜蜜而又舒服得難以置信的東西流進了他整個人裡面。所以他又一次又一次喊著，「月童，月童，我來了！月童，我在這裡！」

可是他到底在哪裡？

他看不到一絲光線。可是這黑暗不是學校閣樓裡那種冰冷的黑暗；這黑暗是溫暖的，像天鵝絨一般柔軟輕快，使他覺得又安全又快樂。

所有的恐懼和害怕都離他而去，變成了一個遙遠的記憶。他感到這麼輕鬆自在，禁不住微笑起來。

「月童，我在哪裡？」他問。

他感覺不到自己的體重。他伸手向外摸索，才知道自己正在半空中翱翔。那些墊子不見了，他的腳踩不到地。

這種感覺真棒。這種解脫和無限自由的感覺，他以前從來沒有過。他超越了所有的禁忌，免除了所有的負擔。

他是在宇宙中翱翔嗎？可是在宇宙中可以看到星星，這裡卻什麼也看不到。只有身邊天鵝絨般輕輕柔柔的黑暗，一輩子從未有過的奇妙、快樂的感覺。他是不是死了？

「月童，你在哪裡？」

接著他聽到一個纖細如小鳥般的聲音在回答他。這聲音可能已經回答他好幾次，只是他沒有聽到而已。聲音聽起來很近，可是又說不出是在哪個方向。

「我的巴斯提安，我在這裡。」

「月童，是你嗎？」

「還會有誰？怎麼搞的，你不是剛剛才給我可愛的名字嗎？謝謝你！歡迎你來，我的救主，我的英雄。」

「月童，我們在哪裡？」

「我跟你在一起，你也跟我在一起。」

這些話好像做夢一樣。可是他知道自己醒著，並沒有在做夢。

「月童，」他輕聲說道，「這就是結局嗎？」

「不是！」她回答，「這才剛開始。」

「幻想國在哪裡，月童？其他人在哪裡？奧特里歐和福哥兒在哪裡？飄泊山老人和他的書是怎麼一回事？他們都不在了嗎？」

「幻想國會因為你的願望而重生，我的巴斯提安，因為他們將透過我，變成真的。」

「因為我的願望嗎？」巴斯提安驚奇的問。

接著，他聽到那甜蜜的聲音回答說：「你知道他們都叫我願望司令的。你有沒有想要什麼東西？」

巴斯提安想了一下，然後小心的問：「我可以許多少願？」

「你想許多少，就許多少；越多越好，我的巴斯提安。幻想國會因為這樣而更富饒，更多彩多姿。」

巴斯提安太高興了。可是就因為他突然可以許很多願，他反而不知道許什麼願好了。

「我不知道許什麼願好。」他說。

接下來是一陣沉默。然後他聽到那鳥鳴般悅耳的聲音說：「這樣不好。」

「為什麼？」

「因為這麼一來，就不會有幻想國了。」

巴斯提安沒有答話。他覺得很困惑。幻想國的命運全由他來掌控，這使他覺得剛剛那種無限的自由不免有了瑕疵。

「月童，為什麼這裡這麼暗？」他問。

「所有的『開始』都是那麼黑暗，我的巴斯提安。」

「我一直很想再看到你，月童，看看你看著我的樣子。」

他又聽到了月童溫柔輕快的笑聲。

「你笑什麼?」

「因為我很高興。」

「高興?為什麼高興?」

「因為你剛剛許了一個願。」

「那你會讓我如願嗎?」

他伸出手,感覺她把一件東西放進他的手裡。那件東西很小,可是出奇的重,冰冷而堅硬。

「這是什麼東西,月童?」

「一粒沙子!」她說,「我那廣大無垠的領域就只剩下這個,送給你當禮物。」

「謝謝你。」巴斯提安說。他有點困惑。給他這樣的禮物,在這個世界能幹什麼呢?至少也要一種有生命的東西才好啊!

還在思索的時候,他就感覺到手裡有一個東西在爬。他把手抬高,想看看是怎麼回事。

「你看,月童,」他輕聲說道,「沙子在發亮。你看,它冒出了一絲火花。不,這不是沙子。這是一粒種子。這是一粒發光的種子,它開始發芽了!」

「好極了,我的巴斯提安!」他聽到她說,「你看,不是很簡單嗎?」

巴斯提安手心裡的光線一開始微弱得幾乎看不到,但現在大放光明,在黑暗中,把兩個小孩截然不同的臉照得閃閃生輝。

巴斯提安慢慢的把手放下，那火光就浮在他們之間的半空中，好像小星星一般。那種子的芽吐得很快，長出葉子，伸出莖，冒出花蕾；花蕾又長成各種色澤的花；然後又結成果實，成熟；接著就像小火箭一樣爆裂開來，散出許多種子。

這些種子又長出新的植物，可是形狀卻不一樣。有的像羊齒，有的像小棕櫚，有的像仙人掌，有的像蘆葦；有的有很多瘤，很多節。每一棵的顏色都不一樣。

不久，巴斯提安和月童四周天鵝絨般的黑暗中就長滿了植物；上上下下、前後左右、四面八方，到處都是。這些植物長得很快，每一棵都在發亮。一顆色彩燦爛的星球，一個光明的新世界在虛無之鄉翱翔，越長越茂盛，越茂盛越長。巴斯提安和月童手牽著手坐在中央，驚奇的看著這一切。

各式各樣的形狀和顏色一直出現，花不斷盛開，一朵比一朵大；樹叢不斷成長，一叢比一叢茂盛。然而這一切全都無聲無息。

很快，有些植物就長得跟果樹一樣大了；翡翠綠的葉子大如風扇，那花像極了有七色彩虹眼的孔雀尾巴；粗大的樹幹好像穗帶一樣編在一起，整棵樹就像有軟絲綢華蓋的寶塔一樣。這些樹都是透明的，看起來就像裡面點著燈的粉紅玻璃。有些花看起來像藍黃色的日本燈籠。這些光亮的黑夜植物越長越密；漸漸的，就交織成一襲光亮柔和的薄絹了。

「你必須給這一切取個名字。」月童輕聲的說。

巴斯提安點頭。

「黑夜森林——翡麗林。」他說。

他看著女王的眼睛。跟他們第一次對看時一樣，他又心惑神迷了。他坐在那裡，沒辦法移開眼睛。第一次看到她時，她還病得快要死去，可是這一次她美麗了很多。她破爛的長袍現在已經完好如初，那純白色的絲綢，她白色的頭髮，都閃耀著溫柔的光芒。他的願望實現了。

巴斯提安的眼睛轉來轉去。「月童，」他吶吶的說，「你好了嗎？」

她微笑，「你難道看不出來嗎？」

「我但願一切永遠都像現在這樣。」他說。

「這一刻就是永遠的。」她回答。

巴斯提安沒有答話。他不懂這句話的意思。可是他現在沒有心情為這句話苦思，他只想坐在那裡看著她。

漸漸的，發光植物在他們四周形成一道厚厚的樹籬。他們不像囚禁在帳篷裡面，反像是囚禁在魔毯裡面，因此巴斯提安看不到外面的情形。他不知道翡麗林正越長越大，每一棵樹都越來越高；大如火花的種子也不斷落到地上，一落到地上，立刻就發芽。

巴斯提安坐在那裡看著月童。好像他的眼睛生來就是為了看她的。

不知道過了多久，月童才伸手遮住他的眼睛。

「你為什麼讓我等這麼久？」他聽到她說，「你為什麼還讓我去找漂泊山老人？我叫你的時候，你為什麼不來？」

巴斯提安嘸了一口氣。

「因為，」他吶吶的說，「我想——有各種原因——我害怕。好吧！老實說吧！我不好意思讓你看到我。」

她驚訝的把手縮回去，注視著他。

「不好意思？為什麼？」

「因——因為，」巴斯提安吶吶的說，「你——你期待的一定是一個與你相配的人。」

「你怎麼會這麼想？」她問，「你跟我不相配嗎？」

巴斯提安不禁臉紅了。「我的意思是說，」他說，「你等待的一定是一個強壯、勇敢又英俊的人——也許是一個王子——反正不是我就是了。」

他看不到她，因為他的眼睛不敢往上看；可是他聽到她輕快的笑聲。

「你看，」他說，「你現在就在笑我了。」

接下來是一陣沉默。最後，巴斯提安終於抬起頭來，看到她彎下身怔怔的看著他，表情很哀傷。

「我給你看一件東西，我的巴斯提安！」她說，「看我的眼睛。」

巴斯提安照著她的話做。他的心怦怦跳，整個人在暈眩。

他在她金色的眼睛裡看到了一個影像。起先好像是在很遠的地方，看起來很小；漸漸的越來越大，越清楚。那是一個跟他同年紀的男孩子。可是這個男孩子高高瘦瘦的，非常英俊。他舉止驕傲而莊嚴，相貌高貴、英武——而且不胖。他像是一個東方的王子。他戴著藍絲綢頭巾，穿著長可及膝的藍絲綢繡銀線長袍，外面披一件銀光閃閃，長可及地的披風。他那雙高筒靴是用最柔軟的紅皮製成的，腳尖還往上蹺。可是最漂亮的是他的手了，那雙手纖緻精細，可是卻給人有力的感覺。

巴斯提安又驚奇又羨慕的看著這個男孩子。他再怎麼看也看不夠。他正要問這個英俊的王子是誰，突然領悟到那就是他自己——他在月童金色眼睛中的倒影。

他不禁感到非常興奮，不由自主。等到平靜下來的時候，他發現自己已經變成了影像中所見的那個英俊的王子。

他看看自己。不錯！正是他在月童眼中見到的男孩子：柔軟的紅皮長靴、繡銀線的藍色長袍、華麗的長披風。他摸摸頭巾，摸摸臉——一模一樣。

於是他轉身過來想給月童看，但是她不見了。

這個光亮的樹籬所圍成的圓形屋子裡只有他一個人。

「月童！」他叫著，「月童！」

沒有人回答。

他若有所失的坐下來。他該怎麼辦？她為什麼丟下他一個人不管？他何去何從？這是說——如果他還能自由行動，如果他不是中了計的話？

他一邊想著為什麼月童不告而別，甚至連再會都不說一聲，就這樣消失的時候，一邊用手去撥弄一面掛在他脖子上的黃金牌子。

他朝那個牌子看了一眼，不禁驚訝的叫了起來。

那是奧鈴，女王的徽章，代表她本人的「寶石」。月童把屬於她的權力賜給了他。她的權力比幻想國任何人、任何事物都大。只要他戴著這面徽章，那就表示他跟她是一樣的。

巴斯提安看著那兩條蛇。那兩條蛇一白一黑，互相咬著對方的尾巴，形成一個橢圓形。

良久良久，他把徽章翻過來，很驚奇的發現四個字。那四個字字形華麗而複雜。

從心所欲

說不完的故事裡面從來就沒有提過這幾個字。是不是因為奧特里歐沒有注意到？

可是現在這已經不重要。重要的是這句話允許他——事實上是命令他——想做什麼，就去做什麼。

巴斯提安走近發光植物圍成的牆壁，想看看有沒有什麼地方可以鑽出去。他發現這道牆好像窗簾一樣，很容易就可以撥開，於是他就高高興興的跨了出去。

這個時候，黑夜植物還是不斷的長大，速度溫和，可是仍然難以抑制。翡麗林現在已經成為人類從未見過的森林。

那些樹已經跟教堂鐘塔一樣高了，可是還在抽長，閃亮的奶白色樹幹擠在一起，中間連人都容納不下。可是種子還是像煙火一樣，繼續四處迸落。

走在這座亮光森林之中，巴斯提安想不踩到地上的種子都不可能。地面上任何一個地方都有種子在吐芽，所以他就不再擔這個心了。大樹之間哪裡有路，他就往哪裡走。巴斯提安很高興自己這麼英俊。他倒不擔心沒有人來羨慕他。相反的，他很高興自己獨享這些快樂。他不想讓那幾個常欺侮他的可憐蟲來羨慕他。如果說他還會想到他們的話，那是因為憐憫。

這座森林沒有季節之分，也沒有白天或黑夜，所以時間的感覺跟巴斯提安以前所知道的完全不一樣。他不知道自己已經走了多久。但是漸漸的，他那因為英俊而引起的快樂有了一些變化。他開始把他的英俊視為當然。自然，他的快樂還是未曾稍減，但是他現在覺得自己其實從來未曾發生什麼變化。

他這樣的體認，其中有一個原因他自己到後來才知道：他所得到的美使他忘記自己曾經肥胖，而且還是蘿蔔腿。

就算他知道自己這一切的變化，但如果他失去這一段記憶，他也絕不懊悔。況且，實際上他也已經忘記了一些事，他自己並不知道。等到他完全忘記了這段記憶之後，他已經認定自己向來就是這樣英俊了。

這一認定使他又有了一個新的願望，光是英俊並不如他所想像的那麼美妙。他還想要強壯，比任何人都更強壯！比全世界任何人都來得強壯！

他越來越深入黑森林，肚子也開始餓了。他摘了幾個奇形怪狀的光亮水果，先咬一小口，看看能不能吃。可是說能不能吃實在太籠統，因為這些水果有的酸，有的甜，有的辣，都很可口。他邊走邊吃，一種神奇的力量就流進他的四肢。

這時他四周的樹叢已經長得很密，擋住了他的視線。更糟的是，葛藤和樹木的氣根，又跟地面上的樹叢密密麻麻的糾纏在一起。他用手掌代替刀砍來砍去，才開出一條路。他一通過這條路，那打開的縫立刻就合起來，好似不曾打開過一樣。

他繼續向前走，可是大樹幹排成的牆擋住了他的去路。

巴斯提安抓住兩枝大樹幹往兩邊撐開，走過去。他一通過，樹幹牆又無聲無息的封閉了。

巴斯提安高興得大叫。

他是叢林之王。

他好像領受了偉大召喚的大象一樣，高興的玩著開路的遊戲。玩了好一會兒，力氣都沒有減少。他不需要停下來喘一口氣，他的腰沒有痛，他的心跳沒有加快。

過了一會兒，他厭倦了這種新遊戲。現在他想從空中看看他的王國，看看他的王國到底有多大。

他在手上吐一口唾液，攀住一條葛藤往上爬，只用手不用腿，像他在馬戲團裡看到的特技演員一樣。一個景象——一個昔日的模糊記憶——在他的眼前出現了一下子。那是他的體育課。他像一袋麵粉一樣掛在爬繩的最下面，其他同學笑得東倒西歪。他不禁微笑起來：要是他們現在看見他，不知道會多麼驚奇。他站在葛藤上面，像一個走鋼索的人一樣保持平衡，然後向樹幹走去。他毫無困難的撥開密密麻麻的蔓草，走過去。

以他目前的高度，那樹幹還是相當粗大，五個人合抱都不見得抱得住。有一枝比較高的樹枝在樹幹的另一邊直伸出去，他抓不到。於是他就躍入空中，抓住一條氣根，盪過去。再一跳，攀到這一枝樹枝上面。從那裡再爬到另一枝更高的樹枝上面。這時候他已經離地面很高，至少有三百呎以上，可是仍然有光亮的枝葉擋住他的視線。

他一直又爬到兩倍高的地方，才偶爾有一些空隙讓他看到外面。可是這時候樹枝越來越少，樹幹也越來越難爬了。最後，他不得不在接近樹梢的地方停下來；因為除了光溜溜的樹幹之外，再也沒有什麼東西可以攀沿。這時，那樹幹依舊有一根電線桿那樣粗。

巴斯提安向上看，大約五十英呎上方的樹頂上，有一朵巨大而光亮的深紅色花朵。他不知道怎麼樣才能爬上去？可是他必須爬上去；因為如果就在這裡停下來，實在沒什麼道理。於是他便抱住樹幹，像個特技演員一樣，奮力往最後的五十呎爬上去。樹幹搖搖擺擺的彎下去，好像風裡的一根草。

他終於爬到那朵花的下方。那朵花在樹梢上，就像一朵鬱金香一樣盛開著。他用一隻手插進兩片花瓣之間，抓住，然後再撥開這兩片花瓣，用力爬上去。

他在花瓣上趴著休息了一下，因為他快喘不過氣來了。然後他站起來，從光亮的大花邊緣向四周看。他的樣子就像挺立在船桅上的鳥巢一樣。

這棵樹是整個叢林裡最高的樹，所以他可以看得很遠很遠。頭上所見，依然是無星無月的夜空，那一片黑暗仍然像天鵝絨一般柔軟輕快。腳下所見，目光所窮，翡麗林正在演出一齣色彩的戲劇。他驚嘆得無法呼吸。

巴斯提安站在那裡，良久良久，醉飲這一片景象。這是他的王國！他創造的王國！他是翡麗林之王。

他高興得大聲歡呼！

第 14 章

彩色沙漠

巴斯提安在紅花裡睡得那麼香甜。這是他以前從來沒有經歷過的。最後他終於睜開眼睛。頭上的天空依舊像天鵝絨一般漆黑。

他伸伸懶腰，感覺到手腳有一種奇異的力量，使他非常快樂。

他的體內又有了新的變化，他想更強壯的願望實現了。

他站起來，從大花的邊緣向四周看去，翡麗林不再長大了。黑夜森林跟他昨天入睡以前最後一眼所見一樣美麗。他不知道這其實跟他的願望也有關；連他自己的脆弱和笨拙，現在也從他的記憶中消失了。他現在又英俊又強壯。然而還不夠，他覺得他必須非常堅強，跟奧特里歐一樣歷經千辛萬苦。在這個光亮的花園裡，各式各樣的水果唾手可得，他又怎麼能夠得到那種堅忍不拔的性格呢？

東方地平線出現了第一道黎明的珍珠白。天色漸漸亮起來，黑夜植物的磷光逐漸退去。

「太好了！」巴斯提安大聲說，「我還以為白天都不來了。」

他坐在花瓣上想著該做什麼事。爬下去再繼續走？當然，他是翡麗林之王，如果他要在翡麗林盤桓幾天——假若不是經年累月——沒有人管得著。這個叢林這麼大，他再怎麼走也走不出去。但是，儘管這些黑夜植物這麼美麗，他認為這個地方還是不適合長期居住。他要到沙漠中探險——那必然是全新的經驗。全幻想國最大的沙漠——是的，那必然是一件值得自豪的經歷。

這個時候，大樹突然激烈的搖動起來。樹幹彎下去，傳來一種揉壓折裂的聲音。巴斯提安害怕會跌出去，緊緊的抓住花瓣。花莖越搖越厲害，終於被拉扯成平的。

這時，已經高高升起的太陽照亮了一片毀壞的景象。幾乎所有巨大的黑夜植物都不在了。這些植物當初長出來的時候固然很快，但此時經過炙熱的陽光照射，一瞬間就粉碎了，變成了灰塵，變成了細緻的彩色沙粒。巨大的樹幹就這樣像沙堡乾燥了一般崩潰。巴斯提安所在的這一棵是此時倖存的最後一棵。他想抓住花瓣來穩定自己，那花瓣卻在他手裡霎時粉碎，化作一陣煙塵，隨風飄去。現在已經沒有東西擋住他的視線，他這才看到自己所在的地方有多高，高得有多可怕。他跨坐在花莖上。花莖現在已經彎得跟釣竿一樣了。他剛爬出花朵，花朵就立刻粉碎，落地成塵。

巴斯提安用前所未有的謹慎往下爬。許多人看到自己在這麼高的地方時，通常都會很驚慌；但是巴斯提安根本不會暈眩，他的神經現在強如鋼鐵。他知道任何大一點的動作都會使整棵樹化為灰塵，所以他就順著樹枝匍匐前進，最後終於到達樹幹直立的地方。他抱住樹幹，一吋一吋的往下滑。有好幾次，大堆大堆的彩色灰塵蒙頭蓋腦的往他身上撒下來。樹幹上沒有樹枝，他想踩旁邊的殘枝，一踩上去，殘枝就立刻粉碎。他越往下爬，樹幹越粗，都快要抱不住了，而他離地面還很遠。他停下來想自己該怎麼辦。

可是這時樹幹又是一陣搖動，讓他沒時間思考。因為這一段樹幹突然崩裂，化成了一堆沙。巴斯提安遽然翻了一個身，又連翻了幾個觔斗，才跌到沙丘下方。一堆彩色泥沙好像雪崩一樣差點就把他活埋。他用力把沙撥開，把嘴裡的沙吐出來，再把耳朵和衣服裡的沙抖出來。

他看看四周，沙子像溪流的漩渦一樣四處緩慢流著，堆成各式各樣大大小小的山嶺和沙丘，而且各有各的顏色。淡藍色的沙形成淡藍色的沙丘，綠色的沙形成綠色的沙丘，藍紫色的沙形成藍紫色的沙丘。黑夜森林翡麗林不見了，代之而起的是一座沙漠。而這又是一座怎麼樣的沙漠啊！

巴斯提安爬到一個紫紅色沙丘上面。放眼望去，盡是各色沙丘；你能想像什麼顏色，就有什麼顏色的沙丘。每個沙丘的色彩深淺都不一樣，色調絕不重複。離他最近的一個是鈷藍色，另外一個是橘黃色，然後是深紅色、靛青、蘋果綠、天藍、橙、桃紅、淡紫、綠松藍、丁香紫、蘚苔綠、寶石紅、鍛赭、印地安黃、朱紅、琉璃青。一個接一個，從地平線上一直伸展出去。沙丘與沙丘之間，顏色與顏色之間，又流著金沙與銀沙。

「這是哥雅布彩色沙漠。」巴斯提安大聲的說。

太陽越升越高，那熱力簡直惡毒極了！彩色沙丘上的空氣都在閃閃發光。

巴斯提安知道自己置身險地。不用多說，他絕不能待在這個沙漠中。如果他不趕快逃脫，他會餓死、渴死。

他握住女王的徽章，默禱徽章引導他，然後堅定的開步走。

他爬過一座沙丘又一座沙丘，時間一個小時又一個小時過去。除了沙丘之外，他看不到別的東西；只有沙丘的顏色不停的變換。他的神力現在沒有用；因為沙漠浩瀚廣大，不是用力氣可以征服的。那空氣是來自地獄的疾風，可以把人燒焦。他的舌頭黏在口腔上面，滿頭大汗。

太陽是天空中的風火輪，已經過了那麼久了，還在原來的地方，不曾稍微移動一下。這沙漠的白天跟翡麗林的黑夜一樣長。

巴斯提安的眼睛在燃燒，舌頭乾得像皮革一樣，但是他不氣餒。他的身體快乾了，血管裡的血濃得幾乎流不動，但他還是繼續走，慢慢的，穩定的，既不趕路，也不停下來休息，好像有過好幾年徒步橫越沙漠的經驗似的。他不管口渴的折磨，他要跟鋼鐵一樣堅強，疲勞和困苦都不能使他屈服。

他想起他以前是多麼容易膽怯。他嘗試過各種計劃，可是每一次碰到困難就放棄了；他常常怕吃不飽，怕生病，怕忍受痛苦。現在這些都不怕了。

橫越哥雅布沙漠，想必是前無古人，也後無來者了。然而最大的可能卻是沒有人會聽說他的開拓史。這個想法使巴斯提安覺得很悲哀。哥雅布沙漠之大，大得難以想像；他很肯定自己是走不出去的。儘管他目前這麼堅強，可是他遲早總要人毀身亡。他並不是害怕。

他會像奧特里歐他們那些獵人一樣，冷靜而又有尊嚴的死去。但是由於沒有人敢走進這個沙漠，他死去的消息就永遠不會有人知道。不管是在幻想國或在家裡，都不會有人知道。人家只會說他失蹤了，根本不會知道他在幻想國，在哥雅布彩色沙漠。整個幻想國──他對自己說──都在飄泊山老人所寫的書裡面，這本書就是他在學校閣樓裡看的說不完的故事。也許他現在所經歷的危險與困苦已經寫在書上了。那麼也許有一天，會有另外一個人讀這本書──或許現在就有人在讀。

如果是這樣的話，那必然也有可能給那個人一個信息了。

此時巴斯提安所站的沙丘是一座深藍色沙丘，而附近的一座是火紅色的。於是巴斯提安走過去，雙手捧起一堆沙，再走回藍色沙丘，然後在山坡上用紅沙鋪出一道長線。他再回去，再捧紅沙過來，又繼續鋪下去。很快他就在藍色的沙丘上寫了三個巨大的紅字──

巴・巴・巴・

他看看自己的作品，覺得很滿意。只要有人在看說不完的故事，就不會看不到這三個字。現在不論發生什麼事，都有人知道他在什麼地方。

他在紅色山坡上坐下來休息。那三個字在太陽的照射下閃閃發光。

他又想起以前的巴斯提安。他想起以前的他是個膽小鬼，動不動就哭。現在他為自己的堅強感到無比驕傲。這時他又有了一個新的願望。

「我現在的確是什麼都不怕，」他大聲說道，「可是我還是缺乏真正的勇氣。能夠忍受痛苦的確了不起，可是勇氣和膽識卻是另外一回事。我希望自己能經歷一場真正的危險，來喚起我的大勇氣。如果我能遇見一隻危險的動物——不要像一戈拉木那麼惡毒，可是卻要比牠危險的動物；一隻很美麗，可是卻非常非常危險的動物；全幻想國最危險的動物。我會正面迎向前去，然後……」

說到這裡，巴斯提安聽到一聲深沉轟然的咆哮，連腳下的大地都在震動。

巴斯提安轉過身，在很遠的地方看見一個很像火球的東西。那火球像閃電一般奔馳而來，在沙漠上劃出一道很大的弧線，然後轉過頭筆直向著他衝來。沙漠的熾熱空氣本來就會使一切東西的外形像火般搖曳，然而這個時候，這隻動物更像是一頭火魔在跳舞。

巴斯提安嚇壞了！他立刻向著紅沙丘和藍沙丘之間的凹溝跑去，才剛跑到那裡，他就為自己的恐懼感到羞恥，他努力克服了自己的恐懼。他抓住奧鈴，感覺到他期待的勇氣湧進了心裡。

這時他又聽到一聲使地面震動的怒吼，可是這一次離他很近。他抬頭。

一頭大獅子就站在火紅色沙丘上。太陽正好位於牠的正後方，使得牠的鬃毛看起來就像一個火環。這頭獅子不是一般的黃褐色，而是跟牠所在的沙丘一樣的火紅色。

獅子好像沒有注意到巴斯提安。牠比他大多了，況且巴斯提安又是站在沙丘之間的凹溝裡。牠好像在看沙丘上的紅字，牠用粗大的隆隆聲說：「這是誰弄的？」

「我弄的。」巴斯提安說。

「那是什麼東西？」

「我的名字的縮寫！」巴斯提安說，「我叫做巴斯提安·巴爾沙札·巴克斯。」

獅子轉頭面向巴斯提安。巴斯提安一時間以為獅子周身的火焰就要燒到他；可是這種恐懼倏然消失，於是他迎向獅子的目光。

「我，」這頭大野獸說，「是彩色沙漠之王格洛喀拉曼，也叫多彩死神。」

巴斯提安感覺到獅子的眼睛有一種足以致人於死的力量，他的眼光堅定的和獅子對視。

他們這樣彼此打量一番之後，獅子低下了頭。牠緩慢、高貴的從火紅色沙丘上走下來。一走上深藍色沙丘，牠的顏色就跟著變了——牠的皮和鬃毛都變成了藍色。這隻巨獸在巴斯提安面前站了一會，而他就好像老鼠看貓一樣，必須抬頭才能看到牠。突然間，格洛喀拉曼趴下來，以頭叩地。

「主人！」牠說，「我是你的僕人，聽候你的指揮。」

「我想離開這個沙漠。」巴斯提安說，「你辦得到嗎？」

格洛喀拉曼搖動牠的鬃毛。

「辦不到！主人，我辦不到。」

「為什麼？」

「因為這座沙漠就在我身上。」

巴斯提安不知所以。他問：「沒有人可以帶我出去嗎？」

「怎麼可能呢，主人？」格洛喀拉曼說，「不論我在哪裡，哪裡的動物就活不下去。我的存在本身就足以使每一個人——包括最強大的動物在內——化為雲煙。所以我才叫作多彩死神和彩色沙漠之王。」

「才不是這樣，」巴斯提安說，「並不是每個人在你的沙漠中都會燒掉。你看我。」

「那是因為你戴著『寶石』，主人。奧鈴會保護你——連對我這個全幻想國最足以致人於死的動物，它也一樣有效。」

「你的意思是說，如果我沒戴『寶石』，我也會化為煙塵？」

「不錯！主人，就是會發生這樣的事；雖然我會覺得很遺憾，因為你是第一個跟我談話的人。」

巴斯提安摸摸奧鈴。「謝謝你，月童。」他低聲誦讚。

這時格洛喀拉曼站起來，朝下看著巴斯提安。

「主人，我相信我們有些事情要討論。也許我可以告訴你一些秘密，而你也許可以為我解開我的生存之謎。」

巴斯提安點頭。「可是，」他說，「你能不能先給我一點東西喝？我的口好渴。」

「你的僕人遵命。」格洛喀拉曼說，「我請求你恩賜，坐在我背上好嗎？我會帶你到我的地方，那裡有你需要的一切。」

巴斯提安爬上獅子的背，雙手抓住那火焰般的鬃毛。格洛喀拉曼回頭看著他的主人。

「抓緊，主人，我跑得很快。還有一件事，只要你在我的領域之內，尤其是跟我在一起的時候──請你答應我，不管什麼原因，都不要把保護你的徽章拿下來。」

「我答應你。」巴斯提安說。

獅子開始跑。起先步伐緩慢、尊貴，然後越來越快。巴斯提安很驚奇，獅子的皮肉和鬃毛每到一個新的沙丘就改變顏色；格洛喀拉曼大步大步的躍過一座山丘又一座山丘，那顏色也就越變越快。巴斯提安轉動著眼睛，看到所有的顏色剎那間變成了一道彩虹。

熱風拉扯著他的披風，在他的耳朵旁邊呼嘯。他感覺到獅子肌肉的運動，呼吸到獅子濃密的鬃毛裡野性而令人頭昏的氣味。他忍不住發出勝利的呼喊，好像一頭肉食獵獸在長嗥；格洛喀拉曼怒吼一聲應和他，那怒吼把沙漠都震動了。這一刻，這兩個不同的動物成了一體。巴斯提安的心神、靈魂全飛上了天。

他的心神一直到格洛喀拉曼又跟他講話時才恢復過來，「我們到了，主人！我請求你的恩賜，從我的背上下來。」

巴斯提安從獅子背上跳到沙地上。他的前面是一座黑石山，山的中間是裂開的。這是不是一個廢墟？他不知道，因為所有的石壁、石柱、石階，以及半埋在彩色泥沙中的石頭都有很深的裂縫，而且很光滑，似乎時間的風沙已經磨光了所有稜角。

「這兒，主人，就是我的地方──我的墳墓。」巴斯提安聽到獅子的聲音說，「你是格洛喀拉曼第一個，也是唯一的客人。請進，不要客氣。」

此時太陽低低的掛在地平線上，變成一個淡黃色的大圓碟子，放射著灼燙的熱力。這一趟路顯然比巴斯提安所以為的還要遠。那些頂端折斷的柱子，或者說是石峰──不管是什麼──在地面投下長長的黑影。夜晚很快就降臨了。

巴斯提安隨著獅子通過一道黑暗的門，向宮殿走去。

他覺得格洛喀拉曼的腳步疲倦而沉重。

他們穿過一段長廊，迂迴的上上下下走了好幾道樓梯，最後來到一道對開的黑石大門。

格洛喀拉曼一走近，門就自動打開；等到他們兩個過去之後，門又自動關起來。

他們走進一座大廳，或者說是一個洞穴。裡面點著幾百只燈籠。那些燈籠的火焰跟曾經出現在格洛喀拉曼身上的彩色一樣，變化萬千，目不暇給。地面鋪著彩色的馬賽克，中間有一個圓臺，圓臺四周有階梯，圓臺上面是一塊黑色巨石。

格洛喀拉曼轉身面對巴斯提安，說話的聲調很疲憊。

「我的時間就要到了，主人！」牠說，聲音低低的，「我們沒有時間談話了。不過你不用擔心，我們可以等待明天。在我這裡，同樣的事情一直在重複發生。或許明天你就可以告訴我為什麼了。」

接著他抬頭指示洞穴另一端的一道小門。

「進那裡面去，主人，什麼東西都準備好了。自有時間以來，這個房間就一直在等你來。」

巴斯提安往那個門走去。開門之前，他回頭看了一下，格洛喀拉曼已坐在黑色巨石上，身體變得跟那石頭一樣黑。牠用微弱而遙遠的聲音說：「主人，你很可能會聽到嚇人的聲音。不要怕！只要你戴著徽章，就不會有事。」

巴斯提安點點頭，走進門去。

他的房間真是富麗堂皇。地面上鋪著華麗而柔軟的地毯，線條優雅的柱子支撐著圓拱形天花板，柱子上面貼著黃金馬賽克，把那些燈籠的火光反射成璀璨的碎片。房間的一角擺著一張寬大的長椅，上面鋪著毛毯和各式各樣的墊子，屋頂上還有一頂天青色的絲綢華蓋。對面的角落有一個池子，裡面是金色的水。一張矮桌子上面擺著一只金杯、各式食物，還有一只玻璃水瓶，裡面裝滿了寶石紅色的飲料。

巴斯提安坐下來大吃大嚼。那飲料有一種酸酸的強烈味道，可是卻十分解渴。那些菜色巴斯提安從來沒吃過；有的像糕餅，有的像胡桃，有的像南瓜，有的像西瓜；可是吃起來完全不是那麼一回事，又辣又香；每一樣都很可口。巴斯提安吃得飽飽的。

然後他脫掉衣服——除了徽章之外——走進池子裡。他潑水擦洗一下；潛到池底，然後又潛上來學海豹噴水。他在池邊發現了一些奇形怪狀的瓶子。他想那必定是沐浴精，就把每一瓶都倒了一些在水裡。水面上冒出綠色、紅色和黃色的火焰，嘶嘶作響，還生出一陣煙。那煙有樹脂和苦草的味道。然後火熄滅，煙也消失在空中。

過了一會兒，巴斯提安走出池子，用早就放在那裡的柔軟毛巾擦乾身體，穿上衣服。突然間他注意到那些燈籠的火不似先前明亮，同時也聽到一個可怕的聲音，嚇得他渾身發抖。那是一種崩裂摩擦的聲音，好像岩石在冰塊膨脹的壓力下爆裂一樣。

巴斯提安的心跳得很厲害。但他想起格洛喀拉曼曾經告訴他不要怕。

那聲音慢慢減弱成一種呻吟，並且很快就停了。可是這靜止更怕人。

巴斯提安決心要去看看發生什麼事，於是便打開臥室的門，走進大廳。起先，除了那些燈籠的火光變得很暗，好像戰慄的心在悸動之外，他看不出有什麼異樣。獅子仍然坐在黑石上，姿態不變。牠好像在看巴斯提安。

「格洛喀拉曼！」巴斯提安叫道，「怎麼回事？那是什麼聲音？是你的聲音嗎？」

獅子不動也不回答，但巴斯提安向牠走近，牠的眼睛卻跟著他移動。

巴斯提安猶豫了一下，才伸手去摸獅子的鬃毛。一摸就嚇得趕緊把手縮回來。那鬃毛已經變得跟黑石一樣硬，一樣冰冷；格洛喀拉曼的臉和腳掌也一樣。

巴斯提安不知道該怎麼辦。他看到黑色石門慢慢打開，便向石門走去，離開大廳。等到他走入黑暗的長廊，走上樓梯的時候，他才想到即使他到外面去，也沒有辦法可想。因為在這沙漠中，任誰都救不了格洛喀拉曼。

可是現在這座沙漠不再是沙漠了。

不論往哪裡看，他都看到無數發光的小點。幾百萬棵小植物從沙粒中長出來——那些沙粒現在又變成了種子。黑夜森林翡麗林又長出來了。

巴斯提安這時才領略到這種變化跟格洛喀拉曼變得僵硬有關。

他走回洞穴。燈籠的火光閃爍不定，就快熄滅。他走向獅子，抱著牠的脖子，把臉貼在獅子的臉上。

獅子的眼睛跟黑石塊一樣黑，一樣冰冷。牠變成了石頭。燈籠的火光閃了一下，熄滅了。洞穴裡一片黑暗。

巴斯提安痛哭。他的眼淚沾濕了獅子的身體。

最後，男孩蜷縮在獅子的大腳掌之間，睡著了。

第 15 章
多彩死神

「啊，主人！」獅子用那轟轟然的聲音說，「你就這樣睡了一晚？」

巴斯提安坐起來擦擦眼睛，他一直睡在獅子的腳掌之間。格洛喀拉曼驚訝的看著他。牠的皮毛跟他所坐的岩石一樣黑，可是眼睛發亮。洞穴裡的燈籠又開始燃燒。

「喔！我還以為你變成了石頭。」

「我是啊！」獅子回答，「每天晚上，我就會死去；每天早晨，我又醒過來。」

「我還以為你已經永遠死去了。」巴斯提安說。

「一直是永遠的。」格洛喀拉曼神秘的說。

牠站起來伸伸懶腰，在洞裡疾步走來走去。牠的皮毛反射在馬賽克地板上，越來越鮮亮。

突然間牠停下來，靜靜的注視著男孩。

「你為我掉眼淚嗎？」牠問。

巴斯提安點點頭。

「那麼，」獅子說，「你就不只是唯一在多彩死神的腳掌間睡過覺的人，你也是唯一為牠的死亡哀悼的人。」

說完牠又快步的走來走去。

巴斯提安一直看著牠，最後他輕聲問道：「你一直都這樣孤獨嗎？」

獅子停下來，可是這一次牠不看巴斯提安；牠看著別處，用牠那隆隆的聲音一直說：「孤獨！孤獨……」這句話就在洞穴裡迴響著。

「這個沙漠是我的領域，也是我的工作。不論我到哪裡，我四周的一切就變成沙漠。我隨身攜帶沙漠。因為我是用火造成的，因為這火會致人於死，所以我注定要永遠寂寞。」

巴斯提安沮喪的陷入沉默之中。

「主人！」獅子說，牠用光亮的眼睛看著男孩子，「你戴著女王的徽章，你能不能告訴我，為什麼一到晚上我就會死掉？」

「因為你死掉，黑夜森林翡麗林才會在彩色沙漠中生長。」巴斯提安說。

「翡麗林？」獅子說，「翡麗林是什麼？」

於是巴斯提安便跟牠談起生之光造成的神奇叢林。格洛喀拉曼聽得十分入迷。巴斯提安說到那些閃亮磷光植物的美麗與變化多端；它們沉默的、無可抑制的成長，它們夢一般美麗和驚人的巨大。他越講越興奮，格洛喀拉曼的眼睛也越來越明亮。

「這一切，」巴斯提安總結說，「只有在你變成石頭時才會發生。但是翡麗林如果不在你醒來的時候死掉，就會吞滅一切，最後使自己窒息。所以你跟翡麗林彼此互相需要。」

格洛喀拉曼沉默了很久很久。

「主人，」牠說，「現在我明白我的死創造了生命，我的生創造了死；兩者都很好。現在我明白我生命的意義了，謝謝你。」

牠莊嚴的走向洞穴中最黑暗的角落。巴斯提安看不清牠在幹什麼，可是他聽到金屬的叮噹聲。格洛喀拉曼走回來的時候，嘴裡銜著一個東西。牠彎下身來，把那件東西放在巴斯提安的腳邊。

那是一把劍。這把劍毫不起眼，鐵製的劍鞘都生鏽了，劍柄很像是小孩子玩的木劍。

「你能夠為這把劍取一個名字嗎？」

巴斯提安仔細的看看這把劍。

「斯干達。」他說。

這一說，那劍便從劍鞘裡飛出來，飛到他的手上。那劍是用純粹的光做成的，亮得使巴斯提安不敢看它。這是一把雙刃劍，輕若羽毛。

「這把劍從有時間以來就是你的。」格洛喀拉曼說，「因為只有你曾騎上我的背，吃喝過我的火，還在我的火裡面沐浴，所以才能接觸它而毫無危險。也因為你給它正確的名字，它才屬於你！」

巴斯提安為那閃耀的光芒入迷了。他輕聲的喊著：「斯干達！」他拿著這把劍在空中緩緩的揮來揮去，「這是一把魔劍，對不對？」

「全幻想國沒有一件東西可以抵擋這把劍，」格洛喀拉曼說，「連鋼鐵、岩石都沒有辦法。但是你絕對不可以強用。不論你遭遇什麼危險，只有它像現在這樣飛到你手上，你才可以用它。它會帶領你的手，用它自己的力量完成使命。可是如果你把它從劍鞘中拔出來，你會給自己和幻想國招來不幸。千萬記住！」

「我一定會記住。」巴斯提安答應。

斯干達飛回劍鞘裡。它看起來又那樣舊，那樣毫無價值了。

巴斯提安提著劍鞘的皮帶，綁在腰間。

「現在，主人，」格洛喀拉曼建議說，「如果你願意的話，讓我們一起到沙漠上奔馳吧！爬到我的背上來，因為我現在就要出去。」

巴斯提安爬上去，獅子快步奔出洞穴。黑夜森林早已變成彩色沙漠，早晨的太陽掛在沙漠的地平線上。他們躍過一座山丘又一座山丘，身形好像一朵舞蹈的火焰，一陣炎熱的暴風。巴斯提安覺得自己好像坐在一顆火花四冒的彗星上面，飛過片片光和影。

到了中午，格洛喀拉曼停下腳步。

「主人，這裡就是我們相遇的地方。」

巴斯提安的頭腦由於那狂野的馳騁還在暈眩。他往左右看了一下，卻看不到深藍色山丘，也看不到那火紅山丘。他寫的字也不見了蹤影。現在這兒只有橄欖綠和粉紅色的沙丘。

「一切都變了。」他說。

「是的，主人！」獅子說，「它就是那樣——每天都不一樣。我不知道為什麼，可是自從你告訴我，翡麗林是從這座沙漠裡生長出來以後，我就懂了。」

「可是你怎麼知道這裡是昨天那個地方？」

「我對它好像我對自己身體的感覺一樣瞭若指掌，它是我的一部分。」

巴斯提安從格洛喀拉曼背上下來，坐在橄欖綠色山丘上。獅子趴在他的旁邊。現在牠也變成橄欖綠色了。巴斯提安用手撐著臉頰，向地平線望去。

「格洛喀拉曼，」沉默了許久，他說，「我可以問你一個問題嗎？」

「你的僕人在聽。」

「你真的一直都在這裡嗎？」

「真的啊！」

「那哥雅布沙漠也一向都在？」

「是的，沙漠一向都在。你為什麼要問呢？」

巴斯提安想了一下。

「我不懂！」他最後坦白的說，「我只能猜想昨天上午以前它是不在這裡的。」

「你為什麼這麼想呢，主人？」

巴斯提安把與月童相遇以後的一切告訴他。

「這些事情都很奇怪。」他總結說，「我心裡有什麼願望，就會發生什麼事。你知道，我並沒有動手去做什麼，我也不能做什麼。我絕不可能發明翡麗林，發明哥雅布沙漠，或是你！我能做的事都沒什麼神奇。可是同樣的，我如果不許願，這些東西就都不存在。」

「那是因為，」獅子說，「奧鈴的緣故。」

「可是難道這些都是因為我許了願才存在嗎？它們不是以前就已經存在了嗎？」

「兩種情形都有。」格洛喀拉曼說。

「怎麼可能呢？」巴斯提安幾近不耐煩的叫起來，「天曉得從什麼時候開始你就一直在哥雅布彩色沙漠。你宮殿裡的房間從有時間開始就在等我，斯干達也是。這是你告訴我的。」

「不錯！主人。」

「可是我——我一直到昨晚才到幻想國！所以這些東西不可能是我來了以後才存在的。」

「主人，」獅子回答說，「你難道不明白幻想國是故事的國度？一個故事可以是新的故事，講的卻是古老的時代，過去因為這些故事而存在。」

「那麼翡麗林必定也一直都在那兒嘍！」困惑的巴斯提安說。

「從你取了名字之後，它就永遠存在了。」

「你的意思是我創造了翡麗林？」

獅子沉默了一會兒，然後說：「只有女王才能告訴你是不是，這一切都是她給你的。」

「我們該回宮殿了。太陽已經偏西，我們還要走很遠的路。」當天晚上，格洛喀拉曼又趴在大黑石上。巴斯提安陪著牠。他們不太講話。看不見的手又在臥房裡擺了小桌子。巴斯提安把食物和飲料拿到外面，坐在黑石階上吃晚飯。

當燈籠裡的火光暗下來，像驚悸的心一般搖曳不定時，他便站起來，抱住獅子的脖子。那鬃毛很硬，看起來就像凝固的火山岩。那可怕的聲音又響起來了，可是這一次巴斯提安不再害怕。但他仍然為格洛喀拉曼的痛苦而哭泣，因為他知道這些痛苦是永存的。

那天夜裡稍晚，巴斯提安摸索著走出洞口，站在那裡看著黑夜植物無聲無息的成長。之後他走回洞裡，在獅子僵硬的腳掌之間躺下睡覺。

他跟格洛喀拉曼共同度過了許多晝夜。他們成了好朋友。他們每天在沙漠裡待好幾個小時，玩野蠻的遊戲。巴斯提安躲在沙丘之間，可是格洛喀拉曼總是找得到他，他們賽跑，可是獅子跑起來比他快一千倍，他們的角力則旗鼓相當。雖然只是遊戲，格洛喀拉曼也要使盡力氣才能夠不落敗。

有一次，他們玩過角力，臥倒在地上。巴斯提安坐起來，有點喘不過氣來。他問：「我會不會永遠跟你在一起？」

獅子搖搖鬃毛說：「不會！主人。」

「為什麼？」

「這裡只有生與死，只有翡麗林和哥雅布，但是沒有故事。你必須發展你的故事，不可以待在這裡。」

「可是我怎麼離開呢？」巴斯提安問，「因為你隨身攜帶著沙漠。」

「在幻想國的路上，只有你的願望能夠引導你。」格洛喀拉曼說，「你必須從一個願望走到另一個願望。不是你決心想要的東西，你就得不到。在幻想國裡，遠和近就是這樣分別的。只有離開一個地方的願望還不夠，必須加上想去某個地方的願望，然後讓你的願望引導你才可以。」

「可是我沒辦法許下離開這裡的願望。」

「你必須找到下一個願望。」

「就算我找到了，」巴斯提安問，「我又怎麼離開這裡呢？」

「我會告訴你的。」格洛喀拉曼哀傷的說，「在幻想國有座廟，叫作千門廟。從千門廟就可以去任何地方，任何地方都可以到千門廟。從來沒有一個人從外面看過千門廟，可是千門廟卻是一個千門萬戶的迷宮。只有敢進去的人，才會了解。」

「如果不能從外面接近，又怎麼能進去呢？」

「在幻想國，每一道門，」獅子說，「即使是最普通的馬廄、廚房或者衣櫥的門，在適當的時候都可能變成千門廟的入口。你一旦走進去，就不會回到原來的地方；回不來的。」

「那麼如果有人走進去，」巴斯提安問，「他還能走出來到什麼地方嗎？」

「可以！」獅子說，「但是這不簡單。只有誠心誠意才能帶領你通過那千門萬戶的迷宮。沒有真誠的願望，你只好在裡面繞來繞去，直到你找到真正的願望為止。那要很久很久。」

「我要怎樣才能找到入口呢？」

「你必須許願。」

巴斯提安想了很久，然後說：「真奇怪！我們不能隨心所欲。我們的願望從哪裡來？願望到底是什麼東西？」

格洛喀拉曼真誠的看了男孩一眼，沒有講話。

幾天之後，他們又很嚴肅的談了一次話。

巴斯提安給獅子看徽章背面的字。「你認為這是什麼意思？」他問，「『從心所欲』！這一定是說我喜歡怎樣就怎麼樣。你認為是這樣嗎？」

格洛喀拉曼的表情突然有種警覺了什麼的悲傷，牠的眼睛閃耀著光芒。

「不！」牠用那深沉的隆隆聲音說，「這意思是說，你必須去做你真心想做的事情。這樣就天下無難事了。」

「我真心想做的事？這什麼意思？」

「那是你的秘密，連你自己也不會知道。」

「那我怎麼找得到呢？」

「順著你的願望走，一個接一個，從第一個走到最後一個，就會找到你真正真心的願望。」

「聽起來好像不難。」巴斯提安說。

「但這是最危險的歷程。」

「為什麼？」巴斯提安問，「我不怕！」

「並不是這樣說。」獅子說，「它需要最大的誠實與戒慎，因為這個歷程容易使人迷失自己。」

「你的意思是說，我們的願望不見得都是好的？」巴斯提安問。

這時獅子突然用尾巴鞭著地面，耳朵壓得平平的，皺著鼻子，眼睛噴出火光。牠的咆哮使大地為之震動，巴斯提安禁不住彎腰躲避。牠說：「你懂什麼願望？你又怎麼知道什麼是好願望，什麼是壞願望？」

接下來的幾天，多彩死神說的話都讓巴斯提安似懂非懂。然而，有一些事情光是用想的並不能理解；只有實地去經歷，才會知道是怎麼回事。不久之後，經過了各式各樣的冒險，他再回想格洛喀拉曼的話，才恍然大悟。

這幾天，巴斯提安又變了。自從與月童相遇之後，他已經得到很多禮物；現在他又得到了一件禮物：勇氣。因此也就有一件東西離他而去了，那就是關於他自己以往懦弱的記憶。

既然他不再害怕任何東西，他就有了一個新的願望——不再孤獨。這願望起先有點模糊，後來漸漸清楚起來。不過，雖然他現在有多彩死神陪伴，但他還是孤獨的。他想要表現他的才能，讓人敬佩欽慕。

一天晚上，當他觀看翡麗林成長的時候，突然間他感覺到這是他最後一次看翡麗林成長了。他必須向這壯麗的黑夜森林告別。他的內心有個聲音在召喚他。

他向那一片壯麗的光景看了最後一眼，然後走進格洛喀拉曼的宮殿兼墳墓。他在黑暗中的階梯上坐著。他說不出自己在等什麼，可是他知道這天晚上他不能睡覺。

他一定在打瞌睡，因為他突然驚醒過來，好像聽到有人在叫他。

通向臥室的門現在是打開的，一道長長的紅光照進黑暗的洞穴裡面。

巴斯提安站起來。這道門在這一刻變成了千門廟的門了嗎？他遲疑的走過去，向內窺視。什麼東西都沒有。門即將關閉，他僅有的一次機會隨時都可能錯失。

他回頭看格洛喀拉曼。牠一動也不動的趴在黑石臺上，眼睛有若死去的石頭。門口射進的光線照遍了牠的全身。

「再會，格洛喀拉曼，謝謝你的一切！」他輕聲說道，「我會再來的，我答應你，我會再來的。」

然後他走進門裡。門轟然關閉了。

巴斯提安當時不知道他不可能再回來。然而很久很久以後，有一個人以他的名義回來，為他實現了諾言。

但這是另外一個故事了，下次再說。

第16章
阿瑪干斯銀城

一道紫色的光緩緩照在房間的地板和牆上。這是一個六角形房間，好像大蜂巢一般。每一邊的牆都有一道門，牆上畫著一些風景及半植物、半動物的圖畫，看起來非常奇異。巴斯提安向一道門走進去，裡面有左右兩扇門，形狀完全一樣；可是左邊的是黑色，右邊是白色。巴斯提安走進白色的門。

這個房間的光線是黃色的，牆壁也是六角形。牆上畫滿各式各樣的機械裝置，這些對巴斯提安都沒有意義，因為他不知道這些裝置是工具還是武器。左右兩邊也各有一道門，同樣是黃色，可是左邊的一個又高又窄，右邊的一個又矮又寬。巴斯提安選擇了左邊。

左邊這一個房間也是六角形，但光線是藍色的。牆上畫滿了複雜的圖案和奇異的文字。兩個門的顏色一樣，可是材料不同。一個是木材，一個是金屬。巴斯提安選擇了木門。

要把巴斯提安在千門廟經過的所有房間和門都敘述一番是不可能的。這些門有的像鑰匙孔，有的像洞穴；有的是黃金門，有的是生鏽的鐵門；有的平滑，有的釘滿了釘子。有的薄得像紙，有的厚得像金庫門；有的像巨人的血盆大口，有的必須像開闔吊橋一樣的打開。有的使人聯想到大耳朵，有的用薑餅做成；有的像烤箱門，有的必須解開上面的扣子才能打開；只要是由同一個房間出來的兩個門，必然有某一點是相似，形狀、材料、大小、顏色等，可是必然也有一個基本的差異。

巴斯提安走過許多許多房間，每一次的選擇都使他面臨另一個選擇。可是選來選去，他還是在千門廟裡面，沒有走出去。它使他走進這座迷宮，可是顯然無法使他找到出去的路。他曾許願有個同伴，但是現在他明白，光是說「同伴」沒有用，因為他並沒有指出誰。這種模稜兩可的願望完全無用。

到目前為止，他的願望都只是一些奇想，不曾用心想過，因此不論他選哪一個門，其實都沒有什麼兩樣。照這個情形下去，他永遠也走不出去。

這時他正在一個綠色光線的房間裡。六面牆上有三面畫著各種形狀的雲。左邊的門顏色是珍珠母白，右邊是黑檀色。突然間他明白了自己想與誰為伴：奧特里歐！

珍珠母白的門使巴斯提安想起祥龍福哥兒，牠的鱗片就是珍珠母的白色。他決定走左邊的門。

左邊這個房間裡，一個門是草繩做的，一個是用鐵欄杆做的。這時候巴斯提安想到奧特里歐家鄉的碧草海洋，他便走進草繩門。

這個房間裡，兩個門的不同在於一個是皮革，一個是毛氈做的。他走進皮革做的那一個。

他又面臨兩個門，他照樣又想了一下。這兩個門是一個紅色，一個是橄欖綠。

奧特里歐是綠皮族，他的披風是紅牛皮做的。凱龍去找奧特里歐，奧特里歐額頭上和臉頰上的一個青紋，這個時候也懸在橄欖綠色的門上，只不過這裡的是白色的。可是紅色門也有同樣的標誌，只是巴斯提安並不知道奧特里歐的披風也有這個標誌。他想，那個門必然是通向某人，而不是奧特里歐。

於是他便打開橄欖綠的門——他走出來了。

他很驚異自己並不在碧草海洋，而是在一個明亮的春季森林中。陽光從鮮嫩的枝葉間照在地面的蘚苔上面，玩著影子和色調的遊戲。空氣中有土和草菇的味道，溫潤的空氣中到處是鳥鳴聲。

巴斯提安四周看了一下，發現自己剛剛是從一座森林小教堂走出來。剛剛他走出千門廟的那個門，他現在打開來看，只看到一個小教堂，屋頂上有幾根腐枯的梁，牆上爬滿了蘚苔。

巴斯提安向前走去。他不知道要去哪裡，可是他覺得他早晚會找到奧特里歐。這個想法使他很快樂，不禁對著小鳥吹起口哨。小鳥回應著他，牠們唱的每一首歌都使他深深著迷。

過了一會兒，他在一處開墾地看到幾個人。走到比較近的時候，他才看清楚那是四個盔甲鮮明、威武強壯的男人，以及一位美麗的女士。美麗的女士坐在草地上，漫不經心的彈著琵琶，五匹裝飾華麗的馬和一匹騾站在後面。五個人前面鋪著一匹白布，上面擺著各式精美的食物和飲料。

巴斯提安把女王的徽章藏在衣服底下，才向他們走過去。因為他想在這些人認出他以前，先看看這些人是在幹什麼。

四個男人向他鞠躬，顯然當他是東方的王子或什麼的。那金髮碧眼的女士朝他點點頭，微笑一下，又繼續彈著琵琶。他們中間，最高的男人服裝也最富麗、最氣派。他的金髮披垂在肩膀上。

「我是海因瑞克英雄，」他介紹說，「這位女士是路瑪王的女兒歐格拉瑪公主；這是我的朋友海克里旺、海斯博得、海多恩。你叫什麼名字，年輕朋友？」

「我不說，不想說。」巴斯提安回答。

「你發過誓嗎？」歐格拉瑪用嘲弄的口氣說，「這麼年輕就發過誓了？」

「你從很遠的地方來嗎？」海因瑞克英雄問。

「很遠，很遠！」巴斯提安回答。

「你是一個王子嗎？」公主以優雅的微笑問。

「這我也不能說。」巴斯提安回答。

「好吧！不管如何，歡迎加入我們的行列！」海因瑞克英雄說，「很榮幸請你一起用餐。」

巴斯提安說聲謝謝，便坐了下來。

從女士和四個騎士之間的談話，巴斯提安知道，離這裡不遠有座輝煌壯麗的大城，叫阿瑪干斯銀城。那裡要舉行一次競技大會，遠近各地最勇敢的英雄，技術最好的獵人、戰士，各類冒險家都要來參加。這次的競技大會將會選出最勇敢、最優秀的三個人，參與一次長途探險，去尋找一個人——也就是所謂的救主。這個救主現在在幻想國某個地方。到目前為止，沒有人知道他的名字；不過好像以前幻想國發生災難的時候，這個救主曾經及時出現過。他給女王取了一個名字，叫月童，因此救了幻想國。現在幻想國每個人都用月童來稱呼女王。那以後，他就不知道在什麼地方流浪。這次的任務就是把他找出來。由於這一次的任務危險重重，所以才要選拔最勇敢、最能幹的人。

這次競技大會是由銀聖桂閣巴發起的。桂閣巴今年一百零七歲。阿瑪干斯銀城總是由最老的人統治。可是這次的競技大會並不是由他負責，而是由一個年輕的綠皮族人，叫奧特里歐的負責。他是來訪問桂閣巴聖人的客人。這個奧特里歐將要領導這次任務，只有他才認得救主，因為他曾經在魔鏡中看過救主一次。

巴斯提安靜靜聽著，一直不講話。這不容易，因為他很快就明白這個救主就是他。等到他聽到奧特里歐的名字時，不禁在心裡笑了起來。他笑是因為不把自己講出來實在很難。但他決心暫時保密。

他發現海因瑞克英雄其實並不怎麼關心競技大會，他關心的是歐格拉瑪公主。巴斯提安看得出來，他全心全意愛著這位年輕的女士。因為他會毫無理由的嘆氣，用哀怨的眼光看她；而她會假裝沒有看到。巴斯提安後來知道，她曾發誓，除了最偉大的英雄之外，絕對不嫁任何人。那最偉大的英雄必須擊敗所有人，差一點的人她就不要。但海因瑞克英雄要怎樣才能證明自己是最強的人呢？他總不能走到外面去，殺掉不相干的人啊！至於戰爭，已經好多年沒有戰爭了。他倒很願意會一會怪物或妖魔，每天早上給她一條龍的尾巴當早餐；可是這裡沒有一個地方可以找到什麼怪物、妖魔或是龍。所以很自然的，銀聖桂閣巴邀請他參加競技大會時，他毫不遲疑就接受了。歐格拉瑪公主堅持要跟他來，因為她想親自看看他的實力。

「每個人都知道，」她微笑著說，「所謂英雄都是不可信的。他們總是誇大其辭。」

「不管誇不誇大，」海因瑞克英雄說，「我都會向你證明我比傳說中那個救主厲害。」

「你怎麼知道？」巴斯提安問。

「這樣說好了，」海因瑞克英雄說，「如果這傢伙有我的一半強壯，一半勇敢，就不需要什麼貼身衛士了。我聽起來，覺得他真可憐。」

「你怎麼可以這樣說！」歐格拉瑪公主嚴肅的說，「他救過幻想國啊！」

「這種事，」海因瑞克英雄譏笑著說，「費不了一個英雄多少力氣。」

巴斯提安聽到他這麼說，心裡決定有機會就要給他一個小小的教訓。

另外三個騎士是在路上跟他們邂逅的。留著一嘴硬短髭的，是海克里旺，據說他是全幻想國力氣最大的劍俠。滿頭紅髮的海斯博得，據說他是跑得最快、最靈活的劍俠。海多恩最有耐力，這話看來不假，因為他又高又瘦，一身的瘦骨嶙峋。

吃過飯之後，他們準備繼續出發。瓶瓶罐罐和糧食都收進鞍袋裡了。歐格拉瑪公主騎上白馬，頭也不回的奔馳而去。海因瑞克英雄騎著黑色駿馬隨後追趕過去。三個騎士請巴斯提安騎他們的騾子，巴斯提安接受了。那三個騎士也騎著他們披掛華麗的駿馬出發了，巴斯提安殿後。他那頭老母騾越走越落後。巴斯提安催牠快走，可是牠不但走不快，反而停下來，扭著脖子回過頭來，說：「不要催我，先生，我是故意的。」

「為什麼？」巴斯提安問。

「因為我知道你是誰。」

「怎麼會呢？」

「像我這樣半驢半馬，天生就有一種第六感。不只是我，連那些馬都感覺到了。你什麼都不用說，先生。如果我有子孫的話，我會很高興告訴他們我載過救主，而且是第一個歡迎他的。可惜騾子不會生小孩！」

「你叫什麼名字？」巴斯提安問。

「依卡，先生。」

「聽著，依卡，不要破壞我的遊戲。你知道的事情，你能不能暫時保密？」

「我樂意。」說完，騾子跑上前去趕上其他人。

這群人在森林邊緣的一座小山上停下來等候，他們看著陽光下閃耀的阿瑪干斯銀城，覺得很驚奇。從他們所在的高處，有很寬闊的視野。他們看到一個紫藍色的大湖，四周全是樹林蓊鬱的山嶺。銀城阿瑪干斯就在湖中央。他們的房子全蓋在船上，宮殿就蓋在大銀船上。每一棟房子、每一條船都是用切割精細、花紋精緻的銀做成的。宮殿的門窗、塔和陽臺，不論大小，全是用幻想國獨一無二、精煉的銀做成。湖面上布滿了大小船隻，把客人從陸地接到城裡去。海因瑞克一行人奔到岸邊，一個擺渡人駕著一條雕琢華麗的船在那裡等著。船上的空間足夠容納騾子及騎士等所有人馬。

擺渡人的衣服是用銀編織的。途中，巴斯提安得知，只有銀或一種類似銀的金屬，才受得了湖水的侵蝕，因為那紫藍的湖水很鹹，很苦。湖的名字叫「陌露」，又叫「淚湖」。很久很久以前，阿瑪干斯的人民便將他們的城市遷移到湖中央，以避免外族的侵襲。因為不論是木船或鐵船，在這片苦水中都會立刻腐蝕。而他們為了另一個理由讓阿瑪干斯繼續留在湖中。那就是，如果有兩家結成朋友或通婚，而他們是住在城市兩邊的話，他們只要把船移動停在一起，就成了鄰居。

巴斯提安還想聽更多銀城的故事，可是銀城已經到了，他只好跟著同伴一起下船。

下船之後的第一件事就是為大家的坐騎找住的地方——這並不容易。因為阿瑪干斯已經擠滿了從各地來參加競技大會的人。最後他們找到了一家客棧。

巴斯提安把母騾牽到馬廄之後，在牠的耳朵邊說：「別忘了你的諾言，依卡。我很快就會再來看你。」依卡點頭。

巴斯提安告訴他的同伴說，他不想再成為他們的負擔，所以想自己找一個地方。他向他們道謝，然後離去。其實，他是要去找奧特里歐。

湖上的船隻不論大小，都用跳板相互連結。船的上方有時也有加蓋的拱橋。宮殿船與宮殿船之間，數以百計的小船在水裡擺盪。不論你在哪裡，你的腳下總是緩緩起伏著，恰恰足以提醒人們整個城市漂浮在水上。

各地前來的訪客實際上已氾濫了整個城市。各式各樣的人種都有，簡直要一本書才能說完。阿瑪干斯人很容易認出，因為他們全都穿著銀纖維衣裳，那質料跟巴斯提安的披風一樣好。他們的頭髮也是銀的，個子很高，很壯。他們的眼睛跟陌露淚湖一樣是紫藍色的。

大部分的客人都平凡無奇。有的是肌肉強壯的巨人，可是頭卻小得比蘋果大不了多少。有的是看起來很陰險的暗夜流氓，這些人是魯莽的亡命之徒，任何人只要看一眼，都知道最好不要跟他們有什麼瓜葛。有的是眼睛賊溜溜，手指靈活的扒手；有的是嘴巴和鼻子都在噴煙的狂暴戰士；有的是像陀螺一樣旋轉的倒立人；還有肩上扛著棍子的樹妖，雙腿彎曲長滿節瘤，他們到處閒逛。

巴斯提安還看到一個食石族，嘴巴上的牙齒像鋼牙一般森森然。這個食石族一走上銀跳板，跳板就彎了。巴斯提安正想去問他是不是皮勇固，他就消失在人群中。

最後，巴斯提安走到了城中央。競技大會正在這裡盛大進行。幾百個競爭者正在大競技場裡面較量，表現勇氣。觀眾極力為他們加油。船宮四周的窗戶和陽臺全擠滿了看熱鬧的觀眾，有的人甚至爬上了銀紋繁麗的屋頂。

巴斯提安起先對競技大會不怎麼在意，他要找的是奧特里歐。他感覺他一定在群眾裡。然而群眾常常會轉頭帶著期待的神情望向一座宮殿——尤其是場中的比賽很精采時。巴斯提安無法看清楚這座宮殿，於是便穿過一座橋，找到一根柱子爬上去。

他望見寬大的陽臺上擺著兩張銀椅，其中一張坐著一個老人，銀鬚、銀髮一直垂到腰間——那必定是銀聖桂閣巴。在他旁邊的是一個與巴斯提安年齡相當的男孩子。這男孩子穿著軟皮製的長褲，上半身赤裸。他的皮膚是橄欖綠色，瘦臉上表情悲傷，甚至嚴峻，藍黑色長髮用皮帶束著，肩上披著一件紅色披風。他很鎮靜，但有些急切的望著競技場。他的黑眼搜尋著每一件東西。除了奧特里歐，他還會是誰！

這個時候，奧特里歐身後的門口出現了一張大臉，看起來像是一頭獅子，嘴裡還有森然的長牙，眼睛閃耀著紅寶石的光芒。牠的頭出現在奧特里歐身後上方時，巴斯提安看到了牠長長、柔軟的頸子，上面垂著白色火焰般的鬃毛。正是祥龍福哥兒！牠附在奧特里歐耳朵旁不知說了什麼，只看到奧特里歐點了點頭。

巴斯提安滑下柱子。他看得夠清楚了，現在他可以看看競技大會了。

說「競技大會」其實不怎麼正確。這場競賽事實上有點馬戲表演的味道。兩個巨人在角力，身體扭成一團，還在場中滾來滾去。同族或不同族的人互相比賽劍術，耍棍弄槍，可是沒有人是真的要把對方殺死。這次競賽定下了最公平的原則，要求競賽者嚴格自制，任何人如果因憤怒或野心傷了對手，都將因此自動除名，失去資格。

巴斯提安一直等到許多人失敗，離開競技場之後，才看到海克里旺、海斯博得、海多恩出場。可是沒有看到海因瑞克和歐格拉瑪公主。

這時候場內只剩下差不多一百名選手。由於他們都是最優秀、最強壯的選手，所以海克里旺、海斯博得和海多恩他們這一場戰鬥比他原先預想的難多了。他們奮鬥了一下午，海克里旺終於證明他是強壯的人裡面最強壯的，海斯博得是快手中的快手，海多恩是體力最好的。

觀眾熱烈鼓掌，他們三個人也對著銀聖桂閣巴和奧特里歐所在的陽臺鞠躬。奧特里歐正要站起來說話，一個選手出現了——那是海因瑞克。群眾靜了下來，奧特里歐又坐回去。由於大會只要選出三個好手，如果場中多出一個，就代表有一個必須退出。

「先生們，」海因瑞克大聲說，「你們的力氣經過一個下午的比武，應該只是牛刀小試，不致有什麼損耗。依常理，我是不該向你們單挑的。可是到目前為止，依我的標準，我還沒發現可以跟我匹敵的對手，所以我一直沒有出場，現在如果有誰覺得力氣已盡，可以站到一邊，否則，我打算一個人對付你們三個。有沒有意見？」

「沒有！」三個人一起回答。

於是他們四個人展開了一場激烈的戰鬥。海克里旺的拳頭力氣絲毫未減，可是海因瑞克力氣更大；海斯博得好像閃電一般從四面八方攻擊他，可是他比他更靈活；海多恩想消耗他的體力，可是他的體力更好。十分鐘以後，他們三個人全部丟盔棄甲，在海因瑞克英雄面前跪了下來。他驕傲的環視四周，顯然希望博得那女士的愛慕。她此時必然是在群眾當中。觀眾的歡呼聲像颶風一樣響遍了全場，想必連最遠的陌露湖岸都聽得到。

掌聲停下來之後，銀聖桂閣巴站起來大聲問道：「還有人要向海因瑞克英雄挑戰嗎？」

觀眾席上一片鴉雀無聲。突然有一個男孩子說：「是的！還有我！」

所有的眼睛都轉向巴斯提安。群眾讓開了一條路，讓他走進競技場。觀眾席上響起一片叫聲。「好英俊！」「多麼丟臉！」「制止這種胡鬧！」

「你是誰？」銀聖桂閣巴問。

「我等一下再說。」巴斯提安說。

他看到奧特里歐瞇起眼睛仔細在打量他，可是還不能肯定是他。

「年輕朋友，」海因瑞克英雄說，「我們曾經在一起吃飯，你為什麼要讓我羞辱你呢？我請你撤銷你的挑戰，離開吧！」

「不！」巴斯提安說，「我是認真的。」

海因瑞克英雄猶豫了一下子，然後說：「讓我跟你比賽打鬥是不對的。讓我們比比看誰射箭射得高好了。」

「很好！」巴斯提安說。

有人為他們兩人送來兩副強弓利箭。海因瑞克拉弓射箭。那箭倏的射出去，飛得又高又快，連眼睛都追不上。差不多就在同時，巴斯提安也拉滿了弓，把箭射了出去。好一會兒，兩隻箭才落回地面。很明顯，巴斯提安的紅羽箭在海因瑞克英雄的藍羽箭飛到最高點的時候擊中了它；而且因為力量很強，還把它射穿了，嵌進了它的中間。

海因瑞克英雄看到兩隻嵌在一起的箭，臉色都變了，一張臉漲得通紅。

「這只是意外，」他吶吶的說，「讓我們比劍術好了。」他請人送來兩把劍和兩副紙牌，很小心的把兩副紙牌洗過一次。

然後他把一副紙牌丟到空中，拿起劍閃電般的穿刺。所有紙牌都落地之後，他的劍就插在紅心A的紅心正中央。他舉著劍向四周環視，當然又是在搜尋他心愛的女士。

然後輪到巴斯提安。他把紙牌丟到空中，掄劍向前穿刺。一張紙牌都不見落地。他用劍把全部五十二張牌串在一起，而且還是依照原來的順序——雖然海因瑞克英雄已經很小心的洗過牌。

海因瑞克看著這些紙牌，什麼都沒說，可是嘴唇卻在發抖。

「可是你的力氣一定比不過我。」最後他說。

競技場上還有幾個剛剛比賽時留下的大錘。他抓起其中最重的一個，繃緊所有的肌肉，慢慢的抬起來。可是他都還沒有放下大錘，巴斯提安已經抓起他，連他帶錘一起抬了起來。海因瑞克英雄的臉色是那樣悲慘，有些觀眾都笑不出來了。

「到目前為止，」巴斯提安說，「都是你指定比賽項目，現在輪到我來指定可以嗎？」

海因瑞克無言的點頭，「不管什麼事，我都不會喪失勇氣。」

「這樣的話，我們來一次比賽：游過淚湖。」

觀眾席上鴉雀無聲。海因瑞克英雄的臉色一下紅，一下白，一下紅，一下白。

「這不是在比賽勇氣，」他抗議，「這是瘋狂。」

「我準備好了。」巴斯提安說。

這時候，海因瑞克英雄再也控制不了自己。

「不！」他叫喊、頓足，「你也知道淚湖的水會把一切都溶解掉。我們一定會死。」

「我不怕！」巴斯提安平靜的說，「我曾通過彩色沙漠；我吃過並喝過多彩死神的火，而且還在其中沐浴。現在我什麼水都不怕。」

「你騙人！」海因瑞克咆哮，臉色氣得發紫，「全幻想國沒有人逃得過多彩死神。連小孩都知道。」

「海因瑞克英雄，」巴斯提安緩緩的說，「除了說我是騙子之外，你為什麼不乾脆承認你害怕？」

這對海因瑞克英雄是太過分了。他氣極發狂，從劍鞘裡抽出長劍，向巴斯提安揮過來。巴斯提安向後退，想說幾句警告的話，可是海因瑞克英雄不給他機會。他小心的向前跨進。這時，斯干達魔劍從生鏽的劍鞘飛進巴斯提安的手中，開始飛舞。

接下來的這一幕情景，觀眾席上的每一個人只要活著都不會忘記。幸好巴斯提安是不能放掉劍柄的，所以只好跟著斯干達閃電般的動作向前。首先他把海因瑞克英雄華麗的甲冑削成碎片，碎片四處亂飛，可是海因瑞克的肌膚卻絲毫無傷。海因瑞克英雄在絕望中像瘋子般揮劍防衛，可是斯干達的炫光使他目為之盲，他劍劍落空。最後他只剩下內衣了，可是還不放棄；斯干達只好把他的劍切成碎片，速度飛快；一秒鐘前它還是完好的劍，此時卻像一堆錢幣般紛紛落地。海因瑞克英雄驚駭的望著那徒然無用的劍柄，把它丟掉，垂下頭來。斯干達離開巴斯提安的手，飛進生鏽的劍鞘。

數以千計的喉嚨同時爆出一片欽佩的呼喊。觀眾衝進競技場，擁住巴斯提安，把他抬起來，凱旋的繞場一周。在高處的巴斯提安，想尋找海因瑞克英雄。他為這個可憐人感到遺憾，想安慰他。他並不是故意要作弄他。可是海因瑞克英雄不見了。

這時候觀眾靜了下來，並且移動到兩旁。奧特里歐站在他的面前，對著他微笑。巴斯提安也對他微笑。抬他的人把他放下來。兩個男孩對視了良久，然後奧特里歐說：「如果我還要人陪我去尋找幻想國的救主的話，那麼有這個人就夠了；因為他一個人抵得過一百人。但是現在我不需要人陪我了，因為這次的歷險已經沒有必要了。」

觀眾席上傳來訝異和失望的低語。

「幻想國的救主不需要我們的保護，」奧特里歐提高了聲音說，「因為他保護自己強過我們大家一起保護他。而且我們也不需要再找他，因為他已經找到我們。剛開始的時候，我還認不出來，因為我在南方神諭的魔鏡門看到他時，他跟現在不一樣——完全不一樣。但是我沒有忘記他的眼神，我現在再度看到了相同的眼神，我絕不會弄錯。」

巴斯提安搖搖頭，然後微笑說：「你沒有弄錯，奧特里歐。指引我到女王那裡給她新名字的就是你，我要向你道謝。」

群眾敬畏的低語像風一樣傳來。

「你答應過我，」奧特里歐回答，「要告訴我你的名字。在幻想國，除了金眼願望司令，沒有人知道你的名字。你現在肯告訴我們了嗎？」

「我的名字叫巴斯提安。」

這個時候，觀眾再也按捺不住，他們的喜悅爆發成千萬的歡呼。許多人開始跳舞。橋梁、跳板和整個廣場都因為他們跳舞而搖搖擺擺。

奧特里歐笑著向巴斯提安伸出手。巴斯提安握住他的手，就這樣手牽手走向宮殿。銀聖桂閣巴和祥龍福哥兒早在宮殿的臺階上等候。

那天晚上，阿瑪干銀城舉行了有史以來最盛大的慶典。所有的人，只要有腿，不論長還是短，直還是彎，都在跳舞。所有的人，只要有聲音，不論甜還是粗，高亢或低沉，都在唱歌和歡笑。

阿瑪干斯人在他們的銀船和銀宮上點起幾千盞彩色燈籠。午夜時更燃起幻想國從沒見過的煙火。巴斯提安和奧特里歐站在陽臺上，福哥兒和銀聖桂閣巴站在左右兩邊，大家一起觀賞著這一切。那幾千個燈籠和千萬道彩色光芒在陌露淚湖的水面上反射出燦爛輝煌。

第17章

海因瑞克的龍

因為時間已經很晚，銀聖桂閣巴就躺在椅子上睡著了。結果，他錯過了一次比他一百零七歲的歲月中任何事物都更美麗、更超凡的經驗。許多當時在阿瑪干斯銀城的人也是。他們或許是當地人，或許是客人，但因為節慶歡樂的疲倦，都上床睡了。只有少數幾個還沒有睡的，享有獨特的機會，才分享了這次美妙的經驗。

那就是：白色祥龍福哥兒當天晚上唱歌了。在那黑夜的天空裡，牠在淚湖的上空繞著圈子飛來飛去，用牠那銅鈴般的聲音唱著一首沒有歌詞的歌；一首單純渾厚、純粹歡樂的歌。聽到的人無不心花怒放。

巴斯提安和奧特里歐也是，他們當時坐在王宮的大陽臺上。兩個人從來沒有聽過祥龍唱歌。他們手牽手聽著，心中有無言的愉悅。兩個人心意相通，那是一種找到了朋友的喜悅。他們很細心的不用語言來破壞這種感覺。

偉大的時刻過去了；福哥兒歌聲漸渺……

當一切都靜止的時候，桂閣巴醒過來了。「像我這種老人，」他道歉著說，「恐怕必須睡了。我相信你們年輕人一定會原諒我，我真的要去睡了。」

他們向他道晚安，於是桂閣巴離去。

兩個朋友又沉默的坐了很久，看著夜晚的天空。祥龍還在天上繞著大圈子飛翔。每次牠越過月亮時，就像是一朵浮雲。

「福哥兒從來不睡覺嗎？」巴斯提安問。

「他現在就在睡覺。」奧特里歐回答。

「在空中睡嗎？」

「喔！是的。牠不喜歡待在屋子裡，即使是像桂閣巴的大宮殿，牠仍覺得太擠了。牠的頭太大，老怕弄翻東西，所以牠通常都睡在空中。」

「你想牠願意讓我騎嗎？」

「牠當然願意！」奧特里歐說，「雖然不是很容易，但習慣了就好。」

「我騎過格洛喀拉曼。」巴斯提安說。

奧特里歐點點頭，羨慕的看了他一眼。

「你跟海因瑞克英雄比賽時說過。你是怎麼馴服多彩死神的？」

「我有奧鈴。」巴斯提安說。

「喔！」奧特里歐叫了一聲。

巴斯提安把女王的徽章從衣服下面拿出來給奧特里歐看。奧特里歐吶吶的說：「所以現在是你載著『寶石』。」

巴斯提安感到他有一絲不悅，於是問他：「你想不想要回去？」說著開始去解鍊子。

「不要！」奧特里歐的聲音沙啞了。巴斯提安不懂為什麼。奧特里歐歉然一笑，然後柔和的說：「不要，我已經很久沒有戴了。」

「隨你的意思。」巴斯提安說。然後把徽章翻過來。「你看，」他說，「你看過這幾個字嗎？」

「是的！我看過，但是不知道那是在說什麼。」

「怎麼會呢？」

「綠皮族人能夠辨認森林裡人畜的蹤跡，可是不懂文字。」

這次輪到巴斯提安說：「喔！」

「這幾個字是什麼意思？」奧特里歐問。

「『從心所欲』！」巴斯提安唸著。

奧特里歐凝視著徽章。

「原來是這麼說的。」他沒有什麼表情。巴斯提安猜不透他在想什麼。

「要是一開始你就知道，」他問，「會有什麼不一樣嗎？」

「不會！我想做的，我都做了。」

「的確！」巴斯提安點頭說。

兩個人又沉默了一會。

「有一件事我必須問你，」巴斯提安最後說，「你說我跟你在魔鏡門看到的不一樣？」

「是的，完全不一樣。」

「怎麼不一樣？」

「魔鏡中你又白又胖，衣服也不一樣。」

巴斯提安笑起來，「又白又胖？你肯定是我嗎？」

「不是你嗎？」

巴斯提安想了一下，「你看到了我，這我知道。可是，我的樣子一直沒有變。」

「真的？不騙人？」

「如果我變了，我應該知道。不是嗎？」

「是的！」奧特里歐深思的看著他說，「『你』應該知道。」

「也許那是一面變形鏡。」

奧特里歐搖頭，「我認為不是。」

「要不，你把我看成那個樣子該怎麼說？」

「我不知道！」奧特里歐說，「我只知道我沒有弄錯就是了。」

說完，他們又沉默了很久，然後各自去睡了。

巴斯提安躺在床上想著事情，奧特里歐的話在他的腦海裡徘徊不去。他總覺得，奧特里歐自從知道他戴著「寶石」之後，對他打贏海因瑞克英雄，又能夠與格洛喀拉曼和平相處就覺得沒有什麼了。不過也對，他想，既然有徽章在保護他，他的技藝就不是那麼的了不起。但是他想要贏取奧特里歐由衷的佩服。他想了又想，有什麼事情是全幻想國沒有人做得到——即使是戴著徽章——而只有他巴斯提安做得到的？

最後他想到了：說故事。

幻想國沒有一個人能創造新的事物。這一點他以前就聽說過好幾次；連烏尤拉拉都講過。而他特有的才能就在這裡。他要讓奧特里歐看看他巴斯提安是一個偉大的故事家。

他決心一有機會就要向他的朋友證明自己。也許就在明天；明天就有一個說故事比賽。而他，將要以他的創作使所有的人相形失色！

或者，他要更進一步使說過的故事全變成真的。格洛喀拉曼不是說過，幻想國是故事的國度；即使是古老的事情，只要放進故事裡面，就會重生。

奧特里歐會大為驚訝！巴斯提安一邊想像著奧特里歐驚訝的表情，一邊就睡著了。

第二天早晨，他們在宮廷的宴會廳享用豐盛的早餐。銀聖桂閣巴說：「我們已經決定為我們的客人——幻想國的救主以及他的朋友舉行一次特別的慶祝活動。你，巴斯提安·巴爾沙札·巴克斯也許還不知道，為了要維繫一個古老的傳統，我們阿瑪干斯人一直是幻想國的民謠歌手和故事家。我們的孩子從很小的時候就開始接受這種訓練。等到長大以後，他們就到各個國家旅行好多年，表演這種技藝來取悅大家。他們到處受到歡迎和尊敬。可是說來遺憾，我們的故事很少，可是卻有很多人要分享。不過我聽說——是真是假，我不知道——你在你的世界以說故事聞名。是真的嗎？」

「是的！」巴斯提安說，「他們有時候還笑我。」

銀聖桂閣巴不相信的抬起眉毛。

「笑你說沒人聽過的故事？怎麼可能呢？我們都沒有辦法創作新的故事，所以如果你給我們一些新的故事，我們——我的同胞和我——都會十二萬分的高興。你願意用你的才能來幫助我們嗎？」

「非常樂意！」巴斯提安說。

早餐結束之後，巴斯提安、奧特里歐和銀聖桂閣巴走到王宮外面的臺階上。福哥兒在那裡等著他們。

宮外已經聚集了一大群人。這一次只有少數幾個是參加競技大會的外地人，其他的都是阿瑪干斯本地人；男女老少都有，都很漂亮，都是藍眼睛，穿著銀衣裳。大部分人都帶著弦樂器：豎琴、七弦琴、吉他或琵琶都有，全都是銀製的。幾乎每個人都希望在巴斯提安和奧特里歐面前展示琴藝。

陽臺又擺上了椅子。巴斯提安坐在中間，桂閣巴和奧特里歐坐在兩邊。福哥兒站在他們後面。

桂閣巴拍了一下手，群眾安靜下來。然後他宣布：「這位大故事家就要實現我們的願望，給我們一些新故事當禮物。所以，朋友們，把你們最好的故事說出來給我們聽，好讓他培養情緒。」

阿瑪干斯人全部一起鞠躬。第一個人便站出來，開始說故事。他說完就接下一個，然後又接下一個。每一個人的聲音都很好聽，故事都說得很好。

他們的故事有的很刺激，有的很快樂，有的很哀傷，要在這裡全部說完，會花掉很多時間。不過，他們的故事全部加起來不到一百個，然後就開始重複了。後來的人只不過在重複前面的人所說的而已。

還沒有輪到巴斯提安，他就按捺不住了。他昨天晚上許的願望已經實現，他急著要看其他的願望是不是也會實現。他不斷的看著奧特里歐。可是奧特里歐的臉上面無表情，看不出在想些什麼。

最後桂閣巴吩咐他的同胞停止，然後嘆口氣轉向巴斯提安說：「我告訴過你的，巴斯提安．巴爾沙札．巴克斯，我們的故事很少。可這不是我們的錯。你要告訴我們你的故事嗎？」

「凡是我講過的故事，我都願意給你們，」巴斯提安說，「因為我隨時都可以想到新的。我跟一個叫克麗斯塔的小女孩講過很多故事，可是除此之外，其他大多數都是講給我自己聽的。這些故事從來沒有人聽過。但是，想全部講完要好幾個禮拜，好幾個月。但我不可能在這裡待那麼久，所以我決定為你們說一個故事，這個故事包含所有故事。這個故事很短，叫做『阿瑪干斯故事圖書館』。」他想了一下，便開始說——

「在歷史的最早期，阿瑪干斯城是由一個叫奎娜的女銀聖統治的。那個時候還沒有陌露淚湖，阿瑪干斯銀城也不是由這種能抵抗陌露湖水的銀建造的。那時候它跟其他城市一樣，是用石頭與木材建成的，位置在一個山谷之中，四周都是林木蓊鬱的山嶺。

奎娜有一個兒子叫昆因。昆因是一個偉大的獵人。有一天，他在森林中看到一頭獨角獸，獨角獸的角上有一顆明亮的石頭。他就把這個獨角獸殺了，割下這顆石頭帶回家去。可是他的罪惡（因為殺獨角獸是有罪的）卻給這個城市帶來了災禍。從那個時候開始，城裡人生的小孩就越來越少。如果再找不到什麼解救的方法，這個城市就要滅亡了。可是獨角獸已死，不能復生，沒有人知道該怎麼辦。

女銀聖奎娜就派了信使去南方神諭問烏尤拉拉。可是南方神諭很遠，信使年輕的時候出發，回來時已經老了。奎娜早已去世，她的兒子昆因繼承了她的王位。他當然跟所有老百姓一樣，也很老了。城裡只剩下兩個小孩，一男一女，男的叫阿奎兒，女的叫慕瑰。

信使帶回了烏尤拉拉的話。烏尤拉拉說，唯一使阿瑪干斯生存的方法就是把它建造成幻想國最美麗的城市。只有這樣做才可以補償昆因的罪愆。但是阿瑪干斯人要做這件事，卻需要阿卡里人的協助。阿卡里人是全幻想國最醜的人。因為他們太醜了，所以他們就一直哭，因此他們又叫做淚人。他們的眼淚匯流成河，把一種特殊的銀沖到地底下。他們就用那種銀製作最神奇的銀工細作。

所有的阿瑪干斯人都在找阿卡里人，可是沒有人找得到，因為他們不知道阿卡里人住在地底下。最後這個城市終於只剩下阿奎兒和慕瑰。他們已經長大，其他人都死了。他們合力找到了阿卡里人，才說服他們把阿瑪干斯建造成全幻想國最美麗的城市。

起先阿卡里人造了一座小銀宮，放在銀船上，然後再運到這個已經滅亡的城市。接著他們把地底下的淚河河水抽上來，抽到這個群山圍繞的山谷，於是就變成了陌露淚湖。這一座銀宮就浮在淚湖上面，阿奎兒和慕瑰就住在這座銀宮裡。

阿卡里人雖然幫助了阿奎兒和慕瑰，但他們是有條件的——那就是，他們兩個人以及他們子孫必須終身致力於歌唱民謠和說故事。只要他們這麼做，阿卡里人就會一直幫助他們；因為，只有用這種方式，他們的醜才能創造出美。

因此，阿奎兒和慕瑰就創辦了一座圖書館。在阿瑪干斯，這座圖書館是很有名的。他們這座圖書館收集了所有我說過的故事。第一個就是你們現在聽到的這一個，然後才逐漸收入其他的。到最後，圖書館已經蒐集了許多許多故事，多得他們城裡的子孫永遠都看不完。

全幻想國最美麗的城市阿瑪干斯至今所以仍然存在，全是由於阿卡里人和阿瑪干斯人互相信守諾言的緣故。今天，阿瑪干斯人已經忘掉了阿卡里人，而阿卡里人也遺忘了阿瑪干斯人，只剩陌露淚湖，使人回想到歷史初始的這段故事。」

巴斯提安講完，銀聖桂閣巴慢慢從椅子上站起來。「巴斯提安・巴爾沙札・巴克斯，」他臉上充滿幸福的微笑，「你不只給了我們一個故事，還給了我們比全世界的故事還多的故事——你把我們的歷史給了我們。我們現在知道陌露淚湖以及所有的船隻和宮殿的由來了。我們現在知道，為什麼從很早很早的時候，我們就一直是民謠歌手和故事家的民族。最重要的是，我們現在知道本城中央那一座大圓屋子裡面是什麼了。自從阿瑪干斯建城以來，我們從來沒有人走進那座屋子裡；因為它一直鎖著。我們現在知道原來那裡面放著我們最貴重的寶藏，那是阿瑪干斯的圖書館。」

巴斯提安簡直不相信自己的耳朵。他故事裡的一切果然都成了真的。（或者它們本來一向都在？格洛喀拉曼或許又要說兩種情形都有！）不論如何，他急著要看看這棟屋子。

「這棟屋子在哪裡？」他問。

「我會帶你去。」桂閣巴說完，轉身面向群眾，「你們全都跟我來，也許我們就要蒙受更多的奇蹟了。」

一個長長的行列，由銀聖、巴斯提安和奧特里歐帶頭，走過一塊跳板又一塊跳板，最後走到了一棟大屋子前面。這棟大屋子建在一艘圓船上，看起來好像一個巨大的圓盒子。外牆很平滑，沒有窗戶，也沒有裝飾圖案，只有一個大門，但這個大門鎖著。

平滑的大門中央有一個銀環，上面鑲著一塊石頭。那塊石頭看來像是普通的玻璃，上面有幾行字——

把我從獨角獸身上移去，我便失去了光芒
我將一直鎖住這扇門，一直到
一個人呼喚我的名字，光芒才再次點燃
我將照耀一百年
在尤爾的冥羅黑暗深處，我將引導他
倘若將我名姓
從尾到頭呼喚一次
我將在一瞬之間
燃燒百年光芒

「我們沒有人能夠解釋這些字，」桂閣巴說，「我們沒有人知道『尤爾的冥羅』是什麼意思。我們一直在努力，一直到今天還沒有人知道這顆石頭的名字。因為只有幻想國已經有的名字我們才能用，而這些名字都已經用在其他東西上面了；所以我們誰也沒辦法使這顆石頭發光，也無法打開這一道門。巴斯提安，你能找到這個名字嗎？」

這時，不論是阿瑪干斯人或外地人都靜了下來，心裡深深的期待著。

「愛爾・察希耳！」巴斯提安喊了一聲。

巴斯提安一喊，石頭便發出一片亮光，從銀環上直接跳進巴斯提安手裡。門開了。千百個喉嚨驚異得嘆了口氣。

巴斯提安手裡拿著那顆發亮的石頭，走進屋子裡。桂閣巴和奧特里歐跟在後面，群眾也跟著他們擠進去。

大圓屋子裡很暗，巴斯提安就把石頭舉得高高的。它的光線雖然比一根蠟燭稍亮，但仍然不足以照亮整間房子，只見到牆上有一排一排的書。

侍從送來了燈籠。在這樣明亮的燈光下，大家才看清楚那些書都經過了分類。每一類的下面都掛著牌子，牌子上寫著「趣味故事」、「嚴肅故事」、「刺激故事」等。

屋子中央的地板嵌著幾行字，字體很大，誰都看得見——

巴斯提安・巴爾沙札・巴克斯全集圖書館

奧特里歐驚訝的看著四周。巴斯提安很高興的發現他的朋友對他欽佩得五體投地。

「這些故事，」奧特里歐指著四周銀製書架上的書說，「真的都是你創造的嗎？」

「是的。」巴斯提安說著，把愛爾・察希耳放進口袋裡。

奧特里歐只能目瞪口呆的站在那裡。

「我實在搞不懂。」他說。

這時阿瑪干斯人紛紛拿出故事書來看，或者唸給別人聽，有些還坐在地板上背句子。

這項重大的消息立刻像野火般傳遍了全城。

巴斯提安和奧特里歐正要離開圖書館的時候，遇見了海克里旺、海斯博得和海多恩。

「巴斯提安先生，」紅髮的海斯博得說。他們三個人裡面，顯然他不只是劍術最好，舌頭也最靈活，「我們已經聽說了你那無人可及的才能，因此我們謙卑的請求你讓我們當你的僕人，陪伴你旅行。我們每一個人都渴望得到自己的故事。雖然，你並不需要我們的保護，但是如果有我們三個這麼能幹而又樂意的騎士服務，你一定會得到一些好處的。你願意收容我們嗎？」

「我很樂意！」巴斯提安說，「這樣的同伴誰都會引以為榮。」

三名騎士希望能以巴斯提安的劍來宣誓效忠，可是他拒絕了。

「斯干達，」他解釋說，「是一把魔劍。誰碰了它都難逃一死，除非他吃過、喝過、沐浴過多彩死神的火。」

所以他們只要跟他握手就可以了。

「海因瑞克英雄現在怎麼樣了？」巴斯提安問。

「他心都碎了。」海克里旺說。

「為了那個女士。」海多恩加了一句。

「也許你可以想辦法去幫助他。」海斯博得說。

他們五個人回到了前日歐腳的客棧。

一走進客棧，就看到一個人坐在桌子前，彎身伏在桌子上，手插進金髮裡面。那人是海因瑞克。

他顯然已經換了另一套甲冑。他現在所穿的跟前天削成碎片的那一套比起來簡單多了。

見到巴斯提安，他只是眼眶紅紅的看著他。

巴斯提安問海因瑞克他能不能坐下，海因瑞克只是聳聳肩，點頭，然後又縮回座位去。

桌子上有一張紙，好像已經揉在一起又攤開來好幾次了。

「你肯原諒我嗎？」巴斯提安說。

海因瑞克英雄搖頭。

「都完了！」他悲傷地說，「你看看！」

他把那張紙推到巴斯提安面前——

「我只要英雄，你辜負了我。再會！」

「這是歐格拉瑪公主留的嗎？」巴斯提安問。

海因瑞克點點頭，「我一失敗，她就離開了。天曉得她現在到底在哪裡？我恐怕再也見不到她了。」

「你為什麼不追上去呢？」

「幹什麼要追呢？」

「也許她會改變心意。」

海因瑞克英雄乾笑了一聲。

「你不了解歐格拉瑪公主。」他說，「我苦練了十多年才得到與眾不同的功夫。我恪守嚴格的紀律，避免任何會傷害我身體的事情。我跟最偉大的劍術師鬥劍，跟最偉大的角力選手比賽角力，一直到打敗他們為止。我跑得比馬還快，跳得比鹿還高。我一切都是最優秀的——至少到昨天為止我還是。剛開始的時候她看都不看我一眼，可是我的成就漸漸引起了她的注意。我有各種理由可以抱著希望——可是我知道現在這一切都完了。」

「也許，」巴斯提安說，「你應該忘掉她，一定還有人值得你愛。」

「不！」海因瑞克英雄說，「就是因為歐格拉瑪公主除了最偉大的英雄不愛任何人，我才愛她的。」

「我懂，就是這樣才難。你還能做什麼？或許你應該改行。唱歌？或者寫詩？」

海因瑞克似乎很困擾。「不！」他直接了當的說，「我是英雄，就是英雄。我不可能改變職業，也不想改變職業。我是什麼，就是什麼。」

所有的人都沉默不語。三個騎士用同情的眼光看著海因瑞克英雄。他們了解他的處境。

「我懂。」巴斯提安說。

最後海斯博得清了清喉嚨，轉身面對巴斯提安。

巴斯提安看看奧特里歐，可是奧特里歐還是那種令人摸不透的表情。

「像海因瑞克這樣的英雄，」海多恩說，「生在一個沒有妖怪的世界實在值得同情。你懂我的意思嗎？」

不！巴斯提安不懂，完全不懂。

「妖怪！」海多恩的眼睛看著巴斯提安，手摸著濃濃的鬍髭說，「如果一個英雄真的是英雄，他就少不了妖怪。」

巴斯提安終於懂了。

「你聽我說，海因瑞克英雄。」他說，「剛剛我說你可以把你的心給別的女人，那是在考驗你。事實上歐格拉瑪公主此刻正需要你的援救，而且也只有你才能救她。」

海因瑞克英雄聽得耳朵都豎直了。

「是真的嗎，巴斯提安先生？」

「是真的，你馬上就會知道。幾分鐘前有人綁架了歐格拉瑪公主。」

「誰？」

「一頭在幻想國不曾有過的最可怕的妖怪史滅格龍。公主騎馬經過森林的一片平地時，史滅格龍在空中看到她，就飛下來把她抓走了。」

海因瑞克跳起來。他的眼睛閃耀著光芒，臉頰一片光輝，而且還快樂的鼓掌。可是他馬上又洩了氣，重新坐回椅子上去。

「不可能的！這個時代根本沒有龍。」

「你忘了，海因瑞克英雄，你忘了我來自很遠的地方，那是你從來沒有去過的。」

「是真的。」奧特里歐首次加入談話。

「那麼，這頭妖怪真的把她綁走了嗎？」海因瑞克叫道。然後他兩手撫住胸口，嘆著氣說，「喔！我心愛的歐格拉瑪，你必定吃了很多苦頭！可是不要怕，你的騎士來了，他已經上路了。告訴我，我該怎麼做？我該怎麼走？」

「離這裡很遠很遠的地方，」巴斯提安說，「有一個國家叫摩兀兒，又叫冷火國；因為他們那裡的火比冰還要冷。可是我不能告訴你怎麼去，你必須自己去找。摩兀兒國的中央有一座僵硬的森林叫梧佳倍。梧佳倍中央有一座鋁製的拉卡城堡，城堡外面有三道壕溝。第一道裡面都是砒霜，第二道都是冒氣的氮酸，第三道都是跟你的腳一樣大的蠍子。這三道壕溝都沒有橋，因為這個鋁堡的主人就是史滅格龍。牠是有翅膀的怪物。牠的翅膀是用泥土做成的，展開來足足有一百呎寬。牠不飛的時候，就像袋鼠一樣用後腿站著。牠有老鼠的身體和蠍子的尾巴，身上長滿了疥瘡，尾巴頂端還有螯。被這根尾巴稍稍一螯，就會致命。牠的後腿像蚱蜢，很粗大，前腿卻像是小女孩的手，又縮又皺。可是你不要上當，那兩隻手有致人於死的力量。牠的脖子可以像蝸牛的觸角一樣縮進去。牠有三個頭。其中一個很大，好像鱷魚，嘴裡會吐冷火。可是在原來長眼睛的地方，卻有兩個肉團突出。這就是另外的兩個頭。一個像是老人，用來看和聽；另外一個頭用來講話，這個頭一張臉皺得像個老太婆。」

海因瑞克英雄聽到他的敘述，臉都白了。

「這頭妖怪叫什麼名字？」他問。

「史滅格龍。」巴斯提安又說一次，「牠已經胡鬧了一千年，牠抓的都是年輕的小姐。牠抓去的小姐必須為牠料理家事，一直到死為止。她一死，牠就再抓一個來補充。」

「我為什麼從來沒有聽說過這種龍？」

「史滅格龍飛得又遠又快，難以置信。一直到目前為止，牠一直都在別的地方打劫，而且，牠也差不多五十年左右才打劫一次。」

「牠抓走的小姐從來就沒有被救出來過嗎？」

「沒有！要救就需要一個很傑出的英雄。」

這句話使海因瑞克的臉上又恢復了光彩。他把剛才聽到的都記在腦海裡，然後問：「史滅格龍身上有沒有容易攻擊的弱點？」

「啊！」巴斯提安說，「我差點忘了。拉卡城堡最下層的地窖有一把鉛斧。那是唯一能把史滅格龍殺死的武器，所以，牠就守得最緊。你想殺牠，用這把斧頭把牠的兩個小頭砍掉就可以了。」

「這些事情你怎麼都知道？」他問。

巴斯提安不需要回答，因為這個時候街上傳來了恐怖的叫聲。

「龍！」

「妖怪！」

「你看那一邊！」

「太可怕了！」

「向這裡飛來了！」

「快逃命！」

「天啊，牠抓了一個人！」

海因瑞克英雄衝到街上，其他人都跟了出去。

天上有一隻看起來像蝙蝠的東西揮舞著翅膀。等到牠飛得比較近的時候，有一瞬間看起來好像巴斯提安剛剛才把牠創造出來的感覺。牠那兩隻皺巴巴，可是卻很危險的小手臂抓著一個年輕的女性，這個年輕的女性使盡力氣在掙扎、叫喊。

「海因瑞克！」歐格拉瑪公主叫著，「海因瑞克！海因瑞克！我的英雄！快來救我！」

然後怪物就飛走了。

海因瑞克已從馬廄牽出他的黑馬，登上一條渡船，向對岸駛去。

「快點！快點！」他一直對著擺渡人喊，「要什麼都可以，快點就是！」

巴斯提安看著他離去，嘴裡喃喃的說：「但願我沒有讓他太為難。」

奧特里歐從側面看了巴斯提安一眼，柔和的說：「也許我們也該走了！」

「去哪裡？」

「我把你帶來幻想國，」奧特里歐說，「我也應該幫助你找路，讓你回到你的世界。你早晚總是要回去的，不是嗎？」

「喔！」巴斯提安說，「我倒是沒有想到，不過我想你是對的，奧特里歐，你是對的。」

「你救了幻想國，」奧特里歐繼續說，「你好像也得到了不少回報。我有一個感覺，就是你好像急著要回家把你們的世界也弄好。你在這裡還有什麼事嗎？」

巴斯提安已經忘掉他以前不是那麼強壯、勇敢，所以他回答：「沒有！我想不到還有什麼事。」

奧特里歐若有所思的看了他的朋友一眼，然後說：「這一趟路大概很長、很辛苦。誰知道呢？」

「是的，誰知道？我們現在就走。」

這時候，三個騎士在一旁起了一場友善的爭執，因為他們都說自己有權優先給巴斯提安騎自己的馬。巴斯提安很快就解決了這個問題。他向他們要依卡——那頭騾子。他們當然認為依卡配不上巴斯提安，可是他堅持要，所以只好依他了。

三個騎士在做準備的時候，巴斯提安和奧特里歐就去向桂閣巴道別。在王宮外面等奧特里歐的祥龍聽到他們要走好高興。城市對牠沒有什麼吸引力——即使是阿瑪干斯這麼美麗的城市也一樣。

銀聖桂閣巴正埋頭苦讀一本從巴斯提安．巴爾沙札．巴克斯圖書館借回來的故事書。

「我真遺憾你不能待久一點！」他有點心不在焉的說，「我們不是每天都有你這樣偉大的故事作家來看我們。可是我們至少有你的作品可以安慰我們了。」

他們就此告別。奧特里歐坐在福哥兒背上之後，問巴斯提安說：「你從來沒有想過要騎福哥兒嗎？」

「以後再說吧！依卡在等我。」

「那麼我們就在陸地等你們。」奧特里歐叫道。祥龍福哥兒升空，一下子就看不見了。

巴斯提安回到客棧的時候，三個騎士已經準備好了。他們把依卡身上的行李袋拿下來，換了一副華麗的鞍，依卡不知道原因，一直到巴斯提安走到牠身邊，附在牠耳朵旁說話，牠才明白過來。「依卡，你現在屬於我了。」

渡船載著他們一行人離開銀城時，陌露淚湖的苦水迴蕩著老騾子歡喜的叫聲。

至於海因瑞克英雄，他真的到達了冷火之國摩兀兒。他走進梧佳倍儡硬森林，通過拉卡城堡的三道壕溝，找到了鉛斧，殺死了史滅格龍。

他把歐格拉瑪公主帶回她的父親身邊，她也很樂意嫁給他，可是這時他卻又不想娶她了。

為什麼？

這是另外一個故事，下回再說！

第18章
阿卡里人

大雨傾盆而下，烏雲低垂，幾乎蓋住了他們的頭。濕黏的大雪開始落下，最後變成雨雪齊降。風大得連馬都要很用力才站得住。他們的披風都濕透了，重重的拍打在坐騎身上。

三天以來，他們一直行走在荒涼的高原上。天氣越來越壞，地面上又是泥濘又是尖銳的岩石，很難走路。高原的景觀很單調，偶爾才出現一些樹叢，或者被風吹得抬不起頭的小樹。

騎著依卡走在前面的巴斯提安穿著他那件銀披風倒是安然無恙。這件銀披風雖然又輕又薄，可是如今證明非常保暖，而且像鴨毛一樣防水。強壯的海克里旺下垂的身軀幾乎消失在他那藍色的厚毛外套裡面；好身材的海斯博得把他的厚羊毛大頭巾拉到頭上蓋起來；海多恩灰色的帆布斗篷掛在他骨瘦如柴的身架上。

路儘管難走，三個騎士的興致卻很好。他們並沒有把跟隨巴斯提安冒險當作星期天遠足，但偶爾他們會在暴風中唱歌，有時獨唱，有時合唱，那歌唱的興致比歌聲好多了。他們最喜歡的一首，開始好像是這樣的：

當我還是小小男孩時，

喊一聲嘿唷，風和雨就……

他們說，這首歌是很久很久以前到幻想國來的一個人類唱的，那個人類叫沙克斯伯或者什麼的。

他們裡面唯一不在乎下雨或寒冷的就是奧特里歐。他騎在福哥兒背上，飛得又高又遠，去勘查前面的狀況，然後一次又一次的飛回來報告結果。

他們，包括祥龍在內，都認為他們正在尋找一條讓巴斯提安回去的路。巴斯提安也這麼想。但他自己不知道，他之所以同意奧特里歐的建議，只不過是不願拂逆朋友的好意。事實上，他並不是真的想回去。但是，幻想國的地理是由願望決定的，不論這個願望是自覺或不自覺的都一樣。因此這個隊伍既然是巴斯提安帶頭，那麼事實上他們是越來越深入幻想國，朝著中心的象牙塔去了。這種情形他是很久以後才知道的；在當時，他和他的同伴都不知道他們真正的方向。

這時候，巴斯提安的腦筋忙著另外一件事情。

他們出發後的第二天，在淚湖旁的森林裡，他目睹了史滅格龍的蹤跡。有幾棵樹變成了石頭，毫無疑問，那是史滅格龍的冰火燒灼的。而且這隻怪物的大蚱蜢腳印還清晰可辨。精通足跡學的奧特里歐看到了別人的腳印，那是海因瑞克英雄的馬留下來的，這就表示海因瑞克已經追上了史滅格龍。

「這一點都不刺激，」福哥兒轉著牠寶石紅的眼睛說，「怪物不怪物，這位史滅格龍好歹是我的親戚——當然是遠親，可是一樣是親戚。」牠半開玩笑的說。

因為他們是要找巴斯提安回家的路，所以就往另外一個方向走，沒有追蹤海因瑞克英雄的足跡。

巴斯提安一直自問，為海因瑞克英雄創造出史滅格龍，是不是真的對他好？不錯，海因瑞克需要表現的機會，可是他真的會贏嗎？要是史滅格龍反過來把他殺死了怎麼辦？歐格拉瑪公主又將是什麼下場？是的，不錯，她很驕傲，可是她就該承受這種懲罰嗎？最重要的是，史滅格龍會不會進一步來傷害幻想國？巴斯提安未經深思，他創造了一場意想不到的災禍。看來那將在他離開很久之後才會發生，而且很可能傷及無辜。他知道，月童對於善與惡、美與醜並無歧視。在她的心目中，所有幻想國的生靈都同樣重要。可是他有權採取這種態度嗎？最重要的是，他希望如此嗎？

不想！巴斯提安對自己說。他不想在幻想國的歷史上留下惡名，說他是妖怪與恐怖的創造者。如果以無私的仁慈出名，成為大家的典範，給人尊奉為「好人」或「大恩人」那就好多了。

地形變得越來越崎嶇。奧特里歐偵測回來之後，報告說他發現一處幽谷，似乎是一個避風的好地方。如果他沒有看錯的話，那裡有好幾個洞穴可以讓他們躲避雨雪。

這時候已經接近黃昏，該是找個地方過夜的時候了；所以他們都很高興聽到這個消息，鞭著他們的坐騎快步向前。他們走進了一個山谷。或許這是一條乾涸的河床，因為他們越深入，兩邊的山就越高，差不多就要把他們封起來了。

兩個鐘頭以後，他們到達了那一處幽谷。四周的懸崖下真的有幾個洞穴。他們選了其中最大的，盡可能把自己安置得很舒服。三個騎士撿了一些柴枝，很快就在洞裡燃起熊熊的營火。他們把披風鋪開來晾乾，把坐騎牽進來卸鞍。平常喜歡在外面過夜的福哥兒也蜷縮在洞穴裡面。總歸一句話，這個地方暫憩起來還不錯。

海多恩在火上烤著一大塊肉，每個人都渴望的看著他。這時奧特里歐轉向巴斯提安說：「再跟我說一些克麗斯塔的事。」

「誰的事？」巴斯提安問。

「你的朋友克麗斯塔，那個你常跟她講故事的小女孩。」

「我不認識這樣的一個女孩子！」巴斯提安說，「你怎麼說我常跟她講故事呢？」

奧特里歐這時臉上又出現了若有所思的表情。

「在你的世界裡，」他緩緩的說，「你常常說故事。你有時候說給她聽，有時候說給自己聽。」

「你怎麼知道，奧特里歐？」

「你自己在阿瑪干斯說的，而且你還說他們常常笑你。」

巴斯提安凝視著火光。

「不錯！」他喃喃的說，「我是說過。可是我不知道我為什麼這樣說，我想不起來了。」

這種情形很古怪。

奧特里歐和福哥兒對看了一眼，悲傷的點點頭。他們的樣子就好像他們曾經談過一件事情，如今證實了一般。可是奧特里歐沒再說什麼。顯然他不想在三個騎士面前討論這件事。

「肉烤好了。」海多恩宣布。

他為每一個人都切了一塊，大家開始吃。說這些肉「烤好了」真是誇張，因為外面烤焦了，裡面還沒有熟。可是在目前的狀況之下，實在也不必挑剔了。

他們忙著大嚼。

奧特里歐對巴斯提安說：「告訴我們你是怎麼來幻想國的。」

「你都知道啊！」巴斯提安說，「把我帶去見女王的就是你啊！」

「我是說在那之前。」奧特里歐說，「在你的世界，你住在哪裡，事情怎麼發生的？」

巴斯提安就開始述說，他怎麼偷了卡蘭德先生的書，躲到學校的閣樓去讀這本書等等。他一講到奧特里歐的大追尋，奧特里歐就叫他停下來。這本書怎麼講他，他沒有興趣，他想知道的是巴斯提安為什麼會去卡蘭德先生那裡，又為什麼要躲在學校的閣樓。

巴斯提安搜盡枯腸，可是卻想不起這些事情。他曾經又懦弱、又膽小，但一切的事情他都想不起來了。他的記憶已經裂成碎片，這些碎片又模糊又遙遠，好像屬於別人一樣。

奧特里歐又問到別的事。於是巴斯提安談起他的母親、父親、他的家、他的學校和居住的城鎮——記得多少就講多少。

三個騎士已經睡了，巴斯提安還在講。他覺得很奇怪，這些事情差不多都是日常生活的細節，奧特里歐卻有那麼大的興趣。但奧特里歐聽他講話的樣子，好像這些事情包含了一個他從來不知道的秘密似的，這就引起了他的興趣。

最後他終於什麼事都想不起來了。夜深了，火也小了下來，三個騎士發出輕微的鼾聲。奧特里歐坐在那裡好像在沉思，臉上的神情深不可測。

巴斯提安伸伸懶腰，裹著銀披風快要睡著的時候，突然聽到奧特里歐輕聲的說：「那是因為奧鈴。」

巴斯提安用手肘撐著頭，愛睏的看著他的朋友。

「什麼意思？」

「那顆『寶石』，」奧特里歐好像在自言自語，「對人類的作用跟我們不一樣。」

「為什麼？」

「這個徽章給了你偉大的力量，使你的願望變成真的，可是也帶走了一些東西，那就是關於你的世界的記憶。」

巴斯提安想了一下，不覺得別人帶走了他的什麼東西。

「格洛喀拉曼告訴我要把我真正的願望找出來，奧鈴也這麼說。但是要找到我真正的願望，我必須通過一個又一個願望，不可以半途而廢。所以我才需要這顆『寶石』。」

「是的！」奧特里歐說，「奧鈴給了你手段，卻帶走了你的目的。」

「沒有關係！」巴斯提安一點都不擔心，「女王把徽章給我的時候，她一定知道自己在幹什麼。你想太多了，奧特里歐，我確定奧鈴不是詭計。」

「沒有！」奧特里歐說，「我並沒有這麼想。」

過了一會兒，他又說：「反正我們現在正在找你回去的路。我們在找，不是嗎？」

「是的！」巴斯提安說，他已經進入半睡眠狀態了。

半夜裡，巴斯提安被一種奇怪的聲音吵醒。火已經熄滅，他身邊一片黑暗。然後是奧特里歐的手搭在他的肩膀上輕聲的說：「那是什麼聲音？」

「我也不知道。」巴斯提安輕聲回答。

他們爬到洞口去聽。

好像有很多動物壓抑著自己的哭泣。牠們不是人，可是又不像動物在呻吟。起先是一陣低語，然後變成了嘆氣，一陣一陣，忽大忽小，起起落落。

巴斯提安從來沒有聽過這麼悲傷的聲音。

「至少我們要看看是什麼東西。」奧特里歐說。

「等一下！」巴斯提安說，「我有愛爾．察希耳。」

他把那顆發光的石頭拿出來，舉得高高的。它的亮光不超過一盞燭光，可是在那昏暗的光線下所見，也足以使他們渾身毛骨悚然了。

整個幽谷都是人腳一般長的毒蟲，身上好像全包著一層泥濘的毯子。皮膚皺褶的地方長出泥濘的小腳。從那泥毯下露出兩隻無神的眼睛，每一隻眼睛都在掉眼淚。千萬顆眼淚！整個幽谷都濕了。

愛爾．察希耳的光一照到牠們，牠們就立刻凍結。所以兩個人可以看清楚牠們在幹什麼。幽谷的中央有一座塔，是用最精細的銀工做成的。巴斯提安在阿瑪干斯見過的建築沒有一幢比它美麗，比它有價值。這些蟲在塔上爬來爬去，顯然是要把這座塔數不清的各部分連接起來。可是這時候牠們全都呆呆站著，看著愛爾．察希耳的光。

幽谷裡傳來一陣可怖的低語：「啊！啊！什麼光照見了我們的醜陋？誰的眼睛看到了我們？殘酷的入侵者，不管你們是誰，慈悲一點，把光拿開。」

巴斯提安站起來。

「我是巴斯提安．巴爾沙札．巴克斯。你們是什麼人？」

「我們是阿卡里人，我們是全幻想國最不快樂的人。」

巴斯提安什麼都沒說，只是懊惱的看著奧特里歐。

「那麼，」他說，「全幻想國最美麗的城市阿瑪干斯就是你們建造的囉？」

「是的！」這些蟲叫道，「可是把光拿開，不要看我們！慈悲一點！」

「還有，因為你們哭，所以創造了陌露淚湖？」

「主人，」牠們呻吟著說，「沒錯！可是，如果你繼續讓我們暴露在光下，我們會羞恥得死掉。你為什麼要增加我們的痛苦？我們又沒有對你怎麼樣。」

巴斯提安把愛爾．察希耳放回口袋裡，幽谷裡立刻恢復漆黑一片。

「謝謝你！」悲傷的聲音齊聲說，「謝謝你的慈悲。」

「我想跟你們談談，」巴斯提安說，「我想幫助你們。」

他已經噁心得快要吐了，但是他為這些可憐蟲感到難過。很顯然牠們就是他在阿瑪干斯起源的故事中提到的動物，但他依舊不能確定牠們以前就存在，或者因為他的故事才存在。如果是後者，他就要為牠們的悲慘負責了。可是不論是前者還是後者，他都決心幫助牠們。

「啊，啊！」牠們痛苦的聲音嘆道，「誰也幫不了我們。」

「我可以！」巴斯提安說，「因為我有奧鈴。」

牠們一聽，全都不哭了。

「你們是從哪裡來的？」巴斯提安問。

許多低語的聲音一起說：「我們住在地底下暗無天日之處，好避免陽光照見我們的醜陋。我們在那裡成天成夜的哭。我們的眼淚把牢固的銀從岩石上沖下來，我們再用這些銀鑲製你見過的那些銀工。一到最黑暗的夜晚，我們就爬到地面，這些洞穴就是我們的出口。我們在這裡把在地下造成的各部分連接起來。等到晚上我們才上來，是因為我們可以一起工作而看不到對方。我們因為我們的醜陋而工作，這樣我們才能夠給這個世界一點補償，這樣我們才覺得好過一點。」

「醜陋沒什麼不對。」巴斯提安說。

「每一個人不對的事情都不一樣，」阿卡里人說，「你的行為、你想的事情不對。而我們光是活著就不對。」

「我該怎麼做才能幫助你們？」巴斯提安問。他為他們感到悲哀，眼淚都快掉下來了。

「啊，大恩人！」阿卡里人叫道，「你有奧鈴！你有奧鈴就可以幫助我們。我們只要求一件事，給我們換身體。」

「不要擔心！」巴斯提安說，「我會幫助你們。我現在就許願：你們全部睡著，醒來以後，你們就會從舊的身體爬出來，變成美麗的蝴蝶。你們會很輕鬆愉快。從明天開始，你們就不再是永恆的淚人——阿卡里人，而是永恆的笑人——仙樂福人。」

巴斯提安等著牠們答話，可是一點聲音都沒有。

「牠們睡著了。」奧特里歐輕聲說。

他們走回洞裡。海斯博得、海多恩和海克里旺仍然發著輕微的鼾聲。這一次事件，他們就這樣錯過了。

巴斯提安躺下來，為自己感到高興。

他的善行很快就會傳遍幻想國。他真無私！從此再也沒有人能說他只許自己的願，再也沒有什麼事情可以損毀他至真至善的名譽了。

「你在想什麼，奧特里歐？」他低聲的說。

奧特里歐沉默了好一會兒才說：「我只是在想你付出的代價有多大！」

巴斯提安一直到奧特里歐睡著以後，才明白了奧特里歐的話。奧特里歐指的不是他的無私，而是他的喪失記憶。可是他沒有再多想，心裡懷著對明天快樂的期待，睡著了。

第二天早上，三個騎士醒來之後驚異的大叫：

「你看！哎呀！我的老母馬都要笑了。」

他們站在洞口。奧特里歐也在，可是他沒有笑。

巴斯提安醒過來，走出去。

整個幽谷都是他未曾見過的最滑稽的動物。這些動物到處爬來爬去、飛來飛去、翻來滾去。背上全是色彩鮮豔的蝴蝶翅膀，全都穿著最怪異的衣服——有格子、條紋、圈圈、花點；不是太緊就是太鬆，不是太大就是太小，而且都是用綴補連接起來的。反正沒一樣東西對勁；到處都有補釘，連翅膀都有。這些動物每一隻都不一樣。牠們有小丑般的臉，上面塗滿了各種顏色，鼻子不是紅紅圓圓，就是形狀荒謬，再加上大大的橡皮嘴巴。有的戴高帽、有的戴尖帽；有的頭上只有三束紅髮，有的是光亮的禿頭。牠們絕大部分都在那座精緻的銀塔上坐著、跳著，要不就倒吊在上面做體操。總之，牠們做這些動作是要把這座塔毀掉。

巴斯提安向牠們跑去。

「嘿，你們大家！」他叫著，「停下來，不可以這樣！」

這些動物全停下來看著他。

塔頂上有一個問：「他說什麼？」

牠下面的一個便回答：「這個誰說我們不可以這樣。」

「他為什麼說我們不可以這樣？」另外一個問。

「因為你們就是不可以這樣！」巴斯提安叫道，「你們不可以毀掉這些東西！」

「這個誰說我們不可以毀掉這些東西？」第一個講話的蝴蝶小丑告訴其他人。

「我們當然可以！」另外一個說著，就把銀塔扯下一大塊。

第一個講話的像個大笨蛋一樣，四處跳著，對著巴斯提安喊道：「我們當然可以！」

銀塔搖擺碎裂，眼看就要倒了。

「嘿，你們在幹什麼？」巴斯提安叫著。他又氣又怕，可是又要使盡力氣忍著笑。

一隻蝴蝶小丑對牠的同伴說：「這個誰問我們在幹什麼。」

「我們在幹什麼？」另一個問。

「我們在玩。」又一個說。

「你們再這樣玩下去，這座塔就要倒了！」巴斯提安叫道。

「這個誰說，」第一個蝴蝶小丑告訴牠的同伴說，「如果我們再這樣玩下去，這座塔就要倒了！」

「那又怎麼樣？」一個說。

於是第一個小丑就往下喊：「又怎麼樣？」

巴斯提安氣得說不出話來。他還在想怎麼回答的時候，所有塔上的蝴蝶小丑竟然一起跳到空中舞蹈。可是牠們不是手牽手，而是互相拉著腿或衣領，有幾個在空中翻滾。可是全都又叫又笑。

這些有翅膀的動物動作那樣自在但又那樣滑稽，弄得巴斯提安也忍不住想笑。

「你們不可以這樣，」他對牠們叫道，「這是阿卡里人做的，而且又那麼漂亮。」

第一隻蝴蝶小丑轉身對其他同伴說：「這個誰說我們不可以這樣。」

「只要不是禁止的事，我們要怎樣就怎樣！」一個喊道。牠在空中翻了一個觔斗，又說：

「再說誰能夠禁止我們做什麼事？我們是仙樂福人！」

「誰能夠禁止我們什麼事？」牠們齊聲叫道，「我們是仙樂福人！」

「我能！」巴斯提安叫道。

「這個誰，」第一個小丑向其他同伴說，「說『我能』。」

「你？」另一個說，「你能夠禁止我們做什麼事？」

「不是！」第一個說，「不是我；這個誰說『他』。」

「這個誰為什麼說『他』？」另一個想知道，「他在對誰說『他』？」

「你在對誰說『他』？」第一個小丑往下對著巴斯提安叫。

「我沒有說『他』，」巴斯提安又好氣又好笑的說，「我是說，我禁止你們毀壞銀塔。」

「他禁止我們，」第一個小丑對其他同伴說，「毀壞銀塔。」

「誰禁止？」一個剛從幽谷那一端過來的小丑問。

「就是這個誰。」其他蝴蝶小丑回答。

「我不知道什麼這個誰？」新來者說，「他是誰？」

第一個就唱著說：「嘿！這個誰，你到底是誰？」

「我不是什麼這個誰，」巴斯提安這時已經有些生氣了，「我是巴斯提安．巴爾沙札．巴克斯。我把你們變成仙樂福人，讓你們不必再一直哭。昨天晚上你們還是可憐的阿卡里人呢！對你們的恩人表示一點尊敬總不會死吧！」

仙樂福人瞬間停止了跳躍和舞蹈，呆呆的望著巴斯提安。全場一片安靜，連呼吸聲都聽不見。

「這個誰說什麼?」塔頂邊的一個蝴蝶小丑低聲的問。此時牠的鄰居拍了一下牠的頭,因為太用力了,牠的帽子滑下去,遮住了眼睛和耳朵。其他蝴蝶不禁「噗哧」一聲笑了出來。

「能不能請你清楚的、慢慢的再說一遍?」第一個蝴蝶小丑說。

「我是你們的恩人!」巴斯提安叫著說。

這句話使這些仙樂福人無比興奮。牠們一個接一個把這句話傳來傳去。最後,這種已經遍布幽谷的動物圍成一個圓圈,把巴斯提安圍在中間,互相在耳朵上喊道:「你聽到了沒有?他是我們的恩人!他的名字叫納斯提般.巴爾得培克斯。不!叫巴克息安.巴尼安人。真是垃圾!叫沙拉提特.巴克息般。不!叫巴得理安.息克斯,稀拉斯,巴塔爾崔安.比利史庫特,尼克斯,費力克斯,特里克斯!」

牠們一邊亂叫,一邊四處互相握手,互相摘帽敬禮,互相在背上、肚子拍來打去,搗弄起一片灰塵。

「我們真幸運!」牠們齊聲叫喊,「為巴克息公.尚齊巴.巴斯特爾般高呼三聲!」

這群動物飛上天去,又叫又笑打鬧的走了。那喧嚣聲一直到了遠方才慢慢消失。

巴斯提安站在那裡,幾乎已經想不起自己正確的名字。

這個時候,他開始懷疑自己是不是真的做了一件好事。

第19章
一路上這一伙人

這一伙人早晨出發的時候，陽光已經在雲層露臉。後來風雨終於停了。那天上午，他們雖然還碰到兩三次陣雨，可是天氣卻好了很多，氣溫一分鐘比一分鐘溫暖起來。

三個騎士心情很好。他們互相開玩笑，玩弄各種惡作劇，彼此嬉鬧著又叫又笑。可是巴斯提安心情並不好，靜靜的坐在騾背上，沉默不語。三個騎士因為非常尊敬他，就不敢來打擾。

他們所走的石礫高原好像沒有盡頭一樣。可是，漸漸的，樹木畢竟也多起來，大起來了。

奧特里歐注意到巴斯提安惡劣的心情。他和福哥兒例行出去偵測的時候，便問祥龍有沒有辦法讓他朋友開心。

福哥兒轉動著寶石紅的眼睛說：「那簡單——他不是想騎我嗎？」

這一伙人繞過一個高聳的懸崖之後，看到奧特里歐和祥龍舒服的躺在陽光裡。

巴斯提安驚訝的看著他們。

「你們累了嗎？」他問。

「一點都不累！」奧特里歐說，「我只是想問問你肯不肯讓我騎一下依卡。我從來沒有騎過騾子，我想一定很棒，因為你好像從來都不會厭煩。我會把福哥兒借給你作為回報。」

巴斯提安高興得臉上放出了光彩。

「真的嗎，福哥兒？」他問，「你不介意載我吧？」

「當然不會，全能的王。」祥龍眨一眨眼睛說，「跳上來，抓緊。」

巴斯提安腳不點地，直接從騾身上跳到祥龍身上。他抓緊福哥兒的銀白色鬃毛，福哥兒便起飛了。

巴斯提安並沒有忘記騎格洛喀拉曼在彩色沙漠奔馳的滋味，可是騎祥龍又是另外一番境界。如果說騎著兇猛的獅子越過沙漠是一種狂喜的歡呼，那麼，騎著祥龍順著氣流悠哉的上下就是一首歌。這首歌時而溫柔甜美，時而雷霆萬鈞。

特別是福哥兒翻筋斗的時候，牠的鬃毛，牠的尖牙，牠手腳的鬚全像是白色火焰在空中燃燒。巴斯提安覺得連身邊的雲都在合唱。

他們一直飛到中午，看到地面上的伙伴，才降落下來。地面上的伙伴已經在一片陽光普照的草地上，準備在溪邊搭起帳篷。他們有一些白麵包可以吃，另外還有一鍋湯正在營火上燒著。馬和騾子就在草地上吃草。

這頓飯結束之後，三個騎士決定去打獵；因為糧食，尤其是肉類已經快沒了。

他們聽到灌木叢裡有野雉的叫聲，而且好像還有野兔。他們知道綠皮族是最偉大的獵人，就邀奥特里歐同行，可是奥特里歐不想去。

三個騎士便拿著長弓，箭筒裡裝滿了箭，朝樹林裡出發。

奥特里歐、福哥兒和巴斯提安留在營地。

沉默了一會，奧特里歐說：「巴斯提安，再多講一講你們的世界好嗎？」

「你對哪方面的事有興趣？」巴斯提安問。

奧特里歐轉向祥龍問：「你說呢，福哥兒？」

「我想聽一點有關你同學的事。」祥龍說。

巴斯提安好像很困惑。

「什麼同學？」他問。

「嘲笑你的那些同學。」福哥兒說。

「嘲笑我的那些同學？」巴斯提安說，「我不認識什麼同學——而且我相信沒有一個小孩子敢嘲笑我。」

奧特里歐打斷他的話說：「可是你一定還記得上學的事。」

「是的！」巴斯提安想著說，「我還記得學校。是的，我還記得。」

奧特里歐和福哥兒互相看了一眼。

「我就是怕這種事。」奧特里歐喃喃的說。

「什麼事？」

「你又喪失一些記憶了。」奧特里歐悲傷的說，「這一次是因為你把阿卡里人變成仙樂福人的緣故。你不該做這件事的。」

「巴斯提安，」祥龍說，牠的口氣幾近嚴肅，「如果你還肯聽我的意見的話，請你不要再使用奧鈴給你的力量了。如果你再用，你連最後的一點記憶都會喪失。沒有記憶，你又怎麼找得到回去的路呢？」

「說實話，」巴斯提安說，「我不想回去了。」

奧特里歐嚇壞了。

「可是你必須回去啊！你必須回去整頓你們的世界，才能讓人類再到幻想國來。要不然幻想國早晚會消失，而我們這一陣子所忍受的辛苦也就白費了。」

巴斯提安聽了很不高興。

「可是我現在還在這裡啊！」他反對著說，「而且，我才給月童取了新名字！」

奧特里歐想不出該說什麼好，這時候福哥兒講話了。

「現在，」牠說，「我知道為什麼我們在找巴斯提安回家的路，可是卻一點進展都沒有的原因了。如果他自己不想……」

「巴斯提安，」奧特里歐幾近請求的說，「難道沒有什麼事吸引你的嗎？你沒有什麼喜愛的事情嗎？你從沒有想到你父親嗎？他一定很擔心的在等你。」

巴斯提安搖頭。

「我不這樣想。他或許——還很高興終於把我趕走了。」

奧特里歐駭然的看著他的朋友。

「還有你們兩個，」巴斯提安痛苦的說，「你們講這些話，也是想把我趕走。」

「怎麼說呢？」奧特里歐愣了一下。

「好吧！」巴斯提安說，「你們心裡只想一件事，那就是盡快把我從幻想國趕走。」

奧特里歐看著巴斯提安，緩緩的搖頭。良久良久，兩個人一句話都不說。

巴斯提安開始後悔自己說的話。他自己知道這些話不公平。

然後奧特里歐輕聲的說：「我以為我們是朋友。」

「不錯！」巴斯提安叫著，「我們是朋友，而且永遠是朋友。請原諒我，我剛剛在胡說八道。」

奧特里歐微笑。

「你也要原諒我！我傷你的心。我不是故意的。」

「反正，」巴斯提安說，「我會接受你的勸告。」

過了一會兒，三個騎士帶著好幾隻鷓鴣、一隻雉、一隻野兔歸來。這一伙人再次上路，巴斯提安還是騎他的依卡。

下午，他們來到一座常綠松樹林。這些松樹又直又高，在他們頭上形成一層緊密的屋頂，陽光一點都透不進來。或許因為如此，地面上才沒有一點草木。

那軟軟、滑滑的地面躺起來很舒服。福哥兒也下來跟他們一起走。如果牠跟奧特里歐在天上飛，他們一定會看不見同伴。

整個下午，他們就在這種暗綠的微光下行走。夜幕落下時分，他們看見山頂上有一座古堡廢墟。他們爬上山頂，在一片破舊的牆壁、角樓、廳堂和走廊中間，找到了一個情況還不壞的拱頂房間。他們就在這個房間安頓下來過夜。輪到紅髮的海斯博得煮飯。這頓飯證明他比前面的人強多了；他烤的雉雞肉，味道令人滿意極了。

第二天一大早出發，整天還是在這座橫看豎看都一樣的森林裡走。到了傍晚，他們才發現他們一直在繞圈子，因為他們又看見早上離開的古堡廢墟；只是早上他們從古堡的一邊出發，現在回到了古堡的另一邊而已。

「我從來沒有碰過這樣邪門的事。」海克里旺扯著嘴上的黑髭說。

「我真是不敢相信我的眼睛！」海斯博得那雙瘦長的腿在廢墟裡一邊踱著步，一邊嘀嘀咕咕。

可是事實就是事實，他們昨天晚上的剩菜就是證據。

奧特里歐和福哥兒什麼話都沒說，可是腦子裡卻在漫天翻攪。

他們怎麼可能犯下這種錯誤呢？

晚飯的時候——這一次是輪到海克里旺烤兔肉，味道差強人意——三個騎士問巴斯提安願不願意跟他們談一談他的世界。

巴斯提安說他喉嚨痛，不想講。因為他這一整天本來就沒怎麼講話，三個騎士也信以為真。他們提供了一些偏方之後，就躺下睡了。

只有奧特里歐和福哥兒還在猜測巴斯提安的心思。

隔天一早他們又出發。他們整天在樹林裡走，努力讓自己直直向前走；可是到了晚上，他們又回到古堡廢墟。

「我會氣死！」海克里旺咆哮道。

「我會瘋掉！」海斯博得哀叫。

「朋友們！」海多恩厭惡的說，「我們最好把我們的騎士徽章丟到垃圾筒，我們是飄泊騎士！」

巴斯提安知道依卡有時候喜歡自己獨個兒思索一些事情，所以在古堡的第一天晚上，他就替牠找了一個地方。

那些馬談起話來，除了自己優秀的祖先，別的都不講，真讓牠心煩。這天晚上，巴斯提安帶著牠回到牠的地方之後，牠就對他說：「主人，我知道我們一直在繞圈子。」

「你怎麼知道，依卡？」

「因為我馱著你，主人；也因為我是半驢半馬，我有天生的第六感。」

「好，照你的看法，這是怎麼搞的？」

「因為你不想前進，主人。你已經不再有什麼願望。」

巴斯提安驚異的看著牠。

「你真是聰明的動物，依卡。」

依卡不好意思的搖搖長耳朵。

「你知道我們一直在向哪裡走嗎？」

「不知道！」巴斯提安說，「你說呢？」

依卡點點頭。

「我們一直在向幻想國的中央走。」

「走向象牙塔？」

「是的，主人！而且我們已經走了很長一段路了。」

「不可能！」巴斯提安說，「如果是這樣，奧特里歐會知道，福哥兒也會知道。可是他們都不知道。」

「我們騾子，」依卡說，「是簡單的動物，雖然跟祥龍等級不同，可是我們卻有一些天賦，其中之一就是方向感；我們從來不會走錯方向。就是因為這樣，我才知道你是想去找女王。」

「月童……」巴斯提安吶吶的說，「是的，我很想再見她。只有她才能告訴我怎麼辦。」

於是他摸摸騾子的白鼻子輕聲的說：「謝謝你，依卡！謝謝你！」

隔天早上，奧特里歐走到巴斯提安身邊。

「聽我說，巴斯提安，福哥兒和我想向你道歉。我們給你的勸告是善意的——可是卻很愚蠢。如果你停頓下來，我們就會跟著停頓下來，除非你再許願。可是如果你再許願，你又會失去一些記憶；可是不這樣又不行，因為你沒有別的辦法。我們只希望你還來得及找到回家的路。待在這裡對你沒有好處。你必須好好想想你的下個願望，並且善用奧鈴的力量。」

「對！」巴斯提安說，「依卡也這麼說。但是我已經知道我的下一個願望了。走，我要向你們大家宣布。」

他們找到了其他人。

「各位朋友，」巴斯提安大聲說道，「到目前為止，尋找回去我世界的路都失敗了。現在我決定去找可以幫助我們的人，那個人就是女王。所以，我們現在的目的地就是象牙塔。」

「萬歲！」三個騎士齊聲高喊。

可是這時候，福哥兒銅鈴一般的聲音說話了：「不要這樣做，巴斯提安。你的願望是不可能實現的。你難道不知道，一個人只要看過金眼願望司令，以後就不可能再看到她？你不可能再看到她的。」

巴斯提安握緊拳頭。

「月童虧欠我太多了，」他生氣的說，「我相信她不會拒絕我。」

「你看著好了，」福哥兒說，「她有時候是很難了解的。」

巴斯提安氣紅了臉。

「你和奧特里歐，」他說，「總是在勸我。你們看看你們的勸告把我弄到這種地步！從現在起，我要自己決定自己的事。我已經下定決心，就是這樣了。」

他用力的吸了一口氣，然後比較平靜的說：「而且，你們老是以你們的觀點來講話。你們是幻想國人，我是人類，你們怎麼知道你們的規律可以用到我身上？奧特里歐戴奧鈴的時候，情況不一樣。而且，除了我，還有誰能夠把『寶石』還給月童？你說沒有人能夠看到她兩次，可是我已經看過她兩次了。第一次是在奧特里歐進入她的宮殿的時候，那一次我們只是互相對看一眼；第二次是她走進那個巨卵的時候。一切事情到了我身上就不一樣；我會見到她第三次。」

大家都不講話。三個騎士是因為他們不知道這是怎麼一回事；奧特里歐和福哥兒則是因為他們的想法開始動搖了。

「好吧！」奧特里歐最後說，「也許你是對的，我們無從知道女王會怎麼對待你。」

說完這些話，他們就出發了。中午以前，他們到了森林的邊緣。

前面是一片看不到盡頭的草坡。他們很快來到一條蜿蜒的河流，便順著這條河流走下去。奧特里歐和福哥兒照舊飛出去偵測。他們以地面上緩慢前進的同伴為圓心，繞著大圈子飛行。可是他們兩個心情都不好，再也不能像往常一樣輕快自在的飛行。在很遠的地方，他們看到地形有了很大的變化。高原在那個地方驟然變成一個陡坡，落到一個樹林密布的平原上；河流也在那個陡坡驟然落下，變成一個大瀑布。他們知道地面上行走的伙伴明天之前不可能到達這個地方，於是這兩個斥候回來了。

「福哥兒，」奧特里歐問，「你想女王會關心巴斯提安的情況嗎？」

「可能不會！」福哥兒說，「她對什麼人都一視同仁。」

「那麼，」奧特里歐說，「她真是一個……」

「不要這樣說，」福哥兒打斷他的話說，「我知道你想說什麼，可是不要這樣說。」

奧特里歐沉默了一會兒，然後說：「他是我的朋友。福哥兒，我們要幫助他，就算違背了女王的意志也要幫他。可是要怎麼幫法呢？」

「只有靠運氣了。」祥龍回答。牠銅鈴般的聲音，第一次像是破鑼嗓子一樣。

那天晚上，他們選了河邊一間廢棄的木屋過夜。當然，這間木屋對福哥兒而言太小了，牠寧願睡在空中。依卡與那些馬也必須待在屋外。

吃晚飯的時候，奧特里歐跟大家談起前面的瀑布及地形的變化。然後他若無其事的說：

「還有，有人在跟蹤我們。」

三個騎士相互交換了一下眼光。

「喔！」海克里旺雄赳赳的扭了一下嘴上的黑髭，叫起來，「有多少人？」

「我算過了。七個人在我們後面。」奧特里歐說，「但是就算他們徹夜奔馳，明天早晨也到不了這裡。」

「他們有武器嗎？」海斯博得問。

「看不出來。」奧特里歐說，「別的地方也有人在跟蹤。六個在西邊，九個在東邊，十二個或十三個從正面過來。」

「我們等著看他們想幹什麼，」海多恩說，「就算是三十五、六個人，也打不過我們三個——更別說巴斯提安先生和奧特里歐了。」

巴斯提安平常睡覺時都會把斯干達解下來，可是那天晚上他就讓它掛在腰間，並且手還握著柄。他夢見女王對他微笑，而且那微笑是應許的意味。醒來的時候，他是不是還夢見別的事他已經忘記；然而光是夢中所見就鼓舞了他再見孩童女王的希望。

他從木屋的門向外望，從河面升起的煙霧中看到七個模糊的身影。其中兩個徒步，五個騎著不同的坐騎。

巴斯提安低聲叫醒他的同伴。

三個騎士抽出劍來，一齊走出屋外。屋外那些人一看到巴斯提安，在坐騎上的就立刻跳下來，然後七個人一起向他左膝跪下，鞠躬，齊聲喊：「歡迎並向幻想國救主巴斯提安．巴爾沙札．巴克斯歡呼！」

這些人真是奇形怪狀。兩個徒步者，其中一個有異乎尋常的長脖子，外加一顆四張臉的頭，每一張臉各朝一個方向；表情一喜、一怒、一哀、一睏，而且僵硬呆滯。

不管什麼時候，他都可以依照自己的心情以一種表情朝前望。這個人是一個四分之一巨怪。四分之一巨怪有時又叫情緒吾弟。

第二個徒步者是在幻想國稱之為頭腳人的人。他的頭直接接在又瘦又長的腿上，既沒有脖子，也沒有身體。頭腳人常常四處亂跑，沒有固定的住所。按常規，他們常常幾百人擠在一起閒逛，可是偶爾也會有一個人離群獨行。他們靠青草維持生命。現在來見巴斯提安的這一個看起來很年輕，臉頰紅紅的。

另外有三個騎馬。這三個都沒有一頭山羊大。他們分別是小矮人、影精、金絲貓。小矮人頭上綁著金環，顯然是個王子；影精很難看清楚，因為實際上它只是一個無人影子；金絲貓有一張貓臉，身上長長的金黃捲毛好像長毛外套。他差不多跟一個五歲的小孩一樣大。

還有一個騎著公牛，他來自返老還童國。他們那裡的人一出生就很老，長成（也就是說，縮小成）嬰孩後就死去。現在的這一個有長長的白鬍子，禿頭，還有一張皺紋很深的臉。

按照返老還童國的標準，他還很年輕，差不多相當於巴斯提安的年紀。最後一個藍精靈騎著一匹駱駝。牠又高又瘦，戴著一頂大頭巾。牠看來像人，可是軀上肥大腫脹的肌肉卻好像光滑的藍色金屬。牠的臉沒有鼻子和嘴，卻有一張老鷹的喙，又大又彎。

「你們是誰？想幹什麼？」

儘管這些人很有禮貌，海克里旺仍然粗聲大氣的問。他不怎麼相信這些人的意圖。他的手緊握著劍柄。

一直維持著睡臉的四分之一巨怪這時換成了笑臉。他不理會海克里旺，直接對巴斯提安說話。

「閣下，」他說，「我們是從幻想國各地來的王子。我們來歡迎你——並且請求你的協助。你出現的消息已經傳遍了全國。風和雲傳頌著你的名字，海浪宣布你的光榮，每一條河流都讚頌你的神力。」

巴斯提安看了一下奧特里歐。

奧特里歐看著這個巨怪，不但不微笑，而且還很嚴肅。

「我們知道！」藍精靈插嘴說，牠的聲音像老鷹鳴叫一樣刺耳，「我們知道你創造了黑夜森林翡麗林以及哥雅布彩色沙漠。而且我們知道你吃喝沐浴過多彩死神的火。幻想國沒有人做了這些事情還活著的。我們知道你通過了千門廟，我們也知道銀城阿瑪干斯的事。閣下，我們知道你沒有什麼事辦不到。你只要許一個願，你的願望就成真。所以我們想邀請你到我們的城市，賜給我們一個我們自己的故事。我們從來沒有自己的歷史。」

巴斯提安想了一下，然後搖搖頭說：「你們要求的事情，我一時之間還辦不到。我以後再幫助你們。我必須先去找女王。我希望你們能跟我們一起去，幫助我尋找象牙塔。」

這些人好像並沒有失望。

他們稍微考慮一下之後，就同意參加巴斯提安的這一趟旅程。

這個隊伍──看起來有個小旅行團的規模──就這樣又出發了。

這一天，一路上都有新的追隨者加入，不只是奧特里歐前天看到的那些人，還有別的。有山羊人、高大的夜鬼、小精靈、地精、甲蟲騎士、三腿人；有穿長筒靴，跟人一樣大的公雞；有金角雄鹿，牠走路抬頭挺胸，舉止彷如亞伯特王子。有很多新來的，不怎麼像人類。譬如戴鋼盔的銅蟻、奇形怪狀的飄泊岩石、長笛鳥──牠用長喙奏樂。另外有三個所謂的攪泥人──他們每走一步就變成一團泥漿，然後變回正常的形狀再繼續向前。可是最令人吃驚的大概是一個頹尾人──頹尾人走路時身體的前面與後背不一致，所以走起路來團團轉。除掉身上的紅白條紋不算，牠看起來就像是河馬。

這個隊伍增加得很快，不久就至少有了一百人，都是為了歡迎幻想國救主巴斯提安和請求故事來的。

但是最先的那七個人告訴大家，必須先去象牙塔才行。他們都同意了。

海克里旺、海斯博得、海多恩騎著馬，巴斯提安則在前帶領這個壯觀的隊伍。

傍晚，他們來到一座瀑布。他們順著一條蜿蜒的山徑下去，離開了高原。從山徑的盡頭，他們走進一座蘭花森林。這些蘭花有樹林那麼大，花瓣上面的巨大斑點，看起來很怕人。所以他們決定晚上過夜時要放哨。

巴斯提安和奧特里歐在地上收集了一些又軟又厚的蘚苔，各自鋪了一張舒適的床。福哥兒圍著他們躺下來，那是保護他們的意思。空氣又暖又重，還有那些蘭花怪異得令人不舒服的香味，那香味似乎充滿了邪惡。

第20章
能見之手

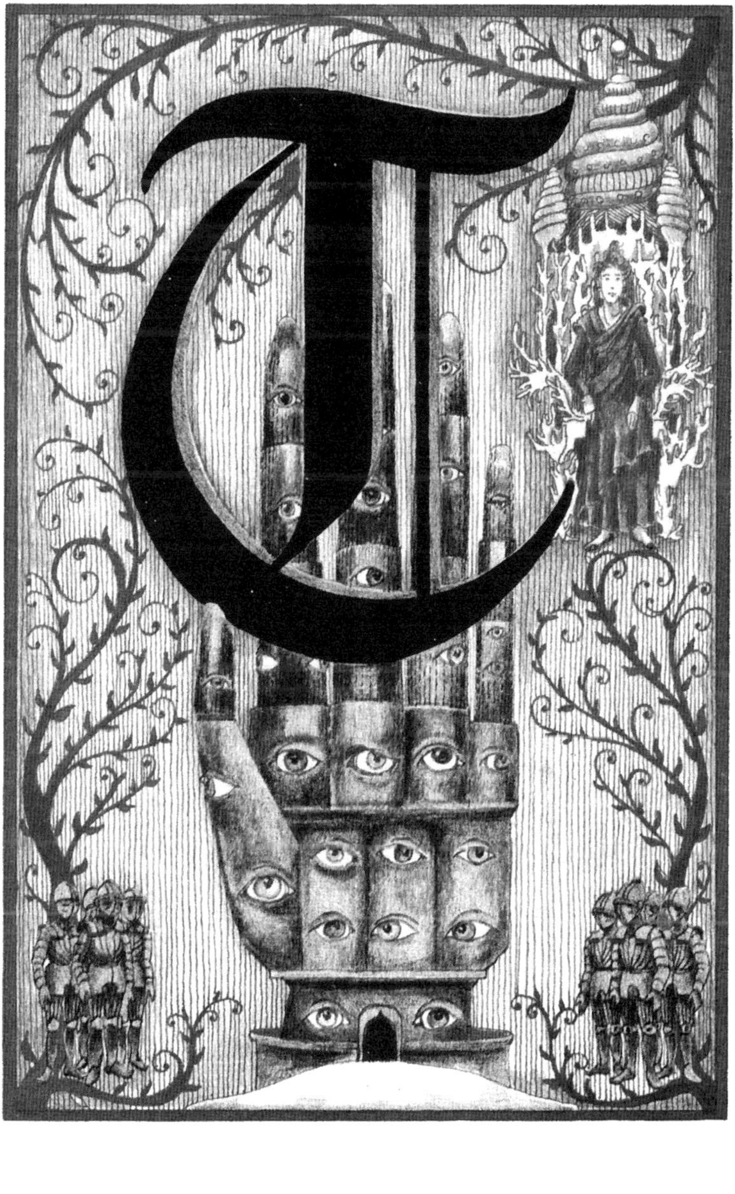

蘭花上的露珠在晨間的陽光下閃耀時，這個旅行團又出發了。昨天晚上一夜無事，可是各地尾隨而來的使者越來越多，現在總數已經接近三百個。

他們越深入蘭花森林，那些花的形狀和色彩就越奇怪。海克里旺、海斯博得和海多恩很快就發現，昨天晚上使他們決定布哨的恐懼不是沒有道理。這些蘭花很多都是肉食蘭花，大得可以吞下一頭牛。不錯，它們不能自由走動——布哨也真的大可不必——可是如果有人碰到它們，它們就會像陷阱一樣立刻閉合起來。所以有好幾次蘭花咬住了團裡的人或者坐騎，騎士只好揮劍把蘭花砍成碎片。

各式各樣的幻想國人一直包圍著巴斯提安。他們有的想引起他的注意，有的只是想看看他。可是他卻一直深沉的靜默著。現在他心裡又有了一個新的願望，這個願望是讓他變得很不友善，甚至是陰沉的願望。

他覺得奧特里歐和福哥兒雖然與他握手言好，可還是一直把他當小孩子看待。他們覺得必須為他負責，必須牽著他的鼻子走。可是仔細一看，他們不是一開始就這樣嗎？不錯，他們是夠友善了，可是他們覺得在某些方面比他優越，認為他是一個無害又天真的孩子，需要保護。這些都不正確。他並不天真，也非無害。他很快就要讓他們明白這一點。他要變得很危險，又危險又令人害怕。讓所有人都害怕——包括奧特里歐和福哥兒。

藍精靈從人群中擠過來，雙手交叉在胸前，向巴斯提安一鞠躬。

巴斯提安停下來。

「什麼事？說！」

「閣下，」藍精靈用老鷹似的聲音說，「我聽到新來的人在說，他們知道這個地方，然後就怕得牙齒打顫。」

「他們怕什麼？」

「這一座肉食蘭花林，閣下，屬於全幻想國最邪惡、最強大的女巫莎異所有。她住在禍落克堡。禍落克堡也叫『能見之手』。」

「你去告訴那些膽小鬼，要他們不必害怕！」巴斯提安說，「有我在這裡保護他們。」

藍精靈鞠躬，離開。

過了一會兒，飛到很遠的地方去偵測的福哥兒和奧特里歐回來了。隊伍這個時候已經停下來吃午餐。

「我不曉得該怎麼講，」奧特里歐說，「在這座蘭花森林裡，離這裡大約三、四個鐘頭路程的地方，有一棟像手一樣的屋子，高高聳立在地面上，屋子四周有邪惡的東西。這棟屋子就在我們前進的路上。」

巴斯提安把藍精靈講的事情告訴他。

「既然這樣，」奧特里歐說，「我們改變方向是不是好一些？」

「不！」巴斯提安說。

「可是我們沒有理由跟莎異產生瓜葛。我認為我們應該避開她。」

「不，我們有理由。」巴斯提安說。

「什麼理由？」

「因為我喜歡。」巴斯提安說。

奧特里歐看著他，啞口無言。他們的談話，因為四處都有人擠過來看巴斯提安而作罷。午飯結束之後，奧特里歐又來找巴斯提安。他用平常的口氣問他說：「要不要跟我和福哥兒一起飛一趟？」

巴斯提安知道，奧特里歐有話想跟他私下談一談。他們騎到福哥兒背上，奧特里歐在前，巴斯提安在後。祥龍升空。這是這兩個朋友第一次一起飛行。

飛到空中之後，奧特里歐說：「這些日子很難得有機會跟你獨處。不過我們必須好好談一談了，巴斯提安。」

「我也這麼想。」巴斯提安微笑著說，「你想說什麼？」

奧特里歐有些猶豫，「你現在是不是有了新的願望，所以我們才會來到這裡，才會向著前面的目標前進？」

「我想是的。」巴斯提安非常冷酷的說。

「福哥兒跟我就是這麼想。」奧特里歐說，「你這次的願望是什麼？」

巴斯提安不回答。

「不要會錯意！」奧特里歐說，「我們並不是害怕什麼事情。我們是你的朋友，我們很擔心你。」

「不必！」巴斯提安更冷酷了。

福哥兒扭過頭來看他們兩個人。

「奧特里歐有一個挺有意義的看法。」福哥兒說，「我建議你聽一下，巴斯提安。」

「又是你的什麼好建議？」巴斯提安諷刺的笑著說。

「不是的！」奧特里歐說，「不是建議，是看法。一開始你也許不喜歡，可是你還是考慮一下，再決定接受或不接受。我們想幫助你，但一直不知道怎麼幫法。麻煩的就是女王的徽章對你發揮的力量。沒有奧鈴的力量，你無法前進；有了奧鈴的力量，你卻又逐漸喪失自我，逐漸忘了自己應該要回家。如果再不想辦法，要不了多久你就什麼主意都沒有了。」

「這一點我們已經討論過了。」巴斯提安說，「那又怎麼樣呢？」

「以前『寶石』還在我身上時，」奧特里歐說，「情況完全不一樣。它引導我，卻不從我身上拿走什麼東西。也許因為我不是人類，所以我沒有人類的記憶好喪失。換句話說，『寶石』幫助我但不傷害我。所以我的看法是相信我，讓我戴奧鈴，讓我帶領你們。你覺得怎麼樣？」

「我說『不！』」巴斯提安立刻回答。

福哥兒又回頭看他們。

「你不考慮一下嗎？」

「不必！」巴斯提安說。

奧特里歐第一次生氣了。

「巴斯提安，」他說，「腦筋清楚一點！你不能一直這樣下去！你難道沒有注意到你變了？你已經不再是以前的你了。」

「多謝你！」巴斯提安說，「多謝你一直在提醒我。但是坦白說，沒有你們，我照樣做得好好的。你們大概忘了，是我救了幻想國，而且是月童把她的力量託付給我的。她這麼做一定有她的道理，因為她原本可以讓你一直戴著奧鈴，可是她卻從你那裡拿走它，把它交給我。你說我變了。不錯，親愛的奧特里歐，我是變了。我不再是你心目中那個無害又天真的人了。你要不要我說出你勸我放棄奧鈴的原因？你是因為嫉妒我。你現在不明白我的話，可是你很快就會明白的。」

奧特里歐沒有回話。

福哥兒突然失去力氣，像一隻受傷的鳥，在空中無精打采的越飛越低。

奧特里歐終於很艱難的開口了。

「巴斯提安，」他說，「你剛剛所說的一定不是真心話。讓我們忘掉吧！對我而言，你沒有講過這些話。」

「好！」巴斯提安說，「我們把它忘掉。反正，又不是我先講的。」

這以後，兩個人就沉默下來。

遠方的地平線上，禍落克堡在蘭花森林之間升起，看起來真像一隻五指並伸的魔掌。

「但是有一件事情我要先講清楚。」巴斯提安突然說，「我已經下定決心不回去了。我將永遠留在幻想國。我喜歡這裡，所以我失去記憶沒有關係。如果你們擔心幻想國的未來，我可以給月童取幾千個新名字，我們就不需要人類了。」

福哥兒突然間來了一個一百八十度的大轉彎。

「嘿！」巴斯提安叫道，「你在幹什麼？向前飛，我要看看禍落克堡！」

「我沒有辦法！」福哥兒說，「我飛不動了！」

他們回到隊伍上時，發現整個隊伍亂糟糟的。原來他們剛剛遭到大約五十個巨人攻擊。這些巨人全都穿著黑色甲冑，看起來像是兩條腿的大甲蟲。隊伍裡有很多人逃走，現在才陸陸續續七零八落的回來。其他人曾經奮力抵抗，可是敵不過那些甲冑巨人。

海克里旺、海斯博得和海多恩也很英勇的戰鬥，可是畢竟還是打不過那些突襲者。最後對方拿下他們，用鍊條拖走了。一個巨人還用奇怪的金屬聲音喊道：「禍落克堡的女主人莎異歡迎幻想國救主巴斯提安．巴爾沙札．巴克斯，並且有以下的要求：『無條件向我投降，發誓全心全意為我做事，作我忠實的奴隸。如果你拒絕，或者玩弄什麼計謀，違背我的意志，你的三個朋友海克里旺、海斯博得和海多恩就會被我慢慢羞辱、殘酷的凌遲至死。你必須在明天日出以前決定。』以上是禍落克堡女主人莎異的話，已經講得很清楚了。」

巴斯提安緊咬嘴唇。奧特里歐和福哥兒臉上完全沒有表情，可是巴斯提安知道他們在想什麼。他討厭他們心懷鬼胎。但是現在不是跟他們理論的時候，這件事可以等。於是，他大聲的對大家說：「我不會向莎異的勒索屈服的！我們一定要把他們抓去的人救回來，而且現在必須立刻行動。」

「這不容易！」鷹喙的藍精靈說，「我們全部加在一起，也打不過這些魔鬼。就算閣下，和奧特里歐以及祥龍領導我們作戰，想攻占禍落克堡也要很久的時間。三個騎士的性命還在莎異手中，她一發現我們攻擊，就會把他們殺了，我們根本來不及。」

「那麼我們就不要讓她發現，」巴斯提安說，「我們要出其不意。」

「怎麼可能呢？」四分之一巨怪換上怒臉，十分可怖，「禍落克堡的女主人很狡猾。我相信不論我們用什麼辦法，她都能夠破解。」

「我同意！」小矮人王子說，「我們人太多，一向禍落克堡前進，她肯定就會知道。就算是在晚上，這麼大的一個部隊行動起來也守不住秘密。她有的是探子。」

「很好！」巴斯提安說，「我們就利用她的密探來騙她。」

「怎麼說，閣下？」

「你們其他人朝著另一個方向出發，讓她以為我們不想救三個騎士，逃走了。」

「那他們三個怎麼辦？」

「這個交給我、奧特里歐和福哥兒。」

「就你們三個？」

「是的！」巴斯提安說，「如果奧特里歐和福哥兒願意跟我去的話。要是他們不願意，我就自己去。」

大家都欽佩的看著他。他身邊的人也把話傳給後面的人聽。

「閣下！」藍精靈喊道，「不論你成功還是成仁，都會在幻想國的歷史留名的。」

巴斯提安轉身面向奧特里歐和福哥兒，「你們是要去，還是你們又有什麼看法？」

「我們要去。」奧特里歐說。

「既然如此，」巴斯提安下令，「你們所有人趁著現在天色還亮就出發。你們要很匆忙——看起來像是在逃命。我們在這裡等到天黑，明天早上我們再跟你們會合——不是帶著他們三個，就是全軍覆沒。去吧！」

其他人向巴斯提安畢恭畢敬的告別之後，出發了。巴斯提安、奧特里歐和福哥兒躲到蘭花叢裡，等待黑夜降臨。

傍晚的時候，依稀傳來一片叮噹聲，出現五個黑巨人。他們全身好像是用黑色金屬做的，連臉都像鐵面具一樣。他們的動作很奇怪，好像機器一般。他們一齊停下來，望著隊伍遁去的方向。然後，什麼話都沒說，就跨著大步走了。

「我的計謀好像成功了。」巴斯提安低聲說。

「他們只有五個人！」奧特里歐說，「其他人呢？」

「這五個人肯定會通知其他人。」巴斯提安說。

最後，天色十分暗了。巴斯提安、奧特里歐和福哥兒從蘭花叢裡爬出來；福哥兒載著牠的兩名騎士無聲無息的升空。牠在蘭花森林上空盡可能飛得很低，以免有人看到。牠朝著當天下午他們曾經去過的方向飛去。

這黑夜伸手不見五指，他們不知道如何才能找到禍落克堡。可是才不過幾分鐘，禍落克堡就在一片光亮中出現在他們眼前。它那數以千計的窗戶好像每一扇都有一盞燈。莎異顯然希望她的城堡現形。這是可以理解的，因為她正在等待巴斯提安的到來。當然，另一種到來。

福哥兒在城堡黑暗的一邊滑落蘭花叢裡，因為怕他的珍珠白鱗片會反射城堡的亮光。

他們在蘭花林的掩護下前進。大門外有十個武裝衛士在看守；每一扇有亮光的窗口也都有一個衛士。他們全身都是黑的，一動也不動，而且樣子都很兇惡。

禍落克堡位於蘭花叢林裡開墾出來的一片高地。果然不錯，它的形狀真的就像是隻魔掌。每根手指就是一個塔，大姆指是一個凸窗，上面外加一個塔。整個建築有好幾層樓高，窗戶像是炯炯的眼睛，望著外面的鄉間。難怪它要叫「能見之手」。

「第一件事，」巴斯提安低聲在奧特里歐的耳朵旁說，「就是先找騎士。」

奧特里歐點點頭，告訴巴斯提安跟福哥兒留在原地，然後無聲無息的爬走了。他去了很久。回來時，他說：「我繞了一圈。只有這道入口，可是這個門又警衛森嚴。但是我在中指的頂端發現一個天窗好像沒有人看守。福哥兒很容易就可以把我們帶上去，但是他們會發現。三騎士可能在地窖裡，因為我聽到下面有人痛苦的叫喊。」

巴斯提安在苦思。然後他低聲說：「我爬到天窗上。你和福哥兒去擾亂門口的警衛，讓他們認為我們想要從那個門進去。可是只要聲東擊西，不要打起來。能把他們纏在門口多久就纏多久。先給我幾分鐘的時間，你們才開始行動。」

奧特里歐無言的拍拍他朋友的手。巴斯提安脫掉銀披風，走進黑暗中。他才繞過城堡，就聽到奧特里歐大聲喊：「注意！幻想國救主巴斯提安·巴爾沙札·巴克斯在這裡。他不是來請求莎異寬恕，而是最後一次警告她把三個騎士放了。放了那三個騎士，她就能免掉一場悲劇。」

巴斯提安從城堡的角落望過去，看到奧特里歐披著自己的銀披風，藍黑色頭髮盤起來像一頂頭巾，像極了自己。跟他們兩個不熟的人，恐怕很難分辨他們誰是誰。

大門的衛士起先似乎猶豫了一下。接著巴斯提安聽到金屬腳步聲向奧特里歐衝去。窗戶上的影子也都動了起來；那些衛兵都想知道發生了什麼事。大門口另外衝出許多武裝巨人。就在第一個要跟奧特里歐交手的時候，他卻悄悄的溜走了，一下子又騎著福哥兒出現在他們的頭頂上。武裝巨人向著空中跳，揮劍，可就是刺不到。

巴斯提安開始爬城堡的牆。他踩著窗臺或突出的部分，用手指攀爬上去。他越爬越高。有一次他抓的一塊石頭崩了，害他單手吊在空中。好不容易另一隻手找到一個地方抓住，才爬上去了。等到爬到塔身，進展就快了；因為塔與塔之間的距離非常接近，他可以撐住兩邊往上攀。

他終於爬到了天窗，溜了進去。果然沒錯，一個衛兵都沒有。天曉得為什麼？他打開一扇門，看到一道窄梯曲折而下。他下了一層樓，看到兩個衛兵站在窗口觀看外面的情況。他悄無聲息的從他們身後走過，一點都沒有引起他們的注意。

他繼續下了好多層樓，經過很多走廊。有一件事他很肯定：這些鐵甲巨人打仗可能相當不錯，當衛兵就不怎麼樣了。

最後他聞到一股潮濕寒冷的氣味，他猜一定到了地窖。幸運的是，所有衛兵都跑到上面去追所謂的巴斯提安．巴爾沙札．巴克斯了。牆上的火把為他照亮了路，他越往下走，越感覺到地下跟地上一樣多層。終於他走到最底層，很快就在一間地窖裡發現海克里旺、海斯博得和海多恩。他們很憔悴，看起來真讓人於心不忍。

敵人用鐵鍊綁住他們的手腕，把他們吊在一個無底坑上面。鐵鍊從他們頭上的一個絞盤拉下來，絞盤上被扣鎖鎖著，所以沒辦法搖動。

巴斯提安站在那裡，不知道該怎麼辦。

三個騎士都閉著眼睛；不知道是睡著了，還是昏迷了。聽到聲響，海多恩首先睜開左眼，看到巴斯提安就叫出來說：「嘿，朋友，看看誰來了？」

另外兩個用力睜開眼睛。一看，臉上不禁現出笑容。

「我們就知道你不會丟下我們不管！」海多恩叫道。

「我不知道怎麼把你們放下來？」巴斯提安說，「絞盤鎖住了。」

「只要抽出你的寶劍把鐵鍊砍斷就行了。」海斯博得說。

「然後讓我們掉進坑裡？」海克里旺說，「這可是個餿主意。」

「反正，」巴斯提安說，「我也不能抽我的寶劍。斯干達如果不自己跳到我手上，我就不能用它。」

「這就是佩帶魔劍的麻煩，」海多恩說，「你需要它，它就罷工。」

「嘿！」海斯博得低聲說，「衛兵有絞盤的鑰匙。不知道它們放在哪裡？」

「我記得是在一塊可以打開的石板裡面，」海克里旺說，「可是那時候我吊在這裡，看不清楚。」

巴斯提安找了又找。火光很暗，又搖曳不定。過了一會兒，他發現有一個石板比別的石頭突出；他小心掀開，果然看到了鑰匙。

他把那副大鎖打開，開始慢慢的搖絞盤。絞盤轉動時聲音很吵，那些武裝巨人如果耳朵沒有聾掉，早該聽見了。可是吵歸吵，總不能停下來不轉。巴斯提安一直搖到三騎士與地面同樣高的地方，把他們前後推動，讓他們踩到地面才放下來。他們精疲力竭的倒在地上，動彈不得；再說，他們的手腕都還綁著沉重的鍊條。

巴斯提安沒有時間多想了，因為石梯上傳來了鏗鏘聲。是衛兵！他們的盔甲好像大蟲的殼，在火光下閃耀。他們動作一致，全部拔劍朝著巴斯提安衝過來。

斯干達終於從生鏽的鞘中跳出，飛進巴斯提安的手中。它迅如閃電般的向打頭陣的鐵甲巨人揮舞過去。說時遲那時快，一下子就把他砍成碎片。

這時巴斯提安才知道這些巨人是什麼做的。他們全都是空空的盔甲殼子，裡面什麼都沒有！他們為什麼會走動？他沒有時間去想。

巴斯提安所在的位置很有利。因為地牢入口狹窄，一次只能容納一個巨人向他攻擊，然後斯干達就一個一個把他們切成碎片。只一會兒工夫，他們的殘骸就堆積如山，像一堆黑色蛋殼。這樣子砍掉大約二十個以後，其他人就撤退了。顯然他們是想找更有利的位置，半路攔截巴斯提安。

巴斯提安利用這瞬間的空檔，用斯干達砍斷三騎士手腕上的鐵鍊。

海克里旺和海多恩拖著腳步，伸手想去拔劍，很奇怪，黑色巨人沒有把他們的劍拿走，可是他們的手都不聽使喚；因為吊太久，都麻了。至於最瘦弱的海斯博得，連站都站不住。他的兩個朋友只好扶著他。

「沒有關係，」巴斯提安說，「斯干達不需要幫忙。你們只要站在我後面，不要擋路就可以了。」

他們離開地牢，慢慢的爬上樓梯，來到一間大廳。突然間，所有的火炬都熄滅。大廳裡一片黑暗，只有斯干達發出一片光亮。

這時又傳來許多鐵甲巨人的鏗鏘聲。

「快！」巴斯提安叫道，「回到樓梯那裡！這裡有我。」

他看不到三個騎士是不是服從了他的命令，也沒有時間去看，因為斯干達已經在他手上揮舞起來。整個大廳全是它銳利的白光。對方想把巴斯提安從樓梯頂端逼回去，從四面八方攻擊他。可是他們的出擊沒有一次碰得到他。斯干達在他的身邊旋轉，速度快得像幾百支劍一樣。幾分鐘之後，他的身邊就累積了一堆黑色盔甲碎片。

「上來！」巴斯提安叫他的同伴。

三騎士站在樓梯口看得目瞪口呆。

海克里旺的鬍髭在顫抖。「我從來沒有看過這種事！」他叫道。

「我會跟我的子孫講！」海斯博得吶吶的說。

「問題是，」海多恩悲哀的說，「他們不會相信你。」

巴斯提安握著劍站在那裡，不知道下一步幹什麼好。這時，斯千達突然飛回劍鞘裡。

「危險已經解除了。」他說。

「至少不必再用劍了。」海多恩說，「我們現在怎麼辦？」

「現在，」巴斯提安說，「我要去認識一下那個莎異。我要跟她好好討教一番。」

巴斯提安和三騎士爬了好多道樓梯，來到地面。

奧特里歐和福哥兒早在那裡等著他們了。

「你們幹得好！」巴斯提安拍拍奧特里歐的背說。

「那些鐵甲巨人怎麼樣了？」奧特里歐問。

「都是空殼子。」巴斯提安輕蔑的說，「莎異在哪裡？」

「在上面的魔法屋裡。」奧特里歐回答。

「跟我來！」巴斯提安從奧特里歐手上接過銀披風時說。他們一行人──包括福哥兒爬上寬敞的樓梯，往樓上走。

巴斯提安一走進魔法屋，莎異就從她那紅珊瑚的寶座上站起來。她穿著一件軟絲長袍，火焰般的紅髮盤起來，編得高聳入雲。她的臉和她瘦瘦長長的手白得像冰冷的大理石一樣。她的眼睛很奇怪，老是有些什麼東西令人困擾。巴斯提安仔細看了一會，才知道是怎麼一回事，原來莎異兩隻眼睛顏色不一樣：一個綠，一個紅。她在發抖，顯然是因為害怕巴斯提安的緣故。他直視著她的臉，她便閤上長長的睫毛。

魔法屋裡都是一些奇怪的東西，搞不懂是幹什麼用的。有很大的圓球，上面都是圖案；有星座鐘；有從天花板直垂下來的鐘擺；有很貴重的香爐，裡面冒出各種顏色的濃煙，好像霧一般匍匐在地面上。

巴斯提安一直沒說話。這似乎粉碎了莎異的鎮靜，因為她突然跪在他面前，把他的一隻腳抬起來放到她的脖子上。

「我的君王！」她的聲音很低沉，聽起來很神秘，「幻想國沒有人能夠抵抗你。你比誰都強，比全部的妖魔加起來還危險。如果你因為我太愚蠢，不懂得你的偉大而要懲罰我，那麼就請你把我踩在腳下蹂躪！是我惹你生氣。可是如果你願意再一次表現你遠近知名的寬容大度，讓我作你忠實的僕人而為你做牛做馬，我發誓全心全意尊敬你。你想要做什麼，你就叫我去做。我會成為你謙卑的學生，遵從你的每一項指示。我悔恨我企圖加諸你的傷害，並請求你的饒恕。」

「莎異，起來！」巴斯提安說。沒有錯，他原本滿腔怒火，可是她的話取悅了他。如果她的行為真的出於無知，現在又真的這麼後悔的話，再懲罰她就不免有失尊貴了。再說她還想全心服侍自己，他看不出有什麼理由拒絕她。

莎異起身，頭低低的站在他的面前。

「不論我吩咐的事情有多難，」他問，「你都會無條件的服從我嗎？你都會聽從我的話，不爭辯，不抱怨嗎？」

「我會服從的，我的君王。」莎異說，「以後你會看到，我的魔法加上你的力量，我們沒有什麼事辦不到。」

「很好！」巴斯提安說，「那我就接受你作我的僕人。你要離開這座城堡，跟隨我去象牙塔。我要去見月童。」

有那麼一瞬之間，莎異的眼睛閃耀著詭秘的紅和綠的光芒，但是很快就在長睫毛下隱藏起來。她說：「聽任你的指揮，我的君王。」

於是他們全部下了樓。到了城堡外面，巴斯提安說：「第一件事就是把其他人找回來。天曉得他們現在跑到哪裡去了。」

「他們就在附近，」莎異說，「我剛才故意把他們引開了。」

「下不為例。」巴斯提安說。

「下不為例。」她同意的說，「但是我們怎麼去呢？這樣的森林，這樣的夜晚，你要我走路嗎？」

「福哥兒會載我們，」巴斯提安說，「牠很強壯，我們全部坐上去，牠都載得動。」

福哥兒抬頭看著巴斯提安，寶石紅的眼睛閃著光芒。

「我是很強壯沒錯，巴斯提安．巴爾沙札．巴克斯，」牠那銅鈴般的聲音悶悶的說，「可是我不載那個女人。」

「喔！要，你要載！」巴斯提安說，「這是我的命令。」

祥龍看看奧特里歐，奧特里歐點點頭。那動作小得幾乎看不見，可是巴斯提安看見了。

他們都爬到福哥兒背上，然後福哥兒升空。

「怎麼走？」牠問。

「直直向前走。」莎異說。

「怎麼走？」福哥兒好像沒聽見，又問。

「直直向前走！」巴斯提安叫道，「你明明聽到了。」

「照她的指示走。」奧特里歐小聲的說。福哥兒接受了。

半個小時以後，這時天空已經漸漸亮起來，他們看到了許多營火，於是祥龍降落。這時候還是有新的人一直在加入，許多人還帶著帳篷。營地位於蘭花森林旁一處遍生野花的草地，看起來簡直是一個帳篷都市。

「你們現在總共有多少人？」巴斯提安問。

巴斯提安不在的時候，代管旅行隊伍的藍精靈回答說，一時之間還算不出精確的數字，可是他猜測大約接近一千人。「另外還有一件事要報告，」他說，「這件事很奇怪。我們紮營後不久，半夜之前出現了五個鐵甲巨人。他們很和平，也不理會別人。當然，我們也不敢接近他們。他們抬了一頂紅珊瑚大轎子，可是裡面是空的。」

「這五個人是我的轎夫，」莎異用懇求的口氣對巴斯提安說，「昨天晚上我先派他們出來。這是最愉快的旅行方式。但願你不會生氣，我的君王。」

「我不喜歡這種事。」奧特里歐打斷她的話說。

「為什麼？」巴斯提安說，「你有什麼異議？」

「她高興怎麼旅行是她的事，」奧特里歐冷冷的說，「不過她一定是事先就知道自己要來這裡，所以先把轎子遣到這裡。這一切都在她的算計之中。你的勝利事實上是失敗了。她故意讓你贏，這是她的計謀。」

「夠了！」巴斯提安氣得臉都紅了，「我沒有要你講話，你的演講讓我噁心。你懷疑我的勝利，污蔑我的寬大。」

奧特里歐想要說話，巴斯提安卻對他叫道：「閉嘴，走開。你們兩個如果不滿意我，請便，我不會留人！你們高興去哪裡，隨便你們！我討厭你們！」

巴斯提安雙手抱在胸前，轉身背對奧特里歐。周圍的人全都驚惶失措，奧特里歐也靜靜的站在那裡。巴斯提安以前從來不曾這樣當眾斥責他；他驚詫萬分，差點喘不過氣來。他等待了一會兒，可是巴斯提安並沒有回過身來。他就慢慢的走開，福哥兒也跟著走了。

莎異笑了，那是不懷好意的笑。

這一刻之間，巴斯提安在人類世界裡的最後一絲記憶終於消失了。

第21章
星星修道院

幻想國各地的使者不斷加入這支軍隊，他們都要追隨巴斯提安去象牙塔。要清點人數是不可能的；因為每次要算，都有新的人加入。每天早晨總是好幾千人一起上路，每天晚上他們的營地是最奇異的帳篷城市。

與巴斯提安同行的這些人，身材高矮胖瘦，真是千奇百怪；所以他們的帳篷有的大得像馬戲團，有的小得像別針。他們的交通工具也令人驚奇，有普通的篷車，也有平常很少見的滾桶、跳球、裝自動腿的爬行容器。

所有的帳篷裡，最壯觀的自然非巴斯提安莫屬；大小與形狀相當於一棟房子，用光亮華麗的絲綢搭起來，而且還有金線與銀線刺繡。篷頂上插著一根旗子，旗子上有巴斯提安的徽章：七柱燭臺。帳篷裡面是柔軟的地毯和墊子。他的帳篷位置永遠是在營地的中央，藍精靈守在入口。他現在已經成了巴斯提安的侍臣。

奧特里歐和福哥兒仍然在隊伍裡面。可是自從巴斯提安當眾斥責他以後，他們就沒有再講過話。

巴斯提安暗地裡一直在等他道歉。

可是奧特里歐毫無表示，福哥兒也沒有到他面前來讓步的意思。

這種事，巴斯提安告訴自己，他們需要學習。如果他們希望他回頭的話，他們要好好想想。他的意志有如鋼鐵，不會屈服。可是如果他們肯順從，他會張開手臂歡迎他們。如果奧特里歐跪在他面前，他會把他扶起來，然後說：不要向我下跪，奧特里歐，你是我的朋友，永遠是我的朋友……

可是至少到目前為止，奧特里歐和福哥兒一直走在隊伍的後面。福哥兒好像一下子忘了怎麼飛一樣，一直用走的；奧特里歐跟他走在一起，大部分時候都垂頭喪氣。這兩個一向自豪的飛行偵測家，現在滿心憂傷。巴斯提安對這一點快快不樂，可是他無能為力。

他開始厭倦騎騾子依卡，有時候就去莎異的轎子找她。她以極度的尊敬來接待他，給他最舒服的位子，還坐在他的腳前。她舌粲蓮花，可以想到各種有趣的話題，而且也注意到他不喜歡別人問他以前人類世界的事情，所以絕口不提。大部分時候她都吸著東方水煙筒。那煙管活像一隻翡翠綠毒蛇，管口就像蛇頭。每次她含著管口抽煙，就好像在咂吮吸吻著這隻蛇一樣。而那煙不停的變換顏色，從藍變黃，變粉紅，變綠，從她的口和鼻子懶散的噴出來。

「莎異，」巴斯提安有一次若有所思的望著外面抬轎的鐵甲巨人說，「有一件事我一直想要問你。」

「我的君王，你的奴隸正俯首聆聽。」莎異說。

「我上次跟你的衛兵打仗的時候，」巴斯提安說，「發現他們的盔甲裡面空空洞洞。為什麼他們還會動？」

「那是因為我的意志。」莎異微笑的說，「就因為他們是空的，他們才會聽從我的意志。我的意志可以控制任何空洞的東西。」

她用那一紅一綠的眼睛睨著巴斯提安，這種眼光一時之間如魔似蠍一般，讓巴斯提安湧上一種很怪異的感覺。但她很快就垂下眼。

「那麼我的意志也可以控制他們嗎？」他問。

「當然可以，我的君王，」她回答，「你做起來可以比我好千百倍。有你在，我根本不算什麼。你要不要試試看？」

「現在不要！」巴斯提安說。這個想法使他害怕，「下次再說吧！」

「告訴我，」莎異說，「你真的喜歡騎著騾子嗎？讓意志受你控制的人抬著你走，你不喜歡嗎？」

「可是依卡喜歡載我！」巴斯提安幾乎是氣憤的說，「牠樂在其中！」

「所以你就情願這樣讓牠開心？」

「是啊！」巴斯提安說，「沒什麼不對啊！」

莎異從嘴裡噴出一口綠煙。

「啊！沒什麼不對，我的君王。你做的事怎麼會錯呢？」

「你想說什麼，莎異？」

她頂著火焰般的紅髮向他深深一鞠躬。

「你太為別人著想了，我的君王。」她低聲的說，「你自己是最偉大的，其他人根本不值得你這樣在意。如果你答應我不生氣，我要大膽勸你多為你的完美想想。」

「這跟依卡有什麼關係？」

「沒什麼關係，我的君王，幾乎沒有關係。只是像你這樣重要的人物，不應該用這種坐騎的。每次看到你騎著這麼寒蠢的畜生我就難過，大家也都很奇怪。只有你，我的君王，不知道你在虧待自己。」

巴斯提安什麼都沒說，可是莎異的話已經深深印入他的腦海。

第二天，巴斯提安騎著依卡走在隊伍前面。經過一片青蔥芬芳的紫丁香草原時，他便決定接受莎異的勸告。

中午時分，隊伍停下來休息。這時，他便拍拍騾子的脖子說：「依卡，我們該分手的時候到了。」

依卡懊喪的叫了一聲。「為什麼，主人？」牠問，「我工作不夠認真嗎？」牠的眼淚滾滾而下。

「不是！」巴斯提安連忙安慰牠，「你載我的時候一直都很溫柔，一直都很有耐性而且又肯吃苦，所以我決定獎賞你。」

「我不要什麼獎賞，」依卡說，「我只想好好載你。除了這件事，再沒有更好的事了。」

「你以前不是告訴過我，你很遺憾騾子不能有小孩？」

「是的！」依卡說，「因為等我年老以後，我沒有子孫可以回憶分享這段快樂的時光。」

「那好！」巴斯提安說，「我就給你講一個故事，這個故事以後會變成真的。而且我只跟你講，不跟旁人講，因為那是你的故事。」

於是他附在依卡的耳朵旁，輕聲說：「離這裡不遠的地方，有一片紫丁香花草原，你兒子的父親在那裡等你。牠是一匹白色駿馬，背上有白色的天鵝翅膀。牠的鬃毛和尾巴長可垂地。牠偷偷的跟著你已經好幾天了，因為牠對你有一份堅定不移的愛。」

「對我？」依卡驚異的說，「我只是一頭騾子，而且也不年輕了。」

「在牠的眼裡，」巴斯提安低聲的說，「你是全幻想國最美麗的動物，或許也是因為你載了我的緣故。可是牠很害羞，你的身邊有人，所以牠不敢接近你。你必須去找牠，要不牠會因為相思而死去。」

「唉！」依卡嘆口氣，「事情真有那麼嚴重？」

「是的！」巴斯提安在牠的耳朵邊說，「現在，再見吧！依卡。你只要去那裡，就會找到牠。」

依卡走了幾步，又回過頭來。

「坦白講，」牠說，「我有點怕。」

「沒什麼好怕的。」巴斯提安微笑著說，「還有，別忘了跟你的孩子和孫子提起我。」

「謝謝你，主人。」依卡說著，走了。

巴斯提安在牠身後看牠了好一會。把牠遣走，他並不快樂。他走進帳篷，躺在柔軟的墊子上呆望著篷頂。

他一直告訴自己，他已經為依卡實現了牠最渴切的願望。可是他並不覺得好過一些；因為他做好事的理由，其實全是為了自己的虛榮。

可是這些對依卡而言卻沒什麼兩樣，因為牠真的找到了那匹有翅膀的白馬。他們後來結婚，生了一個兒子，是一匹白色、有翅膀的騾子，名叫巴達撥蘭。巴達撥蘭後來在幻想國還享有極高的名聲。不過這是另外一個故事了。

遣走依卡以後，巴斯提安就一直坐在莎異的轎子上。她甚至還想讓出轎子，讓他盡可能的舒適，可是巴斯提安不接受，所以他們倆就一直乘坐那頂舒適的紅珊瑚轎子。從那時開始，這頂轎子就走在隊伍前面了。

巴斯提安仍然悶悶不樂，而且隱約有些厭惡。莎異勸說他放棄騾子之後，他跟她講話時一直都是簡單的一兩個字，並沒有真正交談過。

莎巽很快就洞悉了他的心事。

為了要把他的心思引開，一天，她興致盎然的對他說：「我想送你一件禮物，我的君王，如果蒙你恩賜，願意接受的話。」

她從座墊下拿出一個雕鏤華麗的盒子。

巴斯提安渴盼的看著。她打開盒子，拿出一條奇異的腰帶。這條腰帶的每一個環、每一個釦子都是用清澈的玻璃磨成的。

「這是什麼東西？」巴斯提安問。

「這是隱身腰帶，你一戴上去，別人就看不到你。可是你想擁有這條腰帶，我的王，你就必須給它取一個名字。」

巴斯提安端詳著腰帶，然後說：「甘瑪兒。」

莎巽點點頭。

「這條腰帶是你的了。」莎巽微笑著說。

巴斯提安接過來，拿在手裡，猶豫不決。

「你要不要試試看？」她接著問，「試試看靈不靈？」

巴斯提安很驚訝，因為那腰帶十分合身。可是他想解開腰帶時，卻不容易；因為他既看不到釦子，也看不到自己的手。

「快救我！」他驚慌的說。他突然間很害怕自己會永遠找不到扣子，永遠隱身。

「你必須學會怎麼使用這條腰帶。」她說，「我剛開始也一樣。請允許我幫助你，我的君王。」

她的手伸向空無一物的空間，一下子就解開了腰帶。巴斯提安又看見自己，不禁鬆了一口氣。他笑了，莎異抽著水煙管也笑了。

如果別無其他用意，至少她已經逗他開心。

「現在你不會受傷害了！」她柔和的說，「這對我的意義非比尋常喲！」

「傷害？」巴斯提安有些迷惑，他問，「什麼傷害？」

「喔！誰都不能跟你爭辯，」莎異低聲的說，「如果你不夠聰明的話，你的危險來自內心，所以要保護你才難。」

「來自內心？什麼意思？」

「一個聰明人是超然物外的，他心無愛憎；可是，我的君王，你卻收藏友情。你的心應該要像冰雪覆蓋的山峰一樣，既冷酷又無情；可是你卻不然。就是因為這樣，別人才能夠傷害你。」

「別人？什麼人？」

「一個傲慢無禮，但你還是關心他的人。」

「說清楚一點。」

「那個粗魯、傲慢，從綠皮族來的野蠻人，我的君王。」

「奧特里歐？」

「是的！還有那粗暴無禮的福哥兒。」

「你認為他們想傷害我？」

巴斯提安都快笑出來了。

莎異低下頭不說話。

「我絕不相信！」巴斯提安說，「我不想聽了。」

莎異依然不說話，頭更低了。

沉默良久，巴斯提安問：「你認為奧特里歐想幹什麼？」

「我的君王，」莎異低聲說，「我但願我什麼都沒有說。」

「反正你已經說了，」巴斯提安叫著說，「你把一切都說出來吧！不要吞吞吐吐。你知道什麼事？」

「我為了你的生氣而戰慄，我的君王！」莎異吶吶的說，而且她真的在發抖。

「可是，就算以我的性命作代價，我也要告訴你。奧特里歐密謀要奪走你的奧鈴，如果偷不成——就用武力。」

一時之間，巴斯提安簡直無法呼吸。

「你有證據嗎？」

莎異搖搖頭。

「我的直覺，」她吶吶的說，「無法用語言來解釋。」

「那麼就說給你自己聽吧！」巴斯提安臉脹得紅紅的，「不要誹謗全幻想國最可靠、最勇敢的孩子。」

說完，他跳出轎子走了。

莎異手指摩挲著煙管的蛇頭，紅綠色眼睛閃耀著光芒。

過了一會，她笑了起來，嘴裡噴出一股柔軟的煙，低聲自言自語：「等著瞧，我的君王，甘瑪兒腰帶會讓你看得清清楚楚。」

當天晚上紮營之後，巴斯提安走到他的帳篷。他命令藍精靈不准任何人，尤其是莎異進去。他要自己一個人好好想事情。

莎異女巫毀謗奧特里歐的那些話並不值得他煩惱。他煩惱的是另一件事：他的智慧。

他已經歷了很多事情；他知道歡樂與恐懼、懊喪與勝利。他從一個願望奔赴另一個願望，從未休止。可是這些事情從未給他帶來寧靜與快樂。

想作智者，就要超然於歡樂與悲傷、恐懼與憐憫、野心與謙卑；而且，最重要的是，也要全然拋棄對他人的愛和恨。一個真正的智者，任何事情對他都不重要，任何事情都不能使他不安，任何事情都不能傷害他。是的，這種境界就是他最終的願望，這個願望才會將他真正想要的東西帶給他。

他想，他現在了解格洛喀拉曼講的話了。所以，現在他最想成為的是大智者，成為全幻想國最有智慧的人。

他走到帳篷外。

月光照著一片他一直沒有注意到的景色。群山圍繞著他們的帳篷城市，四面的山形狀非常奇異。大地一片無聲，空地上林木蓊鬱，可是那四面的山坡越往上，草木就越稀疏，終至於光禿禿的。遠處一片奇峰聳立，好像是天成的雕塑品。地無一絲風，天無一片雲。繁星閃爍，從來不曾這麼近過。

就在一座山峰之上，巴斯提安隱約辨認出一個圓頂建築。這幢建築應該是有人住的，因為裡面透出一絲微黯的光亮。

「我也注意到了，閣下。」藍精靈以他刺耳的聲音說，他正盡責的在巴斯提安帳篷的入口站崗。

「那是什麼？」

巴斯提安剛要說話，就聽到遠方響起一聲怪叫。那叫聲比貓頭鷹的長號更深沉響亮，這種聲音接二連三的響起來。

巴斯提安發現牠們真的是貓頭鷹，總共六隻。牠們從圓頂建築那邊飛過來，以難以置信的速度，翅膀幾乎不動的滑翔過來，一下子就飛到眼前。

巴斯提安這才看清楚牠們實在大得嚇人。牠們的眼睛很亮，豎立的耳朵覆蓋濃毛。牠們飛行的時候無聲無響，可是降落的時候，翅膀卻煽起陣陣旋風。

牠們坐在巴斯提安帳篷前的草地上，睜大眼睛四處轉頭看。

巴斯提安向牠們走去。

「你們是什麼人？」他問，「你們在找什麼？」

「我們是吾悉睹派來的。吾悉睹是直覺之母。」六隻貓頭鷹中的一隻說，「我們是支干星星修道院的信使。」

「支干星星修道院是什麼寺院？」巴斯提安問。

「那是智慧之家，」另一隻貓頭鷹說，「那裡面住的都是知識修士。」

「吾悉睹是誰？」巴斯提安問。

「他是三深思者之一。三深思者主持修道院，指導修士。」另一隻貓頭鷹說，「我們是黑夜信使，所以我們是吾悉睹的部下。」

「如果是白天，」第四隻貓頭鷹說，「就輪到想像之父舍固利派遣信使，他的信使是老鷹。如果是在白天與黑夜之際，就輪到理性之子移面譜派遣信使，那是狐狸。」

「舍固利和移面譜是什麼人？」

「他們是另外兩個深思者，我們的方丈。」

「你們來這裡幹什麼？」

「我們來尋找大智者，」第六隻貓頭鷹說，「三深思者知道他就在這帳篷城市裡，所以派我們到這裡來請求他給我們啟示。」

「大智者？」巴斯提安問，「誰是大智者？」

六隻貓頭鷹一起回答：「他的名字叫巴斯提安・巴爾沙扎・巴克斯。」

「你們已經找到他了。」巴斯提安說，「我就是。」

牠們一起鞠躬。由於牠們動作很快，好像痙攣一樣，所以雖然個頭龐大，看起來卻顯得很滑稽。

第一隻貓頭鷹說：「三深思者，謙卑恭敬的邀請你光臨星星修道院。他們有一個窮其一生都沒辦法解答的問題，希望你能替他們解答。」

巴斯提安若有所思的撫著臉頰。

「很好！」過了一會兒，他說，「可是我必須帶兩個手下去。」

「我們共有六個人，」第一隻貓頭鷹說，「每兩個可以載你們一個人。」

巴斯提安轉身對藍精靈說：「去叫奧特里歐和莎異來。」

藍精靈向他一鞠躬，就去了。

「他們要我解答什麼問題？」巴斯提安問。

「啊！大智者，」一隻貓頭鷹說，「我們只是可憐無知的信使，我們甚至不屬於最低階級的知識修士。三深思者窮其一生都不能解答的問題，我們怎麼可能知道呢？」

幾分鐘以後，藍精靈帶著奧特里歐和莎異來了。

奧特里歐站在巴斯提安前面，低聲的問：「為什麼要找我？」

「是啊！」莎異說，「為什麼要找他？」

「你們以後就會知道。」巴斯提安說。

這些貓頭鷹有不凡的遠見，早就隨身帶了鞦韆。巴斯提安、奧特里歐和莎異坐在鞦韆上，這些黑夜巨梟爪裡各抓住一根鞦韆繩子，升空而去。

他們到達支干星星修道院之後，才發現那圓屋頂其實不過是一棟建築物最上層的部分。這棟大建築物有許多方形的小室，數不清的小窗子。外牆陡峭得簡直就像懸崖，如果不是經過邀請，外人根本就進不去。

那些方形的小室包括知識修士的靜室、圖書館、以及信使的住所。會堂位於圓房頂下方，是三深思者授課的地方。

知識修士來自幻想國各地。任何人都想要進入星星修道院，都必須與他們的家庭和故鄉斷絕來往。這些修士的生活很清苦節儉，心無旁騖的追求知識。這個團體很難加入，考試很艱深，而三深思者又定了最高的標準。所以修道院的修士從來沒有超過三百個以上，可是他們是全幻想國最聰明的人。他們的人數曾經減少到只有七個，可是三深思者從來就沒有放寬入院規定。目前，院裡的修士大約兩百人左右。

巴斯提安在奧特里歐和莎異的陪同之下走進會堂。會堂裡面是種類繁雜的幻想國人。這些幻想國人跟他自己的隨從只有一點不同，那就是他們全穿著深褐色粗布僧袍。

修士團的方丈——也就是那三個深思者——身體都跟人類一樣，只有頭部不同。直覺之母吾悉睹是貓頭鷹面，想像之父舍固利是老鷹頭，理性之子移面譜是狐狸頭。他們坐在雕花的石椅上，看起來很高大。

奧特里歐和莎異看到他們，似乎很害怕，只有巴斯提安大步向他們走去。舍固利坐在中間，他顯然是三深思者中最老的一個。他用頭點點他們面前的一張椅子。巴斯提安便在那張椅子上坐下來。

沉默良久，舍固利講話了。他的聲音很柔和，可是低沉渾厚得令人驚訝。

「從無始以來，我們一直在思考我們這個世界的一個謎題。在思考這個問題上，移面譜的理性不同於吾悉睹的直覺，吾悉睹的直覺不同於我的想像，我的想像又不同於移面譜的理性。這真難以忍受，而且不能再這樣下去了。所以我們才邀請您大智者來這裡指導我們。你願意嗎？」

「我願意。」巴斯提安說。

「那麼，大智者，請問幻想國是什麼？」

巴斯提安沉默了一會，才說：「幻想國是說不完的故事。」

「給我們一點時間想一想你的答案。」舍固利說，「我們明天此時在這裡見面。」

三深思者和所有的知識修士安靜的起身，離開了會堂。

知識修士把巴斯提安、奧特里歐和莎異領到客房。

客房裡已經準備了一些簡單的寢具等他們。他們的床鋪是木板床，上面鋪著羊毛毯。巴斯提安和奧特里歐都不在意，但莎異卻想用魔法變出比較舒適的床來。可是她很快就發現她的魔力在這座修道院裡沒有用，不禁感到很沮喪。

隔天深夜，眾修士與三深思者又在會堂集合。

巴斯提安照樣坐在高位，莎異和奧特里歐分坐兩旁。

這一次是直覺之母吾悉睹問問題。他用他那貓頭鷹的眼睛細細端詳巴斯提安，然後說：

「我們思考過你的答案，大智者。可是我們又有新的問題。如果照你所說，幻想國是說不完的故事，那麼哪裡可以找到這個說不完的故事呢？」

巴斯提安沉默了一會，然後說：「在一本古銅色綢布裝訂的書裡面。」

「給我們一點時間想想你的答案，」吾悉睹說，「我們明天此時再見。」

隔天晚上，他們又在會堂集合。這一次是理性之子移面譜發言。

「我們把你的話又想了一次，大智者。」他說，「可是我們又有了新的問題，使我們很困惑。如果我們的世界——幻想國——是一個說不完的故事，這個說不完的故事是在一本綢布裝訂的書裡，那麼這本書在哪裡？」

巴斯提安沉默了一會，然後說：「在一所學校的閣樓裡。」

「啊！大智者，」狐狸頭的移面譜說，「我們不懷疑你的話；但是現在我們請求你讓我們看看真相。你有辦法讓我們看到真相嗎？」

巴斯提安考慮了一下，然後說：「我相信我有辦法。」

奧特里歐不禁驚訝的看著巴斯提安，莎異那一對紅綠色的眼睛也現出懷疑的眼神。

「我們明天此時見面，」巴斯提安說，「但不是在這裡，在修道院的房頂上。到時候你們的眼睛要緊盯著天空。」

隔天晚上跟前三天晚上一樣晴朗。時間到了，三深思者和眾修士都齊集在星星修道院的屋頂上。奧特里歐和莎異雖然不知道巴斯提安要幹什麼，也都到了。

巴斯提安爬到圓屋頂頂端，瞭望四處。他第一次這樣遠遠的看到地平線上的象牙塔。象牙塔在月光下閃閃發光。

他從口袋裡拿出愛爾．察希耳。這顆石頭在黑暗中放出柔和的光芒。

他心裡回想著阿瑪干斯圖書館門上的那些字——

倘若將我名姓
從尾到頭呼喚一次
我將在一瞬之間
燃燒百年光芒

然後他高高舉起愛爾．察希耳，叫了一聲：「耳希察．爾愛！」

天空出現了一道逼目閃光，照亮了整個地方。閃光下是一所學校的閣樓，屋梁因為年久而變得很黝黑。這個景象一下就消失了。

百年的光芒一旦消失，愛爾．察希耳也跟著不見。

在場的人，包括巴斯提安在內，過了好一會兒才重新適應星星和月亮那微弱的光明。

他們回到會堂。剛剛的景象震懾了每一個人。

巴斯提安最後一個進來。所有的知識修士和三深思者看到他進來，都站起來向他鞠躬。

「我不知該說什麼來謝謝你！」舍固利說，「你發出的閃光啟示了我。啊！大智者，在那神秘的閣樓裡，我看到了我的同類——一隻老鷹。」

「你錯了，舍固利。」貓頭鷹臉的吾悉睹微笑著說，「我看得很清楚，是一隻貓頭鷹。」

「你們兩個都錯了，」移面譜叫著說，他的眼睛很明亮，「那是我的親戚，一隻狐狸。」

舍固利害怕的舉起他的手。

「我們又回到原地了！」他說，「只有你，大智者，才能解答這個新的問題。我們誰對？」

巴斯提安平靜的笑一笑，說：「三個都對。」

「給我們一點時間想想答案。」吾悉睹說。

「你們有的是時間，」巴斯提安說，「因為我們現在要走了。」

三深思者和所有的知識修士臉上都露出極度失望的表情。他們請求巴斯提安留下來，甚至永遠都不要走。可是他聳聳肩，拒絕了。

於是，六名信使便把他和隨從們送回了帳篷城市。

當天晚上，由於意見上第一次分歧得這麼厲害，三深思者之間的和諧起了波瀾。

幾年之後，這個團體就分裂了。後來，直覺之母吾悉睹、想像之父舍固利，和理性之子移面譜各自創辦了自己的修道院。可是這是另外一個故事了。

當天晚上，巴斯提安也喪失了所有上學的記憶。那閣樓和他偷來的那本古銅色綢布裝訂的書從他的心靈中消失了。

他甚至不再問自己是怎麼到幻想國來的。

第 22 章

象牙塔爭奪戰

斥候回到營地報告說，象牙塔離此已經不遠，大約再走兩天，最多三天就到了。可是巴斯提安似乎猶豫不決。他命令隊伍停止。可是等到他們安頓到一半的時候，他又命令他們出發。這種情形已經發生好幾次，沒有人知道他為什麼這麼古怪，也沒有人敢問他。自從他在星星修道院做了那次偉大的表演之後，他就變得難以接近，甚至連莎異亦然。

魔法並不是什麼大不了的事，到處可見，可是大部分人還是接受了他那些矛盾的命令。偉大的人，他們想，總是讓普通人想不透。奧特里歐和福哥兒同樣也有些迷惑，對巴斯提安的變化，他們完全搞不懂。

巴斯提安心裡有兩種感情在掙扎拉鋸，兩種都平息不下來。一方面他渴望見到月童——他現在成名了，受到全幻想國人的敬仰，可以與她平起平坐了，但是另一方面他又怕她把奧鈴要回去。然後呢？她會不會把他送回他幾乎已經遺忘的世界？他不想回去，他想保有奧鈴。可是他又反過來想，她一定會把奧鈴要回去嗎？也許那是她給他的禮物，是永遠屬於他的。這一想，他就等不及要見她，於是就下令隊伍前進。可是，等到他心裡有了懷疑，他又命令隊伍停止，把事情從頭到尾重新想一次。

就在這樣急行軍和冗長的耽擱輪番更替之下，隊伍終於到達了著名的廣大無垠、有著蜿蜒小徑的迷宮花園的邊緣了。地平線上，象牙塔在黃昏的金黃色天空中閃耀生輝。

這一片燦爛美麗的景色震懾了所有的人。他們全都靜靜的站著，巴斯提安也是，連莎異都顯出驚異的表情，因為這是她以前從來沒有看過的。走在隊伍後面的奧特里歐和福哥兒還記得前幾次他們看到迷宮花園的情形。那時候所見跟現在都不一樣。那時的迷宮花園是空無肆虐之後的荒地，如今卻是這麼蔥蘢翠綠。

巴斯提安決定不再前進，他下令紮營過夜，並派遣信使去向月童致敬，讓她知道他將在明天到達象牙塔，然後他就在帳篷裡躺下來睡覺。可是他在床上翻來覆去，因為心裡有煩惱而睡不著。無庸置疑，自從來到幻想國以後，這是他最不快樂的一個夜晚。

半夜裡，他恍恍惚惚剛睡著不久，就被帳篷外面一陣激動的低語聲吵醒。

他起身走到外面。

「什麼事？」他嚴厲的問。

「這個信使，」藍精靈說，「說牠有很重要的消息要向你報告，等不及明天了。」

這個信使是一隻捷兔，藍精靈此時抓著牠的領子。捷兔的樣子就像是兔子，只不過牠們的外衣是色彩鮮豔的羽毛，而不是一般的皮毛。捷兔在幻想國跑得最快，牠們能以驚人的速度，迅速走完極遠的路。每次一跑起來，除了牠們揚起的灰塵，簡直就看不到牠們。就是因為這樣，這隻捷兔才會被選出來當信使。牠跑到象牙塔之後立刻又馬不停蹄的跑回來。藍精靈把牠擋下來的時候，牠還在氣喘吁吁的。

「請原諒我，先生，」牠一邊喘氣一邊鞠躬說，「請原諒我這麼大膽的打擾你休息。可是如果我不這樣做，你就會更生氣。月童不在象牙塔，她很久以前就不在那裡了。沒有人知道她現在在哪裡。」

巴斯提安心裡一下子又冷又空。

「你一定弄錯了！不可能的！」

「其他的信使回來以後，他們的消息一定一樣，先生。」

巴斯提安沉默了很久，然後無聲的說：「謝謝你！你走吧。」

他走回帳篷，坐在床上，雙手抱頭。

這是不可能的！月童必定知道他要來找她。會不會是因為她不想再看到他？或者她發生了什麼事？不，不可能！在她自己的王國裡，她會遭遇什麼事？

可是事實就是事實，她不在。這意思就是說他不用把奧鈴還給她。但他覺得不能再見到她，使他極為失望，極為痛苦。不論她有什麼理由，她的作為都令人難以置信；不，簡直就是侮辱。

這時候，他想起奧特里歐和福哥兒跟他講過的話。他們說沒有人能見到女王兩次。

這個想法使他很不快樂。他突然覺得很想念奧特里歐和福哥兒。他需要找一個人談談，把心事說出來。

然後他想到，他可以戴上甘瑪兒腰帶讓自己隱身；這樣他可以跟他們同在，卻又不必談及自己的羞辱。

他打開盒子，拿出腰帶，繫在腰間。等到習慣了看不見自己的那種怪怪的感覺之後，他走出去，在帳篷城市中走來走去，尋找奧特里歐和福哥兒。不論走到哪裡，他都聽到眾人激動的低聲談論。許多人在帳篷間走來走去，到處都有人三五成群，比手畫腳的談著。其他的信使這時都已經回來，月童不在象牙塔的消息立即像野火一般傳遍帳篷城市。

奧特里歐和福哥兒坐在營地邊緣的一株薔薇樹下。奧特里歐雙手抱胸，定定的望著象牙塔。祥龍坐在他旁邊，頭趴在地上。

「那是我最後的希望。」奧特里歐說，「我本來以為她會對他例外，讓他歸還徽章。可是現在這一切希望都破滅了。」

「她一定知道自己在幹什麼。」福哥兒說。

這時候，巴斯提安找到了他們，就在他們旁邊坐下來。

「是嗎？」奧特里歐喃喃而言，「他可不能再擁有奧鈴了！」

「你又能怎麼樣？」福哥兒說，「他又不肯放棄。」

「我要把奧鈴拿走。」奧特里歐說。

聽到這句話，巴斯提安腳下一沉。

「不容易！」他聽到福哥兒說，「可是如果你拿走了，我相信他沒有辦法再拿回去。」

「不一定！」奧特里歐說，「他的神力和魔劍都還在。」

「可是奧鈴會保護你，」福哥兒說，「即使對手是他。」

「不！」奧特里歐說，「我認為不會，對手是他就不會。」

「想想看，」福哥兒說，「如果在阿瑪干斯的第一天晚上，他就把奧鈴給你……」

奧特里歐點點頭，「我真不知道那時候會怎樣。」

「你要用什麼方法拿走奧鈴？」福哥兒問。

「我要用偷的。」奧特里歐說。

福哥兒猛然抬頭，光亮的紅寶石眼睛望著奧特里歐。奧特里歐垂著頭，聲音低低的說：

「我必須用偷的，我沒有別的辦法。」

福哥兒沉默了好一會才問：「什麼時候動手？」

「今天晚上就動手，明天就太晚了。」

巴斯提安聽得夠清楚了。他慢慢的走開。他只感到冷冷的空虛。正如莎異所說的，一切都變了。

他走回帳篷，解下甘瑪兒腰帶。然後他吩咐藍精靈去傳喚三騎士，海斯博得、海克里旺和海多恩。

他踱著方步等他們的時候，想到這一切莎異原先都已預見到了。他當時不相信她，可是現在不得不信了。他現在知道莎巽對他是真誠的，她才是他真實的朋友。可是或許還有可疑之處。或許奧特里歐不會真的動手，或許他現在已經反悔。如果是這樣，巴斯提安連提都不提這件事——雖然友誼如今於他已經不算什麼——這件事就讓它這樣過去。

三騎士到了以後，他告訴他們，他有理由相信今天晚上會有小偷到他的帳篷來偷東西。三騎士答道，他們會小心看守；不論那小偷是誰，他們都會毫不容情的將他逮捕。

吩咐完畢之後，他就去找莎巽。

莎巽躺在珊瑚轎子裡睡得很熟。她的五名黑色甲冑巨人在轎旁侍候。他們在黑暗中動也不動的站著，好像五顆鵝卵石一樣。

「我希望你們服從我。」巴斯提安輕聲的說。

五個巨人立刻把黑鐵臉轉過來面對他。

「命令我們，我們主人的主人。」其中一個鏗鏗然的說。

「你覺得你們有辦法對付祥龍福哥兒嗎？」巴斯提安問。

「那要看引導我們的意志而定。」那金屬似的聲音說。

「如果是我的意志呢？」巴斯提安說。

「那麼就沒有誰是我們不能對付的。」

「好，你們去牠那裡。」他指著奧特里歐所在的方向說，「奧特里歐一離開，你們就把牠抓起來。抓到以後，你們先留在那裡不要走，我要你們來的時候就會叫你們。」

「我們主人的主人，」那金屬似的聲音說，「我們會辦得好好的。」

五個黑色巨人跨著步子走了。莎巽在睡眠中露出了笑容。

巴斯提安回到帳篷。可是他一看到他的帳篷，不禁有些猶豫。如果奧特里歐真的來偷「寶石」，他們逮到他的時候，他不想在場。

他披著銀披風坐在附近的一棵樹下等著。時間慢慢過去，東邊的天空已經微微發白，很快就要黎明了。

巴斯提安開始希望奧特里歐已經放棄了計劃。就在這個時候，他突然聽到他的帳篷裡一陣騷動。

過了一會兒，海克里旺領著雙手反綁的奧特里歐走出來，另外兩個騎士跟在後面。巴斯提安站起來靠著樹幹。

「他真的偷了。」他喃喃的對自己說。

他走到他的帳篷。他沒有看奧特里歐，他受不了。奧特里歐的眼睛也一直看著地上。

「藍精靈，」巴斯提安命令道，「把全營的人都叫醒！每一個人都要來。另外要那五個黑色巨人把福哥兒帶過來！」

藍精靈粗厲的鷹鳴應了一聲，跑出去了。所有他經過的地方，大大小小帳篷裡的居民也跟著起身了。

「他沒有還手。」海克里旺指著奧特里歐說。

奧特里歐一動也不動的站在那裡，眼睛看著地上。

巴斯提安轉身走開，坐在一塊石頭上。

五個甲胄巨人也押著福哥兒到了。

四周已經聚集了一大群人。金屬腳步聲到的時候，眾人讓開了一條路給他們走。他們沒有把福哥兒綁起來，也沒有抓著牠，只是握著劍圍在兩邊。

「牠沒有反抗，主人的主人。」一個金屬聲音說。福哥兒趴在奧特里歐腳邊，閉著眼睛。

接下來是一陣死寂。群眾由四面八方湧來，伸著脖子探看。只有莎巽沒來。群眾的低語聲漸漸靜下來，所有的眼睛朝著巴斯提安和海斯博得看來看去。奧特里歐動也不動的站著，在灰白的晨光中，看起來就像是一尊石像。

最後，巴斯提安終於說話了。

「奧特里歐，」他說，「你想偷走月童的徽章占為己有。而你，福哥兒，你是這個計劃的同謀。你們兩個不只對我們長久的友誼不忠實，而且犯了不尊敬月童的罪愆，因為這顆『寶石』是她賜給我的。你們承認錯誤嗎？」

奧特里歐看了巴斯提安很久，然後點頭。

巴斯提安說不出話來。過了一會他才說：「我並沒有忘記，奧特里歐，是你把我帶到月童那裡的；我忘不了福哥兒在阿瑪干斯的歌唱。所以我會赦免你們，赦免一個盜賊和他的同謀。你們想怎麼樣都可以，可是請你們離開，走得越遠越好，不要再讓我看到你們。我要永遠放逐你們，從此以後我不認識你們。」

他吩咐海克里旺解開奧特里歐的鐵鍊，然後走開了。

奧特里歐靜靜的站在那裡好一會兒，然後看了巴斯提安一眼。那樣子像是有什麼話要講，而又改變了主意。他屈身在福哥兒耳邊說了幾句話。福哥兒坐起來，奧特里歐跳到牠的背上，牠就升空了。福哥兒直接飛進黎明的天空裡，動作儘管沉重呆滯，卻很快就消失在遠方。

巴斯提安走進帳篷，翻身上床。

「你終於完成真正偉大的事啦。」一個柔和的聲音說，「你現在什麼事都不在乎了，什麼事都不能阻擋你了。」

巴斯提安坐起來。那是莎異，她盤坐在帳篷裡最黑暗的角落。

「你？」巴斯提安說，「你是怎麼進來的？」

莎異微笑。

「啊！我的君王，沒有一個衛士擋得住我，只有你的意志才有辦法。你要我出去嗎？」

巴斯提安躺下來，開著眼睛。過了一會，他喃喃的說：「都可以，要走要留隨便你。」

她瞇著眼睛看他看了很久，然後說：「你在想什麼，我的君王？」

巴斯提安頭轉到另一邊去，沒有回答。

莎異知道這個時候不能隨他去。在他目前的心情下，他的心會離開她。她必須安慰他，並且用她的方式鼓舞他。她決心使他走上她為他——以及為自己——設計的道路。她知道，在目前的情況下，什麼隱身腰帶，什麼計謀都沒有用。這種情況需要更劇烈的藥，最劇烈的藥；換句話說，就是巴斯提安心中秘密的願望。

她在他身邊坐下來，低聲在他耳朵旁說：「我的君王，你什麼時候可以到達象牙塔？」

「我不知道！」巴斯提安說，「月童不在那裡，我還去幹嘛？」

「你可以去等她。」

巴斯提安轉過臉來看著莎異。

「你認為她會回來嗎？」

他語氣更強烈的又問了一次，莎異才回答：「不，我相信她不會回來。我相信她已經永遠離開幻想國，而你，我的君王，就是她的接班人。」

巴斯提安慢慢的坐起來，看著莎異一紅一綠的眼睛，過了好一會才完全明白她的話。

「哦？」他喘了一口氣說，臉頰都紅了。

「這個想法這麼可怕嗎？」莎異輕聲說道，「她已經把她權力的標誌給了你。她已經離開了她的帝國。現在，我的君王，你將成為孩童君王。只有你，才有這個權利。你的到來不只救了幻想國，還創造了幻想國！我們——包括我在內，全都是你的子民。你，大智者，為什麼還不敢取得屬於你的合法權力呢？」

巴斯提安的眼睛閃耀著一種森冷的熱力。莎異跟他談起一個新的幻想國，一個所有細節都按照他的意思來創造的世界。在這個世界裡，他可以隨意創造或破壞。不論善惡、美醜、智愚，每一個人都是他意志下的產物。他擁有不可思議的、無上的統治權；他的臣民的命運是他永恆的遊戲。

「然後，」她說，「你就真正自由了。沒有任何障礙，隨你高興怎樣就怎樣。你要不要想想看你心裡深處最想要的是什麼東西？是啊！你已經知道了。」

當天早上他們拔營。大隊人馬在巴斯提安和莎異的珊瑚轎子前導下，向象牙塔出發。那幾乎沒有盡頭的隊伍在迷宮花園的路徑中蜿蜒前進。傍晚的時候，前面的隊伍已經到了象牙塔，最後面的人卻還沒有進入那花卉的大迷宮。

不可能再有比這次歡迎更盛大的歡迎了。每一處屋頂和城垛都有小精靈舉著閃亮的小號吹奏。變戲法的人表演各式各樣的戲法。占星家宣告巴斯提安的偉大和好運。麵包師烘焙巨大如山的糕餅。大臣和議員護送珊瑚轎子通過擠滿群眾的「高街」，順著象牙塔越來越窄的迴旋道路盤旋而上，走向宮殿的大門。在莎異和高官顯要陪同之下，巴斯提安爬上雪白的臺階，穿過大廳和走廊，經過第二道大門，走過一座全是象牙動物、樹木和花卉的花園，越爬越高，經過一座橋，通過最後一道大門。現在，他就在塔頂上朝著木蘭閣走過去。可是那花座是封閉的，上去的那一段路很陡，很滑，誰都爬不上去。

巴斯提安記得上次受傷的奧特里歐也爬不上這一道斜坡，至少不是自己爬上去的。所有到達木蘭閣的人都不知道自己是怎麼上去的，因為這需要女王的賞賜。

可是他不是奧特里歐。如果現在有誰應該得到這個賞賜，那就是他了。並且，他不容許任何人、任何事妨礙他。

「叫工人來！」他命令，「我要他們在這片平滑的路面上挖出階梯。我要住到上面去。」

「先生，」一個最老的議員站了出來說，「我們的金眼願望司令還在的時候，這是她的住所。」

「叫你們做什麼就做什麼！」

巴斯提安對著他吼叫。

高官顯要嚇得往後退，臉色蒼白；可是他們遵從了他的命令。工人帶著木槌和鑿子來了。然而他們不論怎麼用力，就是沒辦法在那光滑的表面上敲出一點缺口。鑿子總是從他們手裡跳走，沒有留下一點痕跡。

「想想辦法！」巴斯提安生氣的說，「我的耐心有限。」

他轉身走開。他和他的侍臣——主要是莎異、海斯博得、海克里旺、海多恩和藍精靈——占用了宮殿裡其他的房間，等待他進入木蘭閣。

當天晚上，他召集了所有大臣和議員，在以前全國醫師為女王會診的大圓廳裡舉行了一次會議。他告訴他們，金眼願望司令已經把統治幻想帝國的權力留給了他——巴斯提安·巴爾沙札·巴克斯，他現在就要接收這片廣大無垠的領土。

最後，他要求大家完全服從他。

「我要特別強調，」他說，「即使你們不能理解我的決定也一樣，因為我跟你們不同類。」然後他宣布他將在七十七天之內登基，成為幻想帝國國王。這件事必須盛大慶祝；慶典的規模必須超過以往任何這一類的活動。他命令議員派遣信使到每一個地方去宣布這個消息。他希望每一個地方都要派代表來參加他的加冕典禮。

說完這些話，巴斯提安退去，只留下一群驚愕的議員和高官顯要，面面相覷。

他們不知道該怎麼辦才好。巴斯提安的話很可怕，讓他們站在那裡久久講不出話來。後來他們開始討論。討論了幾個鐘頭以後，他們決定還是服從巴斯提安的命令比較好。因為他畢竟戴著女王的徽章，因此不論女王這次是真的讓位給他，或者只是她又一次不可理解的決定，他們都應該服從他。

於是，他們就派出信使去各地宣布消息，同時執行了巴斯提安的每一道命令。

巴斯提安自己對加冕典禮並沒有多大的興趣。他把所有事情都交給莎異去辦，而莎異就讓宮廷裡的每一個人忙得團團轉。

此後的幾個星期之內，巴斯提安大部分時間都在自己的房間裡面，呆望著窗外的天空，什麼事都不做。他希望自己能許個願，或者為自己說個故事；可是他依然什麼事都沒做。他覺得很空虛。

最後他突然想到，或許他可以許願要月童來呀！如果他真的全能，如果他的願望真的都會成真，她就會遵從他。這樣一想，他就整個晚上都坐在那裡低語：「月童，來！你一定要來！我命令你來！」他想到她的眼睛，那對眼睛好似他心裡光亮的寶石。可是她沒有來。他越努力要她來，他心裡那對寶石的亮光就越微弱，最後終於熄滅，成為一片黑暗。

他改口告訴自己，等到進了木蘭閣，一切就會順利起來。他有時候跑去看工人工作的情形，對他們威脅利誘，可是都沒有用：工作梯折斷、釘子彎掉、鑿子斷掉。

至於海克里旺、海斯博得和海多恩，以往巴斯提安喜歡跟他們談天、玩遊戲，可是他們現在對他毫無用處。他們在象牙塔最底層的地窖發現了酒，所以就日以繼夜的在地窖裡喝酒、賭博、唱愚蠢的歌、吵架，還常常拔劍砍殺打鬧。有時候，他們在高街閒蕩，調戲仙女、小精靈和塔裡面其他的女性。

巴斯提安指責他們的時候，他們就說：「那你希望我們做什麼，先生？你總要給我們事情做啊？」

巴斯提安也想不出有什麼事讓他們做，讓他們忍耐到加冕禮的時候。但是他自己也不知道有事做、沒事做有什麼不同。

天氣越來越壞。很快的，流金色的日落漸漸消失了。天空籠罩一片灰色烏雲，一點風都沒有，空氣變得悶熱又死氣沉沉。

典禮的日子將近，信使陸續歸來。有的領著幻想國天涯海角的代表回來，有的一人去一人回，因為有的地方已不是他們所能控制，所以拒絕來參加這次典禮。有些地方甚至發生公然或地下的叛變。

巴斯提安不禁呆了，每天痴望著天空不講話。

「只要你成了國王，」莎巽說，「你會把這一切收拾妥當的。」

「我要的東西，他們就不能不給。」巴斯提安說。

可是莎巽已經又匆匆忙忙走開去料理事情了。

加冕的日子到了，可是事實上加冕禮後來並沒有完成。這一天，在幻想國的歷史裡反而成了象牙塔爭奪戰血腥的一天。

這天早上沒有黎明，天上布滿了濃厚、鉛灰色的雲，空氣沉重得幾乎無法呼吸。

莎巽與象牙塔的十四名祭司原本已經精心安排了一些節目。這天一大早，樂隊就在各處街道和廣場上演奏。那些音樂在象牙塔從來沒聽過，尖銳而單調。聽到的人沒有誰會想到要跳舞。樂手全都戴著黑色面罩，沒有人知道他們是什麼人，也沒有人知道莎異從哪裡找來這些人。

每一個屋頂和每一棟屋子的前面都懸掛著色彩鮮豔的旗子，可是全都軟趴趴的垂著，因為沒有風。高牆和宮殿四周的牆上張貼著數百幅畫像，有很大的，也有很小的，全都是巴斯提安的畫像。

由於木蘭閣還是進不去，莎異只好將加冕典禮安排在另外一個地方。王座將安置在高街盡頭那一座宮門的象牙塔階梯下方。幾千尊黃金香爐冒著濃煙。那瀰漫的煙帶著濃烈但令人寧靜的芬芳，四處飄散；飄上臺階，飄下高街，飄進每一個屋隅、每一條縫隙。到處都看得到甲冑巨人。至於莎異安置在會場裡面的五個巨人，只有她自己才知道如何操縱。這還不夠，她另外還預備了五十名巨人騎著五十匹巨馬；這些巨馬同樣也是黑色金屬製成，同樣行動一致。這些甲冑騎士排成一個壯盛的隊伍護衛著高街盡頭的王座。王座大得有如教堂的門，全都是用大大小小的鏡片鑲嵌而成。座位上鋪著古銅色絲綢墊子。

奇怪的是，王座是自己滑上高街的，既沒有人拉，也沒有人推，好像它自己有生命一般。

王座停在象牙大門口，巴斯提安走出宮殿坐上去。在那王座的光亮燦爛之中，他看起來簡直就像個洋娃娃，被甲冑武士圍在警戒線外面的群眾不禁都笑了。

可是為了某些不可知的理由，他們全都笑得又小聲又害怕。

接著，典禮中最冗長、最令人厭煩的部分開始了。從幻想帝國各地來的代表和信使早就排成了一個行列，從鏡片王座排到曲折的高街，再從高街一直深入迷宮花園。

每一個代表都要到王座前深深的鞠躬，磕三個響頭，吻巴斯提安的右腳，然後說：「以我的地方和種族的名義，我請求我們賴以生存的你加冕為幻想帝國國王。」

這個節目如此這般進行了兩三個小時以後，群眾裡突然起了一陣騷動。

一個年輕的羊人跌跌撞撞的衝上高街，站都站不穩，勉強拖著身體跑到巴斯提安面前，匍匐在地上，大氣喘不過來。

巴斯提安彎身罵他：「你竟然敢擾亂這高貴的典禮！」

「打仗了，先生！」羊人叫著說，「奧特里歐召集了一群叛徒，領著三支軍隊朝這裡來了。他們要求你放棄奧鈴，否則就用武力搶奪。」

高亢的樂聲和尖銳的歡呼聲頓時化為一片死寂。巴斯提安臉都白了。

三騎士——海斯博得、海克里旺和海多恩——匆匆忙忙出現。他們似乎心情很好。

「我們終於有事做了，先生。」他們三個一起叫道。

「這件事交給我們辦。你的加冕典禮繼續進行，我們會召集優秀的人馬去對付這個叛徒，我們會給他們難忘的教訓。」

在場的幾千人之中確實有一些是無法作戰的；但是大部分人至少都懂得使用一種武器，或者能夠用牙齒或爪子打鬥。這些人現在全集合在三騎士身邊，由他們帶領迎戰去了。巴斯提安和那些不善作戰的群眾則留在後方繼續進行加冕典禮。可是他的心已經不在這裡。他不時向平線那邊看。大片大片煙塵告訴他，奧特里歐帶來的軍隊不是鬧著玩的。

「不要擔心，」莎異走上來，到他的身邊說，「我的甲冑武士還沒有出戰。他們會保護你的象牙塔。除了你和你的劍，沒有人能夠抵擋他們。」

幾個鐘頭之後，第一次戰情報告到了。奧特里歐召集了幾乎所有的綠皮族人，至少兩百名人頭馬，八百五十個食石族；五隻祥龍由福哥兒帶領，不斷由空中攻擊；一中隊的巨鷹由命運山飛來；此外還有無數其他的動物，其中甚至包括獨角獸。

奧特里歐的軍隊雖然在數量上遠不及三騎士所領導的部隊，可是由於奮勇作戰，很快就逼近了象牙塔。

巴斯提安想親自領導部隊出戰，可是卻受到莎異的勸阻。

「我的君王，」她說，「身為幻想國國君，帶領軍隊打仗是有失身分的。讓你忠實的部屬去做這種事吧！」

這一整天戰事不斷，整個迷宮花園成了殘破不堪、血流成河的戰場。

傍晚時分，儘管巴斯提安的部隊頑強抵抗，可是叛軍已經攻到了象牙塔下。這時莎異才把她的甲冑武士放出去；有的騎馬，有的徒步，在奧特里歐的軍隊中縱橫肆虐。

要詳細敘述這次象牙塔爭奪戰必須費很多時間。一直到今天，幻想國還有無數關於那一天戰役的民謠故事，因為每個參加過這場戰役的人都有自己的故事。

有的說奧特里歐的軍隊裡面有七名白道魔術師，用以對抗莎異的黑道魔法。這一點我們沒有確實的證據，但是卻能合理的解釋奧特里歐和他的部隊儘管面臨甲冑武士的反抗，卻仍然攻下象牙塔的道理。

可是關於這件事另外還有更合理的解釋，那就是奧特里歐並非為自己而戰；他是為了朋友，他想打敗他而解救他。

戰役當天晚上，星月無光，天空裡有煙霧和火焰。跌落的火炬、翻倒的香爐，以及破碎的燈籠，使塔上的許多地方燒了起來。傷兵們一個個投下殘缺影子。武器破損，喊殺聲不斷。不管是在火光之處或黑暗的所在，巴斯提安跑來跑去，尋找奧特里歐。

「奧特里歐！」他叫道，「奧特里歐！出來！站出來拚鬥，你在哪裡？」

可是斯干達魔劍並沒有從劍鞘裡飛出來。

巴斯提安在宮殿裡一個房間一個房間的找，然後又爬到外面的牆上。

他來到一個寬如大街的地方，然後朝著已四散碎裂的鏡片王座門外走去。他看到奧特里歐手裡持劍，朝他走來。

他們終於碰面了。

可是斯干達還是沒有飛出來。

奧特里歐用他的劍抵著巴斯提安的胸膛。

「為了你自己好，」他說，「把徽章交出來。」

「叛徒！」巴斯提安叫著說，「你是我的百姓！你們都是是我創造的，包括你在內！你怎麼可以背叛我？馬上跪下來請求原諒。」

「你瘋了！」奧特里歐叫道，「你沒有創造任何東西，你的一切都是由月童來的！把奧鈴交給我！」

「你有辦法就來拿！」

奧特里歐猶豫著。

「巴斯提安，」他說，「為什麼你非要逼我打敗你，才能救你？」

巴斯提安抓住他的劍柄，使盡力氣的抽，最後終於把斯干達抽出來。就在那一刻，傳來一聲恐怖的巨響，連在大門外高街上作戰的人都嚇呆了，定定的站著，抬頭望著這兩個人。巴斯提安還記得這種聲音，那是格洛喀拉曼要變成石頭時的爆裂聲、輾磨聲。巨響過後，斯干達的光芒熄滅了。巴斯提安這才想起格洛喀拉曼說過，如果擅自把斯干達拔出來，就會產生這種後果。可是這時要放回去也來不及了。

奧特里歐用他的劍抵抗斯干達，但在巴斯提安的揮舞之下，斯干達把他的劍一削為二，而且還刺傷了他的胸部，傷口一下子冒出血來。

奧特里歐蹣跚後退，然後在牆邊倒了下去。這個時候，在那漫天煙塵當中，出現了一道白色火焰，飛下來抓住奧特里歐又往上飛去。那是祥龍福哥兒。

巴斯提安用披風擦一擦額頭上的汗，這才發現披風已經變成了黑色，黑得跟黑夜一樣。他手裡握著斯干達，從牆上跳下來，走回宮殿的天井。

由於巴斯提安的勝利，整個戰爭的局勢頓時改觀。一刻鐘之前還肯定就要勝利的叛軍，此時全都落荒而逃。巴斯提安覺得自己簡直就像陷在惡夢之中，醒不過來。他的勝利使他覺得非常苦澀，可是又有一種激狂的歡喜。

他披著黑披風，手握著那把血腥的劍，慢慢的順著高街走下來。象牙塔已經燒得像一把巨大的火炬。巴斯提安對這些怒火幾乎毫無感覺，一路一直走到塔底下。經過這一場大戰之後，他的軍隊殘餘的兵馬正在那裡等他。殘破的迷宮花園到處都是幻想國人的屍體，成了廣袤的修羅場。海克里旺、海斯博得和海多恩也在，後兩者受了重傷，藍精靈戰死，莎異手裡拿著甘瑪腰兒帶，站在他的屍體後面。

「他搶救了這條腰帶，我的君王。」她說。

巴斯提安接過腰帶，摺起來，放進口袋裡。

這時他才抬起頭看他的部隊。

整個部隊死的多，活的少，只剩下幾百個人。這一群人現在就像在搖曳的火光中舉行秘密會議的鬼魅。

他們全都看著象牙塔。象牙塔一點一點的在崩塌。頂端的木蘭閣燒起來了，它的花瓣現在已經全部展開，裡面空空如也。才不過一下子，它就被大火全部吞滅了。

巴斯提安用劍指著這一堆燃燒的廢墟，厲聲的宣告：「這都是奧特里歐幹的好事！為此我要追擊他到天涯海角！」

他爬上一匹金屬巨馬，叫道：「跟我來！」

那匹馬向後退縮，可是他用他的意志壓制了它。於是他們奔馳而去，消失在黑夜中。

第23章

古帝王之城

巴斯提安在漆黑的夜晚中已經前進了好幾哩路，但他的部隊卻在後面做離去的準備。他們大部分都已經精疲力竭，誰也沒有巴斯提安那種氣力和耐力。

象牙塔甲冑武士和他們的鐵馬出發時都舉步維艱，至於徒步的甲冑武士，他們的腳步就更呆滯沉重，如同破損的機器。

莎異的意志控制了他們的行動，但莎異自身的意志也已經到了極限。她的珊瑚轎子早就被火燒掉，現在她的轎子是用武器的破片和象牙塔燒焦的板子搭起來的；看起來不像轎子，倒像是吉普賽人的馬車。其他人則蹣跚舉步，拖拖拉拉的走著。海克里旺、海斯博得和海多恩已經失去了坐騎，而且還得相互扶持。大家都沉默不語，可是大家都知道他們絕對趕不上巴斯提安。

巴斯提安在黑夜中一直向前奔馳，黑色披風在背後激烈的飄蕩。那巨馬的大蹄子敲在地面上時，四支鐵腿就隨著每一個動作的傾軋，劈啪作響。

「快！」巴斯提安叫著，「快！快！」

這匹馬對他而言，真不夠快，他決心不計一切代價——就算把這匹金屬怪物騎死也沒有關係——追擊奧特里歐和福哥兒。

他要報復！如果奧特里歐不來騷擾，他早就成為幻想帝國國王了。巴斯提安沒有成為幻想帝國國王，這件事，他要奧特里歐付出代價。

巴斯提安的鐵騎關節摩擦得越來越厲害，聲音越來越響。但是它仍然遵從騎者的意志。

巴斯提安在無盡的黑夜中一個小時又一個小時的奔馳。象牙塔的火光始終在他的心裡燃燒，他一再想起奧特里歐用劍抵著他的胸膛的情景。這時候，他才產生了一個疑問，那就是當時奧特里歐為什麼猶豫。為什麼？在他明明已經勝利的時候，為什麼不直接攻擊巴斯提安，搶走奧鈴？

巴斯提安突然想起他在奧特里歐身上劃下的傷口、他後退跌倒時的眼神。

巴斯提安把斯干達插回劍鞘。一直到現在，他的手裡還握著這把劍。

在黎明的第一道光亮之下，他奔馳進了一片荒地。荒地上四處散布著松樹叢，使人想到戴頭巾的修士，或者戴尖帽的魔術師。

突然間——在一陣瘋狂的奔馳之後——巴斯提安的鐵騎頹裂成一堆碎片。

巴斯提安猛然跌到地上。他嚇呆了，躺在地上好久不能動。然後他爬起來，摸摸手腳上的瘀傷，這才發現自己栽在一棵杜松樹叢裡。他爬到外面，看到鐵馬的碎片到處都是，好像剛剛有一個騎士紀念碑爆炸了一般。

巴斯提安站起來，把黑色披風披到肩膀上。因為他不知道何去何從，所以就朝著日出的方向走去。

可是他不知道他在杜松樹叢裡掉了一件東西——甘瑪兒腰帶。巴斯提安不知道自己掉了這條腰帶，此後也沒有想起來。藍精靈當初從火裡救出這條腰帶，真是徒然。

幾天之後，一隻山鳥看到了這條腰帶，雖然不知道是什麼東西，可是還是帶回巢裡去了。

中午時分，巴斯提安碰到了一道橫亙在荒地上的土牆。

這道牆很高。他爬上牆去，看到一片好像火山口的空地。空地上是一個城市，或者至少那些建築物的數量使巴斯提安認為那是一個城市。可是這個城市肯定是巴斯提安所見過的城市中最怪異的一個。

那些房子的格局橫七豎八，好像一些騰空的大袋子，毫無條理可言。城裡既無街道，也無廣場，也不見任何條理分明的東西。

光是建築物本身就夠瘋狂了。前門在屋頂上，樓梯根本搆不到，也不曉得通到哪裡；塔是斜的，陽臺垂直的掛著；該有窗戶的地方弄了一個門；地板鋪在牆壁上。橋建到一半就沒了，好像當初造橋的人突然忘了自己在幹什麼一樣。還有一些塔彎得像香蕉一樣，塔尖豎著金字塔。簡而言之，整個城市都神經失調了。

這個時候，巴斯提安看到了市民。男女老少都有，身體像人，可是看他們的穿著，就知道他們無法辨別正常服裝和一般家居用品的用途。他們的頭戴著燈罩、沙袋、湯碗、垃圾桶或鞋箱，身上圍著毛巾、毯子、大片的包裝或籃子。

許多人拉著或推著手推車，上面有各式各樣的廢物——破燈籠、床墊、碟子、毯子、小家具、小古董等等。有的人背著大捆大捆東西。

這個城市，越裡面越擠。可是這些人似乎都毫無目標。

巴斯提安有好幾次看到有人拉著一部沉重的推車往一個方向走去，過了一會又折回來，過幾分鐘又換一個方向。但每個人都十分活躍。

巴斯提安決心找一個人問問。

「這是什麼地方？」

這時，那個被問的人把手推車放掉，站直了身體，一直抓頭髮，好像在想這個問題一樣。等到抓過了頭髮，轉身就走，連手推車也不要了。幾分鐘之後，一個婦人走來要把手推車拖走。巴斯提安問她東西是不是她的。她站在那裡苦思了一會，又走掉了。

巴斯提安問了幾個人，情況都一樣。

突然問，他聽到一個吱吱叫的聲音。

「問他們沒有用。」那聲音說，「他們無法告訴你什麼事情。基本上，你可以說他們是無知者。」

巴斯提安轉頭循聲看去，看到一隻灰色小猴子。牠坐在一扇窗戶上面，或者說，坐在一扇如果沒有顛倒過來，就不算是窗戶的窗戶上面。這隻猴子戴著一頂方帽，上面還有流蘇。牠似乎正忙著用手指頭和腳趾頭算東西。

算完之後，牠露齒而笑，說：「抱歉讓你久等，先生！可是我必須把一樣東西算清楚。」

「你是誰？」巴斯提安問。

「我叫阿加克士。」小猴揮動牠的方帽子說，「很高興遇見你！請問你是何方人士？」

「我叫巴斯提安．巴爾沙札．巴克斯。」

「果然不錯！」猴子有一種微妙的快樂，那快樂如果不仔細感覺，就感覺不到。

「這個城市叫什麼名字？」巴斯提安問。

「正式的名稱倒沒有。」阿加克士說，「可是，基本上，你可以叫它古帝王之城。」

「古帝王之城？」巴斯提安驚愕的說，「為什麼？這裡又沒有人像古帝王。」

「沒有嗎？」猴子吱吱叫著說，「信不信由你，你現在看到的這些人以前都是，或者至少曾經想當幻想國的國王。」

巴斯提安嚇壞了。

「你怎麼知道，阿加克士？」

猴子舉起他的方帽子露齒而笑。

「基本上，我是這裡的監督。」

巴斯提安看看四周。不遠處有一個老人在地上挖坑，挖好坑之後，把一支燃燒的蠟燭放進去，再用土埋起來。

猴子吱吱叫著說：「你要不要去城裡稍微走一下，先生？基本上，你可以熟悉一下你未來的鄰居。」

「你在講什麼？」巴斯提安說，「我不要。」

猴子跳到他的肩膀上。

「走吧！」牠低聲說，「不要錢的！你已經付過入場費了。」

巴斯提安雖然想跑開，但還是聽從了猴子的命令。他每走一段路，心裡就更悲哀。他看到那些人都不講話，心裡就更震驚。他們各自忙著自己的事，看都不看別人。

「他們一點都不古怪！」阿加克士說，「基本上，他們就像你一樣，或者，不如說他們還活在他們的時代。」

巴斯提安在路上停下來，「你這樣說是什麼意思？你的意思是說他們也是人類嗎？」

阿加克士在巴斯提安的肩膀上跳上跳下。「正是！」牠興高采烈的說。

巴斯提安這時看到一個女人在街上用針穿碗豆。

「他們是怎麼到這裡來的？他們在這裡幹什麼？」

「喔！總是有一些人類找不到路回他們的世界。」阿加克士解釋說，「他們起先是不願意；可是現在，基本上，他們是沒辦法。」

巴斯提安這時看到一個小女孩用力推著一輛娃娃車，那輛娃娃車的輪子是方形的。

「為什麼他們沒辦法？」他問。

「他們要許願才有辦法。可是他們已經無法再許願，因為他們已經把他們最後的願望用到別的地方去了。」

「他們最後的願望？」巴斯提安臉色都白了，「人不是高興許願就許願的嗎？」

阿加克士吱吱的笑了。他脫掉巴斯提安的頭巾，伸手在他的頭髮裡面抓蝨子。

「不要這樣！」巴斯提安叫道。他想把小猴子撥走，可是阿加克士抓得緊緊的，而且還尖聲怪叫。

「不是！不是！」牠喋喋不休的說，「你只有在你記得你的世界時才能夠許願。這些人就是因為耗盡了記憶才變成這樣。沒有過去，就沒有未來。因為這樣，他們脫離了常軌。你看看他們！你信不信，他們有的來這裡已經一千多年？他們一直保持著原來的樣子。他們的情況一直沒有變化，因為他們自己一直就沒有變化。」

巴斯提安這時看到一個人在鏡子上抹肥皂，抹上去後又刮掉。如果是以前，他會覺得很好玩，可是現在只覺得毛骨悚然。

他連忙走過去。突然間他領悟到他已經越來越深入這個城市。他想回頭，可是有一樣東西好像磁鐵一樣，一直拉著他向前走。他開始用跑的，並且一直想趕走那惱人的猴子，可是阿加克士緊緊抓著他，而且還吆喝著：「快！快！」

巴斯提安不跑了。因為他知道他逃不掉。

「你是說，」他喘著氣問，「這些人以前都是人類，想當幻想國的國王？」

「不錯！」阿加克士說，「所有回不去的人都想過要當國王。不一定成功，但都試過。所以這裡的傻瓜可以分成兩類，雖然，基本上，他們的結果都一樣。」

「哪兩類？告訴我，阿加克士！我要知道！」

「這簡單。」猴子一邊抓緊巴斯提安的脖子，一邊吱吱叫著說，「一種是逐漸耗盡了記憶，因此奧鈴再也不能替他們實現願望，所以基本上，他們就自然的來到這裡；另外一種是他們曾經登基為王，所以一下子就喪失了全部的記憶。這種情形，奧鈴同樣也不能夠再替他們實現願望，因為他們不再有任何願望。所以我說結果都一樣。你自己看看，就是這些人。他們走不掉了。」

「你是說他們都曾經擁有奧鈴？」

「當然！」阿加克士說，「可是他們早就忘了，奧鈴對他們早就沒有用了。這些可憐的傻瓜！」

「是因為有人……」巴斯提安猶豫的說，「是因為有人拿走了嗎？」

「不是！」阿加克士說，「只要有人自己加冕為王，它就會消失。基本上，這是很明顯的嘛，你怎麼可能用月童的力量來奪走她的力量呢？」

巴斯提安覺得這種狀況真慘。他想要找一個地方坐下來，可是小猴子不允許。

「不，不！我們的行程還沒有結束。好戲還在後頭！走！」

巴斯提安這時看見一個男孩用大鐵鎚把釘子釘到一雙襪子裡面。另外一個胖子想把郵票貼在肥皂泡上面；肥皂泡一直破掉，他就一直吹新的出來。

「你看！」巴斯提安聽到猴子吱吱的叫，接著他的頭就被猴子的小手扭到了另一邊，「你看那邊！真好玩！」

巴斯提安看到一群人，奇裝異服，男女老少都有，他們都不講話，各忙各的。地上有一堆方塊，方塊的六面都有字母。這些人把方塊湊來湊去，湊起來以後就退後看著方塊。

「他們在幹什麼？」巴斯提安低聲的問，「他們在玩什麼遊戲？」

「這種遊戲叫拼字遊戲。」阿加克士回頭說。牠向那些人揮手，叫著說，「不錯，孩子們！加油，不要放棄！」

然後牠轉頭回來在巴斯提安耳朵旁輕聲說：「他們都不會說話了。他們已經喪失了語言能力，所以我才為他們設計了這種遊戲。你看，這種遊戲雖然很簡單，可是夠他們忙的。如果你靜下來好好想一想，你就不得不承認，世上的故事，基本上，都是由廿六個字母組成的。字母都一樣，只是組合不同而已。字母組成字，字組成句子，句子組成章，章組成故事。你現在看看，你看到了什麼？」

巴斯提安唸著——

IGIKLOPFMWEYVXQ

YXCVBNMASDFGHJKLOA

QWERTZUIOPU

ASDFGHJKLOA

MNBVCXYLKJHGFDSA

UPOIUZTREWQAS

QSERTZUIOPUASDAF

ASDFGHJKLOAYXC

UPOIUZTREWQ

AOLKJHGFDSAMNBV

GKHDSRZIP

QETUOUSFHKO

YCBMWRZIP

ARCGUNIKYO

QWERTZIOPLUASD

MNBVCXYASD
LKJUONGREFGHI

「當然！」阿加克士吱吱叫著說，「這些組合通常都沒有意義。可是基本上，只要玩久一點，偶爾還是會出現一些字彙。不是什麼了不起的字彙，可還是字彙。譬如說「SPINACH-CRAMP」（菠菜夾子）、「SUGARBRUSH」（糖刷）、「NOSEPOLISH」（鼻子亮光劑）等。如果你玩上一百年，一千年，或者一萬年——機率告訴我們——這些組合就可能出現詩。如果再玩下去，什麼詩句，什麼故事都可能出現。事實上連故事中的故事，你我在此地談話這件事都可能出現。這完全合乎邏輯。你覺得呢？」

「恐怖！」巴斯提安說。

「我並不這麼覺得，」阿加克士說，「這要看你的觀點而定。基本上，這個遊戲夠他們忙的。反正在古帝王之城也沒有事做。」

巴斯提安靜靜的看著那些人看了很久，然後低聲問道：「阿加克士，你知道我是誰，對不對？」

「當然！幻想國有誰不知道。」

「告訴我，阿加克士，如果昨天我成了國王，我早就在這裡了對不對？」

「是的！今天或明天，」猴子說，「或者下個禮拜。不管是什麼時候，反正到最後一定會來這裡。」

「那麼，是奧特里歐救了我？」

「你已經了解我的話了。」猴子說。

「可是如果他把『寶石』奪走的話，會是什麼情況？」

猴子吱吱吱的笑起來。

「基本上，都一樣，你還是會到這裡來。」

「為什麼？」

「因為如果你想回去，就需要奧鈴。但坦白說，我不相信你回得去。」

猴子說完就鼓掌，揮方帽子，又吱吱吱的笑著。

「告訴我，阿加克士，我該怎麼辦？」

「尋找一個能夠使你回家的願望。」

巴斯提安沉默了很久才問：「阿加克士，你能告訴我，我還剩下多少個願望嗎？」

「不多！我看最多還有三個或四個。這可能不夠。你太慢開始了，而且回去的路又不容易。你必須經過霧海，單單這個地方就要耗掉你一個願望。接下去還有什麼地方我不知道。幻想國沒有人知道回你們的世界要經過什麼地方。也許你應該去找尤爾的冥羅，他是你們這種人最後的希望。可是，基本上，我擔心這個地方太遠了。不過，你還是有可能找到路離開古帝王之城。但是，就這一次機會了。」

「謝謝你，阿加克士。」巴斯提安說。

小猴子露齒笑。

「再見，巴斯提安．巴爾沙札．巴克斯。」

阿加克士說完，縱身一跳，消失在一間奇形怪狀的屋子裡面，還帶走巴斯提安的頭巾。

巴斯提安在原地默默的站了好一會。剛剛那一席話，使他很害怕，一時不知道怎麼辦才好。他原先的計劃如今一下子落空了。他的思想一下子走到了盡頭——一如他剛剛看到的金字塔一般。他一直希望的，如今頓成泡影；他一直害怕的，如今卻成了他的救星。

此時，他只知道一件事情，那就是趕快離開這個瘋狂的城市，永遠不再回來！

他開始在那些瘋狂的建築物之間穿逡。可是他很快就發現，要走出這座城市比進來難多了。他一直迷路，一再的走回市中心。他找了一下午，才找到先前那道土牆。他翻牆而出，走進荒地，一直走一直走，走到漆黑的夜晚——跟前一天晚上一樣黑——迫使他停下來為止。他在一棵杜松樹下躺下來，因為精疲力竭，睡著了，睡得很深。就在他睡著的時候，他向來憑以編撰故事的記憶消失了。

整個晚上，他的眼裡就只有一個影像——奧特里歐，胸膛上一個傷口，站在那裡默默的看著他。

一聲響雷驚醒了巴斯提安，他慌忙站起來。四周一片黑暗，幾天以來累積的大塊烏雲此時開始作亂了，閃電和雷聲搖撼著大地，暴風在荒地上咆哮，杜松樹全部匍匐在地，雨水大片大片的灑下。

巴斯提安披著黑披風，站在那裡，雨水從他的臉上流下。閃電擊中了巴斯提安正前方的一棵樹，樹幹裂開，樹枝著火，風把火花吹到地上，雨水瞬間又把這一切撲滅。

巴斯提安嚇得跪了下來。他用手在地上挖了一個洞，解開斯干達魔劍，放進洞裡。

「斯干達，」他說，「我要永遠離開你了。再也沒有人會用你來對付朋友，再也沒有人找得到你，你和我的所作所為將永遠為人遺忘。」

他把洞填滿，再用蘚苔和樹枝鋪在上面。

斯干達就在那裡一直躺到今天。不久之後，會有一個人用它而毫無危險——可是這是另外一個故事了。

巴斯提安繼續在黑夜中前進。

隔天早上，風雨停歇，除了雨水從樹上滴落的聲音之外，大地毫無聲響。

那個晚上，巴斯提安開始了一段遙遠孤獨的旅程。他再不想回去找他的部隊和莎異。他現在只想找到重回人類世界的道路——可是他不知道怎麼找，到哪裡找。是不是某個地方的一個門，一座橋，或者哪一個山嶺隘口？

他必須許這個願，他知道。但是他掌握不住自己的願望。他覺得自己像是一個潛水夫，跳到海底去尋找沉船，可是每次還沒有找到，就必須游上來呼吸。

他也知道自己的願望所剩不多，所以很小心的避免使用奧鈴。但是，如果犧牲他僅存的一些記憶確實能夠幫助他回去的話，他就決心犧牲。

但是願望不能呼之即來，揮之即去。願望來自我們內心深處，有個意圖突然成為願望，而且願望要來時也不會事先預告。

所以，就在巴斯提安自己都不知道的時候，他的心裡已經有了一個願望逐步成形。

幾天以來，他孤獨一個人四處飄泊。由於這樣的孤獨，他開始渴望自己能夠屬於一個團體，受到一個團體的接納。不是去當主人或勝利者，也不是去當特殊人物，而是去作眾人之中的一個；即使是最渺小最不重要的人都沒有關係，只要成為團體中的一分子就可以。

有一天，他來到海邊，或者至少一開始的時候他認為他來到了海邊。他站在一個懸崖邊緣，看到下面是一個白浪凝結的海岸。他一直看了好一會，才發現海浪並不是真的不動，而是動得很慢；那些水流和漩渦流動的時候，慢得像時針在走一樣，幾乎難以察覺。

原來他來到了「霧海」！

巴斯提安在懸崖邊緣走著。空氣很溫暖，微微帶一點濕氣。這是清晨時分，沒有一點風，太陽照著下面一片雪白的霧，霧從這裡一直延伸到地平線那邊。

他一直走了好幾個鐘頭。到了中午時分，他看到離海岸一段距離的海中有一個小島。這個小島是用木樁撐起來的，在霧海中形成一個小鎮。巴斯提安走上聯繫小島和海岸的拱橋，拱橋隨著他的腳步輕輕搖擺著。

鎮上的屋子都很小，門窗、樓梯都像是給小孩子用的。事實上，街上走來走去的人也跟小孩子一樣大，雖然說他們的樣子已經是成人——男人留鬍子，女人盤頭。

巴斯提安很快就發現他們的面貌都很像，彼此簡直沒什麼分別。他們的臉是暗褐色的，好像濕泥巴一樣；表情都很平靜、溫和。他們看到巴斯提安的時候會點頭，可是都不說話。雖然這樣，這裡卻是繁忙的地方。他很少聽到他們講話、叫喊，而且他們絕不單獨活動。他們走路的時候如果不成群結隊，至少也要三三兩兩牽手或搭臂。

巴斯提安仔細的看了鎮裡的房子，都是用一種小枝條編造的。有些編得很粗糙，有的就編得比較精細。街道也鋪著同樣的材料。人民的衣著，包括褲子、裙子、外套和帽子，也都用這種小枝條編成，只是編得很精美就是了。

這樣看來，鎮裡的一切似乎都是用這種材料製成的。

鎮裡到處都有工匠鋪。鋪裡的工匠忙著編織鞋子、水罐、燈籠、杯子等物品。可是巴斯提安從沒有看到單獨工作的，因為這些東西沒有人合作便做不起來。他們聰明的協調彼此的動作，使人看了很愉快。工作的時候，他們常會唱歌。他們的歌沒有歌詞，旋律簡單。

這個鎮並不大，巴斯提安很快就走到了盡頭。這時他看到了幾百艘各式各樣大小不同的船。原來這個鎮是個海港，而且是最不尋常的海港。因為這些船全都吊在巨大的釣魚竿上面，在空中輕微擺盪著；下面則是一個煙霧瀰漫的深溝。這些船，自然，也是用枝條編成的，沒有帆、沒有桅、沒有槳，也沒有舵。

巴斯提安靠著欄杆往霧海下望。他從支撐城鎮的木樁在白茫茫的海面上投下的影子目測這些木樁的長度。

「晚上，」他聽到身邊有個人說，「霧會升到與鎮裡一般高，這時我們才能出海。白天，陽光一照，這些霧就消失，海平面也就跟著下降。這是你想知道的，對不對，陌生人？」

他身邊的欄杆靠著三個男人，看起來溫和友善。他們繼續談自己的話。從他們的談話，巴斯提安知道這個鎮叫「異思卡爾」或「籃子鎮」，城裡的人就叫「異思卡爾人」。

「異思卡爾」是「伙伴」的意思，他們三個人是霧海的水手。巴斯提安由於擔心被他們認出來，就自我介紹是「某人」。他們告訴他，異思卡爾人沒有個人的名字，而且認為沒有必要。他們全部都叫異思卡爾人，這個名字對他們已經夠了。

吃午飯的時候到了。他們邀請巴斯提安共進午餐，巴斯提安也高興的接受他們的邀請。他們去了附近的一間客棧。在這頓飯之間，巴斯提安知道了籃子鎮所有的事情。

霧海，是一個龐大的蒸汽海洋，當地人叫作「絲蓋坦」。霧海把幻想國分成兩半。從來沒有人知道霧海有多深，又是怎麼形成的。人在海面下根本不可能呼吸；而且，如果身上沒有綁一條繩子好拉上來的話，想在海岸邊的海底下行走也不可能——雖然那裡的霧比較稀薄。霧海的霧有種奇異的特性，會攪亂人的方向感。以前就有一些傻瓜和蠻勇之徒企圖徒步橫越霧海而死於非命，只有極少數獲救回來。到霧海對岸的唯一方法就是坐船——坐異思卡爾人的船。

異思卡爾人製造房屋、工具、衣裳和船隻的材料都是採自近海海面下的燈心草。這種燈心草，在我們剛剛說過的霧海的特性之下，只有冒生命的危險才採得到。這種草在空氣中異常柔軟，可是在海裡面卻是直立的，因為比霧輕。

就是因為這個原因，那些編織的船才能在霧上航行。所以，如果異思卡爾人掉進海裡，他們穿的衣服就可以當救生衣用。

可是關於異思卡爾人，最奇怪的事莫過於他們不懂「我」這個字。

這一點讓巴斯提安很感驚異。他們從來就不用這個字。講到自己的所作所為，他們總是說「我們」。

他從那三個人的談話當中知道當晚有船要出海，就問他們是否可以在船上當小弟。他們告訴他，在絲蓋坦航行跟別的海洋大不相同，因為沒有人知道要航行多久，航程在哪裡結束。巴斯提安說他不在乎，他們就答應了。

夜幕降臨，霧開始上升。到了午夜，霧已經跟藍子鎮的海岸一般高。原來吊在魚竿上的船現在都浮在白色的海面上。

巴斯提安那艘船——一艘大約一百呎長的平底船——起錨解纜，慢慢的滑入霧海之中。他四下看看這艘船，不曉得是用什麼推動的；因為這艘船既無帆、也無槳、也沒有螺旋槳推進器。可是他很快的就發現帆在霧海也沒有用；因為絲蓋坦根本沒有風。槳和螺旋槳推進器在霧中也產生不了作用。這艘船是用一種完全不同的動力推進的。

甲板的中央有一個略略高出來的圓形平臺，巴斯提安一上船就注意到這個平臺。起先他以為那是船長的艦橋。的確，從頭到尾平臺上總是坐著兩三個水手（船上全部只有十四名水手），他們互相抱緊肩膀，堅定的看著前方。第一眼看到他們的時候，你會以為他們只是坐在那裡不動，然而事實上他們的身體都在緩慢擺動，且動作異常一致——那是一種舞蹈，他們一再哼著一首旋律簡單而美麗的曲子來伴奏。

起先，巴斯提安以為這是一種儀式，其中的意義是他不懂的。後來，到了第三天，他向那三個人裡面的一個問起這件事。這個人顯然對巴斯提安的無知深感驚訝。他說，平臺上的人是用思想的力量來推動船隻。

巴斯提安從來不曾這麼驚奇，他問說是不是有些輪子藏在什麼地方運轉。

「沒有，」水手一回答說，「你想走路的時候，你只要走路就可以了，並不需要輪子，對不對？」

唯一不同的是，要推動一條船至少需要兩個異思卡爾人。他們把思想力量融合成一體，利用這種思想力去推動船隻。如果想要船走快一點，就要增加人手。通常，這些思想工作者是三個人一組輪班，不值班的就休息。這個工作看起來雖然簡單愉快，事實上卻很辛苦。思想力推進法需要緊密而毫不分心的集中注意力。而且，要在絲蓋坦上航行，除此之外別無他法。

巴斯提安成了這些霧海水手的學生，學會了他們合作的秘密，也就是舞蹈與歌唱。他成了他們其中的一員。每次舞蹈的時候，他就感覺到自己的思想力跟同伴融為一體。這種一體感給他一種和諧與忘我的感覺，奇異得難以形容。他覺得這個團體已經接受了他；他已經跟他的同伴合而為一了。至於他自己的世界——人類都是各有各的思想與意見——他已完全忘了。他只模模糊糊記得他的家和他的父母，其他的一概不記得。

他的願望又實現了；他不再孤獨。可是現在，他的心靈深處又出現了一個願望，他也漸漸感覺到了。

有一天，他突然領悟到，異思卡爾人之所以這麼和諧的一起生活，並不是因為他們融合了各人不同的思想，而是因為他們本來就很相像，不需要努力就形成了一個一致的社會。

的確，他們無能於爭吵，甚至無能於不同意；因為他們根本就沒有個人。他們沒有衝突、沒有歧見。這種一致、不突出自己、不強調自己的性格，巴斯提安現在覺得越來越厭煩。他們的溫和使他厭煩、他們一成不變的歌謠使他厭煩。他總覺得這裡面少了一樣東西，少了一樣他渴望的東西，可是到目前為止他還說不出是什麼。

幾天之後發生了一件事。霧海上出現了一隻巨大的烏鴉，水手們都嚇壞了，全部躲到甲板底下。有一個人跑得不夠快，就給那隻大鳥抓走了。

事情過了以後，水手爬出甲板重新開始工作，照樣唱歌跳舞，好像剛剛什麼事都沒發生一樣。他們的和諧絲毫不受影響，他們也不悲傷。對於這件事情，他們沒有隻字片語。

「我們為什麼要悲傷？」

巴斯提安問起來的時候，有一個人說：「我們又沒有損失。」對他們而言，個人不算什麼。沒有一個人是不可取代的。對他們而言，這個人與那個人，實在沒有分別。

巴斯提安卻喜歡自己是一個人，一個個體，但又不只是多數裡面的一個。他希望別人因為他個人的樣子而喜歡他，但是在異思卡爾人的社會裡，有了和諧，卻沒有了愛。

他不再像以前那樣想成為最偉大、最強壯、最聰明的人。這些，他已經遠遠的拋諸腦後。他現在只想以他本來的模樣讓別人喜歡；不論是善良或邪惡、英俊或醜陋、聰明或愚笨，甚至還包括他的一切缺點在內——甚至就是因為這些缺點而讓人喜歡。

可是他真正渴望的是什麼？

他不知道了。他在幻想國已經得到太多東西。但是在這麼多才能與權力當中，他再也找不到自己。

他不再與霧海水手跳舞。他整天，有時候還整晚，坐在船頭望著絲蓋坦出神。

航程終於結束了。霧船靠岸，巴斯提安謝了異思卡爾人，上岸走了。

這是一片滿地玫瑰的土地。整座玫瑰森林各種顏色的玫瑰應有盡有。在這個無邊無際的玫瑰花園當中，有一條蜿蜒的小徑向前方伸去。巴斯提安順著小徑走了下去。

第24章

葉耀拉媽媽

莎異的下場很快就知道了，可是卻跟幻想國的許多事情一樣，矛盾與不可解。一直到今天，還有許多歷史學家絞盡腦汁在尋求解答，但也有人否定整件事情，認為根本就沒有這回事。在這裡，我們只把事實敘述一下。至於如何解釋，就留給別人做吧！

巴斯提安到了異思卡爾鎮之後，莎異和她的黑色巨人也到了巴斯提安鐵馬崩潰的地方。那時，她就覺得她可能找不到他了。等到了古帝王之城，在土牆上看到巴斯提安的足跡之後，她就更肯定了。因為，巴斯提安一旦到了古帝王之城，不論是留下來，或者逃出去，都已經超出了她的計劃之外。如果是前者，他將跟那裡的每個人一樣，失去力量，會不再有任何願望；如果是後者，則所有以前那些渴求偉大與權力的願望都將隨著他消失。換句話說，巴斯提安所有的偉大與權力亦將隨之消失。不論是哪一種情況，這遊戲對她而言，都算是結束了。

於是她命令她的甲冑武士停下來，不要再前進。可是，奇怪的是，甲冑武士卻不聽她的話，還是繼續向前。她火冒三丈，跳出轎子，揮著手臂命令他們。那些甲冑武士，不論是騎兵或步兵，都不理會她，反而掉轉身來，衝向莎異——一陣鐵蹄踐踏著莎異。她嚥下最後一口氣時，整個鐵甲部隊也像是鬆了發條的時鐘一樣，全部停擺。

海斯博得、海克里旺和海多恩率領殘隊趕到這裡，看到這種情景都傻了。因為他們知道唯一能控制這些空殼巨人的，只有莎異的意志。因此，他們想，這些巨人一定是照她自己的意志把她踏死的。可是，為什麼呢？這問題真難。然而，思考困難的問題並非這些騎士的專長，所以最後他們只有聳聳肩膀，把問題置之一旁。想想以後吧！以後他們要幹什麼？他們互相商議，認為整個事情已經結束。於是他們就解散部隊，勸告大家都回家去。至於他們自己，由於曾經宣誓效忠巴斯提安，因此決定去尋找他。這很好！可是要從哪裡找起呢？他們無法意見一致，因此決定各自分頭尋找。互相道別之後，他們就分道揚鑣了。他們三個人在過程中經歷了無數危險。這次徒然的追尋，幻想國人也有許多故事。可是這是另外一個故事了，下次再說。

那些空殼子甲冑武士就在離古城不遠的荒地，靜靜不動的站了好幾年。雨雪的侵蝕，使他們生鏽，一吋一吋的埋進土中；有的直立，有的已經傾斜了。一直到今天，我們還看得到鐵人的殘骸。有的人認為這個地方一定是遭到了詛咒，因此走路的時候總是繞道避開。

現在讓我們回頭講巴斯提安吧！

沿著蜿蜒的小徑走過玫瑰園的時候，巴斯提安看到了一件讓他很驚訝的東西。他在幻想國從來沒有看過這種東西。那是一隻用木材雕成的手，指著一個方向。木手的邊上有幾個字：「變幻屋」。

巴斯提安不慌不忙的順著木手指示的方向走去。他聞到撲鼻而來的芳香，心裡越來越感到喜悅。他覺得自己要去尋找一個意外的驚喜。

最後他來到一條筆直的大街，兩旁的大樹上，結滿又大又圓的紅蘋果。大街的盡頭出現了一棟房子。巴斯提安走到屋前，就肯定這是他生平所見最滑稽的房子。這棟房子的屋頂高高尖尖的，好像一頂尖帽子。屋子本身像個大南瓜，牆壁東凸西凸的；有的人會說那像是人的大肚子。可是這些突起卻使這房子看起來更舒適、誘人。牆上有幾扇窗子，還有一個門。可是這些門窗全都彎彎曲曲的，好像是一個笨拙的孩子做出來的。

巴斯提安一邊走過去，一邊卻發現這棟屋子一直在慢慢的變化。右邊凸起一圈，漸漸就變成了天窗。這時，左邊的一扇窗子就關了起來，漸漸消失。接著，屋頂長出了一根煙囪，前門出現了一個小陽臺，四周圍著欄杆。

巴斯提安站著，又驚奇又好玩的看著這一切變化。現在他明白這個地方為什麼叫「變幻屋」了。

就在他望著這一切變化的時候，屋子裡面傳出了一個女人溫暖而愉快的歌聲——

百年如一日，
我們在這裡等你。
看到你找到了路，
我們知道你終於來了。
你的飢渴都將解除，

因為這裡應有盡有。
你將吃飽喝飽，
我們會用無盡的溫柔來庇護你。
不論是好是壞，
你已歷盡千辛萬苦。
為了你曾受的苦難來此休息，
我們將款待你周全無誤。
啊！巴斯提安想，這歌聲多麼甜蜜！但願這是唱給他聽的！
歌聲又響起了——
偉大的君王，我祈求你再變小，
變成一個小孩走進來。
不要呆站在門口，
這裡竭誠的歡迎你來。
多年來一切已經準備妥當。
就等著你今天的到來。
巴斯提安無法抗拒這個歌聲。他覺得這個唱歌的人一定是一個很親切的人。他敲敲門，裡面傳來了一個聲音：「進來，進來，親愛的孩子！」

他打開門，看到一個小而舒適的房間。陽光從窗戶流瀉進來。房間中央有一張圓桌，圓桌上面擺滿了碗和籃子，裡面全是不知名的奇珍異果。桌子旁邊坐著一個很健康，臉又圓又紅的婦人，她使人聯想到蘋果。

巴斯提安幾乎忍不住想跑過去，抱住她喊「媽媽！媽媽！」，可是他克制住了。他媽媽已經死了，肯定不會在這裡。這個婦人的笑容的確同樣甜蜜，神情同樣令人信賴，可是相貌跟他媽媽不一樣。他母親矮矮的，可是這個女人又高又壯。她戴著一頂寬邊帽子，上面滿是水果和花。她的衣服也很鮮豔，巴斯提安過了好一會才看清楚上面也都是樹葉、花和水果。

他站在那裡看著她，心裡突然充滿了一種許久未曾有過的感情。他不記得有多久了，只記得很小的時候就有這種感情。

「請坐，親愛的孩子！」婦人說，「你一定餓了，吃一點東西吧！」

「對不起！」巴斯提安說，「我想你在等客人。我只是路過這裡。」

「真的嗎？」婦女人微笑著說，「沒有關係！你還是可以吃一點東西。我要告訴你一個故事。吃啊！不要這麼拘束。」

巴斯提安解下黑披風，放在椅子上。遲疑的拿起一個水果。還沒有咬之前，他問：「你呢？你不吃嗎？你不喜歡水果嗎？」

婦人由衷的笑了起來。巴斯提安不知道為什麼。

「很好！」安靜下來之後，她說，「如果你堅持，我就陪你吃一點；不過我有我吃東西的方式，你別嚇著了。」

說完，她就從地板上拿起一壺水，舉到頭上，澆在自己身上。

「啊！」她說，「這水好新鮮！」

這次輪到巴斯提安笑了。然後他開始吃水果。才咬第一口，他就肯定這是他所吃過最好吃的水果。他拿另一個水果來吃，這一個味道更好。

「喜歡嗎？」婦人緊緊的注視著他問。

巴斯提安沒辦法回答，因為他的嘴巴塞滿了東西。他一邊嚼，一邊點頭。

「我很高興！」婦人說，「這些水果可花了我不少心血。你高興吃多少就吃多少。」

巴斯提安又拿起一個水果來吃。現在這個吃起來只有純粹的喜悅。他感到自己是這樣的幸福，不禁嘆了一口氣。

「現在我就為你講故事。」婦人說，「可是你還是吃你的，不要停下來。」

巴斯提安發現要專心聽她講故事真難，因為每一個水果都帶給他更大的喜樂。

「很久很久以前，」婦人說，「我們的女王病了，病得很重；因為她需要一個新名字。

然而只有人類才能給她新的名字。可是人類早就不到幻想國來了，也沒有人知道為什麼。但是大家都知道如果她死了，幻想國也會跟著滅亡。有一天，或者說有一個晚上……終於來了一個人類。他是個小男孩，他給女王取了一個名字叫月童，於是女王就痊癒了。為了表示她的感激，她答應這個男孩子，只要在她的國度裡，他的願望都會實現——一直到他找到自己真心願望的東西為止。於是這個男孩子就開始了一段長遠的願望旅程，從一個願望經歷到另一個願望，每一個願望都實現了。但每實現一個願望又使他產生一個新的願望。願望有好有壞，可是女王並不區分這些。在她的眼裡，她國度裡的一切都一樣好，一樣重要。到最後，連象牙塔都毀了，她還是一樣沒有阻止這件事。但是這個男孩子每實現一個願望，就會忘掉他自己那個世界的一部分。他倒不在乎，因為他根本不想回去；所以他就一直許願。那個時候他已經快要耗盡他的記憶了。沒有記憶，就不可能有願望。因此，他也快要變成幻想國人，不再是人類了。這個時候，他仍然不知道自己衷心想要的是什麼東西。他的記憶眼看就要全部用完。真是這樣的話，他就永遠沒辦法回到他的世界了。後來他終於來到變幻屋，他就要在這裡住下來，一直到他找到他真心想要的東西為止。你知道，變幻屋之所以叫變幻屋，並不只因為它會變化，而且也因為它會改變任何一個住在裡面的人。這一點對這個小男孩是很重要的；因為一直到這個時候為止，他雖然想變成別人，可是並不是真心的。」

講到這裡，她停下來；因為這個時候她的客人停止了咀嚼，張大了嘴巴望著她。

「如果不好吃，」她關心的說，「你就換一個。」

「什——什麼？」巴斯提安結結巴巴的說，「喔！不，很好吃！」

「那就好！」婦人說，「可是我忘了告訴你這個男孩子的名字。變幻屋等他等很久了。幻想國很多人只知道他叫『救主』，有的人只知道他叫『七柱燭臺騎士』，或者『大智者』，或者『君王』，可是他真正的名字叫巴斯提安．巴爾沙札．巴克斯。」

說到這裡，婦人停下來一逕看著巴斯提安，微笑著。

他急忙的吞嚥了一兩口，然後輕聲的說：「那是我。」

「那很好啊！」婦人似乎一點都不驚奇。

這時，她的帽子和衣服上的花苞突然全部盛開。

「可是，」巴斯提安猶豫的說，「我到幻想國還不到一百年。」

「喔！可是我等你可不只等了一百年，」婦人說，「我的祖母以及我祖母的祖母都等過你。你看，我現在跟你講的故事雖然是新的，可是說的卻是過去的事情。」

巴斯提安想起了格洛喀拉曼的話，那個時候到現在似乎真的已經過了一百年。

「真是對不起，我沒有自我介紹，我是葉耀拉媽媽。」

巴斯提安唸了好幾次才把這個名字的音唸準。然後他又拿了一個水果來吃，感覺到這一個比前一個更好吃。這時他突然發現桌上只剩下一個水果。

「你還要嗎？」葉耀拉媽媽看到他的驚詫表情就問。他點點頭。於是她就把帽子和衣服上的水果摘下來擺到碗裡面，擺得滿滿的。

「你的帽子會長水果嗎？」巴斯提安驚奇的問。

「帽子？你說什麼？」葉耀拉媽媽叫著說。說完突然領悟過來，不禁呵呵笑起來，「你說我頭上戴的是帽子？才不呢，親愛的孩子，這是我身上長出來的，就好像你的頭髮從你身上長出來一樣。從這裡你也可以看出你來了我是多麼高興。因為你終於來了，所以我才開花結果。如果我悲傷，我就會枯萎。吃啊！」

巴斯提安有些尷尬。「我不知道，」他說，「我把別人身上長出來的東西吃掉好不好。」

「為什麼不好？」葉耀拉媽媽說，「所有嬰兒都吃母親的奶，什麼東西都沒有母親的奶水好。」

「不錯！」巴斯提安有些臉紅，「但那是小時候。」

「如果是這樣，」葉耀拉媽媽粲然微笑，「你就必須回到小時候，我親愛的孩子。」

巴斯提安又拿了一個水果。葉耀拉媽媽很高興，身上又結出更多果實。

經過好一陣子的沉默，她說：「我想它可能希望我們到隔壁房間去。我相信它已經為你安排了一些東西。」

「它，是誰？」巴斯提安轉過頭看來看去。

「變幻屋啊！」葉耀拉媽媽的口氣好像這是全世界最自然的事。

然後奇怪的事情就發生了。巴斯提安根本還沒有注意到，這間起居室就起了變化。天花板升得很高，三面牆擠到桌子旁邊，第四道牆留在原地，上面有一個門，門已經敞開了。

葉耀拉媽媽站起來。這時他才看出她非常高大。

「我們最好現在就去。」她說，「它很頑固，它只要設想了一件驚奇的事物，你不去都不行。我們就聽它的吧！它是善意的。」

巴斯提安跟著她走過那個門。臨走的時候還順便把那碗水果帶走。

他們走進了一間很大的飯廳。飯廳看起來有些眼熟，只是家具很奇怪——桌子，尤其是椅子，特別大，他可能連坐都坐不上去。

「真奇妙！」葉耀拉媽媽咯咯的笑著說，「變幻屋總是會想出一些新奇的東西。現在它為你設想，給了你一個小孩子的房間。」

「你是說，」巴斯提安說，「以前沒有這個房間？」

「當然沒有！變幻屋是很機警的。你知道，這就是它在跟我們說話。我認為它想告訴你一件事。」

她在桌旁的一張椅子坐下來。巴斯提安也想坐下來，可是爬不上去。葉耀拉媽媽就過來把他抱上去。他坐下之後，發現自己的鼻子已經快要碰到桌面。他很高興自己把水果帶來了。這碗水果現在擺在懷裡很方便。如果是放在現在這張桌子上，他就搆不到了。

「你常常這樣子換房間嗎？」他問。

「沒有！」葉耀拉媽媽說，「一天不過三、四次。有時候變幻屋會開個小玩笑，像是突然把房間倒轉過來，天花板在下面，地板在上面之類的。可是只要我坦率的表示我的看法，它就會收斂。整個來說，它是一棟很有分寸的屋子，我住起來覺得很舒服。我們常常一起開懷大笑。」

「可是，不會危險嗎？」巴斯提安說，「譬如說你睡覺的時候，突然房間變小了。」

「胡說！親愛的孩子，」葉耀拉媽媽假裝生氣的說，「它很喜歡我，也很喜歡你。你來了，它很高興。」

「如果是它不喜歡的人呢？」

「不知道。」她回答，「你看你說的什麼話！這裡除了你跟我，從來就沒有人來過。」

「喔！」巴斯提安說，「那麼我是你的第一個客人嗎？」

「當然！」

巴斯提安看看這個大房間。

「這個房間跟這棟房子不一致，從外面看起來沒有這麼大。」

「變幻屋，」葉耀拉媽媽說，「裡面比外面大。」

傍晚了，房間裡越來越暗。巴斯提安靠在椅背上，用手撐著頭，覺得很睏。

「為什麼呢？」他問，「你等我等很久了嗎，葉耀拉媽媽？」

「我一直想要一個孩子，」她說，「一個我可以寵愛的孩子，一個需要我溫柔疼惜，我關心的孩子——就像你一樣，親愛的。」

巴斯提安打了個呵欠。她甜蜜的聲音使他不由自主的沉靜下來。

「可是，」他說，「你說你的母親和祖母也曾經等過我。」

房間已經暗下來，看不到葉耀拉媽媽的臉。

「是的！」他聽到她說，「我的母親和我的祖母也曾經想要一個孩子。可是她們都得不到，只有我得到了。」

巴斯提安已經闔上了眼睛，他模模糊糊的說：「怎麼會呢？你的母親有你，你的祖母也有你母親啊！」

「不！親愛的孩子，」葉耀拉媽媽的聲音聽起來也模模糊糊，「我們不一樣，我們不生也不死。我們一直是同樣的葉耀拉媽媽，也一直都不是。我的母親年老以後，就開始枯萎。她的葉子全部掉光，就像冬天的樹葉全部掉光一樣。然後她縮到自己裡面。很久以後，有一天她會再綻放出新芽、長葉子、開花，然後又結果，這就變成了我，我就是新的葉耀拉媽媽。

我的祖母生我母親也是同樣的方式。我們這些葉耀拉媽媽只有先枯萎才能有孩子——我們變成自己的孩子，可是永遠不能再作母親；所以我才很高興你來，我親愛的孩子……」

巴斯提安默不作聲。他已經恍恍惚惚，跌進了甜蜜的夢鄉，葉耀拉媽媽的話像是一首歌。他聽到她起身，走過來，在他面前彎下身來，摸摸他的頭髮，在他的額頭上親了一下，再把他抱起來，擁在懷裡。他像嬰孩一樣把頭埋在她的胸脯上。他沉入那溫暖甜蜜的黑暗中，越來越深，越來越沉。他感覺到她解開他的衣服，把他放到一張柔軟、氣味很甜蜜的床上。然後他聽到她可愛的歌聲，彷彿來自遠方。

睡吧！我親愛的孩子，晚安。

你的苦難已經過去。

偉大的君王終於又變成了孩子。

睡吧！我親愛的孩子，好好睡吧！

第二天早上醒來以後，他感覺到從未有過的快樂和美好。他抬頭看了一下，發現自己在一個舒適的小房間裡——躺在一張嬰兒床上。事實上那是一張很大的嬰兒床——用來照顧嬰兒的話，這張床算是很大了。他一時之間覺得很荒謬，因為他老早就不是嬰孩了，更何況他還有幻想國給予他的權力與才能，女王的徽章仍然掛在他的脖子上。但是，這種荒謬的感覺只是一下子就過去了。這件事情除了他和葉耀拉媽媽之外，沒有人知道，況且他們兩個都知道該順其自然。

他起身漱洗穿衣，走出房間，經過一道木階梯來到飯廳。飯廳在一夜之間變成了廚房。葉耀拉媽媽早就把早餐準備好了。而且身上的心情很好，她的花朵全部盛開。她又唱又笑，繞著飯桌跟他跳舞。吃過了早飯，她叫他到外面去呼吸新鮮空氣。

大玫瑰園裡一片夏天景象——一片永恆的盛夏景象。他在園裡漫步，看蜜蜂採蜜，聽小鳥在每一處花叢裡歌唱。他撫摸路邊的野兔，跟蜥蜴玩耍——這些蜥蜴很溫馴，會爬到他手上。偶爾他會鑽到花叢裡，聞一聞花香，從枝縫間窺視太陽。他不特意想什麼事，只是任時間像小溪般流走。

日子從幾天變成幾個禮拜。他毫不在意。葉耀拉媽媽很快樂，巴斯提安完全接受她那母性的關注與溫柔。他長久渴望卻不自知的一種東西，此時一波又一波傾注到他身上，而且再多都不夠。

他整天在變幻屋搜尋，從天花板翻到地窖，從不厭煩。因為這屋子永遠在變化，永遠都會有新發現。變幻屋顯然在努力取悅它的客人。它會變出遊戲間、火車、木偶劇院、方格爬竿等給它的客人玩。它甚至曾經變出一套旋轉木馬。

除了這些室內遊戲之外，他還會去四周的鄉間探險。可是他從來不會走得太遠，因為他常常會突然很渴望葉耀拉媽媽的水果。一念及此，他就巴不得立刻趕回來吃個飽。

晚上他們常常長談。他告訴她所有他在幻想國的經歷，跟她講翡麗林與格洛喀拉曼、莎異和奧特里歐。他說奧特里歐被他殺傷，或許已經死了。

「我錯了！」他說，「我都誤解了！月童給了我這麼多東西，而我卻藉著它做了這麼多錯事；不但傷害我自己，也傷害幻想國。」

葉耀拉媽媽看著他，良久良久。

「不！」她說，「我相信不是這樣。你經歷的是願望的道路，而這條路絕不是直的。你繞了很長的一段路，可這就是你的路。你知道為什麼嗎？因為你是那種沒有發現『生命之水』就回不去的人。生命之水是幻想國最神秘的地方，要去那裡，你只有這樣子走，沒有更簡單的方法。」

沉默了一會之後，她又說：「只要能走到那裡，每一條路都是對的。」

巴斯提安哭了。他不知道為什麼，只覺得心裡的一個結突然解開了，化成了眼淚。他一直哭，一直哭，停不下來。葉耀拉媽媽把他抱在懷裡輕輕拍哄。他的臉就埋在她胸脯的花朵上面，一直哭到累了才停止。

那天晚上，他們就談到這裡。

第二天，巴斯提安舊話重提。

「你知道生命之水在哪裡嗎？」

「在幻想國的邊界。」

「我以為幻想國沒有邊界。」

「幻想國有邊界，可是不在外面，而是在裡面。女王所有的權力都來自那個地方，可是她自己卻不能去。」

「我要怎麼去呢？」巴斯提安問，「會不會來不及？」

「只有願望才能帶你去。這個願望是你剩下的最後一個願望。」

巴斯提安嚇壞了，「葉耀拉媽媽，以往所有因為奧鈴而實現的願望，都會使我忘記事情，這一次是不是也會呢？」

她緩緩的點了點頭。

「差一點就沒有注意到這件事！」

「你以前注意過嗎？你一旦忘記一件事，你就不知道你曾經經歷過。」

「那我這一次會忘記什麼？」

「到時候我自然會告訴你。如果我現在告訴你，你會一直擔心。」

「我會失去一切嗎？」

「你不會失去任何東西，」她說，「只是轉變一下而已。」

「可是這麼一來，」巴斯提安警覺的說，「我得趕快了，我不應該再待在這裡。」

她摸摸他的頭髮。

「別擔心！這件事需要時間。你最後的願望如果成形了，你會知道的——我也會知道。」

從那天開始，雖然巴斯提安起先並沒有注意，可是的確有些事情開始在改變。變幻屋移物的力量真的產生了效果。可是這次的轉變跟其他真正的轉變一樣，很慢、很溫和，就像樹木在成長。

日子一天一天過去。這時仍然是夏季，巴斯提安仍然享受著葉耀拉媽媽的寵愛。她的水果一樣好吃，但原先那種渴望漸漸止息了，他吃得沒有以前多。葉耀拉媽媽注意到這一點，可是她沒有說出來。她給他的關愛與溫柔，他已經滿足了。他逐漸不再需要這種關愛與溫柔，他心裡有了另外一種渴望。這種願望他以前從來沒有過，這個願望就是愛別人的願望。他又驚訝又懊喪的發現自己不能愛別人，因此這個願望越來越強，越來越強。

一天晚上，他跟葉耀拉媽媽談起這一點。

他講完之後，她很久很久沒有講話。她看他的表情使他感到疑惑。

「你終於找到你最後的願望了，」最後她說，「你真正真心想要的東西就是愛。」

「可是為什麼我不能愛呢，葉耀拉媽媽？」

「除非你醉飲生命之水，否則你沒有能力愛人。」她說，「除非你帶一點生命之水給別人，否則你也回不了你的世界。」

巴斯提安不懂了。「可是你呢？」他問，「你不曾醉飲生命之水嗎？」

「不曾！」她說，「我的情況不一樣。我只要把我多餘的東西給別人就可以了。」

「這不就是愛嗎？」

葉耀拉媽媽想了一會，然後說：「那是你的願望造成的。」

「那幻想國人都不能愛人嗎？他們都像我一樣嗎？」他著急地問。

她說：「在幻想國，我聽說，有幾個人喝過生命之水，可是沒有人知道是誰。有一個先知預言說，很久以後的將來，人類會把愛帶到幻想國來。到那個時候，這兩個世界就合為一體了。可是我不了解這是什麼意思。」

「葉耀拉媽媽，」巴斯提安問，「你以前答應過我，你要告訴我，如果我要找到我最後的願望，我必須忘記一件事情。現在你可以告訴我了嗎？」

她點點頭。

「你必須忘記你的父母。現在你除了名字，已經一無所有。」

「父母？」他緩緩的說。這兩個字對他已失去意義，他完全忘記了。

「我現在該怎麼辦？」他問。

「你必須離開我。你在幻想國的時光已經結束了。」

「我要去哪裡？」

「你最後的願望會引導你，不要忘了。」

「我應該現在就走嗎？」

「不！今天已經太晚了，明天早上再走。你在變幻屋還有一個晚上。我們現在必須睡了。」

巴斯提安站起來向她走過去。此時，這麼接近她，他才看清楚她身上的花已開始枯萎。

「這個不足為憂，」她說，「也不要擔心明天。你離開就是，一切本該如此。晚安，我親愛的孩子。」

「晚安，葉耀拉媽媽。」巴斯提安喃喃的說。

然後他走進自己的房間。

第二天早上，他發現葉耀拉媽媽仍然靜靜的站在原地，身上的葉子、花和果實全部凋落了。她閉著眼睛，看起來像是一棵死樹。他站在那裡看著她看了很久。這時候，門突然開了。走出去之前，他又回轉身來——也不知道是對葉耀拉媽媽還是對這間房子，還是兩者都有——說：「謝謝你，謝謝你的一切。」

說完就轉身走出去。才不過一夜之間，冬天已經降臨。玫瑰園裡除了光禿禿、黑黝黝的刺枝之外，再也見不到一朵玫瑰花。天空沒有一絲微風，四周一片嚴寒、一片安靜。

巴斯提安想回去拿他的披風，可是屋子上的門窗已經全部消失，屋子已經全部封閉。他冷得發抖，走上自己的旅程。

第25章
圖畫礦

瞎眼礦工尤爾站在他的小屋旁邊，聆聽四周冰雪覆蓋的平原。平原一片寂靜，所以他敏感的耳朵聽到了遠處雪中的腳步聲。他聽到這腳步正朝他這邊走來。

尤爾是個老人，可是他的臉上既沒有皺紋，也沒有鬍子。他的一切包括他的衣服、臉、頭髮，都是灰色的。如果他站著不動，他就好像一尊用火山岩雕成的石像。他全身上下只有眼睛是黑的，而且很深。眼神透出一道光輝，好像一團明亮的火焰。

那腳步聲來自巴斯提安。走到尤爾面前時，他說：「你好！我迷路了。我在尋找有生命之水的那個泉源，你能幫助我嗎？」

礦工輕聲回答說：「你沒有迷路。但是請你講話聲音小一點，要不我的畫會破掉。」

他對巴斯提安揮揮手，巴斯提安便隨他走進屋裡。

裡面是一間簡單空洞的房間，只有一張木桌、兩張椅子，兩三個架子上面擺滿了食物和杯盤。房間中央燒著一盆火，上面吊著一鍋湯。

尤爾從鍋裡舀出兩碗湯，放在桌子上。

他作個手勢邀請他的客人吃。他們默默喝著湯，不講話。

喝完之後，礦工向後靠著椅背，望著巴斯提安。他的眼光好像穿過了巴斯提安的身後，看到了很遠的地方。他低聲說道：「你是誰？」

「我叫巴斯提安·巴爾沙札·巴克斯。」

「啊！你還記得你的名字。」

「是的！你是誰？」

「我叫尤爾，別人叫我瞎眼礦工。可是我只有在光天化日之下看不見，在我的礦坑裡，我就看得見了。」

「什麼礦坑？」

「冥羅礦，他們這樣叫它。可是事實上這是一個圖畫礦。」

「圖畫礦？」巴斯提安驚奇地問，「我從來沒聽說過這種地方。」

尤爾聽著他的話，好像在聆聽什麼聲音。

「圖畫礦，」他說，「是為你們這種人，為想找生命之水而又不知道路的人而存在。」

「裡面是什麼圖畫？」巴斯提安問。

尤爾閉起眼睛不講話。巴斯提安一時不曉得自己要不要再問一次。後來他聽到礦工低聲的說：「世界上的東西是不會消失的。你是不是曾經晚上做了夢，醒來以後卻不記得夢裡的情景？」

「有啊！」巴斯提安說，「常常！」

尤爾點點頭，然後站起來，揮手叫巴斯提安跟他走。走出屋子以前，他把手放在巴斯提安的肩膀上，低聲說道：「不要講話，不要出聲，懂嗎？我們現在去看我幾年來的作品。

稍微一點聲音就會把我的作品給毀了，所以請你腳步輕一點，不要講話！」

巴斯提安點點頭。他們走出小屋。屋子後面是一個礦坑，入口處用木頭撐著，礦坑垂直向地底直落下去。他們走過礦坑，走到冰雪覆蓋的平原。挖出來的圖畫就放在那裡，看起來好似許多寶石放在白色絲綢上。

那些圖畫都是透明的、彩色的，像紙一樣薄的雲母石。各種形狀大小都有。有的圓、有的方；有的完整、有的破損；有的大如教堂的玻璃窗、有的小如鼻煙壺。這些圖畫大大小小，一直排到冰雪覆蓋的地平線上。

很難說這些圖畫畫的是什麼。有的是人物，躲在巨大的鳥巢裡，在空中飛，這種偽裝真是奇異。有的是驢子，卻穿著法官的袍子；有的是像奶油一樣軟塌塌的時鐘。還有衣架模特兒站在荒涼而光亮的廣場中；以及各種動物的頭和臉拼湊而成的風景。不過也有一些很正常的圖畫：麥田裡農人在割麥、陽臺上的女人、山村、戰爭、馬戲表演、街道、房間。另外還有許多人像：老的、少的、聰明的、單純的、呆子和國王、快樂與悲傷的。也有很令人厭惡的槍決與死亡舞蹈的畫面。當然也有很滑稽的，譬如一群年輕女人騎著海豹；或者一隻鼻子在路上走來走去，路人還歡迎它等等。

這些圖畫巴斯提安看得越多，就越認不出畫的是什麼。他和尤爾花了一整天一排一排的看，一直看到天黑為止。巴斯提安隨著礦工回到小屋。一關上門，尤爾就輕聲的問他：「那些畫你看得懂嗎？」

「看不懂。」巴斯提安說。

礦工若有所思的搖頭。

「那些圖畫，」巴斯提安問，「到底是畫什麼？」

「那些圖畫都是人類遺忘的夢。」尤爾說，「一個人一旦做了一個夢，那個夢就不會消失。可是如果做夢的人不記得了，你知道那些夢哪裡去了嗎？到幻想國來了，到我們的地底下來了。現在這裡就累積了很多層那些失落的夢。越深的地方就越緊密。整個幻想國就是以這些失落的夢為立國的基礎。」

巴斯提安張大了眼睛，十分驚奇。「我的夢也在那裡嗎？」他問。

尤爾點點頭。

「你覺得我必須把我的夢找出來嗎？」

「至少要找到一個，」尤爾說，「一個就夠了。」

「幹什麼用呢？」巴斯提安想知道。

礦工的臉反射著爐火微弱的亮光。他的盲眼又像上次一樣，穿過巴斯提安看向遠方。

「聽我說，巴斯提安。」他說，「我不會講話，本來我寧可保持沉默，但是現在我要回答你的問題。你在尋找生命之水，你希望能夠愛別人，那是你重回你的世界唯一的方法。

愛別人——說得簡單，可是生命之水會問你：愛誰？因為你不能隨便亂愛。可是除了你自己的名字，你已經遺忘了一切，所以你回答不出來。你答不出來，生命之水就不會讓你喝。所以，你至少要找到一個夢，一幅能夠引導你找到生命之水的圖畫。要找到那一幅圖畫，你就必須忘掉你現在僅存的一件東西，那就是你自己。要這樣做，你必須艱苦、耐心的工作。好好記住我這些話，因為我不會再說第二次。」

說完他就躺在木床上，睡著了。

巴斯提安只好睡在地板上，但他不在意。

第二天早上醒來的時候，他四肢的關節都凍僵了。

尤爾已經走了——無疑的是下礦坑了，他想。他舀了一碗湯來喝。這碗湯使他的身子暖和，可是味道並不好，太鹹了，使他聯想到汗水。

他走到外面的雪原去看那些圖畫。他一幅一幅專心的看。現在他知道這些圖畫有多重要了。他看了半天，還是沒有發現任何對他有意義的東西。

晚上，尤爾從礦坑裡上來。他身上背了一個架子，從礦坑籠裡跨出來，架子上面裝著一些雲母片。巴斯提安默默的跟他走到放圖畫的地方。他在那一排圖畫的末端，把他的新發現小心的放到柔軟的雪上面。有一張圖畫畫的是一個人胸部是一個鳥籠，裡面有兩隻鴿子。還有一幅畫畫著一個石頭女人騎著一隻烏龜。其他還有很多，可是都對巴斯提安沒有意義。

跟礦工回到小屋以後，他問：「冰雪融化以後，那些圖畫會怎樣？」

「這裡一直都是冬天。」尤爾說。

當天晚上，他們沒有再說什麼話。

以後的幾天，巴斯提安一直都在那堆雲母片中尋找對他有意義的圖畫——可是還是找不到。晚上他常常跟礦工相對而坐，卻默默無言。由於礦工一直都不說話，所以巴斯提安也習慣了沉默。漸漸的，連尤爾那種怕弄破圖畫所以走路很小心的動作，他都學會了。

「我已經看過了所有圖畫，」有一天晚上，巴斯提安說，「沒有一張我可以用的。」

「真不幸！」尤爾說。

「我該怎麼辦？」巴斯提安問，「我就一直這樣等你挖新的出來嗎？」

尤爾想了一下，然後搖搖頭。

「如果我是你，」他低聲說道，「我會自己下坑去挖。」

「可是我又沒有你那種眼睛，」巴斯提安說，「在下面我看不見啊。」

「你在這一次遙遠的旅途當中不是得到了一盞燈嗎？」尤爾問。他的眼光看透了巴斯提安，「一顆有亮光的石頭或什麼的？你可以拿來用啊！」

「是的！」巴斯提安悲傷的說，「可是我已經把愛爾・察希耳用完了。」

「真不幸！」尤爾又說。

「這種情況，你能給我什麼建議嗎？」

礦工沉默了很久，然後說：「那你只好摸黑工作了。」

巴斯提安嚇壞了。他雖然仍然擁有奧鈴賦予的力量與勇氣，可是想到要在那黑暗的地下爬行，他就不寒而慄。不過他什麼話都沒說。兩個人就去睡了。

第二天早上，礦工把他搖醒。

巴斯提安坐起來。

「喝完湯就跟我來！」尤爾說。

巴斯提安照辦。

他跟礦工走到坑口，跨進礦坑籠，往礦坑底部直落下去。起先他還看得到坑口的一絲微光，再下去就不見了。接著是一陣顛簸，這表示他們已經到了坑底。

礦坑下面比上面那冰天雪地溫暖多了。礦工走得很快，培斯提安在黑暗中怕跟不上他，也走得很快，沒多久就滿頭大汗了。他們彎來彎去，走過無數的坑道。有時候他們走進很大的坑洞，巴斯提安從腳步的回聲可以聽出來。好幾次巴斯提安撞到突出的岩石和木頭支架，尤爾都不管他。

這只是第一天。尤爾默默無言的抓著他的手，教他如何分辨雲母片。他們也用工具，不外是木材或獸角製的扁刀。可是巴斯提安從來就沒看過這種扁刀，因為他們晚上回去的時候，都把這些工具留在坑底。

漸漸的，他在黑暗中找得到路了。他現在有了一種新的感覺，講不出來，但卻使他能夠在黑暗中分辨坑道。有一天，尤爾默默的碰碰他的手，要他下到一條很深的坑道。那條坑道又矮又窄，頭上就是岩石，所以只能趴著工作。巴斯提安聽了他的話。

他趴在幻想國基石的黑暗深處，好像一個還沒有出生的嬰兒縮在母親的子宮裡一樣，耐心的挖著一個遺失的夢，一幅能帶他找到生命之水的圖畫。

在礦坑那絕對的黑暗之中，他看不到東西，所以根本無從選擇或分辨。他只能期待機會或慈悲的命運帶給他運氣。日復一日，他把冥羅礦裡收集到的圖畫帶到暗淡的黃昏之中，日復一日，他的工作依舊徒然。可是巴斯提安既無怨也無悔。他不再自憐自艾。他雖然還擁有無盡的力量，可是卻常常感到疲倦。

這個痛苦的工作總共持續了多久很難說，因為這樣的勞動並非用日月可以計算的。日子就是這樣過著。但是，有一天，他帶上來一幅畫，他一看到這幅畫，就深深的感動。他努力壓制著自己，才沒有因為驚訝而喊出來，所以也才沒有弄破這幅畫。

在那片脆弱的雲母片上——不很大，差不多相當於一本書——他看到一個人穿著一件白袍，一隻手拿著一個石膏齒模。那個人的身姿和憂煩的表情深深觸動了他的心。可是最令他激動的是，那個人被一塊透明但卻難以穿透的冰封鎖在裡面。

巴斯提安在雪中看著這幅圖畫，心裡突然渴望著這個他不認識的人。這種感情似乎來自遙遠的地方；好像海濤一樣，起先微妙得幾乎感覺不到，漸漸的越來越強，終至淹沒了他的心。巴斯提安掙扎著要呼吸，他的心激烈的跳著。可是心跳沒有強到可以應付這樣的渴望。那感情淹沒了他的一切記憶。最後他終於遺忘了他僅存的一樣東西：他的名字。

回到小屋以後，他十分沉默。礦工也不講話，可是卻一直看著巴斯提安，那眼神又像是穿透了巴斯提安，看到了遠方。然後，他那石灰色的臉微微笑了一下。巴斯提安來到這裡以後，第一次看到他這樣微笑。

當天晚上，這個沒有名字的男孩雖然非常疲倦，卻失眠了。他一直看著那幅畫。畫裡的人似乎要跟他講什麼，可是卻因為冰的囚禁，無法如願以償。無名的男孩想幫助他，想把冰融掉。他像做夢一樣，抱住雲母片，想用身體的熱把冰融掉。但他當然失敗了。

可是，突然間，他聽到這個人講話了；不是耳朵聽到，而是心裡聽到。

「請救救我！不要離開我！我掙脫不了這塊冰。救救我！只有你才能夠救我！」

隔天早上他們醒來之後，無名的男孩對尤爾說：「我不跟你下坑了。」

「你要走了嗎？」

男孩子點點頭：「我要去找生命之水。」

「你找到引導你的畫了嗎？」

「是的！」

「讓我看看好嗎？」

男孩子點點頭。他們走到外面的冰雪中，走到了那幅圖畫所在之處。男孩子注視著這幅畫，尤爾卻注視著男孩子，好像看著遙遠的地方一樣。他好像在聽一個什麼聲音，聽了很久，最後終於點點頭。

「帶著這幅畫走，」他輕聲說道，「不要弄丟了。如果弄丟了，或者打破了，你在幻想國就一無所有。你知道這會造成什麼後果的。」

已經沒有名字的男孩垂首默默的站了一會，然後柔和的說：「謝謝你，尤爾，謝謝你給我的教導。」

他們互相握手。

「你是一個好礦工。」尤爾低聲說，「你做得很好！」

說完，他回頭走到坑口，跨進坑籠，頭也不回的進了礦坑。

無名的男孩從雪裡拿起圖畫，沉重的走進那冰雪覆蓋的平原。

他已經走了好幾個鐘頭，尤爾的小屋老早就消失在地平線後面。四周除了一望無際的冰雪，別無他物。可是他卻感覺得到那幅畫把他朝著一個方向拉。他很小心的抱著那幅畫。

不論要走多遠，他都決心順從這股拉他的力量。因為他相信這股力量會把他帶到他要去的地方。任何事都不會使他改變方向。他有把握找到生命之水。

突然間，他聽到空中一片喧嘩，好像有無數動物在那裡吵鬧。

他抬頭往空中看，看到一片烏雲，好像是一大群鳥。可是等到這片雲飛近的時候，他嚇得停下了腳步。

是蝴蝶小丑——仙樂福。

天啊！無名的孩子想，但願牠們沒有看到我！牠們這樣叫，會把圖畫弄破的！

可是牠們已經看見他了，牠們又鬧又笑的降落下來，把他圍在雪地之中。

「萬歲！」牠們張大了各種顏色的嘴巴高喊，「我們終於找到他了！我們偉大的恩人！」

牠們在冰雪中瘋瘋顛顛、丟雪球、翻筋斗、倒立。

「安靜！請你們安靜！」無名男孩低聲的哀求。

牠們一起狂熱的叫起來：「他說什麼？」

「他說我們太安靜了！」

「從來沒有人說我們太安靜！」

「你們想幹什麼？」男孩子問，「你們不要來吵我好嗎？」

牠們在他身邊打轉，咯咯的說：「大恩人！大恩人！當我們還是阿卡里人的時候，你救了我們，你還記得嗎？那個時候我們是全幻想國最不快樂的動物。可是現在我們受夠了！

剛開始我們還覺得很好玩，可是現在我們厭煩得快要死掉！我們成天又飛又跳，可是不曉得要跳到哪裡去。我們沒辦法好好玩遊戲，因為我們毫無規律可言。你把我們變成荒謬的小丑。你幹的好事！你欺騙了我們！」

「我是好意的！」男孩子嚇壞了。

「當然，你是好意的，可是那是為了你自己！」仙樂福人一起喊，「你的仁慈使你覺得自己很偉大，不是嗎？可是你的仁慈卻由我們來付代價，你這個大恩人！」

「那我該怎麼辦？」男孩子問，「你們要我怎麼辦？」

「我們一直在找你，」仙樂福人的小丑臉獰笑著說，「我們要在你躲起來以前逮到你！現在我們逮到你了。我們要你當我們的首領，否則你就永無寧日。我們要你當我們仙樂福人的頭目、我們的王、我們的將軍！隨便你選。」

「為什麼？」男孩子問。

小丑一起大聲回答：「我們要你維持我們的秩序！我們要你安排我們，准許我們做什麼事，禁止我們做什麼事；我們要你給我們生命的目標！」

「我沒辦法。你們為什麼不自己去找？」

「不，我們要你！是你使我們變成這個樣子！」

「不！」男孩子喘著氣說，「我要走了！我要回去！」

「不要這麼快走，大恩人！」蝴蝶小丑齊聲叫道，「你不能離開我們。你以為你可以偷偷溜走，離開幻想國，對不對？你想一走了之，對不對？」

「可是我已經無能為力了！」男孩子反抗著說。

「那我們怎麼辦？」蝴蝶小丑齊聲問。

「走開！」男孩子叫道，「我沒辦法再擔心你們的事情了。」

「那你就把我們變回去！」牠們的聲音很尖銳，「我們寧願作阿卡里人。淚湖已經乾了，阿瑪干斯銀城四周現在是一片乾枯的旱地，銀工也沒有人做了。我們要再作阿卡里人。」

「我沒辦法！」男孩子回答，「我在幻想國已經沒有權力了。」

「這樣的話，」這群小丑齊聲吼叫，到處打轉，「我們就把你綁走！」

幾百隻小手霎時一齊過來抓他，想把他抬走。男孩子用力掙扎，很多蝴蝶都跌到地上。可是牠們像是憤怒的黃蜂，立刻又飛回來。

突然間，在這樣的喧囂聲中傳來了一個低沉而有力的聲音——好像銅鈴一般。

蝴蝶小丑剎那間飛得光光的——這朵烏雲在空中一下子消失得無影無蹤。

無名的男孩跪在雪裡，他的前面是那幅破碎的圖畫。現在什麼都完了，沒有人可以帶他去找生命之水了。

他抬起頭來，在淚眼模糊當中看到雪裡有兩個身影，一大一小。

他揉了一下眼睛，再看一眼。

這兩個身影一個是祥龍福哥兒，一個是奧特里歐。

第26章
生命之水

無名男孩幾乎無法控制自己的腳步，搖搖晃晃的向奧特里歐走了幾步，然後停下來。奧特里歐毫無所動，只是緊緊的注視著他，胸口上的傷口已經不流血了。

他們這樣互相對看了良久，一句話都沒說。四周靜得可以聽到他們的呼吸聲。

無名的男孩伸出手從脖子上拿下奧鈴，彎下身去，要把這「寶石」放到奧特里歐前面的雪地上。他彎下身的時候，又看了一下那兩條蛇。那兩條蛇一黑一白，互相咬著對方的尾巴，因而形成了一個橢圓形。

一放到地上，奧鈴突然大放光明。他好像看到刺眼的陽光一樣，只得閉起眼睛。等到他再睜開眼睛時，他已經在一間大如蒼穹的拱形建築中。這棟奇詭的建築物是用一塊塊金黃色的光砌起來的，中間廣大的地面上躺著兩條蛇，粗大得有如城牆。

奧特里歐、福哥兒和無名的男孩並肩站在黑蛇旁邊。黑蛇的嘴巴咬著白蛇的尾巴，嚴厲的眼睛中那尖銳的瞳孔一直看著他們三個人。跟那對眼睛一比，他們簡直變成了小矮人，就是祥龍福哥兒也變成了毛毛蟲。

兩條蛇靜止不動的身體好像一種不知名的金屬般閃耀著光芒。黑色的那條漆黑，白色的銀白。牠們緊緊咬住了對方，所以也就互相壓制了對方，使對方不會給這個世界帶來災害。如果牠們鬆了口，這個世界就毀了。這一點是不必懷疑的。

可是牠們現在這樣彼此咬住對方，卻是在守衛生命之水。牠們的身體形成的大環中央，有一座大噴泉。那水柱忽上忽下的舞著，落下去的時候，會擴散成千百種形狀，令人眼花撩亂。水面上的泡沫迸裂成細細的水霧，反射出七色彩虹及金燦燦的亮光。這個噴泉還會笑、會吼叫；它發出千百種微妙的聲音，令人心中湧起欣喜歡悅。

無名男孩一直望著噴泉，似乎很渴的樣子——可是怎麼走過去呢？

那蛇的頭動也不動一下。

這時福哥兒抬起頭，寶石紅的眼睛閃閃發亮。

「你聽得懂噴泉在說什麼嗎？」牠問。

「不！」奧特里歐說，「我聽不懂。」

「不知道為什麼，」福哥兒說，「我聽得懂。或許因為我是祥龍吧！所有快樂的語言都很相像。」

「噴泉說什麼？」奧特里歐問。

福哥兒仔細聽著，又慢慢的把聽到的話複誦出來——

我是生命之水，
我自生自湧；
你啜飲得越多，
我的泉源就越恆久。

牠再聽了一會，然後又說：「它一直說：『喝吧！喝吧！從心所欲！』」

「可是我們怎麼進去呢？」奧特里歐問。

「生命之水在問我們的名字！」福哥兒說。

「我是奧特里歐！」奧特里歐叫道。

「我是福哥兒！」福哥兒叫道。

無名男孩一言不發。

奧特里歐看看他，然後抓住他的手喊道：「他是巴斯提安．巴爾沙札．巴克斯。」

「生命之水在問，」福哥兒說，「他為什麼不自己說？」

「他沒辦法！」奧特里歐說，「他已經遺忘了一切事情。」

福哥兒仔細聽著噴泉的吼聲。

「生命之水說，沒有記憶就不能進去。生命之水不會讓他通過。」

奧特里歐回答說：「關於他以及他的世界，他以前告訴我的，我都記得，我擔保他。」

福哥兒仔細聽著。

「生命之水想知道你有什麼權力這樣做？」

「我是他的朋友。」奧特里歐說。

福哥兒專心聽著。

「生命之水可能不會接受這個理由！」牠低聲對奧特里歐說，「生命之水現在提到你的傷口，它想知道你為什麼會受傷。」

「以前我們兩個都沒有錯，」奧特里歐說，「也都有錯。可是巴斯提安現在已經自動放棄了奧鈴。」

福哥兒聽著，然後點點頭。

「嗯！」牠說，「生命之水接受這個理由，這個地方就是奧鈴，生命之水說歡迎我們。」

奧特里歐抬頭仰望著巨大的黃金圓頂。

「我們每一個，」他低聲說道，「都戴過奧鈴。你也戴過，福哥兒，戴過一下子。」

祥龍示意他安靜。牠仔細聽著噴泉的聲音，然後說：「奧鈴就是巴斯提安一直在尋找的門，他一開始就戴著它。可是，它說，這兩條蛇不會讓任何幻想國的事物通過這道門，所以巴斯提安必須先放棄女王給他的一切，否則就喝不到生命之水。」

「可是我們現在就在她的徽章裡面啊！」奧特里歐叫道，「難道她不在這裡嗎？」

「它說月童的力量止於此地。她是唯一不能走進這裡的人。她不能進入奧鈴，因為她不能丟開自己。」

奧特里歐聽不懂，不知道說什麼好。

「快快，」福哥兒說，「生命之水在問巴斯提安準備好了沒有。」

巨大的黑蛇頭慢慢的開始移動，但是並沒有放開白蛇的尾巴。這一頭一尾逐漸升高，形成了一道拱門，一半黑一半白。

奧特里歐緊緊牽著巴斯提安的手走過這一道令人背脊發涼的門，謹慎的走向噴泉。福哥兒跟在後面。那壯觀的噴泉現在就在他們面前。他們一邊走的時候，巴斯提安在幻想國得到的才能一件件消失了。強壯、英俊、無畏的英雄現在又變成了矮小、肥胖、怯懦的孩子。甚至連在冥羅礦弄得破爛不堪的衣服，此時也消失得無影無蹤，片褸不存。最後，他是全身赤裸的站在那巨大的金碗前面。生命之水在那金碗的中央，像一株水晶樹般聳立空中。

這最後的一刻，他喪失了得自於幻想國的一切，可是又還沒有記起他自己和他所屬的世界，因此，此刻他是在一種完全不確定的狀態中，不知道自己屬於哪個世界，也不知道自己是否存在。

突然，他縱身躍入那清澈如水晶的水中。他把水往自己身上潑，又張開嘴去接空中那些晶亮的水珠。他一直喝著，一直喝到不再感覺口渴為止。他全身上下充滿歡樂。那是生命的歡樂，也是重新成為自己的歡樂。就在這一刻，一個全新的巴斯提安誕生了。最重要的是，他已經變成了他想要變成的人。如果他還能選擇的話，他再也不想變成其他的人。他深深洞悉這個世界上，歡樂雖然有千百萬種，可是事實上這些歡樂全都屬於一種歡樂，那就是愛別人的歡樂。

巴斯提安重回他的世界以後，從他長大成人一直到垂垂老去這麼久的時光，這種歡樂就再也沒有離開過他。即使是在最困苦的時候，他也一直保持著內心的自在悠然；不僅他自己能夠微笑，而且還能安慰別人。

話說回頭。「奧特里歐！」他叫他的朋友。奧特里歐和福哥兒站在大金碗旁邊，「進來啊！來喝啊！好棒啊！」

奧特里歐笑著搖搖頭。

「不！」他回答說，「這一次我們只是來陪你。」

「這一次？」巴斯提安問，「什麼意思？」

奧特里歐和福哥兒對看了一眼，然後說：「福哥兒和我已經來過這個地方。起先我想不起來，因為我們是睡著回去的。可是現在我想起來了。」

巴斯提安跨出噴泉。

「我知道我是誰了。」他粲然微笑。

「是的，」奧特里歐點點頭，「我認得你了。你現在就是當初我在魔鏡門上看到的樣子。」

巴斯提安抬頭看那冒著泡沫、閃亮的噴泉。

「我要帶一些回去給我父親！」他叫著，「可是怎麼帶呢？」

「我想你帶不走的。」奧特里歐說，「沒有人能夠帶著幻想國的東西通過這道門。」

「巴斯提安可以！」福哥兒說，牠聲若洪鐘，「他可以！」

「你是真正的祥龍。」巴斯提安說。

福哥兒示意他安靜，然後仔細聽著噴泉的吼聲。

牠說：「生命之水說你該走了，我們也該走了。」

「我要往哪裡去呢？」巴斯提安問。

「走另外一個門，」福哥兒說，「白蛇頭那個門。」

「好！」巴斯提安說，「可是我怎麼出得去呢？白蛇頭又不動。」

白蛇頭真的都沒動。它咬著黑蛇的尾巴，張著大眼睛，注視看著巴斯提安。

「生命之水問你，」福哥兒說，「你是否已經完成所有從幻想國開始的故事？」

「沒有！」巴斯提安說，「事實上一個也沒有完成。」

福哥兒聽了一會，臉上露出煩惱的表情。

「生命之水說，這樣的話，白蛇就不會讓你通過。你必須回幻想國把所有故事完成。」

「所有故事？」巴斯提安吶吶的說，「那我就永遠回不去了，一切都徒勞無功了。」福哥兒焦急的聽著。

「噓！」福哥兒說。

過了一會兒，福哥兒嘆了一口氣說：「生命之水說沒有辦法。除非有人代你做這件事。

可是這是不可能的。」

「我能！我會！」奧特里歐說。

巴斯提安默默的看著他，突然間低下頭喃喃的說：「奧特里歐！奧特里歐！我永遠不會忘記你！」

奧特里歐微笑著。

「這樣就好，巴斯提安，這樣你就不會忘記幻想國了。」

他親切的拍拍他的肩膀，然後迅速回身，走向黑蛇頭門。

「福哥兒，」巴斯提安說，「你和奧特里歐要怎麼完成我留下的故事呢？」

祥龍眨一眨寶石紅的眼睛，然後說：「看運氣！我的孩子，看運氣！」

說完，就隨牠的主人走了。

巴斯提安看著他們通過黑蛇頭門，走上回幻想國的路。他們回過頭來向他揮手，接著黑蛇頭向地面落下。奧特里歐和福哥兒一下子就不見了。

現在他完全孤獨了。

他轉身面對白蛇。白蛇頭現在已經升起來，像剛剛的黑蛇頭一樣，形成了一道拱門。

巴斯提安合掌捧起一手心的生命之水，快速向白蛇頭門奔去，躍入外面黑暗的空中。

「爸！」他大叫著，「爸！我——是——巴斯提安——巴爾沙札——巴克斯！」

「爸──爸！我──是──巴斯提安──巴爾沙札──巴克斯──」

他還在叫，可是卻發現自己已經回到了學校的閣樓。他離開這裡已經很久很久了。他不認得這個地方，而且那些奇怪的東西：動物標本、骷髏、圖畫等等，讓他誤以為自己還在幻想國。等到他看到了自己的書包以及那個還有殘燭的七柱燭臺，他才想起自己是在學校的閣樓。

說不完的故事長遠的旅程歷時多久？幾個星期？幾個月？幾年？他以前讀過一本書，說有一個人去了一個魔洞一個小時，回來以後卻已經過了一百年，以前認識的小孩現在只剩下一個，而這個小孩也已經很老很老了。

巴斯提安看得清楚窗外灰白色的天光，可是不知道是早晨還是黃昏。閣樓上很冷，跟巴斯提安離去的晚上一樣冷。他掀開身上骯髒的軍毯，穿上鞋子和外套。他很驚訝他的鞋子和外套自從淋濕後到現在這麼久了，還是濕的。

他開始去找那天他偷來的那本書──就是那本書，使他經歷了一番奇遇、進入魔境。他決心要把那本書還給卡蘭德先生。不論卡蘭德先生要懲罰他還是要報警，他都不介意。一個騎過多彩死神的人是不輕易害怕的。

可是那本書不見了。

巴斯提安到處找那本書。他翻軍毯，尋找角落，可就是找不到。《說不完的故事》消失了。

「沒關係！」巴斯提安最後告訴自己說，「我要坦白告訴他書不見了。他當然不會相信我，可是我沒有辦法，我必須承擔後果。可是，過了這麼久了，他大概也忘了。說不定連書店都不在了。」

他很快就會知道已經過了多久。如果他經過教室的時候老師和學生都不認識他，他就知道大概的情形了。

可是等他打開閣樓的門，走下樓梯時，整棟教室卻靜悄悄的，好像被人遺棄了一般。這個時候，校鐘突然響了，敲了九下。就表示現在是上午九點，學校剛要開始上課。

巴斯提安走過好幾間教室，都是空蕩蕩的。他走到窗戶旁邊看下面的街道，看到寥寥幾個行人、三兩輛汽車。這表示這個世界並沒有停止。

他從樓梯跑下去，想把前面的大門打開。可是前門鎖住了。他走到工友的房間，按門鈴外帶敲門，可是沒有人在。

怎麼辦？他不能等到有人來了再說。雖然他帶回來的生命之水已經漏光，可是他還是要回家找他的父親。

他應該打開窗戶朝路人叫喊，讓他們叫人來開門嗎？不，他覺得這樣做很愚蠢。

他又想到他可以由窗戶爬出去，因為窗戶可以由裡面打開。地面那一樓的窗戶全部都有鐵窗，可是二樓沒有。他想到他剛剛從二樓窗戶往外看時，窗戶外面有鷹架。這棟樓房顯然是在重新粉刷。

巴斯提安回到二樓，打開窗戶。鷹架只有幾根柱子，上面間隔的綁著橫木。他跨出去，踩上最上面的橫木。鷹架搖搖晃晃，他的頭都暈了。他覺得很害怕，可是他努力克制自己的恐懼。對於一個當過翡麗林之王的人來說，這些應該算不了什麼。他雖然已經失去了神力，那肥胖的小身體又使他行動困難，可是他鎮靜、小心的手腳並用，還是爬下去了。他的手被一個東西刺到了，可是這種小事現在於他無關緊要。他覺得有點熱，有點喘，可是他毫髮無傷的抵達地面。沒有人看到他。

巴斯提安向家裡跑去。他跑得很快，書包裡的書、筆記本、筆隨著他的腳步上上下下，喀啦喀啦作響，他的腰很痛。可是為了要趕緊見到父親，他還是一直跑。

他終於跑到家了。他停下來抬頭看看他父親實驗室的窗戶，突然間覺得很害怕；因為他想到或許父親已經不在了。

但是，多麼幸運啊！父親竟然還在，而且還看到他了；因為他衝上樓梯的時候，父親已經走下來迎接他了。他張開雙臂，巴斯提安一頭衝過去。父親把他抱起來，抱到房間裡去。

「巴斯提安，我的孩子！」他一次一次的說著，「我親愛的孩子，你到哪裡去了？發生了什麼事？」

幾分鐘之後，他們坐在廚房的餐桌上。巴斯提安喝著熱牛奶，吃麵包，他父親慈愛的為他塗奶油和蜂蜜。這時候他注意到他的父親臉色蒼白、憂愁、眼睛紅紅的、鬍子都沒有刮。可是巴斯提安很久以前離開的時候，他就是這個樣子了。巴斯提安向他父親說起他的感覺。

「很久以前？」他父親驚訝的問，「你是什麼意思？」

「我離家多久了？」

「從昨天開始，巴斯提安。昨天你上學以後，就沒有回家。我打電話給你的老師，他說你沒有去上學。我找了你一天一夜，我的孩子。我很擔心，我還去報案。啊！上帝，巴斯提安！你發生了什麼事？我擔心得快要瘋了！你到哪裡去了？」

於是巴斯提安就把他的歷險告訴了他的父親。他把全部的故事講完，鉅細靡遺；花了好幾個鐘頭。

他父親用心聽著。以前他從來沒有這麼用心聽巴斯提安講話。他了解巴斯提安的故事。中午的時候，他叫巴斯提安暫停。首先他打電話給警察局，說他兒子已經回來，現在沒事了。然後他做午餐，繼續聽巴斯提安說故事。夜幕降臨的時候，巴斯提安才說到生命之水。他告訴他父親，他原本帶了一些生命之水回來給他，可是在路上漏光了。

廚房裡幾乎已經全黑，他父親卻靜靜不動的坐著。巴斯提安站起來跑去開燈。燈亮了以後，他看到他從來沒有看過的情景。

父親流淚了。

這時他明白，他畢竟還是把生命之水帶回來給他了。

父親把他抱在懷裡。他們就這樣子坐了很久，然後父親深深的嘆了一口氣，望著巴斯提安，微笑起來。這是巴斯提安在父親臉上所看過最快樂的笑容了。

「從現在開始，」父親說，「我們之間一切都不一樣了。你同意嗎？」

巴斯提安點點頭。他講不出話來，因為他的心已經充滿了歡樂。

第二天早上，冬季的初雪又柔又靜的落在巴斯提安的窗臺上。街上的聲音開始變得低低悶悶的。

「你知道嗎，巴斯提安？」吃早飯的時候父親說，「我覺得我們有理由大大慶祝一番。像這樣的日子一輩子只能碰到一次——有的人還碰不到呢！所以我建議我們熱鬧一番。我把工作忘掉，你也不要上學。我會幫你請假。你覺得怎麼樣？」

「請假？」巴斯提安說，「學校還在嗎？昨天我從那裡回來，一個人也沒有；連工友都不見了。」

「昨天？」父親說，「昨天是禮拜天。」

巴斯提安聽父親這麼一說，一邊攪著可可，一邊若有所思。然後他低聲的說：「我想我要過一陣子才會習慣。」

「對！」父親說：「所以今天我們才要給自己一個小小的假日。你想幹什麼？我們可以去鄉下遠足，或者去動物園。中午我們要吃全世界最好吃的午餐。下午我們去買東西，只要你喜歡的都可以。晚上呢？我們去看戲，怎麼樣？」

巴斯提安眼睛都亮了。然後他堅定的說：「太棒了！可是我要先去辦一件事。我要去找卡蘭德先生，告訴他我偷了他的書，可是又弄丟了。」

父親握著他的手。

「如果你願意的話，」他說，「我可以幫你處理這件事。」

「不！」巴斯提安說，「這是我的責任，我想自己去承擔，而且我認為我應該現在就去。」

他站起來穿外套。父親什麼都沒說，不過臉上的表情混雜著驚訝和尊敬。這樣的行為巴斯提安以前從未有過。

「我相信，」最後他說，「我也需要一些時候才會習慣。」

巴斯提安這時已經走到了門廳。「我馬上回來，」他大聲說，「要不了多久。這一次不會那麼久了。」

他走到卡蘭德先生的書店時，畢竟還是有些膽怯。他從那有美術字體的玻璃門看進去，卡蘭德先生正忙著招呼客人。巴斯提安決定等一下。他在書店外面走來走去。又下雪了。

最後一個客人走了。

「進去！」巴斯提安命令自己。

他想起他在哥雅布彩色沙漠遇見格洛喀拉曼的情形，於是堅定的推開門柄。

在光線幽暗的房間那一端，從書牆的後面傳來一聲咳嗽。他向前走，臉色有點蒼白。但他很鎮靜的走到卡蘭德先生面前。卡蘭德先生仍然像上次一樣，坐在那張破破爛爛的安樂椅上。

巴斯提安在那裡站了很久沒有出聲。他想卡蘭德先生一定會面紅耳赤的對著他叫：「小偷！怪物！」

但是竟然沒有。老人細心的擦火柴，點燃他那根彎彎曲曲的煙斗，眼睛從那小得荒唐的眼鏡片上面打量著巴斯提安。煙斗終於點著了以後，他吸了幾口，然後咕咕噥噥的說：

「噫！你又來了？這一次有什麼事？」

「我……」巴斯提安猶豫的說，「我偷了你的一本書。我本來要還你的，可是我沒辦法還你，因為我弄丟了！因為——啊！反正，這本書不見了就是了。」

卡蘭德先生移開他嘴裡的煙斗。

「什麼書？」他問。

「上次我來這裡時你讀的那一本。我把那本書帶走了。那時你去後面接電話，把它放在椅子上，我走的時候就把它帶走了。」

「我懂你的意思。」卡蘭德先生清清喉嚨，「可是我沒有掉書啊！那本書叫什麼名字？」

「叫《說不完的故事》，」巴斯提安說，「是一本古銅色絲綢布面的書。封面上有兩條蛇，一黑一白，互相咬著對方的尾巴。裡面是兩色印刷——每章開頭都有很漂亮的大寫字母。」

「奇怪？」卡蘭德先生說，「我沒有這樣的一本書！你可能是在別的地方偷的。」

「啊，不！」巴斯提安向他保證，「你一定記得。那是……」他猶豫著，終於脫口而出：「那是一本魔書！我讀這本書的時候，進入了這本書，進入了那個說不完的故事裡面。等到我出來以後，書就不見了。」

卡蘭德先生從他的眼鏡上面看著巴斯提安，「你在逗我嗎？」

「不！」巴斯提安沮喪的說，「當然不是！我是跟你講真的，你一定要明白。」

卡蘭德先生想了一下，然後搖搖頭。

「你最好把整個故事都告訴我。孩子，坐下來，輕鬆一點！」

他用煙斗指一指他前面的一張椅子。巴斯提安坐下來。

「現在，」卡蘭德先生說，「把整個故事都告訴我！可是，如果你願意的話，請慢慢的講，並且一次只講一件事情。」

於是巴斯提安把他的故事說了一遍。

他跟卡蘭德先生講的，比跟父親講的略為簡略；可是由於卡蘭德先生聽得非常入神，而且一直問一些細節，所以還是超過了兩個鐘頭才講完。

天曉得為什麼，這兩個多鐘頭裡面，竟然沒有一個客人來打擾。

巴斯提安講完之後，卡蘭德先生抽了好久好久的煙斗，像是在思索什麼事情一樣。最後他清一清喉嚨，推一下眼鏡，看著巴斯提安說：「有一件事情是肯定的，那就是你並沒有偷走這本書；因為這本書既不屬於我，也不屬於你，也不屬於任何人。如果我沒有弄錯的話，這本書來自幻想國。或許在這一刻——誰知道？——就有一個人在讀這本書。」

「那麼你是相信我了？」巴斯提安問。

「我當然相信你！」卡蘭德先生說，「任何一個明理的人都會相信你。」

「坦白說，」巴斯提安說，「我原來以為你不會相信我。」

「有些人永遠去不了幻想國，」卡蘭德先生說，「有的人一去不回。只有少數人去了又回來——例如你——恢復了兩個世界的美好。」

「唔！」巴斯提安有點臉紅的說，「我沒有那麼好。我差一點就回不來。如果不是奧特里歐，我早就困在古帝王之城了。」

卡蘭德先生點點頭，噴了一口煙。

「唔！」他咕咕噥噥的說，「你真幸運，在幻想國有朋友。天曉得，有的人就是沒有。」

「卡蘭德先生，」巴斯提安問，「你怎麼都知道這些事情？我的意思是說——你去過幻想國嗎？」

「我當然去過！」卡蘭德先生說。

「那麼，」巴斯提安說，「你一定知道月童。」

「是的，我知道孩童女王。」卡蘭德先生說，「雖然名字不一樣，我對她的稱呼不一樣。可是這不重要。」

「那你一定知道這本書，對不對？」巴斯提安叫道，「你一定讀過《說不完的故事》！」

卡蘭德先生搖搖頭。

「每一個真實故事都是說不完的故事。」他用煙斗指一指那些從地面堆積到天花板的書說，「有許多門都可以通到幻想國，我的孩子。你講的魔書有很多，可是有很多人讀這些書的時候卻漫不經心。那要看是誰讀這些書而定。」

「那麼，不同的人就有不同的說不完的故事囉？」

「不錯！」卡蘭德先生說，「而且，不只是書，別的方法也可以讓時光倒流的。你以後就會知道。」

「你是說真的嗎？」巴斯提安滿懷希望的問，「可是，這樣一來，我不是又要遇見月童了嗎？可是每個人都只能見到她一次啊！」

卡蘭德先生靠著椅背，降低聲音說：「讓我這個幻想國老手告訴你一件事，我的孩子。這件事在幻想國是從來沒有人知道的秘密。你想通了以後就知道為什麼了。你只能見月童一次，不錯。可是如果你再給她新的名字，你就能夠再見到她。只要你這樣做，不論做多少次，就永遠是第一次，而且永遠是唯一的一次。」

一時之間，卡蘭德先生鬥牛犬般的臉洋溢著一片柔和的光輝，彷彿變得年輕，而且簡直英俊起來。

「謝謝你，卡蘭德先生。」巴斯提安說。

「我也要謝謝你，我的孩子。」卡蘭德先生說，「希望你偶爾來看我，我會很感激的。我們可以互相交換經驗。現在能夠討論這種事情的人已經不多了。」

他向巴斯提伸出手，「你願意嗎？」

「我很願意！」巴斯提安握住他的手說，「我該走了，我父親在等我。但是我很快就會再來看你。」

卡蘭德先生送他到門口。透過玻璃門上倒反的店名中間，巴斯提安看到父親在街道對面等他。父親一臉容光煥發。

巴斯提安用力的打開門，把一串銅鈴弄得叮噹亂響，然後向父親跑去。

卡蘭德先生輕輕的關上門，從門背後看著這對父子。

「巴斯提安．巴爾沙札．巴克斯，」他喃喃的說，「如果我沒有弄錯的話，你為許多人指出幻想國的道路，而這些人都會為我們帶來生命之水。」

卡蘭德先生果然沒有弄錯。
當然，這是另一個故事了，下次再說！

國家圖書館出版品預行編目（**CIP**）資料

說不完的故事 / 麥克安迪 (Michael Ende) 文 ;
廖世德譯 . ── 三版 . ── 臺北市 :
格林文化事業股份有限公司 , 2025.06
496 面 ; 14.8×21 公分
譯自 : Michael Ende, Die unendliche Geschichte.
ISBN 978-626-7295-98-4(平裝)

875.596　　114004824

說不完的故事

文 · 圖 / 麥克安迪
譯 / 廖世德

責任編輯 / 張翔穎　美術編輯 / 楊紡筠
出版發行 / 格林文化事業股份有限公司
地址 / 臺北市新生南路二段 2 號 3 樓
電話 / (02) 2351-7251　傳眞 / (02) 2351-7244
網址 / www.grimmpress.com.tw
讀者服務信箱 E-mail / grimm_service@grimmpress.com.tw
ISBN / 978-626-7295-98-4
2025 年 6 月三版 1 刷
定價 350 元